KERSTIN GARDE

Die kleine Strandboutique im Sanddornweg

D1868798

Weitere Titel der Autorin

Das verträumte Bistro im Sanddornweg

Über die Autorin

Kerstin Garde schreibt über liebenswerte Heldinnen mit kleinen Schwächen und gefühlvolle Helden, die ihr Herz nicht verstecken. Wichtig ist ihr ein Augenzwinkern zwischen den Zeilen und eine ordentliche Portion Romantik. Die Autorin lebt mit Freund und Katzen in Berlin. Sie hat studiert und eine kaufmännische Ausbildung absolviert.

Kerstin Garde

Die kleine Strandboutique im Sanddornweg

Roman

lübbe

Dieser Titel ist auch bei Lübbe Audio und als E-Book erschienen

FSC
www.fsc.org
MIX
Papier aus verantwortungsvollen Quellen
FSC® C014496

Die Bastei Lübbe AG verfolgt eine nachhaltige Buchproduktion. Wir verwenden Papiere aus nachhaltiger Forstwirtschaft und verzichten darauf, Bücher einzeln in Folie zu verpacken. Wir stellen unsere Bücher in Deutschland und Europa (EU) her und arbeiten mit den Druckereien kontinuierlich an einer positiven Ökobilanz

Vollständige Taschenbuchausgabe
der bei Bastei Lübbe erschienenen E-Book-Ausgabe

Copyright © 2021 by Bastei Lübbe AG, Köln

Für diese Ausgabe:
Copyright © 2022 by Bastei Lübbe AG, Köln
Covergestaltung: Maria Seidel, atelier-seidel.de
unter Verwendung von Motiven © iStockphoto.com: unpict | Say Cheese | Nerthuz
Satz: 3w+p GmbH, Rimpar
Gesetzt aus der Adobe Caslon Pro
Druck und Verarbeitung: GGP Media GmbH, Pößneck
Printed in Germany
ISBN 978-3-404-18528-3

5 4 3 2 1

Sie finden uns im Internet unter luebbe.de
Bitte beachten Sie auch: lesejury.de

1. Kapitel

… müssen wir Ihnen leider mitteilen, dass wir uns für einen anderen Bewerber entschieden haben …

Mit voller Wucht drückte mir jemand seine Schulter ins Gesicht. Ich taumelte einen Schritt zurück, dabei fiel mir fast das Handy aus der Hand.

»Au«, zischte ich und rieb meine Wange, schaute zu dem Hünen auf, der sich an der Stange über seinem Kopf festhielt und mich verständnislos ansah, während die Straßenbahn ruckelnd zum Halten kam.

Mit einem mechanischen Laut öffneten sich die Türen, und noch mehr Leute stiegen ein. Wie Sardinen quetschten sie sich in der übervollen Tram aneinander, und ich mit meinen eins sechzig kam mir vor wie ein besonders kleiner Fisch. Wenigstens musste ich an der nächsten Station raus. Langsam fuhr die Bahn wieder an, beschleunigte dann und warf uns alle zur Seite. Saß da vorne ein Fahranfänger?

Ich rappelte mich ächzend auf, wartete noch einen Moment, bis alle standen, und klickte auf das Display meines Handys, das mir wie durch ein Wunder immer noch nicht runtergefallen war, um die E-Mail zu schließen und die nächste zu öffnen. Eine weitere Absage, wie frustrierend.

In zweieinhalb Wochen lief mein Vertrag am Theater aus. Unser Intendant hatte ihn nicht verlängert, und trotz zahlreicher Bewerbungen, die ich seit Wochen verschickte, hatte ich bisher nichts Neues gefunden. Allmählich machte ich mir Sorgen. Doch ich sah es auch als Neubeginn, denn nach der Zeit beim Theater wollte ich mich neu orientieren. Deswegen hatte ich mich als Schneiderin bei verschiedenen Modedesignern beworben. Mein Plan war es, so viel Erfahrung wie möglich in diesem Bereich zu sammeln und meine Ersparnisse gut anzulegen, um mir mit Anfang dreißig meinen Traum vom eigenen Mode-Geschäft zu erfüllen. Meine Mutter, die Gründer beriet, war begeistert, hatte mir bereits jetzt Unterstützung zugesagt, obwohl das ja noch alles Zukunftsmusik war. Allerdings eine, die nicht mehr ganz so fern klang. Daher hatte ich mich auch unglaublich gefreut, als ich die Stellenausschreibung der aufstrebenden Designerin Francesca Giuliani entdeckt hatte, deren Stil ich abgöttisch liebte. Der Fransenrock aus ihrer letzten Kollektion war mein ganzer Stolz. Sie war mein Vorbild, verkaufte sie doch eigene Mode in der eigenen Boutique. Wo sie war, wollte ich eines Tages auch hin. Natürlich hatte ich mich prompt beworben. Die Ausschreibung hatte zu verführerisch geklungen: kreatives Arbeiten, Einblicke in die Modewelt, gutes Betriebsklima. Doch noch hatte Francesca Giuliani nicht auf mein Bewerbungsschreiben reagiert. Was in diesen Zeiten wohl kein gutes Zeichen war. Aber die Hoffnung wollte ich nicht so schnell aufgeben. Ich warf noch einen Blick in mein Postfach, das nun keine ungelesenen Nachrichten mehr enthielt, und ließ das Smartphone seufzend in meiner gestrickten Umhängetasche verschwinden. Wie sagte man so schön, die Hoffnung stirbt zuletzt.

Ich änderte meine Position, weil wieder jemand drängelte, in dem Moment hielt die M15 abermals abrupt, und ich verlor erneut das Gleichgewicht. Wäre es nicht so voll gewesen, wäre ich wohl hingeschlagen, doch so federte mich das üppige Dekolleté einer gutmütig lächelnden Dame ab.

»Tschuldigung«, murmelte ich und schob mich an ihr vorbei, da ich hier aussteigen musste, als sich die automatische Tür auch schon wieder schließen wollte. Himmel, dieser Tramfahrer stand wirklich unter Strom.

Ich schaffte es gerade noch raus und war froh, die stickige

Luft und das laute Getöse hinter mir zu lassen. Ein ganz normaler Morgen in Berlin, wenn sich Louisa Baumeister auf den Weg zur Arbeit machte.

Ich war ein bisschen spät dran, also atmete ich tief durch und zog meine Lieblings-Strickjacke eng um mich, um dann eilig dem kleinen Pfad zu folgen, an dessen Wegesrand es um diese Jahreszeit herrlich blühte, bis ich das alte Backsteingebäude erreichte.

Mein Blick wanderte hoch zu den großen Buchstaben über dem Eingang des Gemäuers, die den Namen *Schaupalast* bildeten. Ein in die Jahre gekommenes Theater mitten im Grünen, fern der City. Ich hatte es immer gemocht. Aber schon bald würde ich nicht mehr jeden Morgen hierherkommen, was mich traurig stimmte.

Ich ging über den Hof. Auf dem kleinen Parkplatz im Innenhof entdeckte ich Maxims silbernen Mercedes, der gerade einparkte. Instinktiv hielt ich inne. Ich wollte Begegnungen mit meinem Ex-Freund soweit es ging vermeiden. Aber das war leichter gesagt als getan. Er war der Stellvertreter unseres Intendanten und somit einer meiner Chefs. Ein bisschen fühlte ich mich wie das Kaninchen vor der Schlange, als sich die Tür seines glänzenden Wagens öffnete und Maxim ausstieg. Er blinzelte erst in die Sonne, ehe er mir zunickte – ich nickte zurück. Was hätte ich auch sonst tun sollen?

Seine blauen Augen wirkten leer, jede Zärtlichkeit war aus ihnen gewichen. Ich ließ mir nicht anmerken, wie sehr mich das verletzte. Sie verschwanden hinter einer getönten Brille, die er aus seinen hellbraunen Haaren zog.

Auf der Beifahrerseite stieg Valentina Estos aus, Star unseres Hauses und der Grund, weshalb Maxim mich verlassen hatte. Ein triumphierendes Lächeln umspielte ihre feuerroten Lippen, als sie mich sah. Mit schwingenden Hüften lief sie um den Wagen herum und küsste Maxim innig vor meinen Augen, als wollte sie mir die Show ihres Lebens bieten – und irgendwie tat sie das ja auch.

Aber ansehen wollte ich es mir nicht, wie sie ihn fast auffraß. Rechtzeitig fiel mir ein, dass ich endgültig zu spät kommen würde, wenn ich mich jetzt nicht sputete. Ich ließ die beiden stehen, bog rasch nach links und lief die kleine Außentreppe in den Keller hinunter, wo sich seit einem Umbau vier Nähstuben und der Kostümfundus befanden. Das ratternde Geräusch der Nähmaschinen hallte durch den Gang, während ich versuchte, dieses gehässige Grinsen der Estos aus meinem Kopf zu kriegen. Und diesen Kuss!

Bestürzt wurde mir klar: Ich fühlte mich nicht mehr wirklich wohl an diesem Theater, an dem ich seit meiner Ausbildung war. Vielleicht war es also gut, dass man mich nicht länger als Kostümschneiderin beschäftigen wollte. Ich brauchte einen Tapetenwechsel.

»Alles auf Anfang!«, hallte es über mir.

Die Tontechnik im großen Saal zwei Etagen über uns testete die Lautsprecheranlage. Die wöchentliche Soundprobe fand statt. Schon bald fiel der Vorhang zum letzten Mal für unser aktuelles Stück. Wie es danach weiterging, wusste im Moment niemand so recht. Außer meinem wurden auch andere Saisonverträge nicht verlängert.

Ich betrat die kleine Kammer, die ich mir mit unserer Auszubildenden Kim teilte. Genau wie sie jetzt hatte auch ich meine Schneiderinnenkarriere hier gestartet, war irgendwann für die nächste, dann die übernächste Spielzeit übernommen worden und hatte einige Intendanten kommen und gehen sehen. Dann waren Jakob Oberding und Maxim Helling aufgetaucht, mit neuen Konzepten und frischen Ideen, mit denen sie das Theaterleben umgekrempelt hatten.

Und nicht nur dieses, auch mein Leben war aus den Fugen geraten. Zuerst hatte sich Maxim mir gegenüber sehr charmant verhalten, ich war sehr schnell auf Wolke sieben gelandet und genauso schnell abgestürzt. Denn kaum waren wir zusammengekommen, hatten ihn Dinge gestört, die ihm zuvor nicht mal aufgefallen waren. Kleinigkeiten, die sich hochgeschaukelt hatten.

Als wäre das nicht genug gewesen, hatte er angefangen, von unserer Diva Valentina zu schwärmen, wie anmutig sie sei, wie viel Präsenz sie auf der Bühne habe und dieses besondere Etwas, das sie stets umgebe … Nein, daran wollte ich jetzt nicht denken. Denn schon sah ich wieder diesen Kuss im Innenhof vor mir …

Ich hatte keine Lust mehr auf das Theater, auf alles hier, wollte etwas Neues machen. Modedesign – davon habe ich als Mädchen schon geträumt. Missmutig beobachtete ich Kim. Gerade zog sie zwei Stoffrollen aus dem Regal, breitete sie nebeneinander auf ihrem Arbeitstisch aus und fotografierte sie mit ihrem Handy für ihren Instagram-Account, wo sie einer nicht gerade kleinen Followerzahl Einblicke in unsere Arbeitswelt gewährte.

»Gut, dass du kommst, Lou«, sagte sie und steckte ihr Handy in ihre Hosentasche. »Welchen Stoff soll ich für das Ferdinand-Kostüm nehmen?«

»Braucht der ein neues?«, wunderte ich mich.

Kim nickte.

»Was machen die Schauspieler nur immer mit den Kostümen?« War es wirklich so schwer, etwas behutsamer mit ihnen umzugehen? In der Spielzeit war es bisher mindestens drei Mal vorgekommen, dass ein Kostüm komplett neu angefertigt werden musste.

Ich ließ meine Tasche neben meinen Stuhl gleiten und ging rüber zu Kim, um die Auswahl zu mustern.

»Jetzt haben sie dir also ein Kostüm anvertraut, Glückwunsch.« Bisher hatte Kim nur Zuarbeiten machen sollen. Aber sie war wirklich gut und verdiente diese Anerkennung.

»Ja, total aufregend.«

»Nimm die Gabardine für die Jacke. Am Infobrett steht, dass alle Herrenkostüme Gabardine als Basis haben sollen.«

»Wirklich? Ist Jersey nicht besser?«, fragte Kim und befühlte ihren bevorzugten Stoff mit Daumen und Zeigefinger. »Er ist weicher und schmiegt sich besser an.«

»Genau, deswegen ist Gabardine vorzuziehen. Die hat einen besseren Sitz und knittert nicht so schnell. Gerade wenn es um Jacken geht.«

»Ja, gut, dann nehme ich die.« Eifrig rollte Kim den Jerseystoff wieder auf und legte ihn ins Regal zurück, als mir noch etwas einfiel.

»Warte noch!« Ich ging zu meinem Arbeitsplatz und zog die obere Schublade des kleinen Werkzeugcontainers auf, um meine Farbpalette herauszunehmen.

»Deine Gabardine ist in Burgunderrot«, war ich mir sicher.

»Burgunder ist doch dunkler mit einem violetten Unterton«, wunderte sich Kim und runzelte die Stirn unter ihrem Strähnchenpony.

»Ferdinand braucht ein warmes Scharlachrot. Außerdem muss der Farbton zu den goldenen Knöpfen passen, aber Gold und ein kühles Burgunderrot beißen sich.« Ich hielt die verschiedenen Rottöne meiner Palette an den Gabardinestoff, bis ich eine übereinstimmende Farbgebung erkannte. »Wie ich es mir dachte, ein helles Burgunder.«

»Wo habe ich nur meinen Kopf? Darauf hätte ich selbst kommen können.«

»Du bist in der Ausbildung, da macht man Fehler und lernt daraus.« Ich strich ihr tröstend über die Schulter, denn ich wusste, wie perfektionistisch Kim war und wie übel sie sich jeden noch so kleinen Fehler nahm. Dann gab ich ihr die Palette für die Farbbestimmung zur Hilfe.

»Mann, Lou, ich werde dich echt vermissen, wenn du hier aufhörst«, sagte Kim traurig. »Ich meine, wie soll das ohne dich werden? Ist nicht fair, dass sie dich nicht in die nächste

Spielzeit übernehmen. Wenn da mal nicht die blöde Estos ihre Finger im Spiel hatte. Was die und Maxim abgezogen haben, geht gar nicht.«

Ob sie recht hatte? Zuzutrauen wäre es Valentina, sie konnte mich noch nie leiden. Aber jetzt hatte sie ja, was sie wollte: Maxim. Ich war wohl kaum mehr eine Bedrohung für sie.

»Du bist eine gute Schneiderin, du kriegst das schon ohne mich hin. Außerdem bin ich nicht aus der Welt. Du hast ja meine Nummer und kannst mich immer anrufen, wenn was ist.«

Kim atmete leise auf. »Danke, Lou.«

Mit ihren süßen neunzehn war sie für mich die kleine Schwester, die ich mir immer gewünscht, aber nie bekommen hatte. Meine Mutter war aufgrund ihres Kontrollzwangs bereits mit mir überfordert gewesen. Ein weiteres Kind war für sie nicht infrage gekommen. Und vielleicht war das auch ganz gut so.

Da keine Scharlach-Gabardine in unserem Regal lag, musste Kim raus ins Lager, um sie zu besorgen. Derweil schnappte ich mir das Kostüm des Ariel von meinem To-do-Stapel, um mit dem Flickwerk zu beginnen. Die Fasern schimmerten sanft und fühlten sich herrlich weich unter meinen Fingern an. Wehmütig untersuchte ich das Gewand nach Rissen, vielleicht das letzte Mal, dass ich mich um unseren Luftgeist kümmerte. Dabei fühlte es sich an, als hätten wir das Projekt gerade erst begonnen. Mein Blick wanderte vom Stoff zu dem Wandspiegel gegenüber, der sich hinter Kims Nähtisch befand. Ein Überbleibsel der Maske, die vor dem Umbau hier unten gewesen war.

Zeitungsartikel von der Premiere im Januar dieses Jahres hingen mit Magneten befestigt an dem Spiegel. *Das Theater-Highlight 2016* lautete eine der Schlagzeilen. Und: *Shakespeares* Sturm *feiert Erfolg in Berlin.* Darunter fanden sich etliche Fotos von dem Großereignis, alle hatten sich in Schale geworfen, ob Premierengast oder Mitarbeiter, sie hielten Champagnergläser in der Hand, lachten und feierten. Auch ich wirkte glücklich, die roten Haare hochgesteckt, in ein schönes Kleid gehüllt, das sogar Maxim an mir gemocht hatte.

»Du siehst sexy aus«, hatte er gesagt. Arm in Arm lächelten er und ich in die Kamera. Die Welt war da noch in Ordnung gewesen. Wie hatte ich ahnen sollen, dass sie bereits einige Monate später gänzlich in Scherben liegen würde?

Jetzt blickte mir eine ganz andere Lou im Spiegel entgegen als die auf den Premierenfotos. Es war die echte Lou, die sich nicht wie ein It-Girl aufbrezelte und lieber in Strickstulpen als High Heels herumlief, die ihren eigenen Stil hatte, zu dem sie stand. Ich hatte lange wellige Haare, die in einem geflochtenen Zopf über meine Schultern glitten, trug nur dezentes Make-up, und unter einer erdfarbenen Strickjacke lugte ein grüner, knöchellanger Rock mit Fransen hervor. Wie aus einem Katalog von Francesca Giuliani. Maxim mochte Boho nicht. Und er mochte kein Grämmchen zu viel auf den Rippen – bei seinen Frauen.

»Hast du zugenommen? Vielleicht gehst du ja doch mal ins Studio«, hallten Maxims Worte in meiner Erinnerung nach. Wieder und wieder hatte er etwas gefunden, das er an mir ausgesetzt hatte. Meine Figur, obwohl ich normalgewichtig war, meine zu langen zu roten Haare. Es hatte mich stets getroffen, an meinem Selbstbewusstsein gerüttelt, und verfehlte selbst jetzt, zwei Monate später, seine Wirkung nicht. Ich betrachtete mich genauer, ich war keine Schönheit, aber vor Maxim war ich immer zufrieden mit mir gewesen. Mir wurde schwer ums Herz, weil mir klar wurde: Er hatte immer schon eine ganz andere Lou gewollt. Eine, die mehr wie die Estos war, eine Schauspielerin, die gern mit ihm im Rampenlicht stand. Aber ich hatte auch etwas aus der Zeit mit Maxim für mich mitnehmen können: Ich würde nicht noch mal erlauben, dass mich jemand kleinmachte.

»Meine Güte, die proben heute wirklich laut, da hat wohl der Neue vom Sound die Anlage auf volle Pulle gedreht und die Mikros der Darsteller übersteuert«, erschreckte sich Kim, als sie plötzlich in unsere Nähkammer zurückkehrte, eine riesige Rolle scharlachroter Gabardine vor sich hertragend, die mit einem Knall auf ihrem Arbeitstisch landete. Erst als unsere Tür ins Schloss fiel, verstummten die kraftvollen Stimmen der Schauspieler und das Fiepen ihrer Headsets, die durch das ganze Theater schallten. Die Freitage im Theater waren in der Tat immer laut und hektisch.

In dem Moment erklang ein Signalton meines Handys, der mich über das Eintreffen einer neuen Mail informierte. Ich sah rasch nach, ließ aber schon beim Lesen des Betreffs die Schultern hängen.

»Wieder eine Absage?«, fragte Kim bedrückt.

Ich nickte nur, es schien doch wie verhext. Wenigstens war es auch diesmal nicht Francesca Giuliani. Ich hatte wirklich Lust auf diesen Job. Ich brauchte diese Veränderung in meinem Leben, hier fiel mir die Decke auf den Kopf. Außerdem hoffte ich, Erfahrungen bei ihr sammeln zu können, die mir später bei der Gründung meines eigenen Geschäfts hilfreich sein würden.

»Du hast das Kostüm nicht links herum gedreht und bringst die Stecknadeln auf der falschen Seite des Stoffes an«, wies mich Kim hin, nachdem wir wieder mit der Arbeit begonnen hatten. Sie hatte recht, die schöne Seite musste nach außen. Solche Fehler passierten mir sonst nicht. Erschöpft sank ich auf meinen Stuhl.

Im Moment lief nichts rund für mich. »Diese vielen Standardabsagen …« Die Sache mit Maxim und der Estos …

»Tut mir echt leid, ist heutzutage nicht einfach. Vielleicht solltest du dir nach der Spielzeit eine kleine Auszeit nehmen, um dich zu ordnen«, überlegte Kim und klang plötzlich mehr wie eine große denn eine kleine Schwester, nämlich überaus vernünftig. »Du hast doch Verwandte an der Ostsee? Das wäre jetzt im Sommer sicher total schön.«

Ich würde tatsächlich lieber an die Ostsee fahren, um bei einem Stück selbstgebackenem Sanddorn-Kuchen den Sommer zu genießen oder dem beruhigenden Rauschen der Wellen zu lauschen und den Geruch von Salz in der Luft in mich aufzunehmen, anstatt auf Jobsuche zu gehen. Insbesondere, wenn diese so frustrierend ablief, wie sie es gerade tat.

In den Dünen spazieren, die Zehen ins kühle Nass tauchen. Wie mir das jetzt guttun würde! Einfach alles hinter mir lassen. Nur für kurze Zeit … um mich zu ordnen.

Meine Großmutter besaß ein kleines Haus samt Änderungsschneiderei im Rostocker Stadtteil Warnemünde, wo ich oft die Sommerferien verbracht hatte, mit der See vor der Tür. Ein wunderschönes zweites Zuhause. Die Erinnerungen an diese Zeiten kamen in mir hoch. Ich hatte nicht nur am Strand von Warnemünde Schwimmen, sondern auch Nähen an Omas Arbeitstisch in ihrem Laden gelernt. Wie ich es geliebt hatte, dem Rattern ihrer uralten Nähmaschine zu lauschen.

Aber derzeit kam ein Urlaub nicht infrage, ich brauchte dringend eine neue Anstellung und musste mich darauf konzentrieren, kein Raum für Erholung. Es blieb mir also nur, in schönen Erinnerungen zu schwelgen und so viel Kraft wie möglich am Wochenende zu tanken …

2. Kapitel

Ein lautes Bimmeln riss mich am frühen Montagmorgen aus dem Schlaf. Ich schreckte hoch und stellte fest, dass ich auf meiner Couch vor dem Fernseher eingeschlafen war.

Benommen tastete ich zwischen dem neuen Giuliani-Katalog, einer leeren Chipstüte und ein paar unbenutzten Taschentüchern nach dem Handy auf dem TV-Tisch und warf einen Blick aufs Display, wo sich ein Foto von meiner Mutter zeigte.

»Hallo?«

Meine Mutter meldete sich nur überaus selten, als Unternehmensberaterin hatte sie stets einen vollen Terminkalender. Dass sie so früh anrief, verursachte ein ungutes Gefühl in meinem Bauch.

»Lou, es ist etwas Schlimmes passiert«, sagte sie auch schon atemlos. Im nächsten Moment stand die Welt still. Ich hörte nur meinen eigenen Herzschlag.

»Oma hatte einen Unfall.«

Jetzt setzte mein Herz einen Takt lang aus.

»Was? Wie geht es ihr?«, sprudelte es aufgeregt aus mir hervor. Ich hatte noch gestern Abend versucht, sie zu erreichen, nachdem ich die letzten Tage so viel über die Ostsee nachgedacht hatte. Ihre Stimme zu hören hätte mich sicher aufgebaut. Doch es war niemand rangegangen. Daher hatte ich geglaubt, sie wäre früh zu Bett gegangen. Nun dämmerte mir, warum ich sie nicht erreicht hatte. Meine Oma war mit ihren neunundsechzig Jahren zwar taufrisch, aber ›Unfall‹ konnte so ziemlich alles bedeuten!

»Sie ist vom Fahrrad gestürzt und hat sich den Kopf angeschlagen. Ihre Nachbarin Irmgard Nawrath hat mich informiert. Sie wird im Uniklinikum behandelt. Irmchen sagt, es wäre nur eine Platzwunde, doch man behält sie zur Beobachtung da.«

Unruhig stand ich auf und lief in meinem Wohnzimmer auf und ab. Platzwunde schön und gut, aber was meinten die Mediziner denn noch beobachten zu müssen?

»Ich würde gern nach Oma sehen, bin aber gerade in London gelandet, weil ich auf einer Konferenz zum Thema ›Neue Wege für Start-ups im Social-Media-Bereich‹ einen Vortrag halten soll. Die Veranstaltung läuft über mehrere Tage. Und Papa versinkt in all den Rechnungen und Bilanzen für die Buchhaltung. Er muss die Termine seiner Firma unbedingt einhalten. Doch es wäre gut, wenn jemand nach ihr sieht. Könntest du vielleicht …«

»Ich fahre zu ihr!«, unterbrach ich sie entschlossen. Wenn Oma Hilfe brauchte, gab es keinen Kompromiss für mich.

»Das wäre toll, Schatz. Ich mache mir Vorwürfe«, erklärte sie. »Ich hatte eigentlich längst zu ihr fahren und sie besuchen wollen. Aber die letzten Male hat sie mich nicht gerade willkommen geheißen.«

Zwischen Oma und meiner Mutter flogen oft die Fetzen, immer waren sie verschiedener Meinung, egal um was es ging. Als käme die eine vom Mars und die andere von der Venus. Allerdings waren sie sich in einer Hinsicht ähnlich: Sie trugen beide das Herz auf der Zunge, und wenn sie sich erst so richtig kabbelten, gab keine von ihnen nach. Manchmal fiel der Apfel eben doch nicht weit vom Stamm. Ich hatte einige Male zwischen ihnen vermittelt, aber diesmal schien es ärger zu sein als sonst. Dennoch spürte ich, wie sehr sich meine Mutter sorgte.

»Ein Handy hat sie sich immer noch nicht angeschafft. Sonst hätte ich sie auch in der Klinik angerufen«, klagte meine Mutter. »Und bei der Zentrale vom Krankenhaus lande ich ständig in der Warteschleife. Wäre Irmchen nicht gewesen, wüssten wir nichts von dem Unfall. Sie hat keinem gesagt, dass man uns benachrichtigen soll, Irmchen hat von sich aus angerufen. Kannst du dir das vorstellen?«

Es passte eigentlich nicht zu Oma, uns im Unklaren zu lassen, Streit hin oder her. Das verstärkte meine Sorge.

»Ich habe das Gefühl, dass irgendetwas nicht stimmt«, meinte nun auch meine Mutter. »Irmchen hat merkwürdig rumgedruckst, ich musste ihr alles aus der Nase ziehen, und dann hat sie auch noch schnell aufgelegt, als ich gefragt habe, wer sich nun um das Geschäft kümmert.«

Das klang alles gar nicht nach meiner Großmutter! Ein Grund mehr, sofort aufzubrechen. Das hieß, nachdem ich alles im Theater geregelt hatte.

»Ich kümmere mich um Oma!«, versicherte ich Mama noch mal.

»Ich versuche so schnell wie möglich nachzukommen.«

Klang nach einem Plan.

Nachdem wir aufgelegt hatten, machte ich mir eine Liste für die Dinge, die ich vor meinem Aufbruch zu erledigen hatte. Als Erstes rief ich unsere Personalabteilung an, um zu klären, ob ich für ein paar Tage freinehmen konnte. Mein Urlaub war schon aufgebraucht, doch ich hoffte, dass man mir unbezahlten Urlaub genehmigte.

Ich wusste, wenige Wochen bevor der Vertrag auslief, war das alles andere als günstig. Und unsere Personalchefin galt auch nicht als besonders umgänglich. Kim nannte sie gern »Mini-Drachen«, was nicht nur ihrer geringen Körpergröße geschuldet war, sondern auch ihrer hohen Stimme, die Frequenzen erreichte, welche den fehlerhaften Rauchmelder meiner Nachbarin vor Neid erblassen ließen. Ich freute mich wenig auf das Gespräch. Aber nachdem ich die Situation geschildert hatte, zeigte sich die Personalchefin überraschend verständnisvoll. Sogar so verständnisvoll, dass ich mir einen

Moment lang nicht sicher war, ob ich überhaupt den Mini-Drachen am Apparat hatte, wäre da nicht die verräterische Stimme gewesen.

»Ein familiärer Notfall geht vor, das fällt in den Bereich der Kurzzeitpflege von Angehörigen«, sagte sie völlig unaufgeregt.

»Das heißt, Sie genehmigen den Urlaub?«, versicherte ich mich.

»Können Sie abschätzen, wie lange Ihre Angehörige Ihre Hilfe benötigt?«

Ich vermutete, eine Woche käme hin.

»Ich mache mir einen Vermerk.«

»Und ist der Urlaub genehmigt?«, fragte ich vorsichtig noch mal, ich wollte dem Mini-Drachen nicht durch mein Nachhaken verärgern.

»Natürlich. Wir brauchen allerdings einen schriftlichen Antrag. Wenn Sie es schaffen, schicken Sie uns diesen umgehend zu, Sie erhalten dann eine Bestätigung von uns.«

Es lebe die Bürokratie. Wieso sollte es einfach sein, wenn's auch kompliziert ging. Aber immerhin, der Sonderurlaub war genehmigt!

»Kein Problem, ich kümmere mich darum. Und vielen Dank für Ihr Verständnis!«

»Natürlich, Frau Baumeister. In solch einer Lage gibt es kein Wenn und Aber, ich habe persönliche Erfahrung mit Angehörigenpflege.«

Ah, deswegen war die Personalchefin so handzahm.

»Ich hoffe, Ihrer Großmutter geht es bald besser.«

»Danke«, sagte ich ehrlich.

Dann legte ich auf und setzte mich an den Laptop, um gleich den Antrag zu verfassen. Im Internet gab es Vorlagen, was die Sache einfach machte. Schließlich druckte ich das Dokument aus, unterschrieb es und steckte es in einen Umschlag. Nachdem ich den Brief frankiert hatte, widmete ich mich dem nächsten Punkt meiner Planung. Ich suchte per Handy die Fahrzeiten nach Rostock ab Bahnhof Zoo heraus und buchte gleich eine Fahrkarte für den Zug in zwei Stunden. Bis dahin hatte ich noch einiges zu erledigen. Rasch verschwand ich im Bad, zog mich anschließend an und holte meine Reisetasche unter dem Bett hervor, um das Nötigste zu packen.

Sicher vergaß ich die Hälfte, doch die Sorge um meine Großmutter trieb mich zur Eile. Ich kontrollierte, ob alle technischen Geräte aus waren, und bestellte dann ein Taxi, schlüpfte in meine Schuhe, warf mir die Tasche über die Schulter und verließ meine Wohnung mitsamt meines Antrags in der Hand, um bei Frau Krause nebenan zu klingeln.

Die ältere Dame öffnete mir, eine Kippe hing ihr aus dem Mundwinkel. Sie erinnerte mich an eine der Schwestern von Marge Simpson. »Joa?«, fragte sie und sah mich müde an.

»Ich muss ganz dringend nach Rostock, liebe Frau Krause, eine Familienangelegenheit. Wären Sie so nett, meine Pflanzen zu gießen und ab und zu nach der Post zu sehen?« Ich half ihr immer beim Einkäufe-Hochtragen oder nahm Pakete für sie an, im Gegenzug sah Frau Krause nach meiner Wohnung, wenn ich verreiste. Ich hoffte daher, dass sie das auch diesmal für mich machen würde.

»Aber sicher, Frau Baumeister«, entgegnete sie mit rauchiger Stimme und hielt die faltige Hand auf. Ich machte die Ersatzschlüssel von meinem Schlüsselbund ab und gab sie ihr.

»Vielen lieben Dank, Frau Krause, Sie helfen mir sehr. Der Zimmerefeu braucht immer feuchte Erde. Beim Drachenbaum reicht es, wenn er Ende der Woche etwas Wasser bekommt. Aber das wissen Sie sicher noch. Ich habe beide noch mal gegossen.«

»In Ordnung. Das mache ich für Sie.«

»Sie haben was gut bei mir, Frau Krause.«

Jetzt musste ich mich beeilen, das Taxi wartete sicher

schon. Außerdem musste ich noch den Brief einwerfen, zum Glück stand direkt vor unserem Mietshaus ein Briefkasten.

Als ich endlich im Zug nach Rostock saß, schaute ich aus dem Fenster und beobachtete einfach nur die Landschaft, die sich zusehends veränderte, um mich von dem Trubel von heute Morgen etwas zu erholen. Wolken zogen gemächlich über den Himmel, und eine Schar riesiger Windräder zeigte sich bald am Horizont, die sich um die Wette drehten. Ich kam aber kaum dazu, den Anblick zu genießen. Hoffentlich war Oma okay. Sie war eine taffe Frau, gut organisiert und ehrgeizig. Seit Opa gestorben war, führte sie den Laden im Sanddornweg allein. Ich hatte immer den Eindruck gehabt, sie würde selbst in ihrem Alter noch Bäume ausreißen können. Dass sie nun im Krankenhaus lag, besorgte mich sehr.

Ich sollte ihr sagen, dass ich kam. Dann konnte ich auch gleich nachhaken, wie es ihr ging. Also schnappte ich mir mein Handy, suchte im Netz nach der Nummer des Uniklinikums und rief an, in der Hoffnung, nicht in der Warteschleife zu landen wie Mama.

Aber genau dort fand ich mich wieder. Zehn Minuten später fürchtete ich, dass es teuer werden würde, und legte auf. Wie ärgerlich, heutzutage aber wohl ganz normal.

Plötzlich bimmelte das Handy, noch bevor ich es wieder weggesteckt hatte.

Es war Kim, die sich über WhatsApp meldete.

Was ist passiert? Oberding sagt, du kommst nicht mehr zur Arbeit?

Ich muss mich um meine Oma kümmern. Später mehr!, schrieb ich zurück, um Kim nicht in der Luft hängen zu lassen. Aber mehr wusste ich ja im Moment selbst noch nicht.

Der Zug fuhr anderthalb Stunden später ins wunderschöne Rostock ein. Ich verspürte einen Anflug von Nostalgie, als ich durch das Fenster die Grünanlagen und vielen Häuser vorbeirauschen sah, die mit schönen Außenfassaden versehen waren. Sogar den alten stillgelegten Wasserturm konnte ich erkennen, bevor der Hauptbahnhof in mein Blickfeld rückte und mein Herz schneller klopfte. Endlich war ich da.

3. Kapitel

Wegen der beginnenden Sommer- und Urlaubssaison war am Hauptbahnhof fast so viel los wie am Bahnhof Zoo. Ich folgte den Menschen durch die Halle zum Ausgang.

Auf dem Platz vor dem weitläufigen Gebäude, dessen Fassade himmelblau leuchtete, hielt ich inne, um mich zu orientieren. Google Maps hatte mir verraten, dass das Uniklinikum im Nordosten der Stadt lag, südlich von Hohe Düne. Ich brauchte ein Taxi, das ging schneller als mit öffentlichen Verkehrsmitteln.

Hastig lief ich über den Asphalt zum nächstgelegenen Taxistand, doch kurz bevor ich ihn erreichte, rutschte mir der Träger meiner Reisetasche von der Schulter, und mein unhandliches Gepäck sackte zu Boden.

Ich hievte den Gurt wieder hoch, als mich jemand von hinten anrempelte und überholte. Der Kerl hatte so viel Schwung drauf, dass er mich von den Füßen riss. Ich knallte hin, während der Fremde seelenruhig die Tür des nächstbesten Taxis öffnete und einstieg.

»He! Sie …« Mir fehlten die Worte.

Er reagierte nicht mal.

»Autsch!«, grummelte ich, als ich ein fieses Brennen verspürte. Ich hatte mir das Knie aufgeschlagen, Blut floss über meine Haut. Auch das noch. »Vielen Dank!«, rief ich dem Kerl nach, der aber schon davongebraust war. Doch selbst wenn er mich gehört hätte, es wäre ihm wohl egal gewesen.

»Was für ein Arsch!«, hörte ich eine warme, samtene Stimme hinter mir. Ich wandte den Kopf. Ein hochgewachsener Mann stand hinter mir. Da mich die Sonne stark blendete, waren seine Züge nur schemenhaft. Also legte ich eine Hand über meine Augen, was nur bedingt half.

»Entschuldigen Sie meine Wortwahl. Warten Sie, ich helfe Ihnen.« Eine starke Hand griff nach meinem Arm. Mit einer erstaunlichen Leichtigkeit zog mich der Fremde auf die Beine.

»Danke«, murmelte ich.

»Sind Sie in Ordnung? Sie bluten ja.«

Ich schaute an mir runter, mein Knie hatte ganz schön was abbekommen, aber es war sicher nur eine Schürfwunde.

Er reichte mir ein Taschentuch, das er aus seinen beigen Shorts zauberte.

»Bitte.«

Als ich es entgegennahm, bemerkte ich seine leicht gebräunte Hand.

Ich wischte mein Knie vorsichtig ab und zischte. Tat doch mehr weh als erwartet.

»Ich muss ins Krankenhaus«, murmelte ich und faltete das Taschentuch zusammen. Ich stand ganz schön unter Zeitdruck, Oma brauchte mich.

»Ganz so schlimm ist es, glaube ich, nicht.«

Seine Stimme war tief und männlich, doch auch sanft. Etwas kribbelte in meinem Nacken bei diesem Timbre. Was mich irritierte, denn so was war mir noch nie passiert. Konnte eine Stimme einen streicheln?

»Ich meine, ich muss zu meiner Großmutter ins Uniklinikum.« Ich blickte wieder zu ihm hoch, während ich das Taschentuch in meine hintere Hosentasche stopfte. Noch immer konnte ich sein Gesicht nicht richtig erkennen, nur, dass er markante Züge hatte und volles Haar. Auch ihm hing eine Tasche über der Schulter. Außerdem roch er angenehm nach Nüssen und Moschus. »Wenn hier mal ein Taxi frei wäre, würde das helfen.« Ich ärgerte mich noch immer über diesen Grobian, der es mir vor der Nase weggeschnappt hatte.

»Das haben wir gleich«, sagte der Fremde amüsiert und

wandte sich um. Aus dem Hauptbahnhof kamen immer mehr Menschen, und der Platz davor füllte sich.

»Was haben Sie denn vor?«, wunderte ich mich, aber ich bekam keine Antwort. Seine hochgewachsene Gestalt verschwand irgendwo in der Menge.

Sollte ich hier auf ihn warten? Eigentlich wollte ich weiter, doch die kleinste Bewegung genügte, das Brennen wieder aufleben zu lassen. Erneut begutachtete ich mein Knie, es sah nicht schlimm aus, tat aber wirklich gemein weh. Außerdem blutete es wieder. Mit dem Taschentuch, das ich wieder hervorzog, versuchte ich die Blutung zu stillen, indem ich es vorsichtig auf die Stelle drückte. Das half zumindest ein wenig.

Plötzlich hielt ein Taxi direkt vor mir, und ein Mann mit hellblauem Shirt und beigen Shorts, der auf der Rückbank saß, öffnete mir lächelnd die hintere Tür.

»Steigen Sie bitte ein«, forderte er mich auf. Er war es. Ich erkannte seine Stimme, und nun konnte ich ihn auch richtig sehen. Ein Mann wie aus einer Werbeanzeige: Dreitagebart, schwarze Haare, gewinnendes Lächeln. Und geheimnisvolle dunkle Augen, die einen in ihren Bann zogen. Er stieg aus und deutete einladend zur Tür des Wagens.

»Für mich?«

»Wenn Sie mögen?«

»Und Sie? Wollen Sie denn kein Taxi?«, wunderte ich mich.

»Ich dachte, wir teilen es uns«, sagte er und deutete auf meine Tasche, die noch über meiner Schulter hing.

»Vielleicht müssen wir gar nicht in dieselbe Richtung«, gab ich zu bedenken.

»Das Uniklinikum liegt auf meinem Weg.«

Na, wenn das so war. Warum eigentlich nicht.

»Darf ich?«, fragte er und wartete, bis ich zustimmte, dann nahm er mir die Tasche ab und ließ mein Gepäck im Kofferraum verschwinden.

»Wollen wir?«

Er lächelte charmant und ließ mich nicht aus den Augen, während er um das Taxi herumlief. Ich war ziemlich überrascht, dass er das für mich, eine quasi Fremde, machte, und fand es unglaublich sympathisch. Ich nahm Platz, schnallte mich an, und er stieg von der anderen Seite dazu.

Wieder dieser Duft. Ich versuchte ihn zu ignorieren, aber das war kaum möglich. Stattdessen sog ich ihn auf und versank tiefer im Leder der Rückbank.

»Wo müssen wir hin?«, fragte der Fahrer, und mein Begleiter nannte ihm unseren ersten Halt.

»Danke, das war wirklich nett von Ihnen, mir zu helfen«, sagte ich ehrlich. »Wenn Sie nicht gerade auch am Bahnhof gewesen wären, würde ich wohl jetzt noch einem Taxi nachjagen.« Vielleicht saßen wir ja sogar im gleichen Zug, überlegte ich und musterte ihn genauer. Offensichtlich hatten wir jedoch in unterschiedlichen Klassen gesessen. Auch wenn er normale Sommerkleidung trug, sah mein Schneiderinnenauge, sie war teuer. Ich hingegen saß in meinem rostroten Strickkleid mit Beinstulpen und einem angeschlagenen Knie neben ihm, die Haare zu roten Zöpfen gebunden und hochgedreht. Gegensätzlichere Fahrgäste hatte unser Taxifahrer sicher selten.

Mein Begleiter stützte den Kopf in die Hand und musterte mich, als fiele ihm unsere Ungleichheit auch gerade auf. Sein intensiver Blick schickte ein Kribbeln über meine Wangen. Dennoch rechnete ich mit einem abfälligen Kommentar, weil ich das durch Maxim gewöhnt war, der meinen Sinn für Mode gern infrage gestellt hatte. Aber der Fremde sagte nichts dergleichen, stattdessen empfand ich sein Lächeln als warm und herzlich.

»Ihrem Knie geht's gut?«, fragte er besorgt.

»Es ist schon wieder vergessen«, versicherte ich ihm. Es

war ja nur eine Schramme. Es hatte außerdem aufgehört zu bluten und, was noch wichtiger war, zu brennen.

»Henrik Manteufel«, stellte er sich vor und hielt mir die Hand hin, die groß und kräftig war, mit schönen, langgliedrigen Fingern.

Ich nahm seine Hand an, die sich angenehm anfühlte. »Teufel, ja? Da hoffe ich, der Name ist nicht Programm?«

Er lachte. Es klang sexy. »Wer weiß?«

»Lou … Louisa Baumeister«, sagte ich ein bisschen durcheinander. Etwas Teuflisches hatte er definitiv an sich. Anders konnte ich mir nicht erklären, wie er mich so schnell in seinen Bann zog.

»Freut mich sehr.« Grübchen bildeten sich an seinen Wangen. Mir waren noch nie so viele Details an jemandem aufgefallen, den ich gerade erst kennengelernt hatte.

»Sie sind also wegen Ihrer Großmutter in der Stadt? Ich hoffe, es ist nichts Ernstes …«

»Sie hatte einen Unfall. Ich weiß nicht, wie es ihr geht. Ich erfahre es erst dort.« Ich fragte mich, wie es überhaupt zu dem Unfall hatte kommen können. Hatte Oma die Kontrolle über ihr Fahrrad verloren? Einfach so? Kam mir unwahrscheinlich vor. Tief atmete ich durch. Meine Oma war einer der wichtigsten Menschen in meinem Leben. Ich hoffte, sie war okay. Aber was, wenn mehr dahintersteckte?

»Es ist sicher alles in Ordnung«, sagte Henrik beruhigend, und ich war, so merkwürdig es klang, froh, dass er hier war. Irgendwie lenkte er mich ab. Seine Stimme fuhr meinen Stresspegel herunter. Und ohne ihn, da war ich mir sicher, hätte ich mir die ganze Fahrt über nur noch mehr Sorgen gemacht.

»Ich unterbreche die Herrschaften ungern: Wir sind gleich da«, warnte uns der Fahrer in grummeliger Manier vor.

»Danke«, sagte ich und erkannte bereits die Klinik am Ende der Straße.

Als der Wagen hielt, erspähte ich durchs Fenster einen mehrstöckigen Gebäudekomplex, in dessen unzähligen Fensterreihen sich der azurblaue Sommerhimmel spiegelte.

»Ihre Großmutter wird sich freuen, Sie zu sehen, da bin ich mir sicher«, munterte Henrik mich auf.

Wir schnallten uns ab. Hier endete also unsere gemeinsame Fahrt. Ich drückte die Tür auf, und mit mir kam auch sein angenehmer Duft hinaus, der mich umspielte, bis ein Windstoß ihn fortblies.

»Ich helfe Ihnen noch«, sagte Henrik, stieg aus und befreite meine Reisetasche aus dem Kofferraum, während ich nach meinem Geldbeutel in meiner Strickhandtasche suchte.

»Wie viel schulde ich Ihnen?«, fragte ich und schaute durchs Fenster auf das Taxometer, doch Henrik schüttelte den Kopf.

»Ihre Strecke lag auf meinem Weg. Ich würde mich nicht wohl fühlen, Ihnen etwas abzuknöpfen.«

»Danke«, sagte ich leise. Das war wirklich nett von ihm.

»Ihre Tasche.«

Ich steckte die Geldbörse wieder ein, und er reichte mir die Tasche. Dabei berührten sich kurz unsere Hände. Meine Haut fing an der Stelle an zu kribbeln. Irritiert hängte ich mir die Tasche über die Schulter und betrachtete dann meine Finger.

»Alles Gute für Ihre Großmutter«, sagte Henrik und ging um den Wagen herum. Er schenkte mir ein letztes Lächeln, dann setzte er sich ins Auto, und der Wagen fuhr los.

Und mir wurde klar, ich würde ihn nicht wiedersehen, was ich plötzlich schade fand. Was für eine merkwürdige Begegnung. Einen Moment lang sah ich ihm nach, ehe ich mich fasste und mitsamt meiner Reisetasche in die Lobby des Hospitals begab. Krankenhäuser waren nicht nur so klinisch rein, dass man sich im Boden spiegelte, sie wirkten immer etwas kühl, sodass ich augenblicklich einen kleinen Schauer verspürte.

Ich fragte mich am Empfang durch, wurde auf die neurologische Station geschickt, wo ich Omas Krankenzimmer suchte und mithilfe einer zuvorkommenden Pflegerin fand. Zimmer zwölf. Ich zog die schwere Tür auf und betrat endlich das lang gesuchte Zimmer mit klopfendem Herzen.

Das rechte Bett war leer, in dem anderen lag meine Oma. Sie blätterte in einem Magazin und riss erschrocken die Augen auf, als sie mich sah.

»Lou?«

Sie sah sehr dünn aus, aber immer noch adrett, und zum Glück wirkte sie nicht halb so mitgenommen, wie ich es befürchtet hatte. Wenn man von dem Verband absah, der um ihren Kopf gewickelt war und unter dem ihre schneeweißen, kinnlangen Haare hervorlugten. Und sie bekam es irgendwie hin, trotz der wenig modischen Krankenhauskluft so adrett wie Helen Mirren auszusehen.

»Du liebes bisschen, was machst du denn hier?«, wunderte sie sich und legte das Magazin auf ihren Rolltisch.

Ich umarmte sie innig.

Ich konnte spüren, wie dünn sie war. Meine Oma war seit jeher eine sehr schlanke Frau, Sorgen hatte ich mir deswegen noch nie gemacht. Nun aber kam sie mir zerbrechlich vor.

»Irmchen!«, fiel es ihr ein. »Das sieht ihr ähnlich. Ich hatte sie doch extra gebeten, niemanden zu informieren! Ist deine Mutter etwa auch hier?«

»Mutti sitzt in London fest.«

Ich zog einen Stuhl zu ihrem Bett heran. Oma Viola hatte also wirklich nicht gewollt, dass wir von dem Unfall erfuhren? Meine Mutter hatte ja gemeint, sie hätte offenbar auch dem Krankenhauspersonal nichts von uns erzählt. Sonst hätten die uns doch angerufen anstatt Irmchen. Aber warum hatte Oma das so gewollt?

»Möchtest du nicht, dass wir dich besuchen kommen?«,

fragte ich traurig und verwirrt. Wenn es meiner Großmutter nicht gut ging, wollte ich ihr beistehen!

Oma drückte sanft meine Hand. »Du kannst immer zu mir kommen, Lou, das weißt du doch. Und Annia und ich – wir sprechen derzeit nur das Nötigste. Aber das ist jetzt egal.«

»Warum auch immer ihr euch gestritten habt, ihr solltet wieder miteinander reden«, beharrte ich. Gerade jetzt.

Oma nickte langsam, was mich erleichterte.

»Mama hat sich auch große Sorgen um dich gemacht«, betonte ich.

»Aber es ist doch nichts passiert. Ich verstehe die ganze Aufregung nicht.«

»Ach, Oma … das ist doch ganz normal, du bist uns wichtig.« Meine Oma war die liebste Person, die ich kannte, wenn sie etwas aber nicht mochte, dann war es, im Mittelpunkt zu stehen oder eben anderen Sorgen zu machen. »Jetzt verrate mir bitte, was ist denn überhaupt passiert?«

Oma seufzte. »Ich bin nur vom Fahrrad gestürzt, als ein Auto dicht an mir vorbeigefahren ist. Ich wollte ausweichen und habe das Gleichgewicht verloren.« Ihre Hand wanderte zu ihrem Hinterkopf und tastete über dem Verband eine Stelle ab. »Der Fahrer hat einen Krankenwagen gerufen, weil ich kurz das Bewusstsein verloren hatte.«

Was völlig richtig gewesen war. Ich konnte nicht verstehen, wie Oma das auf die leichte Schulter nahm! Aus ihrem Mund klang es wie eine Lappalie.

»Hast du keinen Helm getragen?«, fragte ich besorgt.

Oma senkte den Kopf. »Die Ärzte haben deswegen schon mit mir geschimpft. Aber mein alter Helm ist kaputt, und ich wollte doch nur, wie jeden Morgen, den Sanddornweg runterfahren und dann in die Fjordstraße rein, um im Supermarkt einzukaufen, wie ich es seit Jahren mache. Und nie ist etwas passiert.«

»Jetzt aber schon«, erinnerte ich sie. Wir konnten froh sein, dass nichts Schlimmeres geschehen war.

»Sie haben mich gleich zwei Tage zur Beobachtung hierbehalten und auch in so eine Röhre geschoben. Ich hoffe, dass sie mich bald entlassen. Das Essen hier ist, unter uns gesagt, grässlich. Gestern gab es ein Steak wie eingeschlafene Füße. Ich bin wirklich nicht wählerisch … Erzähl das alles bitte nicht deiner Mutter!«

»Aber wieso …«

»Es geht mir doch gut, wir wollen sie nicht aufregen.«

Die Tür ging auf, und ein Mann im weißen Kittel betrat das Zimmer, den Blick auf die Akte in seiner Hand gerichtet. »Guten Tag, Frau Bartschek«, sagte er und hielt inne, als er mich sah. »Sie haben Besuch.«

»Meine Enkelin.«

»Guten Tag«, grüßte ich den Arzt, der mir freundlich zunickte.

»Werde ich heute entlassen, Herr Doktor?«, fragte Oma hoffnungsvoll.

Der Arzt lachte. »Sie haben es wohl eilig? Wir wollten Sie eigentlich heute noch zur Beobachtung hierbehalten, Frau Bartschek.«

»Was möchten Sie denn noch beobachten, mir geht es gut!«, beharrte Oma freundlich, aber bestimmt.

Der Arzt musterte mich erneut. »In meinen Unterlagen steht, dass Sie allein leben. Aber wenn Ihre Enkelin die nächsten Tage nach Ihnen schaut, können wir Sie auch heute schon entlassen.«

»Ja, das mache ich gern«, bot ich an.

Meine Großmutter faltete überaus erfreut die Hände, als wollte sie ein Dankesgebet gen Himmel senden.

»Ich muss allerdings die Entlassungsunterlagen vorher von unserem Chefarzt unterzeichnen lassen. Das wird noch ein bisschen dauern, weil er noch nicht im Haus ist.«

»Wann kommt er denn?«, hakte Viola ungeduldig nach.

Der Arzt deutete auf seine Armbanduhr. »In zwei Stunden, schätze ich. Es ist nur eine Formalität, wir warten auch noch auf den Ausdruck Ihrer Blutergebnisse. Das Entlassungsgespräch können wir aber jetzt schon führen.«

»Ja, dann machen wir das!«

Wieder blätterte er in seinen Unterlagen. »Wir haben keine Anzeichen für eine Gehirnerschütterung gefunden, wie Sie ja bereits wissen, auch keine anderweitigen Auffälligkeiten im Kopfbereich, von der Platzwunde am Hinterkopf abgesehen.«

»Das ist wohl gut, nehme ich an.«

»Sie hatten Glück im Unglück, auch kleine Stürze können große Folgen haben. Aber Sie sind mit einem blauen Auge davongekommen. Ich muss Sie noch abschließend untersuchen.«

»Oh, natürlich.«

Der Arzt beugte sich über sie und leuchtete ihr mit einer winzigen Taschenlampe abwechselnd in die Augen. »Pupillenreflexe normal.« Dann musste sie ein paar merkwürdige Anweisungen ausführen wie den Arm heben, die Augen abwechselnd öffnen und schließen oder die Stirn runzeln. »Sie machen einen hervorragenden Eindruck, Frau Bartschek.«

Oma lächelte zufrieden.

»Die nächsten Tage ruhen Sie sich bitte noch aus. Nichts Schweres heben, zwei Wochen lang kein Sport. Die Wunde am Kopf ist recht groß.« Dies sagte der Untersucher in meine Richtung.

Und ich passte besser auf, dass Oma sich an die Vorgaben hielt und nicht gleich wieder in ihrer Änderungsschneiderei arbeiten wollte.

»Natürlich, Herr Doktor«, sagte Oma.

»Dann alles Gute für Sie, Frau Bartschek. Ich stelle Ihnen noch ein Rezept für ein Schmerzmittel aus. Und sollte es Ihnen plötzlich schlechter gehen, Sie Schwindel, Übelkeit oder starke Kopfschmerzen verspüren, melden Sie sich bitte umgehend bei uns oder Ihrem Hausarzt.«

»Das wird sie, dafür sorge ich schon«, fiel ich Oma ins Wort, bevor die überhaupt hatte antworten können. Wie ich Oma kannte, wollte sie niemandem zur Last fallen und würde eher tagelang mit schwerer Migräne ausharren, als ihrem Hausarzt durch einen unangekündigten Besuch Zeit zu rauben.

»Ich werde mich an die Anweisung halten, aber das Schmerzmittel brauche ich nicht.«

Skeptisch zog der Doktor die Braue hoch, und Oma beharrte, dass sie eh keine Chemie zu sich nehme. Ich konnte nur hilflos die Schultern zucken.

»Also kein Rezept«, meinte er und machte sich eine Notiz.

»Ganz genau.«

»Dann ist das ja geklärt«, sagte der Mann im Kittel und verabschiedete sich.

Oma kletterte sofort aus ihrem Bett, zog eine Tasche unter diesem hervor, die frappierend meiner ähnelte – wir hatten offenbar einen recht ähnlichen Geschmack –, und durchsuchte diese gewissenhaft.

»Ach du liebes bisschen!«

»Was hast du, Oma?«

»Ich habe gar keine frischen Sachen«, stellte Oma plötzlich fest. »Das hatte ich völlig vergessen. Irmchen ist ja wirklich eine Seele von Mensch, sie hat mir die Tasche hier gepackt und hergebracht, sogar was zu lesen hat sie für mich besorgt. Sieh, alles da, Shampoo, Seife, Zahnputzzeug, Bademantel, Hausschuhe – nur saubere Kleidung hat sie vergessen.«

»Das ist doch kein Problem, ich fahre rasch zu dir nach Hause und hole etwas Frisches zum Anziehen. Du musst ja eh noch auf den Chefarzt warten. Bei der Gelegenheit kann ich auch deine Tasche und die alte Wäsche schon mal mitnehmen.«

»Ach, Lou, ich will dir doch nicht noch mehr Umstände machen.«

»Tust du nicht, Oma. Ich rufe mir gleich ein Taxi! Und ich bin so schnell wie möglich wieder hier, um dich dann abzuholen.« Schon hatte ich mein Smartphone in der Hand, um das Taxi zu bestellen.

4. Kapitel

Das Taxi hielt vor dem Torbogen, der das altehrwürdige Sanddorn Hotel mit dem Fischbistro Krabbenstube verband, in dem man die besten Fischbrötchen der Stadt essen konnte. Ein wohliges, nostalgisches Gefühl wärmte mir die Brust beim Anblick der beiden Gebäude mit ihrem historischen Flair, die den Sanddornweg flankierten. Mein zweites Zuhause …

»Der Rest ist für Sie«, sagte ich zum Fahrer und händigte ihm das Geld aus, schnallte mich ab und stieg aus, um meine und Omas Taschen aus dem Kofferraum zu nehmen. Schon kam mir der belebende Duft der See entgegen, den ich tief einsog.

Da ich etwas Zeit hatte, bevor ich ins Krankenhaus zurückmusste, folgte ich gemächlich dem Pfad unter dem Möwenbogen hindurch, dessen Innenwände durch wild wachsende Efeuranken grün leuchteten. Ein paar der Blätter verdeckten die silberne Gedenktafel, die man dem Ehepaar Sanddorn aufgrund seiner gemeinnützigen Taten gewidmet hatte. Opa hatte mir früher oft erzählt, dass der Sanddornweg nicht nach dem Küstenstrauch, sondern nach Carlotta und Reginald Sanddorn benannt worden war, denen Anfang des 20. Jahrhunderts sowohl das Sanddorn Hotel mit seinen fünf Stockwerken und dem imposanten mehrstufigen Mansardendach als auch viele der Läden in der kleinen Geschäftsstraße gehört hatten. Für die damalige Zeit sollen sie sehr modern und innovativ gewesen sein.

Ich trat aus dem Bogen. Die Sicht auf die schräge Gasse wurde frei, deren idyllischer Anblick in mir die schönsten Sommererinnerungen wachrief. Der Sanddornweg war so gut versteckt, dass man ihn leicht übersah. Aber wer ihn fand, wurde mit der zauberhaften Sicht auf alte, leicht schiefe Häuschen belohnt, die aus einer anderen Epoche zu stammen schienen und wie in Reih und Glied nebeneinanderstanden. Mansardendach an Mansardendach.

Ich lief die kleine Einkaufsgasse hinunter, ein paar Passanten mit Einkaufstüten kamen mir entgegen. Das Kopfsteinpflaster machte den Weg uneben, weswegen ich zum Bürgersteig auf der linken Seite wechselte.

Ich schaute links und rechts zu den Wohnetagen hoch, an deren Fenstern unzählige Blumen blühten, die in bunten Kästen steckten. Darunter fanden sich viele Geschäfte, vom Blumenladen bis zum Fahrradverleih. Hier wohnte man, wo man arbeitete. Nicht so wie in Berlin, wo mich allein der Weg zum Theater jeden Tag eine halbe Stunde hin und eine halbe Stunde zurück kostete.

Ich kam an Buchmanns vorbei. Konnte ein Buchhändler einen passenderen Namen haben? In seinem Schaufenster lagen verschiedene Bilderbücher und Romane aus, die fast schon antiquarisch wirkten. Offenbar gab es diesen grimmigen alten Kauz immer noch, stellte ich erfreut fest.

Mein Blick schweifte rüber zur anderen Straßenseite, wo sich das Geschäft von Omas Nachbarin und guter Freundin Irmchen befand, ohne die wir nichts von Omas Unfall erfahren hätten. Irmchen gehörte quasi zur Familie. Direkt über der schmalen geöffneten Holztür hing ein Schild mit der Aufschrift *Souvenirs*. Auch dieses Lädchen wirkte ein wenig aus der Zeit gefallen, aber genau das machte den Charme des Sanddornwegs aus. Schließlich stand ich vor Omas Laden direkt neben dem Buchgeschäft. Die heruntergelassenen Jalousien verhinderten einen Blick ins Innere von Bartscheks Änderungsschneiderei & Schusterei.

Ich musterte die Fassade in gedämpftem Zyan, mein

Schneiderinnen-Auge konnte die Farbe sehr genau einstufen. Unter dem Fenster im oberen Stock rankte Efeu.

Ich ging zur Haustür an der Seite des Gebäudes und schloss sie mit dem Schlüssel auf, den Oma mir mitgegeben hatte. Darauf fand ich mich in einem winzigen Treppenhaus wieder, das zur oberen Etage führte. Ich nahm mehrere Stufen gleichzeitig und gelangte durch eine quietschende Tür in den schmalen Flur der Wohnetage. Es roch etwas muffig. Und nach dem Holz der Dielen. Ich stellte unsere Reisetaschen im Flur ab, um dann durch die einzelnen Räume zu gehen und ein paar Fenster zu öffnen. Auf diese Weise arbeitete ich mich zu der gemütlichen Wohnstube mit der offenen Küche vor, die unverändert war, selbst der Röhrenfernseher stand noch auf dem massiven Fernsehtisch. Auch hier öffnete ich das Fenster. Die Seeluft, die nun zu mir hereinströmte, war so angenehm frisch, dass ich einen Moment innehielt und sie tief einatmete. Es war so ein schönes Gefühl, wieder hier zu sein.

Anschließend ging ich in Omas Schlafzimmer, um Kleidung aus ihrem Schrank zu holen. Mir fiel gleich auf, dass nur eine Seite des Doppelbetts benutzt wirkte. Unwillkürlich schluckte ich und wandte mich ihrem Kleiderschrank zu. Als ich die Rolltür ein Stück zu weit aufzog, sah ich, die andere Seite war leer. Erneut spürte ich einen Kloß im Hals, denn Opas Sachen waren weg. Ich schnappte mir eine Blumenbluse und einen langen, dunklen Rock, begeistert davon, wie sehr sich Omas und mein modischer Geschmack ähnelten. Der Apfel fiel eben nicht weit vom Stamm … und ja, dieses Outfit hätte auch aus meinem Schrank stammen können …

Plötzlich klingelte es an der Tür. Wer konnte denn das sein?

Ich eilte durch den Flur ins kleine Treppenhaus nach unten, um zu öffnen. Eine ältere Frau, kaum größer als einen Meter fünfzig, hielt mir lächelnd eine Tupperdose mit Suppe vor die Nase.

»Oi«, machte sie überrascht. Ihre Stimme klang rau und bärig, insbesondere in Relation zu ihrer kompakten Erscheinung. »Ich wollte zu Viola, dachte, sie wäre wieder da? Hab jemanden ins Haus gehen sehen.«

Na, das war ich gewesen.

»Irmgard!«, erkannte ich die propere Frau mit den raspelkurzen grauen Haaren wieder, deren Spitzen jedoch einen leicht rosa Touch hatten. Außerdem, Irmgards Anker-Tattoo, das an ihrem Unterarm prangte, hätte ich überall erkannt.

»Beim Klabautermann! Da versenk mich doch einer, wenn das nicht Louisa ist!« Dass Irmchen in jungen Jahren, bevor sie ihren Souvenirladen eröffnet hatte, auf einem Fischkutter gearbeitet hatte, merkte man ihr zweifelsohne heute noch an. »Hätte dich fast nicht erkannt. Meine Augen sind nicht mehr die besten!« Ein strahlendes Lächeln spiegelte sich in ihren rauen Zügen. Dann drückte sie mich kräftig an sich. Ehrlich gesagt ein bisschen zu kräftig. »Wie geht's dir?«

Na ja, wenn man davon absah, dass ich auf Jobsuche war, eine Trennung hinter mir und meine Oma einen Unfall hatte, ging es mir bestens.

Sie ließ mich los, musterte mich von oben bis unten.

»Ganz okay«, sagte ich diplomatisch. »Und ja, Oma kommt heute aus dem Krankenhaus raus, es geht ihr so weit gut. Sie muss sich nur die nächsten Tage etwas schonen. Ich hole gerade ein paar Sachen für sie.«

»Ach, die Ärmste. Wirklich schlimm, dieser Unfall. Sie hat in letzter Zeit viel Pech. Aber wie sagt man so schön, wenn 'nem Seemann das Wasser bis zum Hals steht, sollte er den Kopf nicht hängen lassen.«

»Was ist denn noch passiert?«, horchte ich auf.

Aber Irmchen winkte schon ab. »Da wird der Laden wohl eine Weile geschlossen bleiben, wenn sie sich schonen muss. Du weißt ja, wie sie ist. Immer Hummeln im Hintern, mutet sich viel zu viel zu«, sinnierte sie und brachte mich auf eine Idee.

»Ich könnte ihn ja vorübergehend führen, dann hat Oma keine Einbußen.« Ein paar Tage würde ich ja hierbleiben, bis es Oma eben besser ging.

»Du?«, fragte Irmchen verblüfft, und ihre Augen zuckten merkwürdig. Ihr Blick ging über meine Schulter hinweg, und als ich ihm folgte, landete er bei der hinteren Ladentür, die ins Treppenhaus überging.

»Ich bin auch Schneiderin«, erklärte ich Irmchen.

»Jaja … sicher … aber du bist doch nicht zum Arbeiten hier.«

»Das macht mir nichts aus.«

»Oi … wenn du meinst … dachte ja nur …«

Irmchen wich meinem Blick aus. Irgendetwas stimmte hier nicht, das spürte ich bis in die Zehenspitzen. Warum druckste Irmchen so komisch herum? Das war ja auch schon Mama aufgefallen, als sie mit Irmchen telefoniert hatte.

»Hand aufs Herz, was ist hier los?«

»Ich weiß nicht, was du meinst, Kind.«

»Irmchen …«

»Besprich das mit ihr …«, murmelte Irmchen, und ich wurde das Gefühl nicht los, dass sie mir etwas verschwieg. »Ist ja vielleicht sowieso gut, wenn ihr mal redet …« Wieso schaute sie dann schon wieder zur hinteren Ladentür? »Ich muss dann wirklich los. Grüß Viola von mir, ja? Und hier, die Suppe! Mit extra viel Chili.« Irmchen drückte mir die Suppenbox in die Hand und hatte es mit einem Mal sehr eilig.

Schon düste sie los, und ich, die Suppenbox unter den Arm geklemmt, schloss die Haustür wieder. Ich sollte wohl wirklich darauf achten, dass Oma sich schonte. Und dass sie genügend zu essen bekam. Ich war mir sicher, es mir nicht einzubilden. Sie hatte abgenommen. Noch mehr besorgte mich allerdings mein ungutes Gefühl im Bauch. Seit Omas

Fahrradunfall verhielt sich niemand mehr, wie ich ihn kannte. Die sonst so raubeinige Irmchen hatte nervös wie das Kaninchen vor der Schlange (oder wie sie vermutlich selbst sagen würde: wie der Fisch an der Angel) gewirkt, und meine Großmutter machte plötzlich auf geheimnistuerisch, alles hatte ich ihr aus der Nase ziehen müssen. Ich war sicher, wenn es nach ihr gegangen wäre, wüssten wir bis heute nichts von dem Unfall.

Der seltsam muffige Geruch stieg mir wieder entgegen, kaum, dass die Haustür geschlossen war. Mein Blick fiel erneut auf die gegenüberliegende Tür, die in den Laden führte. Mein drängendes Bauchgefühl trieb mich dazu, den Knauf zu drehen …

Aber sie war verschlossen. Mit klopfendem Herzen holte ich den Schlüssel, der am Bund hing, aus meiner Hosentasche, steckte ihn ins Schloss und drehte ihn um. Mit einem Klack gab das Türschloss nach. Im nächsten Augenblick trat ich mit Pudding-Beinen ein. Stickige Luft und ein Geruch nach Staub stiegen mir entgegen. Das Licht, das durch die Lamellen der Jalousien drang, blendete mich im ersten Moment. Dann gewöhnten sich meine Augen ganz langsam an die Umgebung. Ich knipste das Licht neben der Tür an.

Mir stockte der Atem. Die Suppenbox fiel mir aus den Händen, und der Inhalt verteilte sich mit einem Platsch über den Boden.

Es sah aus wie eine Rumpelkammer, nicht wie eine Änderungsschneiderei. Das hatte ich von außen nicht sehen können, weil die Jalousien runtergelassen worden waren. Hier war lange Zeit niemand mehr gewesen. Aber wie konnte das sein? Der Laden war doch sechs Tage die Woche geöffnet. Was war passiert? Und wieso hatte Oma nichts gesagt, wir hatten doch vor dem Unfall einige Male telefoniert. Mit keinem Wort hatte sie erwähnt, dass der Laden dicht war.

Ich sah mich im Raum um.

Auf der linken Seite waren Opas Schlüsselmaschinen und das Regal mit dem Schusterwerkzeug. Ich erinnerte mich, wie er hinter der Theke gestanden und die verschiedenen Fräsmaschinen für unterschiedliche Schlüsselarten bedient hatte. Er hatte mich angelächelt und seine auffällige Zahnlücke im Oberkiefer offenbart. »Willst du auch mal den Hebel drehen?«, hatte er mich gefragt, und ich hatte es mit aller Kraft versucht, es aber nicht geschafft, war ich doch kaum älter als acht gewesen. Opas Lachen hallte noch jetzt in meinen Ohren nach. Aber Opa war nicht mehr hier. Und seine Maschine von Spinnennetzen bedeckt. Eingestaubt wie in einem Museumsarchiv.

Ich schluckte, und das Herz wurde mir unendlich schwer. Da, wo Omas Nähmaschine gerattert hatte, stapelten sich eingestaubte Stoffrollen, die meine Großmutter nicht wie üblich im Lager verstaut hatte.

Ich lugte durch den Perlenvorhang in den kleinen Raum, in dem Oma bei ihren Kunden Maß genommen hatte. Wenn diese einverstanden gewesen waren, hatte ich sogar zugucken dürfen, wie meine Großmutter bei zu großer Kleidung gewissenhaft den Stoff mit Nadeln abgesteckt hatte, während die Kundschaft auf einem Hocker hatte balancieren müssen. Manchmal war die Kleidung aber auch zu eng gewesen. Dann hatte Oma mit ihrem Maßband alle Körperlängen nachgemessen, von der inneren Bein- über die Rückenlänge, die Halsbreite oder die Brusttiefe. Die Daten hatte sie sich sorgsam in ein Notizbüchlein geschrieben. Ebendieses lag nun auf einem eingestaubten Tisch. Der Fenstervorhang war zugezogen, das Nähkästchen hing auf halb acht über der Tischkante und sah aus, als würde es bei der kleinsten Erschütterung runterfallen, Spinnenweben hingen an den Wänden. Es wirkte wie ein komplett anderer Ort, doch es war derselbe. Ich schob das Nähkästchen auf den Tisch zurück und wischte mir dann den Staub von den Fingern. Oma hatte uns die ganze Zeit im

Glauben gelassen, alles wäre wie immer. Doch in Wahrheit existierte die Änderungsschneiderei nicht mehr.

Seufzend fiel mein Blick auf die Suppenbox am Boden und deren Inhalt. Ich verließ das Zimmer, holte Küchenrolle von oben und beseitigte das Malheur.

Danach kehrte ich mit einem Kloß im Hals in die Wohnung über dem Laden zurück, um Oma frische Kleidung zu holen. Ich war fertig mit den Nerven.

5. Kapitel

»Du bist schon die ganze Fahrt über so schweigsam«, wunderte sich Oma, als sie sich zwei Stunden später mit meiner Hilfe auf ihr Bett setzte. Im Krankenhaus war die Entlassung dann doch recht flott gegangen, und das Taxi hatte schon bereitgestanden, als wir aus dem Gebäude gekommen waren. Man hatte meiner Großmutter auch den Verband abgenommen, nun klebte nur noch ein Pflaster an ihrem Hinterkopf. Immer wieder glitt ihre Hand dorthin.

»Du solltest es lieber noch dranlassen. Es darf kein Schmutz in die Wunde kommen.«

»Aber es ziept in meinen Haaren.«

Missmutig ließ sie die Hand sinken. Und ebenso missmutig stemmte ich die Hände in die Seiten.

»Du hast doch was«, beharrte meine Großmutter.

Ich wusste nicht, wie ich es ansprechen sollte …

»Ich suche dir einen Schlafanzug«, entschied ich, um etwas Zeit zu gewinnen, und hantierte bereits an der Tür ihres Schranks, als Oma zärtlich lachte. »Das ist wie früher. Nur mit vertauschten Rollen.«

»Was meinst du?«, wunderte ich mich. Ich hatte einen gepunkteten Sommer-Pyjama im oberen Fach gefunden und angelte mit ausgestrecktem Arm nach diesem. Als ich ihn endlich in die Finger bekam, platzierte ich ihn auf dem Hocker neben ihrem Bett. Langsam streifte sie ihre Bluse ab, ich half ihr dabei. Was ich da unten im Laden gesehen hatte, nagte an mir. Aber Oma tat, als wäre die Welt in bester Ordnung. Sie war so überzeugend, dass ich mich fragte, ob der Sturz auf den Kopf möglicherweise zu Erinnerungslücken geführt haben könnte.

»Weißt du das nicht mehr?«, fragte sie mich.

Geschickt schlüpfte sie in ihr Schlafanzugoberteil. Ich half ihr, es an den Schultern zu richten, weil der Stoff Falten warf. Sie hatte zweifelsohne abgenommen. Das Hemd sah aus, als wäre es zwei Nummern zu groß, was besorgniserregend war, da meine Oma immer schon gertenschlank gewesen war.

»Als du bei uns zu Besuch warst und plötzlich diesen Magen-Darm-Infekt bekommen hattest.«

Oh, wie könnte ich den Infekt je vergessen. Ich war elf gewesen, hatte mich die ganze Zeit auf die Sommerferien an der Ostsee gefreut, und kaum war ich zwei Tage in Warnemünde gewesen, war ich krank geworden. Oma hatte mir jeden Tag eine schöne Brühe gekocht und mir vorgelesen. Das war die Viola Bartschek, die ich kannte. Aber jetzt kam mir meine Oma wie ein anderer Mensch vor. Zumindest schien es so, als könnte ich eine Amnesie ausschließen, ihr Gedächtnis funktionierte prächtig.

Es gelang uns, sie von dem langen Rock, den ich für sie ausgesucht hatte, zu befreien, indem ich ihr diesen über die Beine zog. Danach streifte ich ihr die Pyjamahose über. Was nicht ganz einfach war, da sie ihre Beine nicht lange hochhalten konnte. Vor allem ihre Oberschenkel waren erschreckend dünn, die Knie spitz und knochig.

»Klar weiß ich das noch. Das war trotzdem einer meiner schönsten Sommer hier«, sagte ich ehrlich. Auch Gina, meine Freundin aus der Krabbenstube, hatte mich einige Male besucht und mit mir Karten gespielt. Zwar hatte ich einige Tage im Bett verbracht, doch selten war mir so viel Aufmerksamkeit zugefallen.

Ich organisierte noch einen feuchten Wickel, der auf Omas Stirn landete. Die Erinnerungen an damals waren wunderschön, aber sie wurden von den aktuellen Bildern aus dem Laden überlagert, der wie nach einem Sturmangriff ausgesehen hatte. Ich hatte erneut die Spinnenweben, die eingestaubten Maschinen und achtlos liegen gelassenen Stoffrollen vor meinem inneren Auge. Nie hatte die Änderungsschneiderei so ausgesehen. Rastlos blieb ich mitten im Raum stehen, fuhr mir übers Gesicht.

»Jetzt raus mit der Sprache, Lou. Ich bin alt, aber nicht blind, dich bedrückt doch etwas.«

Ich atmete tief durch. Wenn ich es jetzt nicht ansprach, entwickelte ich vermutlich das am schnellsten wachsende Magengeschwür der Geschichte.

»Was ist hier nur los, Oma?«, fragte ich und streckte beide Arme zu den Seiten aus. »So kenne ich dich nicht. Was ist passiert? Warum ist der Laden eine Rumpelkammer?«

Omas Augen weiteten sich. Sekundenlang starrten wir uns einfach nur an.

»Irmchen …«, murmelte sie ärgerlich. »Du solltest das eigentlich gar nicht wissen.«

»Irmchen hat nichts damit zu tun.« Ich setzte mich auf die Bettkante. Oma schloss gequält die Augen. »Ist es wegen Opa?«

Vor zwei Jahren war er gestorben. Für Oma war eine Welt zusammengebrochen. Wir hatten schon damals befürchtet, sie würde es nicht verkraften. Opa und sie hatten ihr ganzes Leben miteinander verbracht, waren unzertrennlich gewesen. Doch sie war stärker gewesen als erwartet. Vielleicht war das nur Fassade?

Sie schüttelte den Kopf.

»Was ist es dann?«

Oma atmete tief durch. »Konkurrenz belebt nicht immer das Geschäft, manchmal kann es ein Geschäft auch zerstören. Nachdem Anfang des Jahres die Textilreinigung Sauber Fresh nur zwei Straßen weiter von hier eröffnet hat, sind immer weniger Kunden gekommen, dann gar keine mehr. Ich dachte noch: Das ist nur eine Phase, bald geht es wieder bergauf, aber das war nicht der Fall. Ich habe nur noch pro forma geöffnet, und irgendwann gar nicht mehr«, sagte Oma mit fester Stimme.

»Sauber Fresh?«

»Die gehören zu einer großen Kette.«

Ich googelte den Namen rasch mit meinem Handy und fand heraus, es gab elf Filialen in zehn Großstädten, Berlin hatte gleich zwei.

»Die bieten auch einen Änderungsservice an zu Preisen, mit denen ich nicht mithalten kann. Die Leute gehen lieber dorthin. Kann man ihnen nicht verdenken, oder?«

Ja, das war für so einen kleinen Laden sicher schwer zu verdauen.

»Ich bin jetzt im Ruhestand«, erklärte sie.

Ich nickte langsam, irritiert war ich trotzdem, denn der Zustand des Ladens sprach nicht für sich. Ein Gefühl, als hätte ich gerade mal die Spitze des Eisbergs gesehen, überkam mich. Oma war nicht nur seit jeher ein ordentlicher Mensch, sie war überaus penibel. Dass das Geschäft je so aussehen würde, hätte ich mir nicht träumen lassen.

»Ich bringe das alles wieder in Ordnung«, sagte sie.

»Was meinst du damit? In Ordnung bringen?« Sie wich meinem Blick aus. Sprach sie davon, die Änderungsschneiderei aufzuräumen? Mein Bauch drückte, ich war mir sicher, sie spielte auf etwas anderes an.

»Hör mal, lass uns ab jetzt ganz offen miteinander sein, wenn da noch mehr im Argen liegt, wäre jetzt der richtige Zeitpunkt, es zu sagen.«

Oma Viola ließ die Schultern hängen und nickte sehr schwerfällig. Dann griff sie nach dem Klappfach ihres Nachtschranks und zog es auf, holte eine Sammlung an Briefen und Dokumenten hervor, die sie mir reichte.

Mein Herz klopfte, als ich die vielen Mahnungen sah. Meine Oma hatte Zulieferer nicht bezahlt sowie Ratenzahlungen an die Bank versäumt. Zuvor hatten Opa und sie einen Kredit zur Dachreparatur aufgenommen. Mit jedem weiteren Mahnbrief schoss die Schuldensumme in die Höhe. Zumindest hatte sie eine Ratenpause beantragt, aber der Stundungszeitraum lief aus. Allmählich zeichnete sich ein Bild, das mir ganz und gar nicht gefiel.

»Das alles sollte keiner von euch erfahren«, wiederholte sie, ihre Stimme brach. »Niemand weiß davon, außer Irmchen. Und so sollte es bleiben, bis alles wieder im Lot wäre. Ich habe doch immer meine Dinge selbst geregelt … dass es so weit kommen würde, hätte ich nicht geahnt. Ich bin abgerutscht, aber wollte es nicht wahrhaben, deswegen blieb die Ladentür zu.«

Es brach mir fast das Herz. Schämte sich Oma dafür, dass ihr alles über den Kopf wuchs? Hatten wir deswegen nichts erfahren? Wahrscheinlich hatte sie vor lauter Kummer kaum noch was gegessen.

Ich war mit der Durchsicht der Briefe fertig und spürte einen immensen Druck auf der Brust, denn was sich hier herauskristallisierte, gefiel mir gar nicht.

»Oma … du stehst kurz vor der Insolvenz«, sagte ich mit zitternder Stimme. Der Schaupalast hatte vor knapp drei Jahren schon mal vor einer ähnlichen Situation gestanden. Wäre das Theater nicht durch eine medienwirksame Spendenaktion gerettet worden, hätten wir alle unsere Jobs verloren, und das alte Gemäuer wäre verkauft worden. Das drohte auch meiner Oma, doch ich war nicht sicher, ob sie sich über den Ernst der Lage im Klaren war.

»Du könntest das Haus verlieren.«

Oma nickte, sie schien es zu wissen oder zumindest damit zu rechnen, jedenfalls wirkte sie gefasst.

»Du brauchst einen Plan«, erklärte ich. »Vielleicht schalten wir Mama ein.«

Streit hin oder her. Meine Mutter war in Gelddingen wirklich gut. Sie gab nicht umsonst Seminare für Gründer. Sie kannte alle Tricks und Kniffe, um schnell an Kredite zu gelangen und diese umgehend zurückzuzahlen, begleitete Start-ups auf ihrem Weg zum Erfolg oder baute jene wieder auf, die vor dem Aus standen.

»Annia«, schnaubte Viola. »Meine erfolgreiche Tochter glaubt doch, ich käme nicht allein zurecht.«

Na ja, danach sah es ehrlich gesagt aus ... Ich verkniff mir jedoch jeden Kommentar. Ich hatte erst mal zu verarbeiten, was hier passiert war. Und – dass Oma uns nicht vertraute.

»Ich will nicht, dass sie hiervon erfährt. Sie würde mich nur drängen, das Haus zu verkaufen. Oder es der Bank zu überlassen. Und auf ihr ›Ich habe es ja immer gewusst‹ habe ich erst recht keine Lust. Nein, ich will ihre Hilfe nicht!«

Da musste einiges zwischen meiner Mutter und Oma vorgefallen sein. Zu dem ersten Stein in meinem Magen, der sich wegen der drohenden Insolvenz gebildet hatte, gesellte sich nun ein zweiter hinzu, weil meine Familie so zerstritten schien, dass man nicht mal mehr offen über alles sprach.

»Was ist denn nur passiert?«, fragte ich frustriert.

»Darüber will ich jetzt nicht reden.«

»Aber ...«

»Es geht doch jetzt ums Haus, oder? Ich habe längst einen Plan!« Kämpfergeist flammte plötzlich in ihrem Blick auf. »Oder denkst du wirklich, ich hätte mir nichts überlegt, um aus dieser Situation herauszukommen?« Das klang schon eher nach meiner Großmutter.

Ich hätte lieber geklärt, was zwischen Oma und meiner Mutter vorgefallen war, doch ich war sicher, Oma würde dichtmachen, wenn ich auf das Thema zurückkäme. Außerdem klang es, als hätte sie zumindest noch einen Strohhalm, an dem sie sich wegen der drohenden Pfändung festhalten konnte. Viel Zeit blieb ihr nicht, alles zu regeln.

»Dann lass hören.«

»Punkt eins: Die versäumten Raten habe ich inzwischen beglichen, samt Zinsen.«

»Woher hattest du denn das Geld?«

»Ich habe Opas altes Motorrad verkauft. Ich hatte keine Ahnung, dass es wertvoll war. Irmchen hat mich darauf gebracht, es schätzen zu lassen. Es gibt Sammler, die dafür einiges hinblättern. Fiel mir nicht leicht, du weißt, wie sehr Opa sein Motorrad geliebt hat.« Sie seufzte. »Aber ich musste es tun, denn sonst hätten sie den Kredit direkt gekündigt, was bedeutet hätte, dass sie mir das Haus sofort weggenommen hätten.«

»Gut, um die versäumten Raten müssen wir uns also nicht länger sorgen.«

»Richtig, das größere Problem sind die Raten, die ich nach Ablauf der Stundung weiter zahlen muss.«

»Hast du noch andere Wertgegenstände, die man veräußern könnte?«

»Leider nein. Aber ich bekomme bald Besuch von einem jungen Mann, der den Laden vielleicht mieten möchte. Und das bringt mich zu meinem Punkt zwei.«

»Gewerbeflächenvermietung?« Das konnte funktionieren. Sobald Oma Mieteinnahmen hätte, wäre sie liquide und könnte die Ratenzahlung wieder aufnehmen. Doch der Laden war gerade nicht unbedingt vorzeigetauglich. Also für Mietinteressenten unattraktiv. Aber das konnte man ändern und vor dem Eintreffen des Interessenten noch sauber machen.

Sie wirkte überaus entschlossen. »Vor dem Unfall habe ich begonnen, mich damit zu beschäftigen. Denn genau wie dir war auch mir bewusst, dass es so nicht weitergehen kann. Ich habe mich von der Entwicklung niederrollen lassen. Aber jetzt stehe ich wieder auf den Beinen. Ich werde alles tun, um das Haus zu retten. Der Sanddornweg hat eine gute Lage zwischen der Seepromenade und Am Strom, bis zum Hafen ist es genauso nur ein Katzensprung wie bis zum Teepott«, erklärte sie und wedelte mit dem Finger vor meinem Gesicht.

»Die Mieten hier sind human, nicht so hoch wie direkt am Hafen. Also perfekt für Gründer!«

Ich sah Oma überrascht an. Gründer? Sie kannte sich scheinbar wirklich mit der Materie aus. Oder sie hatte das von meiner Mutter aufgeschnappt, die, um hip zu sein, auch stets von Gründern sprach.

»Irmchen hat doch einen Laptop mit Internet.«

Echt? Oma surfte im Netz?

»Vielleicht ist ja nun auch Zeit für ein Handy?«, schlug ich vor. Mama und ich hatten ihr oft dazu geraten, aber Oma hatte es stets mit der Begründung abgelehnt, dass sie gar nicht immer erreichbar sein wolle. Zu Hause und im Geschäft genüge das Festnetz.

»Wozu brauche ich schon ein Handy, Lou? Das verursacht doch auch nur Kosten.«

»Gibt ja auch Prepaid. Außerdem, nach dem Unfall hättest du damit Hilfe rufen können.«

»Ich wurde ja auch so ins Krankenhaus gebracht, davon abgesehen bimmeln diese Dinger ständig und überall. Geht dir das nicht auf die Nerven? Mir schon. Jetzt lass mich dir doch von meinem Plan erzählen. Ich habe alles noch vor dem Unfall recherchiert und sogar eine Anzeige online geschaltet. So hat mich der Herr Müller, der sich den Laden ansehen kommt, auch gefunden. Also, was denkst du? Ich bleibe hier wohnen, beziehe Einnahmen aus der Miete, und der Laden steht auch nicht länger leer.«

Klang vielversprechend. Es surrte.

»Mein Handy«, sagte ich entschuldigend.

»Und da bimmelt's schon los.« Oma rollte mit den Augen.

»Ich schalte es aus«, versprach ich und zog es aus der Hosentasche. Das Foto meiner Mutter erschien auf dem Display.

»Annia?«, schlussfolgerte Oma aus meinem Blick.

»Ich muss ran, sie will bestimmt wissen, wie es dir geht. Und vielleicht hat sie ja auch noch eine Idee ...«

»Ich will ihre Hilfe nicht! Außerdem ist sie doch gerade in London, oder? Da kann sie ruhig noch eine Weile bleiben.«

Ich seufzte. Oma konnte wirklich stur sein. Ich musste die beiden dazu bringen, wieder miteinander zu sprechen. Aber das würde Zeit und viel Geduld erfordern, die Fronten schienen dicht, zumindest von Omas Seite.

Ich klickte auf Anruf annehmen. »Hallo, Mama«, sagte ich und beobachtete, dass Oma sich verkrampfte. »Oma hat tatsächlich nur eine kleine Platzwunde, ihr geht's gut ... Verstehe ... ja, genau ... Ach, du willst sie sprechen?«

Oma schüttelte vehement den Kopf. Was sollte ich machen?

»Sie ruht sich gerade aus, später wäre es besser ... Oh, okay, dann viel Erfolg bei deinem Vortrag ... richte ich ihr aus ... Ich dich auch! Tschüss!« Mama war schon wieder auf dem Sprung und hatte nur kurz durchgeklingelt.

Ich steckte das Handy weg und atmete tief durch. So konnte es zwischen den beiden nicht weitergehen. Mama wäre genau die richtige Ansprechpartnerin für diese Sache. Andererseits saß sie gerade wirklich in London fest. Aber vielleicht war ja bald alles unter Dach und Fach mit dem Mieter, und dann hätte Oma erst mal Ruhe vor der Bank.

»Danke, dass du nichts gesagt hast«, meinte Oma.

Besser wäre es gewesen. Aber vielleicht würden wir es auch allein hinbekommen.

»Wann kommt der Mann wegen des Ladens?«

»Donnerstag um zwölf.«

»Gut, dann haben wir noch Zeit. Ich fange schon mal an, die Schneiderei in Ordnung zu bringen, damit sie funkelt und glänzt, wenn dein Interessent kommt. Er soll einen guten Eindruck bekommen.« Das musste einfach klappen.

So, wie das Geschäft jetzt aussah, würde Herr Müller eher

die Beine in die Hand nehmen, als einen Mietvertrag zu unterzeichnen. Es war so viel zu tun, dass ich sicher auch morgen und übermorgen noch gut beschäftigt sein würde.

»Moment mal, Lou, musst du nicht nach Berlin zurück?«

»Keine Sorge, ich bleibe bis Sonntag.« Ich schätzte, bis zum Wochenende konnten wir das meiste in Ordnung, zumindest aber ins Rollen bringen. Wir hatten also sieben Tage. Und danach konnte ich, wenn nötig, von Berlin aus weiterhelfen oder Mama einschalten, bevor Oma doch noch das Haus verlor. Doch diese Woche wollte ich uns geben.

Oma Viola schaute unglücklich drein. »Das kann ich nicht erlauben, du hast sicher selbst genug um die Ohren, als dass du deine Zeit mit einer sturen alten Frau vergeuden wolltest.«

»Stur? Stimmt.« Ich zwinkerte, griff nach ihrer Hand. »Ich bin gern bei dir, Omsi, weil du mir wichtig bist. Ich will dir helfen. Außerdem tut mir die Ablenkung gut. In Berlin wartet derzeit niemand auf mich.«

Ich sah in Omas Blick, dass sie mich verstand, hatte ich ihr doch bei einem Telefonat vor ein paar Wochen von meinem Jobproblem und Maxim erzählt. Sie zog mich an sich, und plötzlich war sie es, die mich tröstete.

»Der junge Mann aus Berlin ist ein Dummkopf«, sagte sie bestimmt und streichelte meine Schulter. »Und einen neuen Job findest du auch ganz bald, so hilfsbereit und engagiert wie du bist.«

»Ach, Omsi …«

»Das ist die Wahrheit … ich bin froh, dass du hier bist und das Versteckspiel ein Ende hat.«

Ich spürte, wie erleichtert sie war. Und ich war es auch. Denn eine Lösung war in Sicht.

Eine Weile lagen wir einfach nur da, so wie früher. Dann war ich es, die plötzlich Hummeln im Hintern verspürte. Dass der Laden eine Rumpelkammer war, ließ mir einfach keine Ruhe. Ich wollte das schnell in Ordnung bringen.

»Ich lege dann mal los, es ist viel zu tun im Laden.«

»Ich kann mich doch nicht auf die faule Haut legen, während du die ganze Arbeit machst! Das kommt nicht infrage!«

»Du hattest einen Unfall, Omsi«, erinnerte ich sie. »Zumindest heute solltest du dir noch etwas Ruhe gönnen. Und ich mache auch nur ein paar Kleinigkeiten.«

»Lou …«

»Ich meine es ernst, Oma. Es nützt niemandem, wenn du dich jetzt überforderst und zusammenklappst.«

Oma presste die Lippen zusammen. »Na schön, aber morgen helfe ich! Ein bisschen Staubwischen wird mich schon nicht umbringen.«

6. Kapitel

Mein Handywecker klingelte um acht Uhr morgens. Ich schaltete ihn reflexartig aus und brauchte einen Moment, ehe ich mich orientiert und registriert hatte, dass ich gar nicht in meiner kleinen Wohnung in Berlin-Mitte war, sondern in meinem alten Zimmer in Omas Haus, das sich all die Jahre nicht verändert hatte. Die Tapete mit den kleinen Segelschiffen, die langen ockerfarbenen Vorhänge vor dem Fenster und der altmodische Kiefernschrank gegenüber, der mehr Fächer aufwies, als man erahnte. Auf ihm saß meine alte Teddybär-Sammlung.

Lediglich die Fotowand über mir hatte früher in der Wohnstube gehangen. Bilder von Opa und Oma zierten diese. Einige zeigten meine Großeltern am Strand mit einer etwa zehnjährigen Lou in einem gepunkteten Badeanzug und mit roten Zöpfen. Ich betrachtete schlaftrunken ein weiteres Bild, meine Eltern und ich vor dem Leuchtturm an der Warnemünder Strandpromenade neben dem Teepott. Und Oma und Opa, wie sie sich bei Sonnenuntergang küssten. Eine Weile schaute ich mir dieses Bild an, meine Großeltern wirkten unendlich glücklich. Ich wusste, dass Opa die große Liebe in Omas Leben gewesen war, aber jetzt war sie allein, und das tat mir unendlich leid. Es war nicht einfach, seine andere Hälfte zu verlieren. Und mein Bauchgefühl sagte mir, dass nicht allein Sauber Fresh die Ursache für die Entwicklung rund um die Änderungsschneiderei war.

Ich stand auf, duschte und klopfte sacht an Omas Tür. »Bist du schon wach?«, fragte ich leise.

»Komm rein«, sagte Oma nicht viel lauter, ihre Stimme klang jedoch ein wenig verzerrt.

»Alles in Ordnung?«, fragte ich besorgt und trat ein.

Oma lehnte mit dem Rücken in ihrem Kissen und hielt sich den Kopf mit einer Hand. »Tut mehr weh, als ich dachte.«

»Du hast ja auch kein Schmerzmittel gewollt.«

»Das ist doch alles pure Chemie.«

»Hat aber im Krankenhaus geholfen, oder?«

Oma Viola sah es seufzend ein. Ihr gequälter Blick sprach Bände.

»Ich sag dir was, ich geh zum Bäcker und hole uns frische Brötchen fürs Frühstück und dann zur Apotheke, wo ich dir was gegen die Kopfschmerzen besorge. Ich hab nämlich in den Unterlagen, die sie uns gestern mitgegeben haben, doch ein Rezept entdeckt.«

»Also schön, dann doch Chemie.«

»Wirst sehen, es geht dir schnell besser.«

Ich machte mich sofort auf den Weg, und als ich mit meiner Ausbeute zurückkehrte, bereitete ich ein ordentliches Frühstück zu, das ich Oma ans Bett brachte. Dazu stellte ich ein Glas Wasser aufs Nachttischchen und legte eine Kopfschmerztablette daneben. Beherzt griff sie zu, probierte ein Marmeladenbrötchen und eins mit Rahmkäse.

»Nachher gehe ich noch einkaufen, du hast nicht viel im Haus. Anschließend mache ich im Laden weiter.« Ich hatte gestern schon einiges geschafft, vor allem viel Zeugs weggeworfen und das Regal in der kleinen Kammer ausgemüllt. Das Geschäft war stark eingestaubt, das Lager nicht gut organisiert, Stoffrollen lagen kreuz und quer, ein bisschen, als hätte ein Orkan gewütet.

»Lou, jetzt mach mal halblang. Das kann ich nicht erlauben«, sagte Oma ernst und legte ihr Brötchen auf den Teller zurück. »Das sind meine Aufgaben, die kann ich dich nicht machen lassen. Außerdem, musst du nicht Bewerbungen schreiben? Ich komme hier allein zurecht. Du hast doch schon so viel getan. Ich fühle mich jedenfalls nicht wohl, wenn du wegen mir hier bleibst, obwohl du eigene Probleme hast«, sagte Oma voller Sorge.

»Das haben wir doch schon besprochen. Ich bleibe die Woche hier, bis es dir besser geht und das mit dem Laden geregelt ist. Bewerbungen kann ich auch mit dem Handy verschicken. Außerdem sind noch so einige von mir in Umlauf.« Vielleicht kam die Tage doch noch eine Zusage. Ich hoffte immer noch auf Francesca Giuliani.

»Das ist doch albern, der Job geht vor. Ich kann das Geschäft allein in Ordnung bringen.«

»Du gehst vor! Du hattest einen Unfall«, erinnerte ich sie. »Und Kopfschmerzen hast du auch, du solltest dir noch einen Tag Ruhe gönnen. Oder willst du zurück ins Krankenhaus?« Wenn es schlimmer wurde, war das vielleicht nötig. »Du sollst dich nicht überanstrengen, hat der Arzt gesagt.«

»Ich liege also nur rum und tue nichts? Das kann ich nicht, Lou.«

»Machst du ja gar nicht. Du sammelst Kräfte, um schnell gesund zu werden.«

Oma rollte mit den Augen.

Wir aßen auf, Oma nahm ihre Tablette, und ich machte zu ihrem Leidwesen den Abwasch, kaufte wie angekündigt im Supermarkt ein. Auf dem Rückweg schaute ich in der Krabbenstube vorbei, um uns ein paar Fischbrötchen fürs Mittagessen mitzunehmen. Der Geruch von Pfeffermakrele und Muscheln waberte durch das rustikale Etablissement. Als Frau Haas, die Wirtin des Hauses, mich sah, begrüßte sie mich überschwänglich und nahm mich fest in die Arme.

»Was für eine schöne Überraschung, Lou! Dass du wieder mal hier bist! Ich hoffe, mit Viola ist alles in Ordnung?«

Ich stockte, zum Glück fiel mir aber rechtzeitig ein, dass

Frau Haas sicher den Unfall, nicht aber Omas finanzielle Misere meinte, denn von der sollte ja niemand erfahren. Schon etwas komisch, vor allen ein Geheimnis zu haben, aber ich verstand Oma auch.

»Sie erholt sich«, sagte ich also.

»Das freut mich, die Ärmste. Das muss ein riesiger Schreck gewesen sein, vom Auto geschnitten zu werden. Aber nun bist du ja hier, um sie zu versorgen. Wenn wir früher gewusst hätten, dass du uns besuchst, wäre Gina nicht ausgerechnet diese Woche mit ihren Freunden weggefahren.« Das war in der Tat schade, hatten meine Sommerfreundin Gina und ich doch nur selten die Möglichkeit, uns zu sehen. Also hoffte ich auf ein Wiedersehen beim nächsten Mal.

»Ist jedenfalls schön, dich mal wiederzusehen. Und Viola freut sich sicher auch, jetzt, da sie im Ruhestand ist, hat sie ja nicht mehr so viel Wirbel um sich.«

Ich nickte. »Wie viel schulde ich dir?«

»Willst du mich beleidigen? Die Fischbrötchen gehen natürlich aufs Haus! Grüß Viola von mir. Gute Genesung. Lasst es euch schmecken.«

»Danke, das werden wir.«

Mit meinem Einkauf kehrte ich ins Haus zurück, räumte alles ein und die Fischbrötchen in den Kühlschrank. Als ich nach Oma sah, schlief sie.

Ich lüftete als Erstes den Laden durch, um den muffigen Geruch zu vertreiben, und machte mich an die Aufräumarbeiten. Ich fegte aus, im Verkaufsraum genauso wie im Lager. Anschließend machte ich mich daran, die vielen Stoffe, die aus den Regalen hingen, neu aufzurollen und farblich zu sortieren. Wir wussten ja nicht, was der Mietinteressent vorhatte, aber der Laden sollte den bestmöglichen Eindruck machen.

»Hast du schon Hunger?«, hörte ich Oma hinter mir und erschrak, als sie in ihrem Morgenmantel auf der Kellertreppe stand, während ich noch im Lager hantierte. Offenbar war sie aufgewacht.

»Du solltest nicht so viel rumlaufen.«

»Sollte … sollte … sollte … die zwei Schritte richten sicher keinen Schaden an, sei mal ein bisschen lockerer, Lou. Es geht mir gut.«

Sah ich ein. Wenn es auch seltsam war, von der eigenen Großmutter aufgefordert zu werden, lockerer zu sein.

»Ich hab uns Fischbrötchen in den Kühlschrank gelegt.«

»Du denkst an alles, Lou.«

Und ja, ich hatte schon etwas Hunger. Wie zur Bestätigung knurrte mein Magen.

Wir gingen nach oben und aßen Backfischbrötchen mit Salat und Zwiebeln.

»Es schmeckt köstlich. Die von der Krabbenstube wissen, was gut ist«, sagte Oma, aber zeigte keinen allzu großen Appetit.

»Backfischbrötchen war Opas Lieblingssorte«, sagte sie und betrachtete ihr Brötchen von allen Seiten.

»Tut mir leid, ich wollte keine Erinnerungen wachrufen.«

»Das ist nicht deine Schuld. Um ehrlich zu sein, erinnert mich alles an Opa, sogar die Teller hier mit dem Leuchtturmdekor. Die haben wir zum Hochzeitstag bekommen. Ich schätze, es braucht noch Zeit, bevor ich besser damit umgehen kann.«

Meine Großeltern waren so vertraut miteinander gewesen, dass der eine den Satz des anderen hatte beenden können.

Nun war Opa weg, und Oma seitdem auf sich gestellt. Für einige Zeit hatte sie sich sehr zurückgezogen, immer wieder war meine Mutter deswegen nach Rostock gefahren, um nach Oma zu sehen. »Wenn das nicht zu Depressionen führt«, hatte meine Mutter damals gesagt. Wir hätten das als Warnzeichen begreifen sollen.

Nun wirkte Oma so mitgenommen, dass ich nicht anders

konnte, als aufzustehen und sie in den Arm zu nehmen. Ihr Kopf lehnte sich an meine Schulter.

»Ich habe es ruiniert, Opas Familienerbe und unser Lebenswerk. Ich weiß noch, wie ich damals als junge Näherin im Schneiderbetrieb seiner Familie angefangen habe. Die Bartscheks haben mich so herzlich aufgenommen, als gehörte ich zur Familie, und als Friedrich sich für mich entschieden hat, habe ich das ja auch und wurde selbst eine Bartschek. Er wäre enttäuscht von mir, wenn er mich heute sähe.«

»Das glaube ich nicht. Opa hat immer hinter dir gestanden. Als ihr den Kredit für die Dachreparatur aufgenommen habt, habt ihr mit zwei Gehältern gerechnet. Dass bald darauf erst das eine und dann wegen Sauber Fresh auch noch das andere wegfallen würde, dafür kann doch niemand was.«

Oma drückte meine Hand, ich spürte, wie sie Tränen herunterschluckte. Wie schwer es gewesen sein musste, diese Last die ganze Zeit mit sich herumzuschleppen …

Nach dem Essen legte sich Oma wieder hin, und ich machte mich weiter ans Aufräumen, bis ich etwas wie eine Grundordnung ins Lädchen gebracht hatte. Im Lager musste auch eine Birne ausgewechselt werden, was ich eben schnell erledigte. Nach einer kleinen Pause am Nachmittag machte ich einen Rundgang durch die Schneiderei, da stachen mir die verschmutzten Fenster ins Auge. Ich war so auf die Grundreinigung der Räumlichkeiten fixiert gewesen, dass ich das zuvor nicht bemerkt hatte. Aber nun, da alle Jalousien oben waren und das Licht von außen ungehindert hereinfiel, hätte es selbst ein Blinder nicht übersehen können. Hier musste was getan werden. Ich betrachtete eins der Fenster genauer, wischte über die Scheibe und merkte, der Schmutz war nicht innen, sondern außen.

Entschlossen schnappte ich mir einen Eimer, Schwamm und Reinigungsmittel aus der Küche, um loszulegen.

7. Kapitel

Erschöpft legte ich eine Pause ein, warf den Schwamm in den Wassereimer, stützte meine Hände, die in knallgelben Gummihandschuhen steckten, auf die Knie und atmete einige Male tief durch, ehe ich mein Werk betrachtete. Die Hälfte des rechten Schaufensters glänzte, kein Vergleich zur anderen Seite! Aber der Schmutz ging nur sehr schwer ab, er hatte sich aufgrund der Witterung regelrecht ins Glas gefressen. Mir wurde schwer ums Herz, weil es bedeutete, dass Oma sich lange nicht mehr gekümmert hatte. Sie hatte den Laden zwischendrin aufgegeben, womöglich nicht nur den.

Ich hörte das Knarren der Tür von nebenan. Der alte Herr Buchmann trat aus seinem Laden, die Ellenbogen angewinkelt, die Knie knickten bei jedem Schritt leicht ein, eine altmodische Schiebermütze auf dem Kopf.

Sein Blick richtete sich auf die tiefstehende Sonne. Eine ganze Weile stand er so da, den Rücken mir zugewandt, während ich die Handschuhe abstreifte.

Ich schnappte mir ein Handtuch, um ein paar besonders schaumige Stellen an den Fenstern zu trocknen, damit es keine unschönen Schlieren gab, als Herr Buchmann sich zu mir umdrehte und mir zunickte. Sein Gesicht war immer ernst, ich erinnerte mich nicht, ihn jemals lächeln gesehen zu haben. Und – alt war er auch schon immer gewesen. Jedenfalls war er mir früher schon steinalt vorgekommen, als ich noch ein Kind gewesen war. Und immer seltsam traurig. Irgendwo hatte ich aufgeschnappt, dass er bereits mit schlechter Laune auf die Welt gekommen sei oder jemanden angefahren habe, der ihn dann verklagt habe. Dass er heute noch Schadenersatz zahle, solle ihm die Sprache verschlagen haben. Auch Gina hat stets behauptet, er sei niemals gut gelaunt und zum Lachen gehe er in den Keller. Und wenn die Leute aus dem Sanddornweg nett zu ihm waren oder ihn zu einer Feierlichkeit einluden, lehnte er immer ab.

»Geht es ihr gut?«, brummte er.

»Meiner Oma?«, fragte ich überrascht. »Ja …«

Er wirkte zufrieden, dann ging er ohne ein weiteres Wort rein.

Ich sah ihm verblüfft nach. Seltsamer Kauz. Aber Buchmann gehörte hierher, in diese Straße, genauso wie sein Buchladen. Jedenfalls konnte ich mir den Sanddornweg ohne ihn nicht vorstellen.

Dann glitt mein Blick erneut zum Schaufenster der Änderungsschneiderei, und ich entschied, noch etwas weiterzumachen. Also den Schwamm wieder ins Wasser getunkt!

»Lou! Du grüne Neune, was machst du denn da?«, vernahm ich Irmchens Stimme hinter mir. Als ich mich umdrehte, eilte sie gerade über die Straße und blieb vor mir stehen, mit großen Augen sah sie zu mir hoch und dann zu dem strahlenden Schaufenster. »Du bist ja mächtig fleißig. Aber klar, auf jedem Schiff, ob's dampft, ob's segelt, gibt's einen, der die Sache regelt. Gut, dass du das Steuer in die Hand nimmst.« Verschwörerisch beugte sie sich zu mir vor und erklärte hinter vorgehaltener Hand: »Ich hoffe, der alte Buchmann hat dich nicht dumm angequatscht. Der hat nie gute Laune, also gib nichts drauf.«

Ich schüttelte den Kopf. Eigentlich sollte ich böse auf Irmchen sein. Sie hatte die ganze Zeit von Omas Schwierigkeiten gewusst und uns nichts gesagt. Mir war klar, Oma hatte sie dazu überredet, was bedeutete, Irmchen war eine wirklich loyale Seele. Doch in diesem Fall war das unangebracht gewesen.

Irmchen krempelte entschlossen die Ärmel hoch, sodass ich ihr Anker-Tattoo in voller Größe bewundern konnte.

»Ich bringe das Geschäft auf Vordermann.«

»Damals auf dem Kutter meines Bruders sind wir nicht nur in aller Früh rausgefahren, um unsere Schleppernetze auszuwerfen, wir mussten auch das Deck bei Wind und Regen schrubben. Ich kann mächtig anpacken, wirst schon sehen! Sag mir, wie ich helfen kann.«

An meinem Blick erkannte sie wohl, dass ich nicht gut auf sie zu sprechen war.

»Ich hab ihr oft ins Gewissen geredet. Dass es so nicht weitergehen kann.« Schuldbewusst zog Irmchen den Kopf wie eine Schildkröte ein. Unter ihrem eigentlich schmalen Gesicht schob sich ein mächtiges Doppelkinn hervor.

»Aber du kennst ja Viola ...«

O ja, Oma war der liebste Mensch der Welt, aber auch der größte Dickschädel, den ich kannte. Und ich war immer noch beeindruckt, dass niemand auch nur etwas geahnt hatte. Nicht mal Frau Haas aus der Krabbenstube.

»Bald kommt ja Herr Müller ... dann regelt sich bestimmt alles.«

Von dem wusste Irmchen also auch schon?

»Du bist mir immer noch böse«, sagte Irmchen geknickt.

»Ein Wort wäre besser gewesen ...«

»Ich weiß, ich weiß ... aber dann hätte ich Viola hintergehen müssen, das konnte ich doch nicht. Sie ist meine beste Freundin. Es war furchtbar, alles mitanzusehen, es vor den anderen zu verschweigen, obwohl sie Unterstützung brauchte, aber was blieb mir denn?«

Ich atmete tief ein, konnte Irmchen verstehen, sie musste sehr zerrissen gewesen sein zwischen dem, was vernünftig war, und dem, was sie versprochen hatte. Aber nun ging es bergauf. Ich würde nicht zulassen, dass Oma ihr Haus verlor.

»Vergessen wir die Sache einfach«, schlug ich versöhnlich

vor, und Irmchen umarmte mich sogar. Ich besorgte noch einen Eimer und einen weiteren Schwamm sowie ein Tuch zum Trockenwischen.

Dann putzten wir zusammen das rechte Schaufenster. Zu zweit ging es natürlich viel schneller!

»Wenn ich mit Oma telefoniert habe, klang sie immer fröhlich«, erklärte ich. Deswegen hatte ich nichts geahnt.

»Sie hatte gute und schlechte Tage, wie die See. Aber ich denke, sie ist sehr einsam«, bestätigte Irmchen, was ich eh schon vermutet hatte.

»Ich habe versucht, ihr zu helfen, das Ruder rumzureißen …«

»Schuldet sie dir auch Geld?«, fiel es mir ein.

Irmchen winkte ab. »Viola hat nichts angenommen. Ich habe manchmal für sie mitgekocht, selbst das wollte sie nicht.«

Oma konnte wirklich hartnäckig sein, es fiel ihr schwer, Hilfe anzunehmen. Ich schrubbte mit dem Schwamm an einem besonders hartnäckigen Fleck und beobachtete, mit wie viel Kraft Irmchen schrubben konnte. Ja, dass sie einst auf einem Fischkutter gearbeitet hatte, war nicht zu übersehen. Mit ihr ging es richtig gut voran.

Gerade als wir fertig waren und die Sonne bereits den Horizont berührte, öffnete sich über uns Omas Schlafzimmerfenster.

»Viola ist noch wach?«, stellte Irmchen erfreut fest und rieb sich die Hände. »Dann spricht nichts gegen einen Krankenbesuch, oder? Eigentlich ist ja heute Filmabend.«

»Ach so?«

»Oder regt sie das zu sehr auf?«

»Nein. Sie wird sich über Ablenkung freuen. Sich einfach nur ausruhen ist nichts für sie. Und so spät ist es ja auch noch nicht.«

»Dann hole ich eben Irmchens Spezial-Tee mit einem Schuss Rum und ein paar nette DVDs.«

Irmchen eilte rüber zu ihrem Haus mit dem Souvenirladen und kehrte kurz darauf mit einem Korb unterm Arm zurück, aus dem eine Thermoskanne, Filme und ihr Laptop ragten.

Ich schnappte mir die Putzutensilien, führte Irmchen zur Haustür an der Seite und öffnete ihr. Gemeinsam gingen wir hoch. Oma war tatsächlich noch wach.

»Mit DVDs willst du es also wiedergutmachen, kleine Verräterin«, sagte sie scherzhaft.

»Und mit Spezial-Tee, den magst du doch so.« Irmchen zwinkerte und lachte rau. »Den Laptop habe ich auch dabei, wir können also Filme von deinem Bett aus gucken.«

»Diese Laptops sind schon verrückt, alles in so einem kleinen Kasten«, meinte Oma und nickte angetan. »Na schön, deinem Tee kann ich nicht widerstehen. Du weißt ja, wo die Tassen sind.«

Während es sich Irmchen und Oma gemütlich machten, kippte ich das Seifenwasser aus, reinigte die Schwämme und die Handschuhe und verspürte schließlich den Drang, für ein halbes Stündchen rauszugehen und mir die Beine zu vertreten.

»Ist es okay, wenn ich noch mal zum Strand runtergehe?«, fragte ich und lugte dabei in Omas Schlafzimmer. Irmchen saß auf dem Hocker, meine Großmutter lag neben ihr auf dem Bett, auf ihrem Schoß stand Irmchens Laptop. Sie schauten *Fluch der Karibik*.

»Natürlich, Liebes«, sagte Oma.

»Ich passe auf sie auf«, ergänzte Irmchen.

»Gut«, freute ich mich. Der Tag war lang und anstrengend gewesen, etwas Meerwasser an den Füßen würde mir jetzt guttun.

»Nimm doch mein Fahrrad, es steht vor dem Souvenirladen«, schlug Irmchen vor und nannte mir vertrauensselig die

Nummer ihres Schlosses. »Violas Fahrrad ist ja nun hinüber«, fügte sie noch hinzu.

»Das kann man reparieren«, war Oma sich sicher.

»Der Rahmen ist verbogen, ich hab's doch genau gesehen, ich hab es doch extra abgeholt und zurückgeschoben«, meinte Irmchen.

»Das ist nichts, was man mit einem guten Hammer nicht wieder geradebiegen könnte.«

»Mit einem Hammer? Das ist doch kein Autoblech …«

Ich ließ die beiden besser mal allein.

Nachdem ich mich umgezogen hatte, schnappte ich mir Irmchens Fahrrad und fuhr den Sanddornweg runter, quer über die Fjordstraße und dann den Meerbuschpfad entlang bis zur Seepromenade, wo ich links entlang des Strands abbog.

Direkt am Strand dudelte *Can't Stop the Feeling!* von Justin Timberlake aus den Boxen der Strandbar, dort war viel los, bunte Lichter blitzten, und Bässe dröhnten. Junge Leute tanzten im Sand.

Ich fuhr weiter, genoss den sanften Wind in den Haaren, und als ich schließlich die Partyszene weit hinter mir gelassen hatte, stieg ich vom Drahtesel, schloss ihn an einer Laterne an und verließ die Promenade, um runter zum Strand zu gehen.

Ich zog die Schuhe aus und tauchte die nackten Füße ins kühle Nass. Das tat so gut! Sanft umspielten die Wellen meine Zehen.

Irgendwann blieb ich stehen und schloss die Augen, streckte die Arme zu beiden Seiten aus, als wäre ich eine Möwe, die durch die Luft davongleiten wollte. Es war so friedlich und ruhig, nur die Wellen rauschten, ich spürte, wie der Alltagsstress von mir abfiel …

Eine ganze Weile verharrte ich einfach so, genoss es, wieder hier zu sein, bis ich entschied, noch ein Stück weiterzugehen. Ich lief am Wasser entlang. Immer weiter Richtung Westen. Früher war ich oft mit Oma hier gewesen. Sie hatte mir diesen geheimen Platz gezeigt, an dem nie eine andere Seele gewesen war.

Doch als ich hoch zu den Dünen schaute, wo Omas und mein Platz war, an dem wir uns die Zeit vertrieben und Muscheln gesammelt hatten, saß dort ein Mann. Genau an unserem Lieblingsfleck! Er blickte aufs Meer hinaus, beobachtete, wie sich die rote Sonne an der Oberfläche spiegelte, und schien mich nicht zu bemerken. Er kam mir bekannt vor. Schwarze Haare, ein Schatten eines Dreitagebarts, der seine markanten Züge zierte. Anfang dreißig, schätzte ich.

»Henrik?«

Konnte er es wirklich sein? Ich ging näher heran, da wandte er mir den Kopf zu, und ich erkannte, es war wirklich der Mann aus dem Taxi, der mir geholfen hatte. In dem Moment entdeckte er auch mich, und als sich unsere Blicke trafen, schlug mein Herz doppelt so schnell. Schon wieder hatte er diese Wirkung auf mich.

»Lou!« Er lachte, erhob sich. »Kann das Zufall sein?«

Ich lief das letzte Stück zu ihm hoch.

Es war wirklich merkwürdig, dass wir uns ausgerechnet hier trafen, aber ich fand es auch sehr schön. Ein Lächeln umspielte seine warmen Augen.

»Setzen Sie sich doch«, schlug er vor, zog seine Sommerjacke aus, legte sie in den Sand und bot mir den Platz an.

»Wie geht es Ihrer Großmutter?«

»Sehr aufmerksam, dass Sie fragen. Es geht ihr recht gut«, sagte ich und setzte mich. Ich konnte ja nun schlecht verraten, was wirklich los war. Zumindest ging es ihrem Kopf besser. Außerdem brauchte ich eine kleine Pause von allem, was mit der Änderungsschneiderei zu tun hatte.

Der Geruch von Moschus umfing mich, und mein Herz klopfte immer noch wie verrückt. Was war nur mit mir los? Irgendetwas hatte er an sich, das mich durcheinanderbrachte.

»Das freut mich, Lou.«

Der Wind wirbelte seine dunklen Haare auf, was irgendwie frech aussah. Und dann war da noch diese harte Kieferlinie. Sie wurde durch den Schatten seiner Bartstoppeln betont.

»Was tun Sie denn an diesem einsamen Flecken?«, fragte ich neugierig. Ausgerechnet an meinem Lieblingsplatz. Normalerweise war es hier immer menschenleer.

»Das könnte ich Sie auch fragen.« Er zwinkerte.

Ich atmete tief ein. »Das hier ist ein Kindheitsort für mich«, erklärte ich und deutete zum Horizont. Wie friedlich und harmonisch es aussah, wenn die Wolken in der Ferne ganz langsam über den Himmel zogen.

»Das klingt geheimnisvoll.«

Ich lachte leise, fand er das?

»Früher habe ich oft hier gesessen und Schiffe in der Ferne beobachtet. Meine Großmutter sagte, wenn der Steuermann volles Zeug setzt, steht eine Frau am Hafen, um ihn zu begrüßen. Setzt er nur halbes Zeug, hat er es nicht eilig, weil niemand auf ihn wartet.«

»Und worauf haben Sie gehofft, wenn ein Schiff kam?« Er sah mir in die Augen.

»Auf volle Segel, alles andere hätte ich traurig gefunden.« Ich wich seinem Blick aus und schaute zum Meer, das aussah wie rotes Gold, weil sich die untergehende Sonne in ihm spiegelte. Die See schien in der Ferne das Firmament zu berühren, was einem die unendliche Weite verdeutlichte.

»Aber jetzt sind Sie an der Reihe. Sie sind ja wahrscheinlich nicht zum Schiffebeobachten hier.«

»Nein, aber womöglich fange ich damit an?« Er lachte. »Ich habe ein Strandhaus gemietet, unweit von hier«, sagte er dann und deutete hinter sich den Dünenstreifen herunter.

»Vielleicht einen Kilometer entfernt. Ich mache abends gern Strandspaziergänge zur Entspannung und habe dabei diesen Ort entdeckt. Es ist angenehm friedlich hier.« Henrik atmete tief durch. Er schien den Augenblick, den Wind, die rauschende See in vollen Zügen zu genießen. Und mir ging es nicht anders.

»Ostseeurlaub?«, vermutete ich, aber er schüttelte den Kopf. »Ich bin Geschäftsmann und plane hier ein Projekt. Das wird sicher erholsam, mit der Ostsee vor der Tür.«

»Ein Projekt in Rostock?«

»In Warnemünde, ja. Deswegen war ich gestern in Berlin. Ich bin auf der Suche nach Investoren für dieses Vorhaben. Leider bisher ohne Erfolg.«

»Verraten Sie mir, worum es dabei geht?«

Er lachte. »Seien Sie mir nicht böse, Lou, aber dazu ist es noch zu früh.«

Schade, er hatte mich neugierig gemacht.

Der sanfte Wind strich über meine Wangen, dadurch merkte ich erst, wie sehr sie glühten.

Er schloss die Augen, stützte die Hand neben sich ab, sodass sich unsere Finger leicht berührten. Meine Haut kribbelte.

Ich schaute auf unsere Hände hinab, was er vielleicht falsch verstand, denn er zog seine wieder weg. Doch ein Lächeln umspielte seine Lippen, das mich anzog.

»Schauen Sie mal«, sagte er plötzlich und deutete in die Ferne. »Ist das nicht ein Schiff?«

Ich reckte aufgeregt den Hals. Da war ein weißer Fleck vor dem wolkigen Firmament, der sich bewegte. Tatsache! Sah danach aus.

Ich erhob mich und kletterte auf den kleinen Felsen neben uns, den ich schon früher als Aussichtspunkt genutzt hatte, um besser sehen zu können.

»Und?«, fragte Henrik, der nun auch aufgestanden war.

»Sie haben recht! Es ist ein Schiff!«

»Hat es volles Zeug?«

»Ich erkenne es noch nicht … warten Sie … ich glaube ja!«

Ich klatschte in die Hände, kam mir dann aber ein wenig albern vor. Trotzdem freute ich mich wie damals.

»Das bedeutet wohl, dass gerade jemand am Hafen wartet.«

Genau so war es. Ich schaute zu ihm runter und lachte leise. Der Steuermann konnte sich glücklich schätzen.

Henriks Blick war nun anders, aber ich wusste nicht genau, woran es lag. Begehrlich – dachte ich. Etwas an der Art, wie er mich ansah, war begehrlich. Ich schluckte unweigerlich. So hatte mich schon lange niemand mehr angesehen. Das musste ich mir einbilden.

»Wir könnten Ihre Steuermann-Theorie überprüfen und bei der Gelegenheit noch was am Hafen trinken gehen.« Er streckte mir die Hand hin, als wollte er mir runterhelfen. Vielleicht sah er, wie weich meine Knie waren? Ich blickte auf seine starke Hand, war versucht, sie anzunehmen und seinem Vorschlag zuzustimmen.

Aber dann fiel mir plötzlich etwas völlig anderes wie Schuppen von den Augen! Wie spät war es überhaupt? Ich hatte doch gesagt, dass ich bald zurück sein wollte.

»Seien Sie mir nicht böse. Ich muss zu meiner Oma.« Ich wollte sie nicht zu lange allein lassen, war sie doch noch angeschlagen, und es wurde langsam dunkel. Nicht, dass sie sich noch Sorgen machte. Aufregung tat ihr sicher nicht gut. Ich hüpfte von dem Felsen, landete geschickt und reichte Henrik seine Jacke vom Boden.

»Ich hoffe, ich habe nichts Falsches gesagt?«

»Nein, nein! Es ist mir nur gerade eingefallen. Alles gut.« Irgendwie süß, dass er sich Sorgen machte. Ich musste ja wirklich zurück. Meine »Flucht« hatte nichts mit ihm zu tun. Oder doch? Davon abgesehen hatte ich seine Gesellschaft genossen. So sehr sogar, dass ich einen Moment lang nur seine schönen Lippen sah. Und ein Drink mit ihm wäre mehr als verführerisch gewesen.

»Soll ich Sie noch ein Stück begleiten?«, fragte er, und sein Blick schien mit jeder Sekunde intensiver zu werden. Meine Nervosität auch.

»Ich bin ja auch mit dem Fahrrad hier.« Ich deutete vage in die Richtung, in der ich es abgestellt hatte.

»Zu schade. Ich muss zugeben, Ihre Gesellschaft habe ich genossen. Es war … schön«, sagte er sanft.

»Fand ich auch.« Und besonders. Ja, wirklich besonders … warum waren meine Hände auf einmal feucht?

»Wie lange sind Sie denn noch in Rostock?«, fragte er direkt.

»Ein paar Tage.«

»Vielleicht sehen wir uns dann morgen? Sie können mir sicher einiges in der Gegend zeigen.«

Seine Augen leuchteten, während mein Herz einen Hüpfer machte.

Ich nickte, erst langsam, dann schneller. Es würde mir wirklich gefallen, ihn wiederzusehen.

»Selbe Zeit, selber Ort?«

»Ja«, hauchte ich.

Sein Geruch strömte mir in die Nase, sinnlich und männlich, jene Mischung aus Nüssen und Moschus.

Es war aufregend, so angesehen zu werden. Maxim hatte das nie getan. Vielleicht fühlte ich mich zu ihm hingezogen, weil ich einsam war? Ich kannte ihn ja kaum. Doch sein Blick ging mir durch und durch.

Ich erwischte mich bei der Frage, wie wohl Henriks Lippen schmeckten, aber ich machte keinen Schritt auf ihn zu, und er tat es auch nicht. Doch ich hatte das Gefühl, dass wir uns beide zurückhielten, weil alles andere irgendwie komisch gewesen wäre. So etwas las man ja immer wieder in romantischen Geschichten, dass es einen plötzlich wie der Blitz traf. Ich hatte das immer unrealistisch gefunden. Anderen passierte so etwas, aber mir?

»Ich freue mich«, raunte er und schaute mir tief in die Augen.

»Bis morgen«, murmelte ich durcheinander und drehte mich um, lief ein paar Schritte, als seine Stimme erneut erklang und sinnlich meine Wange streichelte.

»Lou …« Rasch holte er mich ein.

Wieder dieser Blick. Mein Herz klopfte wie verrückt. Ich glaubte, mich in ihm verlieren zu können.

»Bis morgen, Lou«, sagte er zärtlich.

8. Kapitel

Das Erste, woran ich am nächsten Morgen dachte, war das Schiff, das gestern majestätisch in der Ferne aufgetaucht war. Volles Zeug hatte es gesetzt, ich freute mich immer noch darüber. In meiner Fantasie waren der Seemann und seine Geliebte sich Hals über Kopf in die Arme gefallen, als er am Hafen von Bord gegangen war, und die Leidenschaft hatte nur so Funken gesprüht.

Danach wanderten meine Gedanken allerdings zu diesen seltsamen Blicken, die Henrik mir zugeworfen hatte und die selbst jetzt ihre Wirkung nicht verfehlten. Auch da waren Funken gewesen. So etwas war mir vorher noch nie passiert, dass nur ein Gedanke ausreichte, um für Herzklopfen zu sorgen.

Bevor wir uns wiedersahen, hatte ich allerdings noch einiges zu tun. Ich ging ins Bad, um mich frisch zu machen. Als ich mich kurz darauf an den Frühstückstisch setzte, fiel es auch meiner Großmutter auf, wie abgelenkt ich war. Sie erzählte mir von ihrem DVD-Abend mit Irmchen, wie toll der Piratenfilm gewesen sei, doch ich driftete gedanklich immer wieder ab.

»War wohl ein netter Abend gestern«, meinte Oma schmunzelnd. Sie hatte mich durchschaut. Und ganz bestimmt hatte sie mitbekommen, wie spät ich heimgekommen war.

Ich nickte, sollte mich jetzt aber besser auf den Laden konzentrieren. Denn deswegen war ich schließlich hier.

Am schlimmsten ist dieser muffige Geruch, dachte ich, als ich etwas später in dem kleinen Geschäft stand. Aber wenn der nicht wäre und der Laden aufgeräumt war, konnte man wirklich etwas draus machen. Ein hübsches kleines Geschäft.

Einige Male lief ich hin und her, um herauszufinden, was die Quelle des Geruchs war, bis ich sie fand. Nah am Eingang stand eine rollbare Kleiderstange mit in Folien geschlagenen Gewändern, die hier offenbar schon seit einer halben Ewigkeit hingen, weil sie niemand mehr abgeholt hatte. Da hatten sich wohl einige Gerüche drunter angesammelt.

Entschieden öffnete ich die vordere Ladentür, um die Stange rauszurollen, damit die Kleidungsstücke ordentlich durchlüften konnten. Ich schob sie bis zum Bürgersteig, kehrte dann um in der Absicht, als Nächstes den Boden mit einem Wischmopp zu reinigen, als ich es hinter mir rattern und knattern hörte. Ich brauchte mich nicht umzudrehen, um zu wissen, dass die Kleiderstange gerade fröhlich den Bürgersteig hinab auf die Straße rollte. O Gott, nicht auch das noch.

Ich drehte mich eilig um, jagte der Kleiderstange hinterher, als ich feststellte, sie hatte die Straße noch gar nicht erreicht und war auf dem Bürgersteig einfach umgekippt. Wenigstens hatte sie keinen Passanten erwischt, ein paar komische Blicke von den Leuten, die hier einkaufen gingen, erhielt ich aber schon. Und ein Kopfschütteln von Herrn Buchmann von nebenan, der gerade seinen Buchladen geöffnet hatte.

Mühsam stellte ich das Metallgestell wieder auf und rollte es in den Laden zurück, als ich Oma bemerkte, die gerade durch die Hintertür kam und sich entschlossen die Ärmel ihres karierten Hemdes hochkrempelte.

»Leg dich besser noch mal hin«, bat ich sie. Sie sollte sich lieber noch ausruhen. Zwei Wochen kein Sport hatte der Arzt doch gesagt.

»Mir geht es gut«, sagte Oma. »Oder glaubst du ernstlich, ich wäre schon k. o., nur weil ich Frühstück gemacht habe? Ich habe heute einiges vor, meine Liebe. Ich helfe dir erst mal im Laden, und abends spiele ich mit Irmchen Karten.« Entschlossen schnappte sich Oma einen Besen. Als sie meinen besorgten Blick bemerkte, hielt sie inne: »Mir geht es wirklich gut, Lou. Wir sollten jetzt ranklotzen, wenn morgen der junge Mann kommt, findest du nicht auch?«

Ich seufzte. Meine Oma war zumeist lieb, aber sie war auch ein Dickschädel, was vielleicht in der Familie lag. Gerade jetzt sah ich so einige Parallelen zu meiner Mutter. Eines war gewiss: Ich würde sie nicht von ihrem Vorhaben abbringen. Also legten wir los.

Oma hielt sich erstaunlich gut, sie fegte, wischte und schrubbte, was zu fegen, wischen und schrubben war. Unglaublich motiviert wirkte sie, was mir die reinste Freude bereitete. Sie erzählte, dass in der einen Ecke früher Stühle gestanden hatten, damit Kunden warten konnten, wenn sie etwas abholten oder der Laden zu voll war.

Es habe immer was zu tun gegeben. Und Oma habe sich in das Lädchen verliebt, als sie es damals zum ersten Mal betreten hatte.

»Es ist auch zum Verlieben. Es hat Charme und viel Potential«, bestätigte ich. »Dem Mieter wird es hoffentlich genauso gehen.«

Oma lächelte und setzte ihre Arbeit fort. Aber dann fand sie etwas in der Schlüsselmaschine und wurde ganz still.

»Was hast du denn, Omsi?«, fragte ich besorgt und musterte das kleine Metallstück in ihrer Hand.

»Das war der letzte Schlüssel, den er gemacht hat. Er ist nicht mal fertig«, sagte sie ergriffen. Ihre Hand umschloss den Schlüssel zitternd.

Hatte denn niemand den Schlüssel abgeholt?, wunderte ich mich, dachte mir aber, dass der Besitzer vermutlich nur das Original mitgenommen hatte, weil Opa seine Arbeit hatte abbrechen müssen. Oma hatte damals ja erzählt, dass es ihm sehr plötzlich schlechter gegangen war. Er hatte die Arbeit von einem Tag auf den anderen eingestellt, um seine Therapie zu beginnen, während Oma den Laden allein weitergeführt hatte. Mit der Therapie war es besser gegangen, doch Opa war nicht in den Laden zurückgekehrt.

»Es ist schwer ohne ihn«, sagte sie leise und presste nun den Schlüssel in ihrer Hand an ihr Herz. Ich umarmte sie, denn ich wollte, dass sie wusste, sie war nicht allein.

Wir kamen trotzdem gut voran. Nur am Nachmittag legte sich Oma kurz hin, um danach voller Tatendrang weiterzuputzen. Auch ich hatte mir diese kleine Pause gegönnt. Na ja, nicht wirklich, ich hatte die Zeit zum Chatten mit Kim auf WhatsApp genutzt und zum Bewerbungenschreiben. Ein paar Absagen waren auch wieder eingetroffen. Nur Francesca Giuliani meldete sich bisher nicht, ich konnte schwer einschätzen, ob das gut oder schlecht war.

Das ist gut, schrieb Kim. *Absagen kommen immer schneller als Zusagen!*

Ich dachte, es sei umgekehrt, schickte ich ihr zurück. Keine zwei Sekunden später bimmelte mein Smartphone.

»Ist anstrengend, so viel zu tippen«, verkündete sie. »Aber jetzt zu dir, mach dir nicht so viele Sorgen. Dein Lebenslauf spricht für sich. Du lebst ihren Stil! Bist ihr größter Fan! Sie wäre dumm, wenn sie dich nicht nehmen würde.«

Hoffentlich sahen die Entscheidungsträger bei dem Modelabel das auch so. Dennoch, Kim gelang es immer, einen aufzubauen. Und ich wollte diesen Job unbedingt haben! Also versuchte ich optimistisch zu bleiben.

»Du könntest ja mal nachhaken, das zeugt von Interesse.«

»Ich hab gelesen, dass man genau das nicht tun soll, weil es ungeduldig wirkt.«

»Verstehe. Dann bleibt nur abwarten.«

So war's.

»Gibt's sonst was Neues? Alles klar mit deiner Oma?«

»Mit Oma ja«, sagte ich. Und darüber war ich wirklich

mehr als froh. Auch die Änderungsschneiderei sah langsam wieder manierlich aus.

»Und mit dir?«, wunderte sich Kim.

Sollte ich es ihr erzählen? Eigentlich war mir selbst nicht klar, was das gestern gewesen war. Nur, dass ich den Abend mit Henrik genossen hatte, mich freute, ihn heute wiederzusehen. War das eigentlich ein Date? Irgendwie schon, oder?

»Ich hab jemanden kennengelernt«, sagte ich.

»Erzähl mehr«, wollte Kim naturgemäß wissen.

»Ach, es ist eigentlich nichts ...«

»Wie nichts? Was ist es denn nun?«

»Er ist ganz süß«, gab ich zu, und mein Herz flippte ein wenig aus.

»Das ist toll! Genau das brauchst du jetzt.«

Ich lachte. Es war doch alles ganz harmlos, vielleicht war ich ein klitzekleines bisschen verschossen.

»Du siehst ihn doch wieder?«

»Heute Abend.« Meine Wangen glühten allein bei dem Gedanken.

»Wie sieht er denn aus?«

»Richtig gut.« Das war noch untertrieben.

»Aber?«, hakte Kim nach, als ahnte sie, dass es doch etwas gab, das mir nicht nur Bauchkribbeln, sondern auch -schmerzen bereitete.

»Ich kenne ihn kaum.« Vielleicht hatte er eine Freundin? Einen Ring am Finger hatte ich jedoch nicht gesehen. Maxim hatte mich wirklich geprägt, wenn das meine ersten Gedanken waren.

»Klingt aufregend!«

Und weil ich nicht schnell genug antwortete, schob Kim noch hinterher: »Du wirst ja wohl nicht kneifen?«

»Nein, ich bin nur unsicher, wo das hinführen soll.« Und wollte ich überhaupt, dass es irgendwo hinführte?

»Du bist zu verkopft. Sieh es als das, was es ist. Ein kleines

Urlaubshighlight«, belehrte mich Kim, was ungewöhnlich war. In der Nähstube war ich diejenige mit der Erfahrung, im echten Leben hatte sie mir trotz ihrer jungen Jahre was voraus.

»Ich weiß nicht, ob ich für eine Sommerliebe bereit bin …«, meldete sich mein innerer Zweifler schon zu Wort.

»Herrgott, Lou, lass es einfach auf dich zukommen, schalte den Kopf aus. Ein kleiner Flirt oder etwas mehr hat noch niemandem geschadet. Nach dem, was Maxim abgezogen hat, tut etwas männliche Aufmerksamkeit doch gut, oder nicht? Genieße es, Süße.«

Sie hatte recht. Lou Baumeister machte sich immer zu viele Gedanken um alles. Und zwar schon bevor überhaupt irgendetwas passiert war.

»Aber pass auf, dass du dich nicht verliebst«, schickte sie noch hinterher. Das hatte ich sicher nicht vor.

Es klopfte an der Tür, Oma war fit, um weiterzumachen. Ich verabschiedete mich von Kim, und wir legten wieder los.

Bis zum Abend hatten Oma und ich ein wahres Wunder vollbracht! Zwar sah die alte Änderungsschneiderei nicht wie neu aus, doch immerhin war sie kaum wiederzuerkennen im Vergleich zu vorher. Überall glänzte und blinkte es. Sogar Opas alte Schlüsselmaschinen wirkten wie neu. Am späten Nachmittag war Irmchen zu uns rübergekommen, um erneut mitanzupacken.

»Und dein Laden?«, hatte sich Oma gewundert.

»Den leitet die kleine Hannah. Die macht sich. Hat heute das Flaschenschiff aus dem Schaufenster verkauft! Ihr wisst schon, das ganz große mit dem Dreimaster drin!«

Als wir zwei Stunden später fertig waren, verabschiedete sich Irmchen wieder. »Denkt dran, heute spielen wir Karten bei mir«, erinnerte sie zwinkernd und begab sich auf den Heimweg. Erschöpft, doch sichtlich glücklich setzte sich Oma auf den Boden und streckte mir die Hand entgegen, damit ich mich zu ihr setzte. Die Dielen waren nun so sauber, dass man von ihnen hätte essen können, allerdings wirkte das Holz alt und abgetreten. Wenn Herr Müller den Laden nahm, gäbe es für ihn noch einiges zu tun.

»Ach, Lou … ich hätte nie gedacht, dass das Geschäft je wieder so aussehen könnte«, sagte Oma ergriffen und drückte mich. »Ohne dich wäre das nicht möglich gewesen.«

»Es war Teamarbeit. Nur zusammen konnten wir das so schnell schaffen. Und denk an Irmchen, die hat mir gestern auch enorm geholfen.«

»Sie ist eine Seele von Mensch.«

»Wir sollten auf unser Werk anstoßen, ich hab vom Einkauf heiße Schokolade mit Mini-Marshmallows mitgebracht.«

»Ach, das wäre schön.«

»Warte hier, ich bin gleich zurück.« Ich flitzte nach oben, durch die Stube in die offene Küche und befüllte den Wasserkocher. Dann schnappte ich mir zwei bauchige Riesentassen, gab das Kakaopulver rein und ließ das kochende Wasser folgen. Als Topping schüttete ich die winzigen Marshmallows obendrauf. Bis ich die dampfenden Tassen runtergebracht hatte, waren sie allerdings schon zur Hälfte geschmolzen.

»Das sieht köstlich aus«, freute sich Oma und nahm mir eine der Tassen ab. Ich setzte mich wieder neben sie, und wir stießen an, dass die Keramik klirrte.

»Ich denke, Friedrich wäre stolz auf uns.«

Dem konnte ich nur zustimmen.

Eine Weile saßen wir noch beisammen, und Oma erzählte von der Zeit, als Opa und sie das Geschäft von dessen Eltern übernommen hatten, kurz nachdem sie geheiratet hatten.

»Es war ja alles da, was man brauchte. Die Nähtische, die Schlüsselmaschinen. Für uns änderte sich nichts, hatten wir doch zuvor schon hier gearbeitet, nur waren wir nun unsere eigenen Chefs.«

»War bestimmt ein tolles Gefühl, nun selbst das Zepter in der Hand zu haben.«

Oma fuhr zärtlich über die Dielen. »Friedrich und ich waren nur ein Glied in einer langen Kette. Dieses Haus ist schon sehr alt. Bevor es den Bartscheks gehörte, war es im Besitz des Ehepaars Sanddorn.«

»Ich weiß, das hat mir Opa oft erzählt. Carlotta und Reginald Sanddorn sollen viele der Geschäfte in dieser Straße besessen und an junge Unternehmer mit, für die damalige Zeit, modernen Ideen vermietet haben, um diese zu fördern.« Was ziemlich innovativ für das frühe 20. Jahrhundert gewesen war.

»Und wir treten nun in ihre Fußstapfen, indem wir den Laden auch vermieten. Ich bin wirklich gespannt, wie das nächste Kapitel der Geschichte dieses Hauses aussehen wird.«

Ich war es auch.

Mein Blick wanderte zu den Schaufenstern. Der Himmel hatte sich rosa gefärbt, ein paar graue Wolken trübten den schönen Anblick.

»Ach du liebes bisschen, jetzt muss ich aber zu Irmgard, sonst denkt die Gute, ich hätte sie trotz ihrer großartigen Hilfe vergessen«, sagte sie und richtete sich mühsam auf, ich half ihr. »Ich ziehe mich um. Willst du mitkommen, wir könnten eine clevere Mitspielerin brauchen.«

»Oh … ich … wollte zum Strand.« Meine Wangen fingen wieder an zu glühen.

»Ach, die Strandparty am alten Leuchtturm? Na dann, viel Spaß«, wünschte mir Oma und ließ mich in ihrem Eifer stehen, ehe ich aufklären konnte, dass es nicht direkt um eine Party ging. Aber vielleicht dachte sie sich das eh schon, ihrem wissenden Lächeln nach zu urteilen.

9. Kapitel

Mein Herz schlug schneller, als ich ihn in den Dünen an unserem Lieblingsplatz sitzen sah. Der sanfte Wind brachte seine schwarzen Haare zum Tanzen.

Dann entdeckte er mich und lächelte mich an, direkt wurden meine Knie weich. Dieses Lächeln, sanft und doch ein bisschen verwegen.

»Hallo, Lou«, sagte er und kam mir entgegen. Unwillkürlich betrachtete ich seine muskulösen Arme, die unter seinem gewiss nicht billigen Flanellhemd hervorguckten. Mein Schneiderinnenauge schlief nie. Wenn es um Mode ging, wusste ich Bescheid. Schon zuvor war mir aufgefallen, dass seine Garderobe zumeist aus namhaften Modehäusern stammte.

Es blieb kein Zweifel, er war ein sehr gut aussehender Mann mit einem Stil, den ich mochte.

»Es ist wirklich nett, dass Sie mir was von der Gegend zeigen wollen. Mein Projekt ist so zeitaufwendig, dass ich kaum zu etwas komme.«

»Außer abendlichen Strandspaziergängen?«

Er lachte. »Genau.«

Seine Augen schienen zu leuchten, während er mich ansah.

Ich überspielte meine Nervosität, indem ich gleich zum Thema kam. Aber dieses Leuchten war wirklich wunderschön.

»Sie haben sich nicht das beste Wetter für eine Sightseeing-Tour ausgesucht.« Ich deutete zu den grauen Wolken, die sich seit meinem Aufbruch verdoppelt hatten und in der Ferne zusammenzogen. Der Himmel sah aus, als wäre er von Bob

Ross gezeichnet, allerdings befand er sich noch im Entstehungsstadium und, wie für den amerikanischen Maler typisch, war es jetzt noch nicht abzusehen, wie das Endresultat aussehen würde. Ich schätzte jedoch, wir hätten Glück und das Unwetter würde weiterziehen. Der Wind stand günstig. Wahrscheinlich würde es erst heute Nacht ungemütlich werden.

Henrik zuckte mit den Schultern. »Noch regnet es nicht. Das sollten wir ausnutzen.«

Gute Einstellung.

»Wonach steht Ihnen denn der Sinn? Wenn wir dem Weg hier entlang folgen, kommen wir zum alten Leuchtturm und dem bekannten Teepott, in dem sich unter anderem eine Cocktailbar und ein Spezialitätenrestaurant befinden. Rund um die Seepromenade ist immer viel los, Strandbar, Musik.«

»Und wenn wir weiter in Richtung Diedrichshagen gehen?«

»Dort liegt ein herrliches Naturschutzgebiet. Wunderschön und erholsam …«

»Das ist gar nicht so weit weg von meinem Strandhaus, dennoch hatte ich noch nicht die Zeit, mir das Gebiet anzusehen. Ich würde ihm daher den Vorzug geben.«

Ich lächelte, seine Wahl gefiel mir.

Wir liefen los, direkt am Strand entlang. Der Wind wehte kühl zu uns herüber. Aber so wirklich merkte ich die aufkeimende Kälte gar nicht, dazu war ich zu aufgeregt und zu abgelenkt.

»Und kommen Sie mit Ihrem Projekt gut voran?«, hakte ich nach und sah zu ihm hoch. Seine Haare tanzten jetzt sogar noch wilder.

»Es gibt in der Tat ein paar neue Entwicklungen, wird sich zeigen, ob die gut oder schlecht sind.«

»Klingt wirklich geheimnisvoll.«

Er machte mich neugierig, aber ich verstand auch, dass er mir keine Geschäftsinterna verraten durfte.

»In welcher Branche sind Sie denn tätig?«

»Immobilien.«

»Oh.« Keine Ahnung, womit ich gerechnet hatte. Mit Immobilien kannte ich mich nicht wirklich aus.

»Und Sie arbeiten in der Modebranche?«

»Ja«, sagte ich erstaunt. »Also fast, ich bin Kostümschneiderin, versuche mich aber gerade umzuorientieren.«

Er deutete auf meine bunte Bluse. »Das passt zu Ihnen.« Wieder leuchteten seine Augen.

Meine Wangen kribbelten, und ich ließ meinen Blick zum Meer schweifen, wo die Wellen wilder als sonst anrollten, bis wir uns der Steilküste des Naturschutzgebiets näherten. Dort stiegen wir an einem seitlichen Pfad hoch, sodass wir auf das Kliff gelangten und einen herrlichen Ausblick auf die See hatten, die immer stärker tosenden Wellen und die dunkler werdenden Wolken, die plötzlich vermehrt über den Himmel in unsere Richtung zogen, denn der Wind hatte sich gedreht. Bob Ross' Pinsel hatte sich hier offensichtlich weiter ausgetobt.

»Atemberaubend«, sagte Henrik andächtig mit Blick zur See.

Ich grinste und freute mich zugleich, dass der Zauber meiner geliebten Ostsee auch auf ihn überging.

»Sie sollten hier erst mal an einem sonnigen Tag stehen«, meinte ich zwinkernd, und er lachte. »Und wo kommen Sie ursprünglich her?«, fragte ich interessiert.

»Nürnberg. Aber Sie werden es kaum glauben, meine Familie hat ihren Ursprung hier.«

»In Rostock?«

»Genau.«

So wie meine. Ich hatte es mir doch gleich gedacht, in Henrik steckte ein waschechtes Ostseekind.

Wir lachten beide, dann sahen wir uns an, seine Augen so dunkel und unendlich wie schwarze Löcher, die einen aufsogen.

Ein erster Tropfen landete auf meiner Stirn. Er war sehr kühl und lief über meine Nase. Rasch wischte ich ihn fort.

Es ging los.

»Wirklich nicht das beste Wetter«, sagte Henrik und sah nach oben, wo immer mehr graue Wolken aufzogen, sich zu Bergen türmten.

Da landete ein weiterer Tropfen auf meiner Stirn und noch einer. Henrik spürte es auch, er hielt die Hand auf, und wir konnten beobachten, wie sie weitere Tropfen auffing, bis es plötzlich über uns losbrach, und zwar richtig.

Innerhalb weniger Sekunden wurden wir klatschnass. Ich japste erschrocken nach Luft. Meine Sachen waren im Nu durchweicht, meine Haare wie frisch aus der Dusche, und Henrik sah nicht eben besser aus. Er lachte und blinzelte mich herzlich an.

»Das gehört wohl auch zum Ostsee-Erlebnis.«

»Shit …« Wären wir zum Teepott gegangen, hätten wir uns wenigstens im Trockenen befunden. Die Wipfel der Bäume schützten uns nicht ausreichend, und es wurde zusehends kälter, ich konnte es nicht verhindern, dass meine Zähne klapperten.

»Kommen Sie …«, sagte Henrik plötzlich, und ebenso plötzlich lag sein Arm um meine Schulter, um mich mitzuziehen.

»Was haben Sie vor?«, wunderte ich mich. Wollte er tiefer in den Wald? Das war zumindest meine erste Überlegung, aber es änderte nichts dran, dass wir bereits völlig durchnässt waren von diesem Überraschungs-Wolkenbruch und die Kälte unsere Glieder hochkroch.

»Mein Strandhaus ist nicht weit von hier, da können wir uns unterstellen. Wir müssen nur ein Stück zurücklaufen.«

Weitere Regentropfen fielen auf uns herunter. Es würde bald noch viel ungemütlicher werden, also nickte ich. Zügig liefen wir durchs Unterholz. Henrik griff meine Hand und zog mich hinter sich her.

Es dauerte nicht lang, da wurde der Wald lichter, und der Regen erwartete uns wie eine kleine Sintflut. Maxim hätte spätestens jetzt geflucht. Henrik aber lachte immer noch. Ich lachte mit, spürte, wie meine Kleidung an meiner Haut klebte. Was alles, aber nicht witzig war, dennoch genoss ich diesen verrückten Ausflug.

Wir rannten und rannten, ließen das Wäldchen hinter uns, eilten über die freie Fläche … ich bekam Seitenstiche, war aus der Puste und musste immer wieder Pausen einlegen.

»Ich trage dich zur Not«, scherzte er und duzte mich plötzlich. »Es ist nicht mehr weit«, versprach er nach einer gefühlten Ewigkeit, aber genau das hatte er davor auch schon gesagt. Ich spürte meine Füße kaum noch, strauchelte, aber er stützte mich.

Henrik deutete ein Stück hoch über die Dünenlandschaft, wo ich vereinzelte Häuschen sah.

Die Aussicht auf Wärme und Trockenheit trieb mich an …

Henrik ließ meine Hand los, um eilig die Tür des Häuschens mitten in den Dünen aufzuschließen, mit einem Ruck drückte er sie auf und ließ mir den Vortritt. Ich stürmte herein, zog eine Pfütze hinter mir her.

»Tut mir leid«, entschuldigte ich mich wegen des Malheurs auf dem Dielenboden. Henrik winkte ab, zumal das Wasser auch an ihm in Massen heruntertropfte. »Ich kümmere dich drum. Wenn du ins Bad möchtest, es ist hinter der ersten Tür links. Fühl dich wie zu Hause.«

»Danke«, sagte ich sanft und eilte durch den Flur ins Badezimmer. Mir war inzwischen so kalt, dass ich zitterte. Außerdem fühlte ich mich wie nach einem Marathon. Ich schloss die Tür hinter mir und stieg aus meinen klitschnassen Klamotten, hängte sie über der Heizung auf, die sich wegen der Jahreszeit leider nicht einschalten ließ, und griff nach einem riesigen Handtuch, um mich trocken zu rubbeln. Aber weil das nicht viel am Zähneklappern änderte, schielte ich zur Duschkabine. Nur fünf Minuten heiß duschen – das wäre jetzt genau das Richtige.

Ich konnte nicht widerstehen, legte das Handtuch ab und trat unter die Brause, drehte den warmen Hahn auf und genoss, wie das heiße Wasser meinen Körper wiederbelebte. Was für eine Wohltat.

Als ich wieder aus der Kabine trat, fühlte ich mich wie neugeboren. Ich stieß jedoch auf ein neues Problem. Meine Kleidung war immer noch klatschnass, ich konnte sie nicht anziehen. Und nur ein Handtuch war suboptimal, auch wenn es groß und kuschelig weich war. Blieb mir nur – mein Blick glitt zu dem schneeweißen Bademantel, der an einem Haken an der gefliesten Wand ging. Hoffentlich war das für Henrik okay, wenn ich mir den schnappte, aber was sollte ich sonst machen?

Ich nahm mir den Mantel, hüllte mich darin ein und genoss das weiche Gefühl auf der Haut und den Duft, den er verströmte. Henriks Duft.

Plötzlich klopfte es an der Tür.

»Ja?«

»Ich habe uns was Warmes zu trinken gemacht.«

Das klang so was von verführerisch.

»Ich bin gleich da.«

Den weichen Gürtel von Henriks Mantel band ich fest zu und verließ das Badezimmer, trat in den Flur des mir unbekannten Strandhauses und wusste nicht, wo ich hinsollte.

»Ich bin im Wohnzimmer«, erklang Henriks Stimme, der wohl gehört hatte, dass ich aus dem Bad gekommen war.

Ich folgte dieser und betrat eine urgemütliche Stube mit

Rattanmöbeln und einem Panoramafenster mit Blick auf die tosende See. Wie verrückt klopfte der Regen an die Scheibe.

Zwei dampfende Tassen standen auf dem Tisch. Ich nahm den Geruch von heißer Schokolade wahr und konnte es nicht erwarten, davon zu probieren. Henrik hatte frische Kleidung an, sein Haar war immer noch nass. Mir dämmerte, dass ich doch etwas länger als fünf Minuten geduscht hatte.

Ich blickte wieder aus dem Fenster, entdeckte einen teuren Wagen neben dem Haus, der mir vorhin in aller Eile entgangen war.

»Wieso bist du denn mit der Bahn gefahren?«, wunderte ich mich.

Er lachte. »Mein Wagen war in Reparatur, habe ihn erst heute Vormittag wieder abgeholt. War ein ganz schöner Ärger, allerdings wäre mir auch einiges entgangen, wenn der Motor nicht verrücktgespielt hätte.« Er zwinkerte mir zu, und es prickelte in meinen Wangen.

Henrik musterte mich lächelnd, meine nassen Haare, seinen viel zu großen Bademantel, in dem ich wie ein Schluck Wasser hing, und kam auf mich zu. Sanft richtete er die Schultern des Mantels, aber sie sackten wieder zusammen.

»Du siehst süß aus«, raunte er, und mein Herz klopfte. Da war wieder dieses Leuchten in seinen Augen. Ich wusste nicht, wo ich hinsehen sollte. Aber dann legte er einen Finger unter mein Kinn, und mir jagte ein wohliger Schauer den Rücken runter. Er beugte sich ganz langsam über mich, und ich stellte mich gleichzeitig auf die Zehenspitzen.

Sein Mund versiegelte meinen mit einem Kuss.

Plötzlich wusste ich, was Kim längst geahnt hatte: Ich war für eine Sommerliebe bereit.

Etwas später schreckte ich auf. Henrik und ich waren Arm in Arm eingeschlafen, und ein Blick aus dem Fenster verriet, der

Regen hatte aufgehört, es war schon dunkel draußen. Ein paar Sterne blitzten in der Ferne auf.

Mein Herz klopfte wie von Sinnen, als mir sein Duft in die Nase stieg. Eng schmiegte ich mich an ihn, genoss seine Nähe und wollte am liebsten bei ihm bleiben. Offensichtlich war ich doch für Sommerlieben gemacht. Es war einfach nur wunderschön. Ich spürte seinen zärtlichen Küssen nach, wusste aber, dass Oma sich vielleicht Sorgen machte. Ich war so überwältigt gewesen, dass ich alles um mich rum vergessen hatte. Auch, sie anzurufen. Dafür war es jetzt zu spät. Ich sollte besser gleich aufbrechen.

Leise lief ich ins Bad und prüfte meine Kleidung, die leider immer noch recht feucht war, aber bis nach Hause würde es sicher reichen. Ich schlich mich ins Wohnzimmer zurück, ganz leise, um Henrik nicht zu wecken. Ein Blick auf die Uhr an der Wand verriet, es war kurz nach Mitternacht. Ich beugte mich über Henrik und hauchte einen Kuss auf seine Wange.

Ich bildete es mir nicht ein, obwohl er selig weiterschlief, formte sich ein Lächeln auf seinen Lippen. Auf dem Tisch entdeckte ich einen Notizblock und ein paar Stifte. Rasch schrieb ich ihm meine Nummer auf. Dann verließ ich sein Haus, um mir per Handy ein Taxi zu rufen …

10. Kapitel

Oma war aufgeregt, und ich war es auch! Heute wollte Herr Müller den Laden besichtigen. Wir wussten beide, wie viel davon abhing. Zur Stärkung machte Oma uns Spiegeleier zum Frühstück. Ich hatte einen Bärenhunger.

»Na, das ist ja gestern Abend ein wenig später geworden«, sagte Oma und schmunzelte, während sie ihr flüssiges Dotter auslöffelte.

»Ich ähm …« Ich war mir sicher gewesen, dass sie geschlafen hatte, als ich nach Mitternacht heimgekommen war.

»Ich war auch mal jung.« Sie lächelte verschwörerisch. »Ist er süß?«

Ich fand gut, wie locker sie war, und nickte, ziemlich süß eigentlich. In dem Moment gab mein Handy einen Signalton von sich. Ich sah nach und freute mich wie verrückt, als ich die SMS öffnete, die von unbekannter Nummer verschickt worden war. Das war bestimmt er! Ein bisschen kam ich mir wie ein Teenager vor, weil ich schon angefangen hatte, ihn zu vermissen.

Guten Morgen, Lou! Ich hoffe, du hast gut geschlafen. Ich fand unseren Abend wunderschön.

Ich auch!

Leider muss ich kurzfristig nach Hamburg. Ich habe vielleicht einen Investor gefunden.

Ich spürte, wie mir die Schultern vor Enttäuschung fast auf den Boden sanken, hatte ich doch gehofft, dass wir uns heute und die nächsten Tage wiedersahen. Ich musste schließlich bald nach Berlin zurück. War die Sommerliebe schon beendet?

Ich beeile mich, schnell wieder in Rostock zu sein. Ich möchte dich wiedersehen. Henrik.

Auch wenn mich der letzte Satz versöhnte, war ich doch etwas traurig, dass er wegmusste.

Viel Erfolg, wünschte ich. Und schickte hinterher: *Melde dich, wenn du wieder da bist.*

Seufzend steckte ich das Handy wieder weg.

»Alles in Ordnung?«, fragte Oma besorgt.

Ich nickte.

Sie sah mich an, als glaubte sie mir kein Wort.

»Es ist ja schon so spät, Herr Müller kommt bald«, stellte ich fest.

Oma folgte meinem Blick zur Uhr an der gegenüberliegenden Wand, fiel auf das Ablenkungsmanöver aber nicht rein.

»Du kannst immer mit mir reden«, sagte sie ernst.

Wusste ich. Aber es war ja nichts. Nur eine kleine Enttäuschung, mit der ich schon klarkommen würde.

Herrn Müller sollte gleich meine ganze Aufmerksamkeit gelten.

Zum Mittag klingelte es an der Ladentür, ich rannte rasch runter und öffnete einem hünenhaften Mann. Durch das starke Gegenlicht konnte ich seine Züge nicht erkennen, aber in der ersten Sekunde dachte ich, es sei Henrik. Mir blieb vor Schreck fast das Herz stehen, ehe es nach einer kleinen Pause etwa doppelt so schnell wieder einsetzte. Aber dann trat er ein, die Tür fiel knarrend ins Schloss, und der Mann drehte sich seitlich, sodass das Licht auf sein Gesicht fiel. Ich sah einen roten Vollbart und kurze Haare. Meine Enttäuschung schluckte ich runter. Was hatte ich mir denn gedacht? Henrik war auf dem Weg nach Hamburg.

Erwartungsvoll sah mich der junge Mann, der nun so gar keine Ähnlichkeit mit Henrik hatte, an. Ich versuchte, wieder runterzukommen.

»Sie müssen zur Besichtigung hier sein? Herr Müller, richtig?«, fragte ich, nachdem ich mich endlich gesammelt hatte.

Er nickte nur. Herr Müller sah bei genauerer Betrachtung deutlich jünger aus, als ich es erwartet hatte. Vermutlich war er in meinem Alter. Ein wenig beneidete ich ihn darum, dass er ein eigenes Geschäft eröffnen wollte. Das war auch mein Traum. Aber ich wollte zuvor noch mehr Erfahrung sammeln und etwas mehr Geld auf dem Konto haben, bevor ich den Schritt in die Selbständigkeit wagen wollte.

»Ich bin Louisa Baumeister, die Enkelin der Ladenbesitzerin.« Ich reichte ihm die Hand, er schüttelte sie kräftig. »Ich hole sie gleich mal. Schauen Sie sich ruhig solange um.«

Er nickte erneut, während ich rasch die Stufen ins Lager herabstieg, wo Oma noch etwas hatte ordnen wollen.

»Er ist da!«, sagte ich zu Oma, die gerade in ihrem Nähkästchen kramte. Jetzt legte sie die Hand auf die Brust und hielt den Atem an. Ich sah, dass ein Fingerhut aus Porzellan an ihrem Zeigefinger steckte.

»Ich bin aufgeregt, Kind. Wie ist er?«

»Er hat nicht viel gesagt.« Eigentlich gar nichts. »Doch er wirkt nett.«

»Dann los, bringen wir es hinter uns.« Viel hing davon ab, das wussten wir beide.

»Willst du deinen Fingerhut nicht hierlassen?«

Sie hatte schon die ersten Stufen an mir vorbei genommen und hielt inne. »Das ist mein Glücksbringer!«

»Oh! Ja dann muss er dranbleiben am Finger.«

»Genau.« Sie zwinkerte und ging weiter, ich folgte ihr hoch.

Herr Müller stand in Denkerpose vor der Wand mit der Kleiderstange, die jetzt zum Glück nicht mehr müffelte.

»Viola Bartschek«, stellte Oma sich vor und reichte ihm die Hand, die er annahm.

»Guten Tag, Frau Bartschek. Sie haben ja wirklich einen entzückenden kleinen Laden.«

Oma strahlte übers ganze Gesicht. Das schien sich gut zu entwickeln.

»Er besteht seit den 1920er-Jahren«, erläuterte sie stolz. »Eine Institution hier im Sanddornweg, eng verbunden mit der Geschichte des Hotelier- und Unternehmer-Ehepaars Sanddorn …«

»Ich habe die Gedenkplakette auf dem Weg hierher gesehen. Die Sanddorns standen wohl für neue Ideen? Eine beachtliche Leistung, bedenkt man die damaligen Zeiten«, traf Herr Müller abermals Omas Nerv. »Für neue Ideen stehe ich auch. Mein Motto lautet: Zeit für Veränderungen«, fuhr er fort. »Ich sehe alles deutlich vor mir.«

»Tun Sie das?«, meinte Oma.

»Die Schusterecke muss raus.«

Omas Lächeln gefror. Doch nur kurz.

»Und natürlich auch alles, was mit der Änderungsschneiderei zu tun hat. Verzeihen Sie, ich bin ein wenig voreilig, was daran liegt, dass Ihr Laden zu Inspirationen einlädt. Er gefällt mir sehr gut. Aber reden wir zunächst über die Konditionen!«

»Vielleicht sprechen wir als Erstes über den Mietzweck. Was für eine Art Laden möchten Sie denn eröffnen, Herr Müller?«

»Einen Surfershop.«

»Surf…er…shop«, wiederholte Oma. Das war wohl nicht Omas Ding.

Aber sie hatte ja nicht wirklich eine Wahl in ihrer Lage, ihre wenigen Ersparnisse gingen zur Neige, und dann war da noch ihr Kredit.

»Zeit für Veränderungen«, betonte Herr Müller, und Oma nickte.

»Richtig.«

»Die Ladenfläche kommt mir ein wenig klein vor. Wie viele Quadratmeter umfasst sie denn?«

»Fünfzig Quadratmeter, zum Geschäft gehören jedoch noch eine Kundentoilette, ein Arbeitszimmer, das man als Büro verwenden kann, sowie ein Lager im Keller.«

»Das klingt ausgezeichnet. Darf ich mir das Lager ansehen?«

»Gewiss doch.« Oma wies ihm den Weg, und wir folgten Herrn Müller nach unten.

»Perfekt!«, rief er plötzlich aus, kaum, dass er das Lager betreten hatte. »Der Raum eignet sich bestens als Reparaturwerkstatt.«

Wir blieben auf der Treppe stehen. Oma sog die Luft durch die Zähne. »Das ist bestimmt sehr laut mit so einer Werkstatt im Keller«, meinte sie zu mir. Aber ich hatte ehrlich keine Ahnung.

»Ich bin sehr angetan«, erklärte Herr Müller und scheuchte uns zurück nach oben. »Die Lage ist schön. Die Nähe zum Strand perfekt. Mit ein wenig gutem Willen kann man hier was draus machen.«

Oma atmete tief ein. Aber dann lächelte sie. »Das freut mich, Herr Müller. Sie haben offenbar eine Vision.«

»Die braucht man auch, wenn man einen neuen Laden eröffnet, nicht wahr? Das wissen Sie sicher selbst. Sehe ich es richtig, dass Sie hier oben leben?« Er deutete gen Decke.

Oma nickte und knibbelte an ihrem Glücksfingerhut. »Richtig, der Wohnbereich ist nicht im Mietpreis inbegriffen.«

»Das ist sehr gut! Wenn ich mich für Ihr Geschäft entscheide, könnten Sie als erfahrene Dame mir hin und wieder einen Rat geben, dann kann mein Projekt wohl nicht schiefgehen.«

Die Züge meiner Großmutter hellten sich etwas auf. Doch nur kurz.

»Sagen Sie Herr Müller, wenn Sie tagsüber im Laden sind,

werden Sie wohl erst abends in der Werkstatt arbeiten. Ich frage mich …«

»Sie machen sich Gedanken um die Lautstärke, aber ich kann Sie beruhigen, Frau Bartschek, nach Feierabend werden Sie weder was von uns hören noch sehen.«

»Uns?«

»Ich habe vor, jemanden für die Werkstatt einzustellen. Und derjenige würde dann während der Geschäftszeiten tätig sein.«

Oma atmete sichtlich auf.

»Da brauchen Sie wirklich keine Sorge zu haben. Wie sieht es mit dem Mietpreis aus?«

Oma nannte den Preis, erst pro Quadratmeter und dann den Gesamtbetrag inklusive der monatlich anfallenden Nebenkosten. Herr Müller nickte nachdenklich.

»Es handelt sich um ein Objekt in guter Lage mit Nähe zum Strand«, wiederholte Oma geschäftstüchtig. »Für einen Surfershop ist dies ein wichtiger Aspekt, wie Sie ja schon selbst betonten.«

Müller lächelte. »Da haben Sie recht, ein Punkt für Sie und Ihren Laden. Allerdings ein Laden, der in die Jahre gekommen scheint.«

»In dem Zustand, in dem er sich gerade befindet, wird er vermietet. Ich berücksichtige diesen Umstand bereits in der Miethöhe. Sollten Sie eine Renovierung in Betracht ziehen, müsste diese auf eigene Kosten erfolgen. Im Vertrag wird zudem eine Instandhaltungspflicht für die Dauer des Mietvertrags geltend. Natürlich bin ich als Vermieterin im Gegenzug verpflichtet, Sorge zu tragen, etwaige Reparaturen die Heiz-, Elektro- und Wasseranlagen betreffend unverzüglich in Auftrag zu geben und anfallende Kosten zu begleichen.«

Herr Müller nickte sichtlich beeindruckt: »Sie sind eine erfahrene Geschäftsfrau.«

Oma winkte ab. »Junger Mann, ich bin seit frühster Jugend im Geschäft. Das hier sind nur die üblichen Konditionen. Sie werden kaum einen Vermieter finden, dessen Vorstellungen von meinen abweichen.«

»Da könnten Sie recht haben.«

»Sie werden bei Ihrer Suche nach einem Mietobjekt immer nach Ihren Sicherheiten gefragt werden, insbesondere da Sie recht jung sind.«

»Damit habe ich fest gerechnet. Ich verfüge neben Ersparnissen über einen Gründerkredit, den ich voll ins Geschäft investieren werde. Ich habe betreffende Unterlagen dabei.« Er reichte diese Oma, und ich hörte interessiert zu.

Vor allem, da meine Mutter in ihrer Funktion als Beraterin jungen Leuten wie ihm half, sich etwas aufzubauen, war es interessant, nun die andere Seite kennenzulernen. Herr Müller betonte, er sei ein Mann, der seine Chance ergreife, wie sie komme. »Manchmal muss man auch etwas riskieren, um seinen Traum wahr zu machen. Da stimmen Sie mir sicher zu, Frau Bartschek.«

»Das Geheimnis des Vorankommens ist es, den ersten Schritt zu tun«, meinte Oma, was ich inspirierend fand.

»So sehe ich das auch. Hören Sie, normalerweise mache ich das nicht, doch ich möchte Ihnen eine vorsichtige Zusage geben.«

Omas Augen weiteten sich.

»Ich muss gestehen, dieser Laden und die kleine Straße sind ziemlich genau das, was ich suche. Auch Sie sind mir als Vermieterin sympathisch, Sie wissen schon, die Chemie muss stimmen.«

Oma nickte sprachlos.

»Ich sehe mir jedoch noch ein paar andere Objekte zum Vergleich an. Doch ich würde Ihnen zeitnah Bescheid geben, wie ich mich entscheide. Ist Ihnen das recht?«

»Sicher. Was ist denn zeitnah?«

»Morgen Abend?«

»Dann nehmen Sie vielleicht auch den Mustervertrag gleich mit.« Sie ging zu ihrem Nähtisch, zog eine Schublade auf und holte ein in eine Hülle gestecktes Dokument hervor, das sie ihm gab. Das musste sie vor dem Unfall vorbereitet haben.

»Das sind noch einmal meine Konditionen. Genauere Auflistungen, wie sich die Kosten zusammensetzen, können Sie dem Dokument auch entnehmen.«

»Schaue ich mir gern an. Ich bin sicher, wir werden uns wiedersehen. Danke auch für die Führung.« Er reichte erst ihr, dann mir die Hand, ehe er ging.

Oma lehnte sich an ihren Näh-Stuhl und fuhr sich mit beiden Händen übers Gesicht.

»Ein Surfershop …«, murmelte sie. »Aber er gibt uns eine vorsichtige Zusage!«, rief sie nun voller Glück.

Ich ging zu ihr rum und hockte mich vor sie hin.

»Ja, es ist eine super Chance, aber warten wir, bis er richtig zusagt«, erinnerte ich sie trotzdem.

»Natürlich, Kind. Dennoch, seit du hier bist, geht es bergauf! Ich war wirklich dumm, dass ich mich dir nicht früher anvertraut habe.« Sie schüttelte über sich selbst den Kopf. »Eine sture alte Närrin war ich. Aber immerhin eine, die dazulernt. Komm, ich mache uns noch einen Tee, und dann gehen wir fürs Sanddorn-Treffen einkaufen.«

»Sanddorn-Treffen?«

»Wo habe ich nur immer meinen Kopf. Wir Ladenbesitzer treffen uns ab und an, um über Gott und die Welt zu plaudern. Diesmal findet es bei mir statt. Du bist natürlich eingeladen, Lou. Wirst sehen, das macht Spaß.«

11. Kapitel

Oma stellte eine dampfende Tasse vor mich, und der Geruch von Pfefferminze strömte mir in die Nase. Ich fühlte mich sofort entspannter.

»Falls Herr Müller uns zusagt, würde sich hier einiges im Sanddornweg ändern. Einen Surfershop hatten wir noch nie hier. Das lockt junge Menschen an.«

Oma schien das gut zu finden, ich rührte derweil meinen Tee um, nippte vorsichtig dran und stellte fest, er war noch viel zu heiß. Mit der Hand wedelte ich mir das Aroma zu.

»Man muss ja auch mit der Zeit gehen, das war schon eine Devise der Sanddorns.«

Das Telefon klingelte und unterbrach Oma. Seufzend erhob sie sich aus ihrem Ohrensessel und sah nach, wer es war, ging aber nicht ran.

»Willst du nicht abheben?«, wunderte ich mich und streute etwas Zucker in meinen Tee, beobachtete, wie er sich in der Flüssigkeit auflöste.

»Es ist deine Mutter. Die versucht schon seit Tagen, mich zu erreichen, aber ich habe keine Lust, mit ihr zu reden.«

Ich legte ärgerlich den Kopf zur Seite. »Oma … du kannst dich nicht ewig drücken. Sie macht sich doch nur Sorgen.«

Es war schwer für mich, dass zwischen meiner Mutter und ihr so schlechte Stimmung herrschte.

Genervt hob Oma ab.

»Hallo, Annia, … nein, mir geht's bestens … das ist sehr nett … wie ist das Wetter in London? Regen? Wer hätt's gedacht … ich danke dir, ich werde mich schonen … Wiederhören.«

Wie lang hatten sie geredet? Zehn Sekunden? Immerhin hatten sie überhaupt miteinander gesprochen, damit musste ich wohl zufrieden sein.

Oma seufzte. Unzufrieden kaute sie auf ihrer Unterlippe, ich sah ihr an, sie hätte gern auf das Gespräch verzichtet.

»Hand aufs Herz, was ist da zwischen euch passiert?« Dass es lediglich um Besserwisserei ging, glaubte ich nicht länger.

»Darüber will ich jetzt nicht reden.«

Mal wieder. Aber das sagte bereits, ich hatte recht.

»Omsi …«

»Das verdirbt nur die Laune.«

Ich hatte plötzlich das Gefühl, vor einer Wand zu stehen.

»Surfen«, murmelte Oma und war längst bei einem anderen Thema. »Ich wusste gar nicht, dass es hier überhaupt Surfer gibt …«

»Herr Müller meinte sicher Windsurfen«, überlegte ich und versuchte zugleich zu verarbeiten, dass sich der Streit zwischen Oma und meiner Mutter wohl nicht so leicht auflösen lassen würde. In mir kam sogar die Sorge auf, dass er sich womöglich gar nicht bereinigen ließ, so verhärtet wie die Fronten schienen. So was hörte man ja immer wieder, wie Familien komplett auseinanderdrifteten, Jahrzehnte nicht mehr oder nur ganz wenig miteinander sprachen … So eine Entwicklung durfte ich nicht zulassen. Aber Oma machte dicht, sobald ich davon anfing. Wenn ich wieder in Berlin war und Mama ebenso, musste ich das klären.

Vorsichtig nippte ich erneut an meiner Tasse. Jetzt war die Temperatur angenehm.

Wir tranken den Tee und gingen dann im Supermarkt in der Fjordstraße für das Sanddorn-Treffen einkaufen. Ein Begriff, von dem ich heute zum ersten Mal gehört hatte. Ich schob den Wagen, und Oma befüllte ihn mit Snacks, Wein und alkoholfreiem Bier.

»So richtig verstanden habe ich noch nicht, was es mit diesen Sanddorn-Treffen auf sich hat«, meinte ich und half Oma, eine Flasche Orangensaft aus dem Regal zu angeln.

»Na ja, wir Ladenbesitzer treffen uns eben zum Plaudern und um über wichtige Dinge und Veränderungen zu reden. Was in den letzten Wochen so passiert ist. Zum Beispiel wenn weniger Kunden gekommen sind oder wir eine gemeinsame Aktion zu Weihnachten starten wollen. Braucht jemand Hilfe, stehen die anderen hinter ihm.« Oma seufzte. »Ich war zu stur, sie um Hilfe zu bitten. Außer Irmchen wusste niemand, wie es finanziell um mich stand, sie wussten eben nur, dass ich mein Geschäft geschlossen hatte. Wegen des Ruhestands, mehr wollte ich nicht dazu sagen. Du kennst mich ja. Ich hab gelernt: Über Geld spricht man nicht. Und: Regle deine Angelegenheiten selbst.«

Klang eigentlich schön, dass sich im Sanddornweg umeinander gekümmert wurde. Dennoch konnte ich Oma auch verstehen.

Ich bog in den Gang zu meiner Rechten, Oma folgte mir.

Im nächsten Augenblick stolperte mein Herz. Vor mir stand ein dunkelhaariger Mann, der sich gerade zu mir umdrehte. Ich dachte, es sei Henrik, wollte schon »Hallo« sagen, doch biss mir rechtzeitig auf die Unterlippe, bevor auch nur ein Wort aus meinem Mund kam. Dennoch guckte ich ihn wie ein Auto an.

Der Fremde lächelte mich amüsiert an und ging seiner Wege, während mein Herz völlig verrücktspielte. Das war jetzt schon das zweite Mal an einem Tag, dass ich irgendwo Henrik zu sehen glaubte, obwohl ich wusste, dass er in Hamburg war. Und jedes Mal fing mein Herz zu rasen an. Was war nur mit mir los?

»Kanntest du den?«, wunderte sich Oma. »Ist das der Bursche vom Strand?«

Ich schüttelte den Kopf.

»Was ist denn aus dem geworden?«, hakte Oma neugierig nach.

»Er ist auf Geschäftsreise«, erklärte ich und schob den Wagen weiter. Ich musste einfach abwarten, so wie Oma gerade auch. Aber ich hoffte schon, dass wir uns noch wiedersahen, bevor ich heimfuhr. Ein fernes Prickeln in meinem Nacken ließ mich an seine zärtlichen Küsse denken, und für einen winzigen Augenblick alles andere um mich herum vergessen.

»Können wir dann weiter?«, fragte Oma amüsiert.

»Oh, ja klar …«, tauchte ich aus meiner Erinnerung wieder auf.

Wir gingen zur Kasse und bezahlten.

Oma trug einen Beutel mit den leichten Einkäufen über der Schulter, ich die schweren Sachen.

Am Himmel türmten sich wieder dunkle Wolken. Gutes Wetter hatte ich mir für meinen Besuch nicht ausgesucht.

Wir trugen die Einkäufe ins Haus, die Treppe hoch und stellten sie in der Küche ab. »In einer Stunde kommen die anderen schon«, sagte Oma. Das würde mich sicher auf andere Gedanken bringen. Und ich war auch ziemlich gespannt, wie so ein Sanddorn-Treffen ablief.

12. Kapitel

Oma und ich hatten ein paar Klappstühle in der Wohnstube aufgestellt, denn meine Großmutter erwartete offenbar viele Gäste. Wir bereiteten Schüsseln mit Snacks vor und stellten Getränke auf den Tisch. Dann trafen schon die ersten Ladenbesitzer ein. Und es kamen immer mehr und mehr. Ich rannte nur noch hoch und runter, um die Tür zu öffnen. Irgendwann war die Bude voll, und ich gesellte mich zu der bunten Gesellschaft.

Oma saß in ihrem Sessel, Irmchen war auch dort, neben ihr auf dem Sofa saß eine zierliche junge Frau mit rotbraunen Haaren. Gegenüber hatte Herr Buchmann Platz genommen, er starrte missmutig ins Leere, und man sah ihm an, er wollte gern überall sein, nur nicht hier. Keine Ahnung, warum er hergekommen war. Ich sah auch den Mann vom Blumenladen, die Frau vom Fahrradverleih. Und dann war da noch das Ehepaar Haas, dem das Krabbenstübchen gehörte und die die Eltern meiner Sommerfreundin Gina waren, sowie noch viele weitere mir unbekannte Gesichter. Alle drängten sich auf ihren Klappstühlen um den kleinen Wohnzimmertisch.

»Ob er selbst Surfer ist, weiß ich nicht. Aber ich nehme es an. Wer würde denn einen Surfershop betreiben wollen, ohne selbst Surfer zu sein?«, meinte Oma, die offenbar bereits von Herrn Müller erzählte.

»Es wäre jedenfalls schön, wenn dein Geschäft wieder aufmacht. Ich drücke die Daumen, dass er sich für deinen Laden entscheidet«, sagte die Dame vom Fahrradverleih.

»Ich bin zwar im Ruhestand«, sagte Oma, »aber das heißt ja nicht, dass mein Lädchen auch in den Ruhestand muss.«

»Ich hab mich umgehört, der eingestellte Geschäftsführer leitet das Sanddorn Hotel tatsächlich nicht mehr«, sagte Frau Haas, die sich angeregt mit Irmchen und dem Blumenmann unterhielt.

»Wie kommt das?«, wunderte sich Oma und wechselte das Thema.

»Ich glaube, dieser junge Erbe hat die Leitung vor kurzem übernommen, Irmchen meint, ihn schon gesehen zu haben«, ergänzte Frau Haas in verschwörerischem Ton.

»Ja, letzte Woche. So ein schnöseliger Typ im Anzug, geschniegelt und gestriegelt«, erklärte Irmchen etwas abfällig. »Dem tropft das Schmieröl aus den Haaren. Totale Landratte.«

Ich setzte mich auf einen freien Klappstuhl gegenüber von Oma.

»Und wo kommt dann dieser Erbe plötzlich her?«, wunderte sich die Fahrradverleih-Dame.

»Eine gute Frage. Muss wohl ein Nebenzweig der Familie sein. Emilie, die letzte aus der Reihe der Sanddorns, hatte ja keine Kinder«, wusste Herr Haas zu berichten.

»Die eigentliche Frage ist, was dieser Erbe mit dem Hotel vorhat und warum er auch noch den bisherigen Geschäftsführer abgesetzt hat«, mischte sich ein mir unbekannter Mann mittleren Alters ein, dem wohl auch ein Geschäft im Sanddornweg gehörte.

»Vielleicht will er sich für längere Zeit hier niederlassen, die Hotelleitung hat er ja schon übernommen«, überlegte Tobias.

Sie redeten weiter über das Hotel, die Sanddorns und den geheimnisvollen Erben. Oma aber winkte mich zu sich. »Bring den Stuhl mit«, sagte sie.

Ich trug diesen zu ihr, und sie deutete in die Lücke zwischen ihrem Sessel und Buchmanns Stuhl.

»Du kannst sie dann gleich fragen, Buchi«, sagte Oma zu Herrn Buchmann, der angestrengt lächelte.

»Buchi«? Ich grinste unwillkürlich. Nicht nur, dass Herr Buchmann überhaupt an diesem Treffen teilnahm, er beschwerte sich auch nicht über den Spitznamen, den meine Großmutter ihm gegeben hatte. Da offenbarten sich ja ganz neue Seiten an ihm.

Ich setzte mich zwischen Oma und Herrn Buchmann.

»Und was soll Herr Buchmann mich fragen?«, hakte ich nach. Er schwieg sich nämlich beharrlich mit vorgeschobener Unterlippe aus.

Ich drehte mich neugierig zu Herrn Buchmann um, dem die plötzliche Aufmerksamkeit nicht zu gefallen schien. Grimmig musterte er seinen Wein, schwenkte ihn kritisch hin und her.

»Nur zu, hier beißt keiner«, ermunterte Oma ihn und erhob sich, stellte sich hinter seinen Stuhl. Buchmann rollte mit den Augen, als Oma ihm die Hand auf die Schulter legte. Es sah aus, als wollte er diese am liebsten wegwischen. Meine Großmutter bekam sein Unbehagen jedoch mit und ließ mit einem Seufzen von ihm ab.

Ich wollte schon etwas sagen, denn sein Verhalten fand ich unmöglich. Doch Oma warf mir einen Blick zu und schüttelte den Kopf. Also schwieg ich.

Es bestätigte sich wieder, Albert Buchmann konnte niemanden so wirklich leiden.

Seine buschigen Brauen zogen sich zusammen, er sah mich lange an, als würde er jedes Wort ganz genau abwägen, um schließlich in bedeutungsschwangerem Ton zu sagen: »Mein Regal.«

Ich wusste nicht, was er mir damit sagen wollte.

»Eins seiner Buchtregale im Laden wackelt, da ist wohl ein Fuß unter der Belastung gebrochen. Er hat nun ein neues aufgestellt, sich aber dabei den Rücken verrenkt. Jetzt braucht er jemanden, der ihm hilft, die Bücher vom alten in das neue Regal einzusortieren«, übersetzte Oma und griff nach ihrem alkoholfreien Bier, ihren Wein hatte sie schon geleert. Dann setzte sie sich wieder in ihren Sessel.

»Ach so!« Jetzt begriff ich, worum es ging. »Ich helfe Ihnen gern, Herr Buchmann. Morgen hätte ich Zeit. Solange bin ich ja noch hier in Warnemünde.«

Er nickte und wirkte erfreut und grimmig zugleich. Wie er das schaffte, war mir ein Rätsel.

»Wann soll ich denn zu Ihnen kommen?«, fragte ich Herrn Buchmann, der erneut überaus nachdenklich dreinblickte und sein vorstehendes Kinn kraulte. »Um zehn?«, schlug ich vor.

Er wog den Kopf hin und her, dann nickte er. Albert Buchmann war vieles, aber gesprächig war er nicht.

»Ich verabschiede mich«, erklang das zarte Stimmchen von Hannah. Sie erhob sich, reichte jedem die Hand, und ich brachte sie noch eben runter.

»Wenn du willst, helfe ich dir morgen mit Herrn Buchmanns Büchern«, bot sie freundlich an.

»Danke, supernett, aber ich schaffe das schon.«

»In Ordnung.«

Ich hielt ihr die Tür auf und kehrte in die lebhafte Wohnstube zurück.

»Ich habe das Gefühl, dass der junge Mann meinen Laden mieten wird. So ein sympathischer Mensch«, hörte ich Oma erneut von Herrn Müller schwärmen. Und das Ehepaar sinnierte erneut über den Sanddorn-Erben.

Ich spürte plötzlich die Müdigkeit schwer wie Blei in meinen Gliedern und entschied, mich hinzulegen. Deswegen lugte ich nur noch mal kurz in die Stube, um allen eine gute Nacht zu wünschen, ehe ich in meinem Zimmer verschwand. Und als ich wenig später im Bett lag, hörte ich, wie der Regen sanft gegen die Scheiben klopfte, in einem angenehmen Rhythmus, der mich in den Schlaf wiegte …

13. Kapitel

Mit einem Seufzen stieg ich am nächsten Morgen aus dem Bett, verschwand unter der Dusche und wurde schließlich von Oma mit einem Frühstück überrascht. Wir setzten uns an den Esstisch, der zwischen Wohnstube und offener Küche stand, und genossen frische Brötchen und Rührei. »Ich bin schon seit sechs Uhr wach und hatte wieder mal Hummeln im Hintern, also hab ich hier aufgeräumt.« In der Tat waren alle Klappstühle von gestern verschwunden. »Außerdem war ich beim Bäcker«, erklärte Oma.

Ich verspeiste genüsslich das Rührei, das mit Zwiebeln und Speckwürfeln garniert war. »Schmeckt großartig«, sagte ich und schaufelte die nächste Gabel lecker-fluffiges Ei in den Mund und biss von der Schrippe ab.

Oma lächelte zufrieden. »Wirklich nett, dass du Buchi hilfst.«

Wieder »Buchi«.

»Erstaunlich, dass er gestern Abend hier war«, merkte ich an, ich wusste schließlich, dass »Buchi« nicht gerade gern die Gesellschaft anderer teilte. Schon früher war das so gewesen. Die Leute im Sanddornweg hatten sich immer um ihn bemüht, aber Buchmann hatte sie stets vor den Kopf gestoßen.

»Da sagst du was, ich musste ihn ganz schön überreden.«

»Ach, du steckst dahinter?«

»Was hat er denn sonst vom Leben?«

»Du hast ja wirklich viel Geduld mit deinem Buchi«, bemerkte ich, weil ich mich gerade erinnerte, wie unfreundlich Buchmann sich gestern verhalten hatte. Als wollte er mit niemandem von uns was zu tun haben.

Oma winkte ab. »Er ist eben, wie er ist. Man gewöhnt sich dran. Und irgendwie kann ich es ja auch verstehen, als er damals kurz vor der Wende seine Frau verloren hat, hat ihn das verbittert. Das ginge doch jedem so.«

Ich wollte ihr widersprechen, immerhin war Oma alles andere als verbittert, aber dann fiel mir der Zustand der Änderungsschneiderei ein, und ich erkannte, dass sie zwar anders mit dem Verlust umging als Buchmann, dass beide aber dennoch etwas gemein hatten.

»Das wusste ich nicht.«

Omas Blick wurde sehr ernst, sie nickte zaghaft. »Der Laden war ihr großer Schatz. Buchi war ja ursprünglich in einer Verwaltung tätig, interessierte sich nicht für Bücher. Erst als sie nicht mehr war, fing er an, sich um das Geschäft zu kümmern.« Deswegen sah der Laden so alt aus. Er hatte ihn nie verändert. Vielleicht versuchte er, sie so festzuhalten. Plötzlich tat er mir nur noch mehr leid.

Es ist jedenfalls nett, dass du das für ihn machst.«

»Kein Problem.« Wie lang würde das schon dauern?

»Ich mache noch den Abwasch, dann gehe ich zu Buchmann«, sagte ich und räumte den Tisch ab.

Kurz vor zehn betrat ich Herrn Buchmanns Laden. Draußen wehte ein übler Wind, wieder waren überall dunkle Wolken. Drinnen sah es trotz Beleuchtung düster aus, was nicht nur am Wetter, sondern auch an den beinahe antiken Regalgängen aus dunklem Massivholz lag. Das Ambiente hatte etwas Magisches, das musste ich dem Laden, der offensichtlich seit seinem Bestehen kein einziges Mal renoviert worden war, lassen. Hätte mich nicht gewundert, wenn die meisten dieser Wälzer noch aus einer Zeit vor der Wende stammten.

Das Wackelregal sprang mir sofort ins Auge, denn es stand schief, und ich begriff nun auch, warum Hannah gefragt hatte, ob sie mir helfen solle. Das Regal war fast so lang wie die Wandseite, an der es stand, und bis oben gefüllt. Das neue leere Regal stand gegenüber, am anderen Ende des Ladens.

Eine Sisyphos-Aufgabe, sie von hier nach drüben zu bringen. Ein paar hatte Buchmann schon selbst rübergeschafft. Aber die ließen sich an einer Hand abzählen.

Ich sah zu ihm rüber. Er saß an der Kasse und erwiderte meinen Blick mit zusammengekniffenen Augen, als wäre ich ein Eindringling oder so etwas.

Ich war ein hilfsbereiter Mensch, und natürlich nahm ich meine Zusage nicht zurück, doch es hätte mir mehr Freude gemacht, wenn Albert Buchmann ein netterer Mensch gewesen wäre. Oma hatte sich gestern mit ihrem Treffen viel Mühe gegeben, er hingegen war die ganze Zeit genervt gewesen und hatte eine Flappe gezogen.

Ich widmete mich wieder dem Wackel-Regal, rüttelte leicht an diesem und merkte, es war wirklich sehr instabil.

»Morgen«, vernahm ich Albert Buchmanns dunkle Stimme plötzlich hinter mir. Ich drehte mich um. Die Flappe zog er auch jetzt. Krumm stand er da, hielt sich den Rücken und erklärte mir per Fingerzeig, was ich zu tun hatte. Dabei hatte ich es mir bereits gedacht.

»Danke«, sagte er noch mit grimmigem Gesicht, langsam ging er zu seinem Stuhl hinter der Kasse zurück. Mein Ärger verflog, wirkte er doch recht gebrechlich. Sein Rücken leicht gekrümmt, nur ein wenig grauer Flaum am sonst kahlen Kopf und tief liegende Augen. Er wirkte auf mich wie ein Hundertjähriger, aber ich wusste, er war kaum älter als Oma.

Ich fing an, die Bücher umzusortieren. Ging das am Anfang noch recht gut und zügig, spürte ich schon bald ein Ziehen im Rücken und den Beinen. Was mich immer langsamer werden ließ.

Besonders die Einsortierung der unteren Bücher und das viele Bücken hatten es in sich. Bitte, ich war sechsundzwanzig, da bekam man noch keinen Hexenschuss. Hoffte ich.

Die Türglocke bimmelte, Kunden gingen ein und aus. Jedes Mal schien mir der Wind lauter, wenn jemand die Tür öffnete. Eine Mutter mit zwei kleinen Kindern betrat das Geschäft, die Jungs quietschten vergnügt, als sie die Musik-Bücher in der Kinderbuchabteilung entdeckten. Schrille Töne erklangen von dort.

Eine hochgewachsene Frau im dunklen Sommermantel kam herein und verwickelte Buchmann in ein Gespräch. Aber ich bekam es nur am Rande mit. Sicher war die Unterhaltung recht einseitig.

Ich fragte mich, wie er früher gewesen war, als seine Frau noch gelebt hatte. Es fiel mir schwer, mir diesen Mann in jungen Jahren vorzustellen. Doch dank Oma wusste ich, dass es eine Phase in seinem Leben gegeben hatte, in der er glücklicher gewesen war. Doch der Verlust seiner Frau hatte ihn gezeichnet.

Meine Hand strich über das alte Holz, dessen Maserung regelrecht dreidimensional war. Buchmann musste seine Frau wirklich geliebt haben. Sonst hätte er diesen zauberhaften, charmant-altmodischen Buchladen nicht fortgeführt. Und während ich das Holz berührte, konnte ich mir vorstellen, wie die Besitzerin auch einst hier gestanden hatte, wo ich nun war, um Bücher einzusortieren.

Der Sturm draußen nahm zu, die Kunden verließen den Laden. Ich machte weiter, trug die alten Bücher ins neue Regal. Irgendwann war ich damit fertig und fühlte mich gerädert.

Ich ging zu Buchmann rüber, er saß in eine Wolldecke gehüllt hinter der Kasse. Obwohl es Sommer war, schien ihm kalt zu sein. Seine Mundwinkel hingen herab.

»Ich bin dann so weit fertig, rate Ihnen aber, das Kippelregal bald zu entsorgen, das wird immer wackeliger«, sagte ich. Ich entdeckte ein Dokument auf dem Tisch hinter der Kasse, das zerrissen worden war. *New Life Estate* stand auf dem

Briefkopf in dicker blauer Schrift. Es leuchtete mir so stark entgegen, dass ich es nicht übersehen konnte.

Buchmann fing meinen neugierigen Blick auf und sah mich tadelnd an.

»Also das Regal wackelt stark und wirkt ehrlich gesagt auch etwas morsch«, wiederholte ich eilig.

Er nickte darauf überaus gemächlich.

»Ja, dann … wissen Sie ja jetzt Bescheid … «

Wieder ein sparsames Nicken.

»Unwetterwarnung«, sagte er plötzlich. Man musste ihm lassen, er kam auf den Punkt.

»Wie bitte?«

Er deutete rüber zum Schaufenster.

Es war richtig düster draußen. Erst jetzt fiel mir auf, der Laden war völlig leer, und lediglich das Radio war noch zu hören, durch das gerade eine Warnung durchgegeben wurde. Sturm und Gewitter rückten schon wieder an. Diesmal offenbar noch stärker.

Zum Glück war ich bereits mit allem fertig. Buchmann wollte mir noch einen Geldschein in die Hand drücken, was ich ablehnte, dann machte ich mich auf den Weg zu meiner Großmutter, bevor das Unwetter richtig losging. Es waren ja nur ein paar Schritte.

14. Kapitel

Der Himmel war inzwischen so dunkel, dass man denken konnte, der Abend würde heute sechs Stunden früher anbrechen.

Oma saß im Wohnzimmer in ihrem Ohrensessel, vor sich auf dem Tisch das Telefon.

»Herr Müller hat wohl noch nicht angerufen.«

Sie schüttelte den Kopf.

»Wie war es bei Buchi?«, wollte Oma wissen.

»Die Bücher sind einsortiert.« Ich rieb meine Lendenwirbel. »War ziemlich viel Arbeit.«

Wie gebannt starrte sie immer wieder aufs Telefon, als könnte sie Herrn Müller auf diese Weise dazu bringen, endlich anzurufen.

Mein Magen knurrte.

»Pass aufs Telefon auf, ich mache uns ein leckeres Mittagessen«, schlug Oma vor, weil sie wohl gemerkt hatte, dass mein Rücken selbst jetzt noch schmerzte.

Das tat sie dann auch, während ich mich in die weichen Polster sinken ließ. Es gab Fischeintopf. Herrlich gewürzt. Oma ließ auch beim Essen nicht das Telefon aus den Augen.

»Du weißt schon, dass es klingelt, wenn jemand anruft? Man kann sogar den Raum verlassen und bekommt es dennoch mit.« Ich zwinkerte.

»Ich bin nur so aufgeregt. Das mit Herrn Müller muss einfach klappen.« Oma sah mich voller Sorge an. Wo war denn ihre Zuversicht hin, die sie noch gestern zur Schau gestellt hatte?

Nach dem Essen legte ich mich hin, während das Unwetter draußen tobte. Ab und zu blitzte und donnerte es in der Ferne, doch das Gewitter kam näher und näher.

Auch für den Rest des Tages saß Oma in der Wohnstube vor dem Telefon und wartete auf den Anruf von Herrn Müller. Aber der kam nicht.

Ich kehrte in die Wohnstube zurück und beschloss, uns ein Abendbrot zu machen.

»Das kann ich doch übernehmen«, bot Oma wieder an. »Du hilfst mir schon die ganze Zeit, jetzt will ich mich auch mal nützlich machen.« Oma verschwand in der Küche, sie kam mit belegten Brötchen zurück, die sie im Backofen aufgebacken hatte.

Wieder blitzte es. Diesmal so nah, als wäre es um die Ecke. Dann grollte der Himmel, als wollte er seine ganze Wut über uns ausschütten. So gewaltig hatte ich das noch nie erlebt.

Im nächsten Moment saßen wir im Dunkeln.

»Auch das noch!«, sagte Oma.

Ich schaltete mein Handy ein, es besaß eine Taschenlampen-Funktion, die den Akku schonte. Allerdings richtete diese nicht allzu viel aus.

»Wahrscheinlich ist die Sicherung wegen des Unwetters rausgesprungen«, grübelte Oma. Sah ganz danach aus.

»Ich sehe mir das an, wo finde ich sie?«

»Unten im Flur, direkt neben der Ladentür.«

Ich griff nach meinem Handy, um mir den Weg zu leuchten. »Ich muss dich leider vorübergehend im Dunkeln sitzen lassen«, entschuldigte ich mich und ging runter, fand den Sicherungskasten, stellte aber fest, dass die Sicherung nicht rausgesprungen war, ich schaltete sie ein und aus, was jedoch nichts änderte. Der Strom war wohl an anderer Stelle ausgefallen. Perfekt! Zum Glück hatte Oma nicht so viel im Tiefkühler und Kühlschrank. Hoffentlich wurde das schnell in Ordnung gebracht.

Ich kehrte wieder zurück, rief die Stromausfallstelle per

Handy an und informierte über den Vorfall, der ihnen allerdings schon bekannt war. Es waren mehrere Häuser in Warnemünde vom Stromausfall betroffen.

Ich setzte mich wieder zu Oma, die in ihrem Ohrensessel immer kleiner zu werden schien.

»Tust du mir einen Gefallen, Lou?«

»Sicher, Oma, worum geht's denn?«

»Diese Dunkelheit … da fällt mir die Decke nur noch mehr auf den Kopf. Ich glaube, ich habe noch ein paar Kerzen in der Küche. Unten im Schubfach unter der Spüle.«

»Ich geh gleich mal gucken.«

Leider irrte sich Oma, Kerzen waren nicht da. Auch in den anderen Schubfächern nicht.

»Das ist komisch«, meinte Oma. »Aber warte mal, auf dem Dachboden habe ich noch alte Öllampen. Wenn wir die anzünden, haben wir wieder Licht. Wer weiß, wie lange die brauchen, um die Leitungen zu reparieren. Leuchtest du mir den Weg mit deinem Handy? Dann geh ich gleich mal hoch.«

Wir gingen in den Flur, und Oma zog eine Luke an einer Strippe auf, aus der uns eine Leiter entgegenklappte.

»Da willst du hoch?« Ich sah Oma schon ihren nächsten Unfall haben, denn diese Klappleiter machte ihrem Namen Ehre, so klapprig wie sie aussah.

»Ist doch kein Problem, die Leiter ist stabil.«

Sah ich völlig anders.

Außerdem, wie war es um Omas Gleichgewichtssinn bestellt?

»Ich mache das«, entschied ich und war schon auf der ersten Stufe.

»Was soll denn das, Lou? Du weißt doch gar nicht, wo die Öllampen sind.«

»Dann sag es mir eben.« Schon war ich oben und durch die Luke auf dem Dachboden, dessen Decke die Form des Mansardendachs hatte und von dicken Balken gestützt wurde.

Es war naturgemäß sehr dunkel hier, ein kurzes Herumleuchten mit dem Handy offenbarte einige Stapel Kisten, abgestellte alte Möbel, Vorhänge und Decken aus Spinnenweben, die wie eine hauchdünne Schicht Schnee über allem lagen.

»Die müssten in dieser einen Truhe unter dem Dachfenster sein.«

Der Regen trommelte wie verrückt gegen die Schieferplatten über mir. Hätten meine Großeltern nicht wegen der Dachsanierung den Kredit aufgenommen, wäre ich wohl ziemlich nass geworden.

Ich leuchtete mit der Handytaschenlampe jedes der vier Dachfenster ab und entdeckte schließlich tatsächlich eine alte Holztruhe, die beinahe historisch anmutete.

»Ich hab sie!«, rief ich und ging zu der Kiste hin, öffnete sie und klappte den knarrenden Deckel hoch, der sehr eingestaubt war. Glitzernde Partikel flogen um mich herum. Ich unterdrückte ein Niesen.

In der Truhe fand sich eine durchsichtige Box mit zwei kleinen Öllampen mit Glasbäuchen, auf denen Metallhauben samt Henkel angebracht waren. Aber ich fand noch mehr. Ein wunderschönes blumiges Sommerkleid lag ganz oben und fiel mir sofort auf. Ich konnte das Muster aus Blumen und Punkten deutlich im Licht der Taschenlampe meines Handys erkennen. Es wirkte ein wenig altmodisch. Daher nahm ich an, dass es älteren Datums war, aber unglaublich süß. Ich war sofort verliebt. Der Retrolook war ja gerade wieder in. Und das hier war genau mein Stil.

Ich fasste den Stoff neugierig an, er war angenehm weich, reine Baumwolle vermutete ich. Einfach ein Traum – und der Schnitt. Schlicht, aber mit Charme. Ein bisschen vorzeitiges Boho … ein bisschen Flowerpower. Ich vermutete, es war aus den Siebzigern. Und ziemlich perfekt für den Strand.

»Du hast hier ein total schönes Kleid!«, rief ich Oma zu.

»Was denn für ein Kleid?«

»Keine Ahnung. Das ist hier in der Truhe.«

»Sind auch die Öllampen da?«

»Ja, die habe ich auch gefunden.«

»Gut, dann bring sie runter. Und wenn dir das Kleid gefällt, nimm es ruhig mit.«

Das machte ich doch glatt.

Ich ging zur Luke zurück, reichte Oma die Lampen und kletterte die Leiter mit dem Kleid in der Hand runter. Es roch ein bisschen nach Staub, obwohl es ziemlich sauber wirkte.

Oma verschwand schon im Wohnzimmer und zündete die Öllampen mit einem Feuerzeug an, sofort wurde es heller im Raum. Nun gut, hell war sicherlich übertrieben. Das Licht war immer noch schummrig. Aber immerhin sah man nun die Hand vor Augen.

Oma sank wieder in ihren Sessel.

Ich steckte das Kleid in die Waschmaschine, es musste erst mal gewaschen werden, sobald der Strom wieder ging. Als ich aus der offenen Küche zurückkam, setzte ich mich zu Oma und griff nach einem der Ofenbrötchen. Dieses war nun kalt, doch es schmeckte immer noch.

Ich hielt Oma den Teller hin, die schüttelte aber den Kopf. »Ich bin zu aufgeregt zum Essen. Wann ruft dieser Herr Müller denn endlich mal an.«

»Wenn der Strom wieder geht?«

»Das Telefon geht doch auch so«, meinte Oma und hielt sich das Gerät ans Ohr, das vor ihr auf dem Tisch lag. »Kein Freizeichen«, stellte sie überrascht fest.

»Ist ja auch kein analoges Telefon, die gingen früher noch, selbst wenn der Strom ausgefallen war. Aber bei den digitalen Geräten ist das anders.«

»Das heißt, er könnte schon die ganze Zeit versucht haben, uns anzurufen, aber das verflixte Ding klingelt nicht?«

»Möglich.« Sofern er Strom hatte oder ein Handy benutzte.

Ich schnappte mir ein weiteres Ofenbrötchen.

»Da hat sich ja alles gegen mich verschworen, am Ende glaubt der gute Mann noch, ich hätte es mir anders überlegt!«

»Er wird es schon öfter versuchen«, versicherte ich ihr. »Aber deswegen sind Handys so praktisch. Du solltest dir vielleicht doch eins zulegen.«

»Du hast wohl recht«, sagte sie nachdenklich.

»Hab ich, Omsi. Und ich helfe dir auch dabei, wenn du dir eins zulegen möchtest.«

»Ich denke drüber nach.«

Ich nickte und überlegte, was wir jetzt tun konnten.

»Hast du Karten da?« Vielleicht konnten wir uns so die Zeit vertreiben.

Oma holte Spielkarten aus dem Klappfach ihrer Schrankwand, und wir spielten Mau-Mau. Nach einer gefühlten Ewigkeit ging plötzlich das Licht wieder an. Und fast zeitgleich klingelte das Telefon. Oma erschreckte sich so sehr, dass sie zusammenzuckte.

Das musste er endlich sein.

Oma atmete tief durch, drückte kurz meine Hand und ging ran. »Viola Bartschek«, meldete sie sich.

»Herr Müller, gut von Ihnen zu hören!«

Er war es also wirklich!

Das Herz schlug mir bis zum Hals.

Omas Lächeln reichte von einem Ohr bis zum anderen. Sie hatte den Kerl einfach gern. »Ja, das Wetter ist wirklich furchtbar, da haben Sie recht. Wir hatten bis gerade eben Stromausfall. Ah, Sie auch?«

Ich rutschte auf meinem Platz hin und her. Hoffentlich kamen sie schnell auf den Punkt.

»Ah … mmh … tatsächlich? Ach so.«

Ging es immer noch ums Wetter?

»Ja … das verstehe ich … natürlich!« Omas Gesicht wurde immer ernster. Ich brauchte keine Glaskugel, um zu wissen, wieso. Draußen knallte der Blitz, und es donnerte wie verrückt, als wollte das Wetter die allgemeine Stimmung untermalen. Unwillkürlich faltete ich die Hände und presste sie so fest zusammen, dass ich das Weiß meiner Knöchel sah.

Das lief nicht gut …

»Ja, dann wünsche ich Ihnen viel Erfolg. Auf Wiederhören, Herr Müller«, sagte Oma leise und legte mit zitternder Hand auf, dann sah sie mich traurig an, und das Herz rutschte mir in die Hose. Ihr Blick sagte alles. Das durfte doch nicht wahr sein.

Sie schüttelte betrübt den Kopf, wieder knallte es draußen.

»Er wollte eigentlich meinen Laden nehmen.« Ihre Hand tastete nach einem Taschentuch.

»Er hat sich aber noch ein paar andere angesehen. Die waren alle nichts. Bis auf den letzten. In den hat er sich verliebt.« Sie schnäuzte sich.

O nein.

»Kann man nichts machen. Es hat nicht sollen sein …« Sie sank in sich zusammen.

Mir ging es kaum anders. Ich erhob mich, setzte mich auf die Armlehne ihres Sessels und umarmte sie.

»So ein Mist«, sagte sie leise, ihre Stimme brach fast. Ich strich über ihre Schulter. Es war wirklich ärgerlich, hatte uns Herr Müller doch Hoffnung gemacht.

Hinzu kam, ich musste nächste Woche wieder nach Berlin und fühlte mich schlecht deswegen, weil noch nichts geregelt war.

»Wir schalten eine neue Anzeige im Internet«, überlegte Oma. »Was einmal funktioniert, funktioniert auch ein zweites Mal. Dann setzen wir noch Fotos rein. Bilder sagen mehr als Worte. Vielleicht melden sich darauf mehr Interessenten!«

»Wir können es versuchen und morgen, wenn das Licht besser ist, Fotos machen. Ich kann dafür mein Handy nehmen und helfe dir, sie hochzuladen. Aber besser wäre es vielleicht …«

»Ich weiß genau, was du sagen willst«, unterbrach mich Oma. »Ich werde nicht mit Annia reden, schon gar nicht Geld von ihr leihen.«

»Aber, Omsi …«

»Nichts, aber Omsi. Du kennst meinen Standpunkt. Noch ist Zeit, noch kann ich das Schlamassel selbst beheben, und das werde ich auch. Deine Mutter muss nichts hiervon erfahren.«

»Ich bin nächste Woche nicht mehr hier.«

»Na und? Denkst du denn, ich hätte all die Jahre nur Däumchen gedreht und Opa alles Geschäftliche überlassen?« Sie war ein wenig lauter geworden, offenbar war das ein Reizthema, doch darauf hatte ich gar nicht rausgewollt. Ich verstand ja auch, dass sie aufgewühlt war, ihre ganze Hoffnung hatte bei Müller gelegen.

»Natürlich denke ich das nicht, tut mir leid«, bat ich. Es reichte doch schon, wenn zwischen Mama und ihr immer dicke Luft herrschte. Ich fühlte mich gar nicht wohl, wenn diese merkwürdige Stimmung zwischen uns vorherrschte.

»Schon gut«, lenkte sie ein und erhob sich, sie wirkte wieder sehr zerbrechlich, aber auch genervt.

»Was hast du vor?«

»Es ist spät. Ich will jetzt nur noch schlafen«, sagte sie und verließ den Raum.

15. Kapitel

Am nächsten Morgen betrachtete ich nachdenklich die Fotos an der Wand über mir, die aus meiner Perspektive Kopf standen, und entdeckte eines von Oma auf einer Grillparty im Hinterhof. Aber erst jetzt erkannte ich das Blumenkleid wieder, das Oma trug. Ich hatte es gestern Abend noch mit anderen Klamotten von mir gewaschen und zum Trocknen auf einem Wäscheständer aufgehängt, der jetzt in meinem Zimmer war. Auf dem Bild hatte Oma eine Schürze um und eine Grillzange in der Hand, auf einem zweiten war sie nur im Kleid zu sehen. Es sah unglaublich schick aus. Angezogen wirkte es noch schöner. Und Oma, damals noch sehr viel jünger, hatte die Figur eines Mannequins. Auch meine Mutter war auf einigen Fotos zu sehen. Auf manchen beide gemeinsam. Sie schauten sich liebevoll an, schienen sich zu dem Zeitpunkt bestens zu verstehen.

Jetzt war das anders.

Auch wenn ich wie Oma hoffte, dass wir doch noch irgendwo einen Mietinteressenten auftrieben, war ich zu dem Schluss gekommen, dass ich so bald wie möglich mit Mama über alles sprechen musste.

Heute war Mama noch in London. Per Handy wollte ich das nicht machen. Doch wenn ich wieder in Berlin war, musste ich ihr reinen Wein einschenken. Nur würde das auch bedeuten, Oma zu hintergehen. Konnte ich das wirklich? Das bereitete mir Bauchschmerzen, aber was blieb mir?

Seufzend duschte ich und zog mir spontan das nun trockene Sommerkleid an. Es passte wie angegossen. Nur einen Tick war es zu lang an den Knien, denn Oma war etwas größer als ich. Ich drehte mich, ließ den Rock durch die Luft wirbeln. Wirklich wunderschön.

Dann wollte ich in die Wohnstube, doch als ich an Omas Zimmer vorbeilief, hörte ich ihre Stimme durch die Tür, die mich innehalten ließ.

»Ach, es läuft alles schief, ich bin so müde, du kannst es dir kaum vorstellen.«

Mit wem sprach sie?

»Ich habe keine Ahnung, wie es weitergehen soll, Friedrich …«

Irritiert klopfte ich an, da Oma nicht reagierte, öffnete ich die Tür einen Spalt und lugte durch diesen hindurch. Oma stand am offenen Fenster, den Rücken mir zugewandt sah sie zum Himmel auf. Das Pflaster war nicht mehr am Hinterkopf, ich sah dort eine kleine genähte und inzwischen verschorfte Wunde.

»Alles in Ordnung, Oma?«, fragte ich.

Erst da schien sie mich zu bemerken. Sie schloss das Fenster und sah mich traurig an, während ich eintrat.

»Hast du gerade mit Opa geredet?« Mein Blick glitt instinktiv zur unbenutzten Hälfte des Ehebetts.

»Das mache ich ab und an.« Sie lief an mir vorbei, als wäre es das Normalste der Welt. »Frühstück?«

Ich nickte und folgte ihr aus dem Zimmer zur offenen Küche, wo sie sich an den Herd stellte und ein paar Eier in die Pfanne schlug. Ich beobachtete sie, wie sie mit dem Wender das Ei verrührte.

»Ich finde es nicht ungewöhnlich, mit jemandem zu reden, der nicht mehr ist«, erklärte ich. »Aber Opa antwortet dir nicht, oder?«

»Also bitte, Lou.« Oma schüttelte den Kopf.

Ich hatte ja nur sichergehen wollen.

»Bevor Opa mich verlassen hat, hat er versprochen, dass

alles gut werden würde«, erklärte sie und konzentrierte sich sehr auf ihr Rührei.

»Holst du mir die Speckwürfel aus dem Kühlschrank?«

Klar machte ich das. Ein paar davon gab sie ins Ei.

»Er hat wohl geahnt, wie schwer es mir fallen würde, ohne ihn stark zu bleiben.« Sie öffnete ein Fach über dem Herd und zog zwei Teller heraus. Gewissenhaft tat Oma uns Rührei auf, schaltete den Herd aus, und wir setzten uns an den Tisch.

»Mit Opa zu sprechen gibt mir Kraft. Zumindest war das bisher so.« Sie lächelte traurig und probierte etwas vom Rührei. »Aber Friedrich hat recht. Ich bin mir sicher. Es werden wieder bessere Zeiten kommen.«

Ich lächelte, Omas Entschlossenheit gefiel mir.

»Ach, das Kleid meinst du!«, wechselte sie plötzlich das Thema und musterte das Sommerkleid, das sie erst jetzt zu bemerken schien. Es war perfekt für den Strand.

Ein Lächeln huschte über ihre Lippen.

»Das gefällt dir, ja? Ist das gerade wieder in Mode?«

»O ja, es ist toll. Das hast du sicher früher selbst oft getragen.« Zum Beispiel auf der Grillparty. Ich erhob mich, um das Kleid angemessen zu präsentieren, drehte mich einmal um mich selbst. Ein wirklich süßer Schnitt, es hatte puffige Ärmelchen, reichte bis zu den Knien. Es hatte was von Francesca Giuliani!

»Nicht nur getragen, ich habe es auch selbst genäht. Steht dir.«

Ich hielt inne.

»Du hast das entworfen?«, fragte ich erstaunt.

»Wieso so verblüfft, ich bin Schneiderin«, meinte Oma nur.

»Ja, natürlich. Aber das sieht wirklich richtig gut aus.«

»Du übertreibst.« Oma winkte ab. Ich fand, dass sie gerade ihr Licht maßlos unter den Scheffel stellte. Das Kleid war wirklich hübsch, natürlich aus der Zeit gefallen. Aber das tat dem Charme keinen Abbruch. Es war die Kombination aus Schnitt und Stoff, Farbmuster und hervorragender Schneiderarbeit. Die Nähte waren so fein, dass man sie fast nicht sah. In einer Strandboutique würde man keine bessere Arbeit finden.

»Ich muss los!«, sagte Oma plötzlich. »Ich wollte gleich in die Kapelle gehen und ein Gedenklicht für Opa aufstellen.«

»Gedenklicht?«

»Das mache ich einmal im Monat«, erklärte sie. »Ich fühle mich ihm dann näher, und ich denke, dass mir das noch mehr Kraft geben wird, die ich jetzt gebrauchen kann, wenn wir verstärkt nach einem Mieter suchen.«

Ich nickte.

»Ich bin gegen Mittag wieder da. Wäre schön, wenn du es vorher zum Supermarkt schaffen würdest. Das waren nämlich unsere letzten Eier. Das Geld liegt auf der Kommode.«

»Klar«, sagte ich.

»Schön, danke, Lou.«

16. Kapitel

Nachdem ich die Einkäufe erledigt und eingeräumt hatte, beschloss ich, schon mal ein paar Fotos vom Laden fürs Internet zu machen. Das Wetter spielte mit, die Sonne schien durch die Schaufenster und erhellte das Innenleben der ehemaligen Änderungsschneiderei.

Ich versuchte den bestmöglichen Winkel hinzubekommen und knipste das Geschäft aus verschiedenen Perspektiven mit dem Handy. Die Schusterecke, dann den Nähtisch, aber mit einem gewissen Abstand, denn der Verkaufsraum sollte weitflächig wirken.

Die Bilder, die nicht gelungen waren, löschte ich gleich wieder. Danach begab ich mich ins Lager im Keller, um auch hier ein paar Aufnahmen zu machen. Leider waren die Lichtverhältnisse suboptimal. Zumindest traten dadurch die Wasserleitungen entlang der Wand in den Hintergrund.

Da klingelte es an der Ladentür. Irritiert ging ich hoch, um nachzusehen. Offenbar hatte jemand nicht mitbekommen, dass wir geschlossen hatten. Ich nahm mehrere Stufen gleichzeitig, eilte durch den Verkaufsraum und hielt erstaunt inne, als ich eine hochgewachsene Frau im dunklen Sommermantel vor der Glastür sah. Meine Schritte verlangsamten sich, das war doch die Dame, die auch bei Buchmanns gewesen war. Was wollte die denn von uns?

Irritiert öffnete ich ihr.

»Ja, bitte?«

»Saskia Kaiser, New Life Estate.«

New Life Estate? Das hatte auf dem zerrissenen Dokument gestanden, das ich hinter Buchis Theke gesehen hatte. Ich erinnerte mich so genau, weil mir der Schriftzug in seiner Auffälligkeit regelrecht entgegengesprungen war.

»Darf ich eintreten? Ich würde Ihnen gern ein Angebot machen.«

»Wofür denn?«, wunderte ich mich und machte einen Schritt zur Seite, damit Frau Kaiser hereinkommen konnte.

»Für dieses Geschäft.«

Wie bitte?

Sie sah sich distinguiert um. Mir wurde kühl. Sie hatte etwas an sich, was mich auf Distanz gingen ließ. Ich wusste aber nicht, was es war.

Hatte ich das richtig verstanden? Frau Kaiser wollte das Geschäft kaufen? Das kam überraschend, vielleicht war es sogar eine Chance. Andererseits konnte ich mir wahrhaftig nicht vorstellen, dass Oma Interesse daran hätte, denn es würde ja auch bedeuten, dass sie den Wohnbereich aufgab.

»Meine Großmutter ist die Inhaberin. Sie ist gerade unterwegs, sollte aber bald wieder hier sein.«

Frau Kaiser blickte mich unverwandt über ihre dünnen Brillengläser hinweg an. »Verstehe«, sagte sie kalt und sah sich weiter um. Ich beobachtete, wie sie etwas Staub von der Schlüsselmaschine wischte und diesen dann sichtlich angewidert mithilfe ihres Daumens von der Fingerkuppe abmachte. Ein überhebliches Lächeln umspielte einen ihrer Mundwinkel.

»Vielleicht kann ich Ihnen etwas anbieten, während Sie warten? Kaffee?«

Ich war immer noch unschlüssig, was ich von diesem Überraschungsbesuch halten sollte, und hoffte, die Zeit so zu überbrücken.

»Nicht nötig«, versicherte Frau Kaiser mir und schenkte mir abermals einen hochtrabenden Blick.

»Was ist denn hier los?«, erklang plötzlich Omas Stimme hinter uns. Wie aufs Stichwort war sie durch den Vordereingang aufgetaucht.

Wir drehten uns überrascht zu ihr um.

Das ist Frau Kaiser, wollte ich vorstellen, aber die schnitt mir das Wort ab, streckte Oma die Hand hin, die diese aber nicht schüttelte. Meine Großmutter wirkte angespannt, was die ganze Situation nur noch merkwürdiger machte.

»Guten Tag, Frau Bartschek. Wie schön, Sie wiederzusehen!«

Wiederzusehen?

Kannten die sich?

»Sie können gleich wieder gehen, Frau Kaiser. Ich sagte es Ihnen schon gestern, ich verkaufe nicht!«

»Ich weiß, Frau Bartschek. Das haben Sie gestern mehr als deutlich gemacht. Dennoch, ich möchte noch einmal mit Ihnen über das Angebot reden. Ich glaube, dass es ein paar Missverständnisse zwischen Ihnen und mir gab.«

Warum hatte Oma nichts vom Angebot von New Life Estate erzählt? Klar, zuerst hatte sie gehofft, dass Müller den Laden mieten würde. Doch als klar gewesen war, dass er das nicht tun würde, wäre ein Kaufangebot doch zumindest eine Option gewesen, über die man nachdenken konnte.

»Sie irren sich, Frau Kaiser, hier liegt kein Missverständnis vor. Ich habe alles genau so gemeint, wie ich es gesagt habe. Sie können sich Ihr Angebot dorthin stecken, wo nie die Sonne scheint.«

»Oma!« Solche Worte aus ihrem Mund.

»Sie verkennen die Lage, Frau Bartschek. New Life Estate ist bereit, das Angebot zu erhöhen«, sagte Frau Kaiser und zog ein Dokument aus der Mappe, die sie unter ihren Arm geklemmt hatte. Da Oma die Arme verschränkte, drückte sie es mir in die Hand.

New Life Estate stand in dicken Lettern in der Kopfzeile. Ich überflog es in der Sekunde, und fast fielen mir die Augen aus dem Kopf, als ich die Summe entdeckte, die dick hervorgehoben war.

»Ganz ehrlich, Frau Bartschek, das Angebot, das ich Ihnen für Ihren Laden machen möchte, kommt doch wohl gerade sehr gelegen«, sie deutete mit der Hand vage in den Raum. Wir hatten zwar alles getan, um das Geschäft glänzen zu lassen, doch es war nicht zu leugnen, dass eine Renovierung dringend vonnöten war. »Sie werden zufrieden sein mit dem, was ich Ihnen vorschlage. Zu einem besseren Preis werden Sie das Geschäft nicht los.«

»Ich will es ja gar nicht loswerden.«

»Oma … das solltest du dir zumindest in Ruhe ansehen.« Ich tippte auf das Dokument. Mir war klar, was ein Verkauf bedeuten würde. Oma würde auch ihr Zuhause verlieren. Dass sie das nicht wollte, verstand ich, ich wollte es ja auch nicht. Ich liebte das Häuschen, das mir ein zweites Zuhause war, aber wenn sie die Ratenzahlung nicht wieder aufnehmen konnte, würde es gepfändet werden.

»Ich schau mir gar nichts an. Es ist keine Option.«

»Ihre Enkelin sieht das wohl anders, sie ist vernünftig.«

»Bitte gehen Sie«, sagte Oma drängend. Das Gesicht meiner Großmutter hatte sämtliche Farbe verloren.

»Ist vielleicht besser«, meinte Frau Kaiser. »Ich möchte niemanden aufregen … Aber wenn Sie es sich anders überlegen, ich bin im Sanddorn Hotel abgestiegen.« Mit diesen Worten wandte sich die hochgewachsene Frau um.

»Was für eine arrogante Person«, schimpfte Oma, als Frau Kaiser gegangen war, um die Nase war sie jedoch so blass geworden, dass ich mir Sorgen machte.

»Komm, setz dich erst mal.« Ich zog einen Stuhl von ihrem Nähtisch heran, und sie nahm Platz. Ich hockte mich vor sie hin. In einem Punkt hatte Frau Kaiser recht, das Angebot war großzügig und womöglich ein Ausweg. Ich ließ Oma etwas Zeit und googelte rasch nach New Life Estate per Handy und stellte fest, es war eine große Firma, die Immobilienprojekte aufkaufte und verwaltete. Europaweit. Ansässig in Hamburg.

»Oma, ich weiß, dass du nicht verkaufen möchtest, aber die bieten dir …« Ich warf noch einen Blick auf das Dokument in meiner Hand und schnappte abermals nach Luft. Eine halbe Million! Sie würde nicht nur alle Schulden begleichen, sondern auch sich etwas Neues aufbauen können, den Lebensabend genießen. Vielleicht reichte es für eine schöne Eigentumswohnung in der Rostocker Innenstadt, nach Abzug des Kredits.

»Ich will es nicht hören!«, schimpfte Oma, dann wurde sie aber sanfter. »Sag es mir nicht. Versteh doch, Lou. Dieses Haus gehört Opa und mir. Wir haben es übernommen und zu dem gemacht, was es ist … was es war«, verbesserte sie sich, denn der Ist-Zustand war alles, nur nicht vorzeigbar.

Ich konnte Oma verstehen, es brach mir das Herz.

In ihrem Alter war ein Umzug, eine solch große Veränderung, schwer zu verkraften. Das war New Life Estate natürlich völlig egal. Solche Firmen scherten sich nicht um Schicksale, es ging nur um Profit. Und an der Stelle fragte ich mich, was die überhaupt mit einem so alten Haus vorhaben konnten.

Oma atmete schwer.

»Ich will keinen Streit zwischen uns«, sagte ich. Es besorgte mich, dass wir immer öfter aneinandergerieten, doch ich wusste langsam nicht mehr, wie ich Oma helfen sollte.

Sie griff nach meiner Hand und drückte diese.

»Das will ich doch auch nicht, Lou.«

Ich nickte ihr zu. Es war ihre Entscheidung, ihr Haus, ich akzeptierte es. Vielleicht würde ich an ihrer Stelle nicht anders handeln.

»Ich gehe nachher zu Frau Kaiser und sage ihr klipp und klar, dass sie sich weitere Besuche sparen kann.«

»Danke, Lou.«

Langsam erhob sie sich. »Ich bin müde. Hab Verständnis, ja?«

Ich nickte. »Komm, ich helf dir noch ins Bett«, sagte ich und bot ihr meinen Arm an.

17. Kapitel

Ich lud mit dem Handy die Fotos vom Laden auf der »Suche Mieter«-Seite im Internet hoch, auf der Oma die Annonce geschaltet und so Herrn Müller gefunden hatte. Es juckte in meinen Fingern, ich wollte einfach irgendetwas beitragen, um Oma zu helfen. Also feilte ich noch ein wenig am Text und hoffte auf das Beste. Nachmittags machte ich mich auf den Weg zum Sanddorn Hotel, um mit Frau Kaiser zu sprechen. Sie sollte Oma von jetzt an mit ihren Angeboten in Ruhe lassen. Das regte Oma zu sehr auf. Entschlossen lief ich den Sanddornweg runter.

Kurz bevor ich das hoch aufragende Backsteingebäude jedoch erreichte, klingelte mein Handy. Ich sah gleich nach, denn ich hatte so ein Gefühl, dass es Henrik war. Der sollte ja inzwischen auch wieder in der Stadt sein, zumindest hoffte ich das. Ich wollte ihn zu gern noch mal sehen, bevor ich heimfuhr.

Mein Herz hüpfte vor Freude, als sich meine Vermutung bestätigte und ich eine SMS von ihm entdeckte.

Bin wieder in Rostock. Gleiche Zeit, gleicher Ort? Er wollte mich wiedersehen. Sofort setzte das Bauchkribbeln ein. Aber der schönste Satz war der letzte: *Ich vermisse dich.*

Ich schrieb ihm rasch zurück, dass ich noch was zu erledigen hatte, mich aber beeilen wollte, damit ich pünktlich in den Dünen wäre.

Und wie gut es mir tun würde, ein wenig auf andere Gedanken zu kommen. Nachdem ich die Nachricht abgeschickt hatte, legte ich einen Schritt zu. Das mit Frau Kaiser war sicher schnell geregelt, ich würde eine klare Ansage machen, die diese hartnäckige Dame hoffentlich verstand. Und danach konnte ich mich in seine Arme schmiegen, den letzten Tag meiner Sommerliebe genießen.

Entschlossen betrat ich das Eckhotel zwischen Sanddornweg und Fjordstraße durch den Seiteneingang. Die kleine Lobby sah genauso aus, wie ich sie in Erinnerung hatte, denn einige Male hatten meine Familie und ich hier im Restaurant gegessen. Ein gebohnerter Parkettboden, Vorhänge an den Fenstern, die einen Großteil der einen Wandseite einnahmen, alte Gemälde und über allem der Charme des frühen vorherigen Jahrhunderts, eben das, was dieses Haus einzigartig machte.

Ein Paar mittleren Alters lief an mir vorbei. Ich merkte, dass die Frau mich musterte – oder vielmehr das Sommerkleid, das ich trug.

»Entzückend«, raunte sie. Dann gingen ihr Mann und sie weiter zu dem Lift. Überrascht schaute ich ihnen nach, dann an mir runter, zu meinem perfekt sitzenden Kleid. Auch die Blicke anderer Gäste fielen mir auf. Meine Großmutter schien gar nicht zu wissen, wie gut ihre Nähkunst ankam.

Ich ging zur Rezeption, um nach Saskia Kaisers Zimmernummer zu fragen, aber anstatt mir diese zu geben, klingelte der Portier bei ihr durch. »Hier ist eine Frau … wie ist Ihr Name?«

»Baumeister …«

»Eine Frau Baumeister – verstehe, aha, ja, das richte ich aus. Wiederhören.«

Der Portier wandte sich wieder mir zu, die Nase ein klein wenig hoch.

»Frau Kaiser ist gleich bei Ihnen«, versprach er, und kurz darauf erschien sie und lächelte mich süffisant an. Ich musste den Kopf leicht in den Nacken legen, um ihr ins Gesicht sehen zu können.

»Ihre Großmutter hat es sich überlegt, nehme ich an?«, schlussfolgerte sie.

»Sie nehmen falsch an. Ich möchte dennoch mit Ihnen reden.«

Ihre Augen wurden zu kleinen Schlitzen. »Selbstverständlich, dann folgen Sie mir bitte.«

Ich glaubte, sie würde mich in einen der Gasträume mitnehmen, stattdessen führte sie mich in ein Büro.

Als wäre das allein nicht irritierend genug, saß hinter einem der beiden Schreibtische ein Mann, der mir sehr vertraut war. Dunkle Haare, geschäftsmännisch zurückgekämmt, Dreitagebart, Anzug.

Ich starrte Henrik an wie ein Auto und verstand gar nichts mehr. Was um alles in der Welt machte er denn hier?

»Was möchten Sie bereden?«, fragte Saskia Kaiser ungeduldig, aber ich bekam kein Wort raus. Ich war noch viel zu verblüfft.

Als Henrik mich entdeckte, weiteten sich seine Augen.

»Lou?«

»Ihr kennt euch?« Frau Kaiser sah zwischen uns hin und her, und ihre Augen blitzten dabei argwöhnisch.

Immer noch schauten wir uns an, als hielten wir uns gegenseitig für eine Fata Morgana. Ich merkte, wie sein Blick über mein schönes Kleid glitt. Mittlerweile schlug mir das Herz bis zum Hals. Seine Lippen verzogen sich zu einem zärtlichen Lächeln.

»Das tun wir«, sagte er sanft und erhob sich, kam auf mich zu. »Was machst du denn hier?«, fragte er.

»Dasselbe wollte ich dich fragen.« Ich hatte sicher nicht erwartet, ihn hier zu sehen.

»Ich bin der Erbe des Sanddorn Hotels«, klärte er mich auf.

Wie jetzt? Was jetzt? Henrik war der Erbe, über den alle beim Treffen geredet hatten? Dann gehörte das alte Hotel ihm? Weil Emilie Sanddorn keine Kinder gehabt hatte, die statt seiner das Sanddorn Hotel hätten erben können. Okay, damit hatte ich nicht gerechnet. Aber ich erinnerte mich, dass er ja gesagt hatte, die Wurzeln seiner Familie lägen hier.

»Wie schön, dass wir uns gerade alle so nett vorstellen. Und sie ist die Enkelin von Frau Bartschek«, grätschte Frau Kaiser dazwischen, bevor Henrik mir näher kommen konnte. »Die Dame, die nicht verkaufen möchte«, fügte sie wie eine Schlange zischelnd hinzu.

»Dann ist das also *die* Oma?«

Ich nickte. So ganz klar war mir noch immer nicht, was hier vor sich ging. Arbeiteten Frau Kaiser und Henrik zusammen? Es musste wohl so sein, immerhin teilten sie sich ein Büro.

Ich bemerkte, wie beide Blicke austauschten.

»Ich erkläre es Lou«, sagte Henrik schließlich.

»Wie du willst.« Saskias Augen blitzten mir durch eine Brille mit feinem Rahmen entgegen, als wäre ich so etwas wie eine Erzfeindin, obwohl wir uns nicht einmal näher kannten.

»Ich mache dann Feierabend, Henrik«, sagte sie zu ihm, funkelte aber immer noch mich an.

»Bis Montag, Saskia.«

Sie stolzierte an mir vorbei zur Tür des Büros. Dort angekommen, drehte sie sich noch mal zu uns um und warf mir einen giftigen Blick zu, ehe sie durch die Tür verschwand. Wirklich eine reizende Person.

»Ich dachte, wir würden uns erst in den Dünen wiedersehen«, sagte er, lehnte sich an seinen Schreibtisch und lächelte mich erneut so zärtlich an, dass meine Knie weich wurden.

Unwillkürlich dachte ich an unseren Abend in seinem Strandhaus, seine Küsse. Aber da war auch ein komisches Bauchgefühl, das mich etwas auf Distanz hielt. Ich brauchte Klarheit.

»Was geht hier vor sich, Henrik?« Ich schaute mich ein

wenig um, auch, damit er nicht mitbekam, wie nervös ich war. Ob Carlotta und Reginald Sanddorn von diesem Büro aus einst die Geschicke der kleinen Geschäftsstraße gelenkt hatten? Und wo kamen da die Manteufels ins Spiel?

»Ich gehöre zu einer Nebenlinie der Sanddorns«, erklärte Henrik, als hätte er meine Gedanken gelesen. »Und ja, dieses Hotel gehört jetzt mir.«

Wieso hatte er das nie gesagt? Ja, richtig, Geschäftsinterna hatte er nicht preisgeben wollen.

»Ich habe Großes mit dem Hotel vor, und zu diesem Zweck die Firma New Life Estate als Investor gewinnen können.«

Deswegen war er in Hamburg gewesen.

»Frau Kaiser arbeitet für diese und hat mir dabei maßgeblich geholfen, den Vorstand von diesem Geschäft zu überzeugen. Ich kenne sie von früher. Wir haben in derselben Maklerfirma in Nürnberg gearbeitet.«

Deswegen war er per Du mit ihr.

Ich blieb vor ihm stehen. Sein intensiver Blick schien meinen festzuhalten. Ich schluckte unwillkürlich, knibbelte nervös an meinen Fingernägeln.

»Und warum interessiert sich New Life Estate für das alte Geschäft meiner Oma? Und wieso wollen deine Investoren solche Summen dafür zahlen?« Das ungute Gefühl in meinem Bauch wurde stärker.

»Ich zeige es dir«, sagte er und ging um den Schreibtisch herum, zog einen Plan aus der Schublade und breitete diesen auf seinem Tisch aus.

Ich erkannte erst gar nicht, was er darstellte, was die feinen Linien kennzeichneten. Aber dann wurde mir klar, es war ein Grundriss.

»Das sind die Baupläne fürs Hotel«, sagte er und strich den Plan noch mal mit einer Hand glatt.

Baupläne? Fürs Hotel? In mir drehte sich plötzlich alles.

Das waren nicht einfach nur Baupläne! Es war eine Skizze des Sanddornwegs aus der Vogelperspektive. Doch der Sanddornweg sah nicht wie der Sanddornweg aus! Omas Laden, Buchis Geschäft. Alles verschwunden, selbst das schöne Sanddorn Hotel mit seinem traumhaften Mansardendach.

»Was willst du hier hinbauen?«, fragte ich energisch und versuchte, meinen plötzlich viel zu schnellen Atem zu drosseln. Offenbar etwas, das alles andere plattwalzen sollte. Deswegen diese Unsumme für Omas Laden! Der Plan ging ja nur auf, wenn die Ladenbesitzer verkauften.

»Ein Mehrzweck-Gebäude«, erklärte Henrik euphorisch und deutete auf einzelne Komponenten, um sie zu betiteln. »Das wird großartig. Hier der Hotelbereich!«, sagte er und tippte auf das entsprechende Areal auf dem Plan. »Fitnesscenter! Spa und Swimmingpool! Restaurant! Noch ein Restaurant!«

»Das kannst du nicht machen!«

»Wieso nicht?«

»Das ist nicht mehr der Sanddornweg.«

»Natürlich ist es noch der Sanddornweg. Nur größer und besser. Ich bringe Leben in die Gegend! Viele Menschen, viele Touristen und somit auch Geld, Lou.«

Ein Gefühl, als würde mir gerade jemand den Boden unter den Füßen wegziehen, erfasste mich. Ich merkte, wie überzeugt er von dem Projekt war, aber ich war es immer weniger. Dieser Luxusklotz passte nicht im Ansatz in die Gegend. Es war ein unschönes Monstrum. Der Sanddornweg war märchenhaft und verträumt, ja, ein wenig altmodisch, aber das machte ihn aus.

»Du kannst nicht alle Häuser kaufen und abreißen«, wurde mir das Ausmaß seiner Planungen bewusst.

»Oh, wir haben bereits Vorverträge ausgehandelt – für die betreffenden Immobilien in der Fjordstraße.«

Ja, die sollten laut Plan auch weichen. Mein Herz stolperte.

»Es fehlen nur die Zusagen von Buchmann und deiner Oma sowie das Okay vom Bauamt, aber da hat Saskia gute Beziehungen. Wir werden schon sehr bald mit dem Projekt starten.«

Das geheimnisvolle Projekt, über das er nichts hatte verraten wollen. Kein Wunder!

»Das will ich aber nicht!«, platzte es aus mir raus.

»Lou, was ist mit dir?«, sorgte er sich. »Du wirst sehen, wenn wir alle gemeinsam an einem Strang ziehen, gibt es nur Gewinner.« Sein Blick glitt tiefer, fixierte wieder meine Lippen, dann stand er so dicht vor mir, dass sein Geruch in meine Nase strömte und kein Blatt Papier mehr zwischen uns gepasst hätte. Mit dem Finger hob er mein Kinn an, er wollte mich küssen, aber ich wich zurück.

»Ich will euch doch nichts Böses, schon gar nicht dir.«

»Aber du willst den Ort, den ich liebe, völlig verändern!«

Das konnte ich doch nicht erlauben. »Ich kann nicht mit dir an einem Strang ziehen. Bitte Henrik, überleg es dir noch mal mit dem Projekt. Der Sanddornweg ist etwas Besonderes.« Das musste er doch erkennen.

»Ich fürchte, ihr versteht die Lage nicht. Das alles ist ungenutztes Potential. Nur ist diese Gegend noch viel mehr wert. Und niemand hätte einen Nachteil bei diesem Geschäft. Du könntest mir helfen, dass deine Oma die Situation besser versteht, sodass sie über einen Verkauf noch mal nachdenkt. Und wer weiß, der alte Buchmann zieht dann vielleicht auch mit? Für die alten Leute ist es ja auch nicht mehr so leicht, das Geschäft zu führen.«

Ich entfernte mich von ihm.

Seine Augen weiteten sich. Vielleicht weil er seine Felle davonschwimmen sah.

»Oma und Herr Buchmann bekommen alle Hilfe im Sanddornweg, die sie brauchen. Die Leute halten nämlich zusammen. Ein Konzept, das vielleicht neu für dich ist, aber bei uns ist das so.«

»Lou, jetzt sei nicht albern. Städte entwickeln sich nun mal weiter.«

»Nicht nur Städte. Dein Projekt kann ich nicht unterstützen.«

Ich wandte mich um.

»Warte bitte.« In dem Moment klingelte das Telefon auf seinem Schreibtisch. Er ging ran, fluchte leise: »Ausgerechnet jetzt …« Doch es schien wichtig zu sein. Ich ignorierte seine Bitte.

»Leb wohl, Henrik«, sagte ich stattdessen traurig und ging. Ich hatte mich in ihm getäuscht, er war ganz anders, als ich gedacht hatte.

Adieu, Sommerliebe.

18. Kapitel

Tief atmete ich durch und beeilte mich, nach Hause zu kommen. Der frische Wind wirbelte mein Kleid auf, ich strich es wieder glatt, dabei stolperte ich, verlor das Gleichgewicht und fiel der Länge nach hin. Erschrocken richtete ich mich auf. Meine Knie waren aufgeschlagen, aber ich spürte den Schmerz kaum. Ehe ich es mich versah, erreichte ich das Haus, schloss die Tür auf und schlich mich dann auf leisen Sohlen durch den kleinen Flur nach oben. Meine Sicht war verschwommen. Ich merkte erst jetzt, dass ich weinte.

»Lou«, vernahm ich Omas Stimme. Dann sah ich ihre Silhouette im Dämmerlicht aus der Tür ihres Schlafzimmers lugen. Sie trat auf mich zu.

»Lou, alles in Ordnung?«

Ich schüttelte den Kopf.

»Er ist ein Idiot …«

»Wer?« Oma schloss mich in die Arme.

»Henrik.«

»Jetzt mal ganz von vorne. Wer ist Henrik? Der junge Mann aus den Dünen?«

Ich spürte ihre feingliedrige Hand, die mir eine Strähne aus dem Gesicht strich. Mit einem Seufzen erzählte ich ihr alles. Die ganze Geschichte rund um Henrik, der der Sanddorn-Erbe und zugleich meine Strandbekanntschaft war, sowie von dessen Plänen.

Ich konnte immer noch nicht glauben, wie sich der Abend entwickelt hatte. Ich hatte auf ein romantisches Treffen in den Dünen gehofft, nun war rausgekommen, dass er keine verwandte Seele, sondern nur so ein Karrieretyp war, wie es sie zuhauf gab. Hatte er mich von Anfang an manipuliert? Nein, er hatte nicht wissen können, wer ich war.

»Ach, Lou. Mach dir keine Sorgen, Liebes. Weißt du was, ich mache uns noch eine schöne heiße Milch mit Honig. Wie wäre das? Das wird dir guttun«, schlug sie vor.

»Das hilft uns auch nicht weiter.«

»Es beruhigt aber die Nerven. Mit klarem Kopf kann man besser denken.«

Auch wieder wahr.

»Außerdem, dein Henrik kann uns gar nichts, solange wir nicht verkaufen. Ich suche ja auch weiter nach einem Mieter.«

»Aber Oma, wenn du in absehbarer Zeit keinen findest und die Bank dein Haus pfändet, dann rate mal, wer es kaufen wird? Ich habe die Pläne von New Life Estate gesehen, die wollen den Sanddornweg völlig verändern. Dann bleibt kein Stein mehr auf dem anderen, selbst das Hotel soll abgerissen werden. Nur die Änderungsschneiderei und Buchmanns stehen dem noch im Weg.«

Buchmann war kaum älter als Oma, aber deutlich gebrechlicher. Ich ahnte, New Life Estate spekulierte darauf, dass er irgendwann aus gesundheitlichen Gründen nachgab und eines ihrer Angebote annahm.

»Buchi wird auch nicht verkaufen«, sagte Oma, doch ich hatte das Gefühl, dass sie den Ernst der Lage nicht verstand.

»Wir können nicht zulassen, dass irgend so eine Immobilienfirma die Gegend zerstört. Es ist eine Schande, dass eine Straße wie diese nicht unter Denkmalschutz steht.«

»Das tun wir ja auch nicht. Und jetzt mache ich uns erst einmal Milch.

Schlüpf schon mal in deinen Pyjama. Ich mache mir Gedanken, versprochen. Ich nehme es nicht auf die leichte Schulter«, sagte Oma und verschwand in der Küche.

Ich wischte mir übers Gesicht, ging noch mal ins Bad, um meine Handgelenke unter kaltes Wasser zu halten, um etwas runterzukommen. Als ich anschließend in mein Zimmer ging, klingelte mein Handy. Es war Henrik. Aber ich hatte keine Lust, weiter mit ihm zu diskutieren, und klickte auf »Anruf ablehnen«. Außerdem blockierte ich seine Nummer.

Das fühlte sich gut und zugleich furchtbar an. Erschöpft ließ ich mich aufs Bett sinken, starrte aufs Display und haderte mit mir, ob ich nicht doch zurückrufen sollte. Aber was sollte das bringen? Er hatte ja recht deutlich gemacht, wie er die Lage sah. Da entdeckte ich ein kleines Umschlag-Icon. Irritiert tippte ich drauf und erstarrte, kaum, dass sich meine Mailbox geöffnet hatte, denn darin befand sich eine Mail von Francesca Giuliani. Und zwar bereits seit heute Morgen! Ich konnte es nicht fassen, dass mir das die ganze Zeit entgangen war, ich erinnerte mich nicht mal an einen Signalton.

Ich wusste in der ersten Sekunde nicht, ob ich überhaupt wissen wollte, was in der Mail stand. Aber schlimmer, als ich mich gerade fühlte, konnte es ja eigentlich nicht werden.

Doch – konnte es, wie ich merkte, als mir die erste Zeile ins Auge sprang.

Leider müssen wir Ihnen mitteilen, dass wir uns für einen anderen Bewerber entschieden haben.

Zitternd legte ich das Handy aufs Nachtschränkchen. Ich fühlte mich erschlagen und frustriert. So sehr hatte ich gehofft, bei meiner Lieblingsdesignerin arbeiten, von ihr lernen zu dürfen. Aber schon hatte mir das Schicksal den nächsten Strich durch die Rechnung gemacht. Ich war platt, wollte nur noch schlafen, doch als ich das Kleid abstreifen wollte, merkte ich, dass es zerrissen war. Auch das noch! Omas wunderschönes Unikat, das alle Blicke auf sich gezogen hatte. Ich hatte es ruiniert. Wieso ging plötzlich alles, aber auch wirklich alles schief?

Als Oma mit dem Tablett, auf dem zwei dampfende Tassen standen, reinkam, rannen mir die Tränen nur so über die Wangen.

»Tut mir leid, ich hab dein Kleid kaputt gemacht.«

Oma stellte das Tablett ab und kam auf mich zu. Sie betrachtete das Kleid. »Das ist doch nicht so schlimm, das repariere ich im Handumdrehen. Zieh es mal aus.«

Ich streifte das Kleid ab, gab es ihr und schlüpfte in meinen Pyjama. Aber ich weinte immer noch.

»Lou, es ist wirklich nicht so schlimm.«

»Doch, das Kleid war so schön – und überhaupt geht alles schief. Giuliani hat mir jetzt auch abgesagt.«

»O nein.«

Oma breitete die Arme aus, das Kleid noch in der Hand, und ich drückte mein tränennasses Gesicht an ihre Schulter.

»Lass es alles raus«, sagte sie, und ich tat es. Eine ganze Weile standen wir so da, und ich beruhigte mich. Als die letzte Träne vergossen war, löste ich mich von ihr.

»Und du kannst das Kleid wirklich reparieren?«, hakte ich nach und zog die Nase hoch.

Oma lächelte und nickte, betrachtete es dabei noch mal.

»Kann ich. Und ich hab da noch was für dich, was dir bestimmt gefällt.« Oma verließ mit dem zerrissenen Kleid mein Zimmer und kam kurz darauf mit zwei anderen in den Händen zurück sowie einer Strichjacke und einem Schulterschal aus Wolle. Die Sachen hatten einen ähnlichen Stil wie das Strandkleid, doch einen gänzlich anderen Schnitt. »Hier, Liebes. Die lagen noch ganz hinten in meinem Schrank. Wenn sie dir gefallen, kannst du sie gern haben.«

Überrascht nahm ich ihr die Kleider ab, eins war hinreißender als das andere. Unglaublich schön, ich hielt sie mir vor dem Schrankspiegel an und war verliebt. Für einen kurzen erholsamen Augenblick vergaß ich alles andere.

»Hast du die etwa auch selbst gemacht?«

»Wer denn sonst?«, feixte Oma.

Ich sah mir auch die Strickjacke und den Schal an. »Und

das hier ist auch von dir?« Ich liebte Strickmode, wie ich Boho liebte.

»Selbst gestrickt. Früher habe ich mit meinem Strickzeug gern abends auf dem Balkon gesessen …«

Oma legte sich auf mein Bett, hielt mir eine dampfende Tasse hin.

»Meine Umhängetasche ist auch selbst gestrickt«, erklärte ich und war wieder einmal überrascht, wie ähnlich sich Omas und mein Geschmack im Grunde waren, obwohl uns über vierzig Jahre trennten. Irgendwo hatte ich mal gelesen, in der Mode gäbe es einen Kreislauf, in dem sich früher oder später Stile wiederholten und neu auflebten. So war es nicht verwunderlich, wenn unterschiedliche Generationen denselben Geschmack entwickelten.

Ich legte die Kleidung zusammen und platzierte sie auf dem kleinen Hocker in der Ecke, immer noch total begeistert von Omas Talent.

»Hätte ich ja nicht gedacht, dass irgendwem diese alten Teile je gefallen würden.«

»Ich habe heute sogar ein Kompliment für dein Kleid bekommen. Aber sag, wie viele hast du denn eigentlich hergestellt?«

»Oh, so einige, aber die meisten habe ich weggegeben. Wenn ich gewusst hätte, dass sie was für dich sind, hätte ich sie aufgehoben.« Oma lachte, ihr Stil erinnerte mich zusehends an den von Francesca Guilianis aktueller Sommerkollektion.

»Na, warte mal, ich habe sogar noch mehr«, meinte Oma schmunzelnd und verließ das Zimmer erneut, um gleich mit einer dicken Mappe unterm Arm zurückzukommen.

Neugierig schaute ich zu ihr, als sie diese öffnete und ein paar lose Blätter hin und her bewegte. Dabei schüttelte sie schmunzelnd den Kopf. Oma legte die Mappe vor mich und breitete ein paar Modezeichnungen auf dem Bett aus. Fasziniert musterte ich diese. Ein hüftlanger Fransenponcho in Rot-Weiß, eine Rüschenbluse, ein Charlestonkleid mit buntem Muster aus den Siebzigern, und noch vieles mehr. Maritime Blusen und Jacken, ein blau-weiß gestreiftes Kleid, Strickjacken, weitere Ponchos und alles, was sich am Strand bei Wind und Wetter gut tragen ließe.

»Was ist das?«, fragte ich.

»Nur ein paar meiner Entwürfe von früher.«

Verdattert sah ich Oma an. Nicht nur diese außergewöhnlichen Kleider, es gab eine ganze Kollektion? Mir blieb der Mund offen stehen. Ich fand diese Sammlung hinreißend, einfach wundervoll!

»Warum so überrascht, Lou? Ich habe früher gern selbst entworfen. Und außerdem eine Weiterbildung an einer Modeschule gemacht, weil ich gern eigene Kleider im Laden verkaufen wollte.« Eigene Kleider im Laden verkaufen – wie Francesca Giuliani, so hatte sie ihr Unternehmen gestartet. Und genau so etwas wollte ich ja später auch aufziehen.

»Wieso hast du es nicht getan?«

»Na ja, ich wurde schwanger mit Annia.« Sie lächelte zärtlich, als sie Mamas Namen aussprach. Oma liebte sie immer noch, was mir ein warmes Gefühl gab. »Das war eine schöne Zeit. Die Weiterbildung habe ich sogar noch zu Ende gemacht, aber danach fehlte die Zeit für weitere Pläne, ich war Mutter und musste in der Änderungsschneiderei arbeiten. Aber ich tat es gern, es war sehr erfüllend … dieses süße Lächeln in ihrem kleinen Gesicht.« Für einen Moment schien Oma in einer anderen Welt.

Mein Blick glitt noch mal über die Entwürfe. Ich hatte wirklich das Gefühl, gerade einen der auf alt gemachten Kataloge meiner Lieblingsdesignerin zu durchblättern. Diese Kleidungsstücke entsprachen ziemlich genau ihrer Sommermode mit Boho und maritimen Einflüssen. So ein Auge fürs Detail und für die Farbgebung. Ich hatte keine Ahnung gehabt, wie talentiert meine Oma war. Es war schade, dass sie nicht mehr aus ihrem Talent gemacht hatte …

Und dann geisterten mit einem Mal Herrn Müllers Worte durch meinen Kopf. »Die Chance ergreifen, wie sie kommt.« Plötzlich kam mir die Idee! Sie war so einfach und naheliegend.

»Oma!« Ich hockte mich vor sie hin. »Ich weiß, was wir mit deinem Laden machen!« Ich war aufgeregt, denn nun fügte sich alles zusammen. »Du verkaufst deine eigene Mode!«

Francesca Giuliani hatte es vorgemacht und surfte seitdem von einer Erfolgswelle zur nächsten. Sie hatte mit einem kleinen Geschäft begonnen, nun leitete sie eine eigene Modefirma. Die Leute liebten ihren Stil. Oma konnte das auch. Ihr Stil war ähnlich, aber zugleich einzigartig, denn in jedem Entwurf war auch ein Hauch von Ostsee enthalten.

»Du machst mir Spaß, Lou.«

»Ich meine es ernst, Oma«, ließ ich nicht locker. »Du eröffnest deinen Laden selbst wieder, aber als Boutique. Mit Strandmode für alle Jahreszeiten.«

Ihr Blick glitt sehnsüchtig in die Ferne, ich spürte, dass ihr die Idee gefiel, dennoch schüttelte sie den Kopf.

»Ich war früher wie du, genauso begeisterungsfähig. Einen ganz neuen Laden aufzuziehen – dafür habe ich nicht mehr die Kraft. Und erst recht nicht das Geld. Ich bin doch bereits überschuldet. Woher soll ich denn bitte das Startkapital nehmen?«

»Du bist nicht allein. Ich helfe dir. Es wird unser Laden. Wir können die Kosten gemeinsam stemmen. Wir müssen keine Miete hier zahlen, die entfällt für uns.«

»Dafür fallen andere Kosten an. Renovierung, Stoffe, Arbeitsmaterialien … der verdammte Kredit.«

»Ich habe Ersparnisse, mit denen wir einen Teil davon abdecken können …«

Oma zog die Stirn kraus. »Mir gefällt es nicht, wenn du dein Erspartes dafür aufwendest.«

»Es wurde nur zu diesem Zweck angelegt. Ich wollte immer ein eigenes Mode-Geschäft eröffnen. Nur wird mein Kapital vielleicht nicht ausreichen, ich wollte ursprünglich erst in ein paar Jahren den Schritt in die Selbständigkeit wagen.«

»Das wäre wohl vernünftiger.«

»Ist es nicht, ich habe mich in dieses Geschäft verliebt. Es kommt kein anderes infrage. Ich will hier mein Modelädchen eröffnen. Mit dir, Oma.«

»Aber das Geld reicht trotzdem nicht aus, wir müssen realistisch bleiben.«

»Wenn wir einen Investor finden könnten, dann ...«

»Investor?« Oma lachte. »Wer würde denn in den alten Laden investieren wollen? Das ist doch alles viel zu unsicher im Moment. Wenn das Haus dann doch an die Bank geht ...«

»Mama könnte das für uns machen«, unterbrach ich sie. »Ich würde mit ihr drüber reden, wenn du einverstanden bist. Vor allem will ich nicht auf ihre Expertise verzichten. Um ehrlich zu sein, glaube ich, dass es ohne sie sehr, sehr schwer wird.«

Oma atmete tief ein.

»Mir ist klar, dass Annia für so eine Unternehmung von unschätzbarem Wert wäre. Aber sie und ich im selben Projekt – das kann nicht gut gehen. Wir kommen ja schon bei einem harmlosen Familientreffen kaum miteinander aus.«

»Wenn wir uns zusammenraufen, wird es funktionieren. Vielleicht sogar besser, als du denkst. Außerdem könnt ihr euch gar nicht so oft streiten, denn Mama ist in Berlin und du hier in Rostock.« Ich zwinkerte, meinte es aber auch ernst. Beide konnten hitzköpfig sein, aber ich wusste auch, sie waren auf ihren jeweiligen Gebieten unschlagbar. Wenn sie es schafften, als Team zu agieren, machte ihnen niemand etwas vor.

Ein wenig hoffte ich zudem, dass sie sich durch die Zusammenarbeit wieder einander annähern würden.

»Und wo würdest du sein?«

»Hier, um mir dir das Geschäft zu leiten und deine Entwürfe zu nähen.«

Oma lächelte milde. »Du müsstest dafür nach Warnemünde ziehen, deine Freunde und Familie in Berlin zurücklassen. Möchtest du das wirklich? Du könntest selbstverständlich hier wohnen, das Haus ist mehr als groß genug, und ich würde mich über deine Gesellschaft freuen. Dein Zimmer steht dir immer offen. Aber ich mache mir auch Sorgen, Lou, und will ganz ehrlich zu dir sein. Du bist ein sehr hilfsbereiter Mensch, doch ich fürchte, dass du deine eigenen Ziele zu oft denen anderer hintanstellst.«

Ich verstand, was sie meinte, doch in diesem Fall war es anders gelagert.

»Ich bin dazu bereit, hier neu anzufangen. In Berlin leben zwar Mama und Papa sowie ein paar Freunde, doch sonst ist da niemand, der auf mich wartet.«

Vor ein paar Monaten noch hätte ich das nicht gesagt. Doch schon in einer Woche wäre ich nicht mehr Teil des Schaupalast-Teams. Ich war Single, somit ungebunden. Zudem war die Ostsee mein zweites Zuhause. Ich fühlte mich hier viel wohler als in der Großstadt, die laut und rastlos war. Der Gedanke, sich hier etwas aufzubauen, war sehr reizvoll.

»Rostock liegt nicht am Ende der Welt, in zwei Stunden bin ich in Berlin, wenn ich mit der Bahn fahre, um die Familie zu besuchen.« Das Wichtigste war: In Berlin hatte ich derzeit keine Perspektive, hier aber schon. Ich hatte wirklich alles versucht, zeitnah eine neue Anstellung zu finden. Mich selbständig zu machen war naheliegend. Und ich konnte bei Oma nicht nur etwas über Geschäftsführung, sondern auch über Modedesign lernen.

Je länger ich über alles nachdachte, desto klarer wurde

mir, ich musste es einfach tun. Es kam mir vor, als hätte der kleine Laden nur auf mich gewartet. Ich sah Oma ernst an.

»Ich bin überzeugt von der Idee und deinem Talent, Omsi. Wir gründen dein Label.«

Oma sah mich lange an. Ich hatte plötzlich tierisch Angst, dass sie Nein sagte. Dass der Traum, den ich eigentlich schon immer träumte, wie eine Seifenblase zerplatzte.

Aber Oma nickte langsam, und ein kleines Feuer loderte plötzlich in ihren Augen. »Ja«, sagte sie nicht minder entschlossen. »Ich habe früher davon geträumt, eigene Mode zu machen und sie zu verkaufen. Es jetzt zu tun würde mir gefallen. Es wäre außerdem schön, wenn in diesem Haus wieder mehr Leben herrschen würde«, meinte sie und drückte meine Hand.«

»Also bist du einverstanden, wenn ich Mama mit ins Boot hole?«

»Ich wollte nicht, dass deine Mutter erfährt, wie es um die Schneiderei steht«, erklärte sie sehr ernst. »Und ich wollte in ihren Augen keine Enttäuschung sein. Doch ich habe keine Wahl und muss Verantwortung übernehmen, wenn ich mein Zuhause behalten möchte. Ich will mich nicht länger davor drücken.«

»Omsi, Mama sieht das gewiss nicht so.«

Omas traurige Augen sagten mir, dass sie es dennoch glaubte. Und dadurch beeindruckte mich ihr Sprung über ihren Schatten sogar noch mehr.

»Wenn deine Mutter uns unterstützt, zahle ich ihr jeden verdammten Cent zurück. Und dir auch. Das gebe ich euch schriftlich.«

Ihre Entschlossenheit rührte und beeindruckte mich gleichermaßen. »Na gut. Ich finde es toll, dass du zu diesem Schritt bereit bist. Aber es ist unser Laden, und mir musst du sicher nichts zurückzahlen, wir investieren beide ins Geschäft.« Ich hielt ihr die Hand hin. »Partner.«

Oma lächelte amüsiert, und das Funkeln ihrer Augen intensivierte sich.

»Partner«, bestätigte Oma und schüttelte sie.

Ich umarmte sie erleichtert.

»Gleich morgen fahre ich nach Berlin und kläre alles mit Mama, und was sonst noch nötig ist, damit wir so schnell wie möglich durchstarten können!« Es lag ein Berg Arbeit vor uns. Aber das schreckte mich nicht.

Vielleicht fehlte mir die Erfahrung, aber ich hatte Oma, die wusste, wie man einen Laden führte, und ich hatte meine Mutter, die Gründerseminare gab und Unternehmen beriet.

»Um Mama zu überzeugen, lass uns schon mal Pläne schmieden. Ich habe einen Konzeptvorschlag, weil ich mich mit Anfang dreißig selbständig machen wollte und mich daher schon öfter mit dem Thema auseinandergesetzt habe.« Und dann erzählte ich Oma meine Idee, und wir verfeinerten sie gemeinsam, bis die Uhr Mitternacht schlug. Der erste Punkt auf meiner Liste war die Renovierung, um die wir nicht herumkommen würden, aber wir waren uns schnell einig, dass wir so viel wie möglich selbst machen wollten.

Das so gesparte Geld würden wir in Textilwaren investieren, die wir im Laden neben eigener Mode verkaufen wollten. Oma und ich waren professionelle Schneiderinnen, aber es würde dauern, ein Sortiment für Omas Label anzufertigen.

Wir würden vorerst nur eine Auswahl ihrer Mode anbieten können. Nach und nach würden Omas Sachen jedoch die Garderobe aus dem Großhandel ersetzen. So der Plan.

Ich kritzelte einen halben Notizblock voll, während wir weiter brainstormten. Zudem stellten wir erste Berechnungen an, wie viel wir zur Realisierung unseres Plans benötigen würden, abzüglich laufender Kosten und Omas Raten. Sogar einen Namen für die Boutique hatten wir gefunden: Strandperle.

19. Kapitel

»Meine letzte Arbeitswoche im Schaupalast wird sich wie Kaugummi ziehen. Aber ich werde die Zeit auch nutzen, um Mama von unseren Plänen zu überzeugen und sie als Investorin für die Strandperle zu gewinnen«, versprach ich Oma am nächsten Morgen, als wir vor dem Haus standen, und klopfte gegen meine Reisetasche, die mir über der Schulter hing und in die ich, neben meiner Wäsche, auch unseren Businessplan sowie eines von Omas Kleidern zur Ansicht gesteckt hatte.

»Wollen wir hoffen, dass alles klappt, wie wir uns das erhoffen. Ich werde in der Zeit dein Kleid reparieren, so kannst du es gleich anziehen, wenn du wieder hier bist.«

»Das ist lieb, danke Omsi.«

Ich umarmte sie zum Abschied, und Oma drückte mir eine Brotbox in die Hände. »Für unterwegs, Lou.«

Ich lachte. »Oma, es sind doch nur zwei Stunden, und du hast mir auch ein üppiges Frühstück gemacht.«

»Man weiß nie«, sagte sie und lächelte. »Außerdem sind es Nutellabrote.« Sie zwinkerte. Nutellabrote? Klang unwiderstehlich.

»Deine Mutter wird nicht erfreut sein, wenn sie die ganze Geschichte erfährt.«

Dass Oma ihr all das verschwiegen hatte, war sicher der größte Aufreger. Aber auch mein Wegzug würde sie gewiss an meinem Verstand zweifeln lassen, zumal ich mich in eine ungewisse Zukunft begab. Aber genau solche Leute waren ihre Klienten. Außerdem hatte sie mir mehr als einmal zugesichert, mir bei meiner Gründung zu helfen. Ich war also guter Dinge.

»Du kennst sie doch«, meinte ich, steckte die Brotbox ins vordere Fach meiner Tasche und hievte deren Gurt über meine Schulter, weil dieser runtergerutscht war. Aber ich würde auch Mamas Hilfe brauchen. Ich musste es also irgendwie hinkriegen, dass sie mit von der Partie war und die »Ich-bin-wütend-und-enttäuscht-Phase« möglichst kurz ausfiel. Dazu musste mir noch was einfallen.

Die Uhr verriet, ich musste los, wenn ich meinen Zug kriegen wollte.

Ich umarmte Oma noch mal fest.

»Melde dich, wenn du angekommen bist«, bat sie.

»Natürlich.« Ich richtete den Träger meiner Reisetasche erneut und ging los. Draußen vor dem Möwenbogen wartete hoffentlich schon mein Taxi. Noch einmal sah ich mich nach Oma um, die winkte. Es fiel mir schwer zu gehen, aber ich würde bald wiederkommen, egal wie Mamas Entscheidung ausfiel.

Als ich zweieinhalb Stunden später nach einer angenehmen Zug- und einer nicht weniger entspannten Taxifahrt durch Berlin meine Wohnung betrat, die mir unendlich vertraut vorkam, wurde mir erst so richtig bewusst, was ich da vorhatte. Ich wollte mit Oma nicht nur einen eigenen Laden eröffnen, ich würde auch mein altes Leben komplett hinter mir lassen. Ein großer Schritt, der aber sein musste. Auf den ich mich freute.

Meine Freunde würde ich vermissen, genauso wie meine Familie, das war von Anfang an klar gewesen. Aber jetzt merkte ich, selbst diese kleine Bude und die vielbefahrene Straße vor meinem Schlafzimmerfenster waren mir irgendwie ans Herz gewachsen.

Wen ich nicht vermissen würde, war ebenso offensichtlich. Ich würde weder Maxim noch Valentina eine Träne nachweinen. Eigentlich nicht mal dem Schaupalast, auch wenn ich dort durchaus gute Zeiten erlebt hatte. Immerhin hatte ich dort meine Schneiderinnenkarriere begonnen.

Ich setzte mich auf meine Couch und rief kurz wie versprochen Oma an, um ihr mitzuteilen, dass ich gut angekommen war. Sie erzählte auch gleich, dass sie mit dem Flicken des Sommerkleids begonnen hatte. »Es wird wie neu aussehen, versprochen.« Das freute mich, dann hatte sie aber noch einen kleinen Schocker für mich parat:

»Henrik Manteufel hat übrigens nach dir gefragt, kurz nachdem du abgereist bist.«

»War er etwa bei dir? Was wollte er denn?«

»Ja, er stand vor der Tür. Und was er wollte? Mit dir reden, aber ich sagte ihm, dass du wieder in Berlin bist. Er ist dann einfach gegangen. Aber um ehrlich zu sein, er tat mir fast leid, wirkte ziemlich geknickt.«

Mir wurde das Herz schwer, als ich das hörte. Aber ich musste mich nur an seine Pläne betreffs des Sanddornwegs erinnern, schon war das warme Gefühl in der Brust schnell wieder weg. Ich durfte den zärtlichen Henrik im Strandhaus nicht mit dem Immobilienhai verwechseln, der er war.

Da klingelte es an der Tür.

»Ich muss auflegen, tschüss Oma«, sagte ich, klickte auf das rote Hörersymbol meines Handys und eilte zur Tür, um sie schwungvoll zu öffnen.

»Ich habe gehört, Sie sind zurück«, sagte Frau Krause, meine Nachbarin, mit unschuldigem Blick und drückte mir meine Ersatzschlüssel in die Hand. Dabei hing ihr wieder eine Zigarette im Mundwinkel, deren Spitze glühte.

Soso, gehört hatte sie das? Gut, die Wände hier waren nicht gerade dick, wie ich allerdings die gute Dame kannte, stand sie nicht selten hinter dem Türspion, um die Nachbarn zu beobachten. Dadurch wusste sie immer, was im Haus so los war. Sie war ein echtes Unikat. Raue Stimme, Herz mit Schnauze. Man konnte ihr nicht böse sein. Freundlich reichte sie mir einen kleinen Stapel Briefe, den ich entgegennahm. Ich sah mit einem Blick, der oberste stammte vom Schaupalast und beinhaltete wohl die Genehmigung meines unbezahlten Urlaubs.

»Danke, dass Sie sich um die Post und meine Pflanzen gekümmert haben.«

Frau Krause nickte und wandte sich halb um. »Dann noch einen wunderbaren Tag, ich hoffe, Sie konnten Ihre Familienangelegenheit klären.«

»Ich bin noch dabei.«

»Ach?«, horchte sie neugierig auf, und schon hatte ich wieder ihre volle Aufmerksamkeit.

»Wiedersehen, Frau Krause. Ihnen auch einen wunderbaren Tag«, würgte ich sie etwas ab und schloss die Tür, denn nach einem Flurplausch stand mir gerade nicht der Sinn.

Stattdessen ging ich in Gedanken durch, was ich alles organisieren sollte, um möglichst schnell wieder in Warnemünde zu sein. Als Erstes musste ich klären, ob Mama bereit war, das Projekt zu unterstützen. Ich rief also gleich bei ihr an – inzwischen sollte sie aus London zurück sein – und suchte gleichzeitig in meinen Unterlagen nach meinem Mietvertrag, um die Konditionen zu checken. Wenn alles klappte, wie ich es mir erhoffte, wollte ich die Wohnung so schnell wie möglich aufgeben, um nach Rostock zu ziehen.

Mama ging nicht ran, also sprach ich ihr auf die Mobilbox und bat um Rückruf. Dafür hatte ich derweil den Mietvertrag in den Händen. Wie ich es in Erinnerung hatte, drei Monate Kündigungsfrist. Na klasse! Das konnte ich nun wirklich brauchen. Aber immerhin, es gab eine Klausel, dass ich früher aus dem Vertrag rauskonnte, wenn ich einen adäquaten Nachmieter fand. Und wo sollte ich den herkriegen? Noch etwas, worüber ich mir Gedanken machen musste. Ich legte den Vertrag zurück ins Schubfach.

Ich räumte noch etwas auf, durchforstete meine Vorräte,

um einen Überblick zu bekommen, ob diese für die kommende Woche reichten, und machte mir noch einen Kaffee.

Irgendwann klingelte das Telefon.

»Ja?«, ging ich ran.

»He, Lou, was hast du auf dem Herzen?«, fragte Mama.

»Kann ich schlecht am Telefon erklären.«

»Na dann kommt doch heute Abend zu uns zum Essen. Dein Vater kocht. Es gibt Nudelauflauf.«

»Klingt gut, wann soll ich da sein?«

»Sagen wir gegen sieben.«

»Geht klar, bis dann.«

Um sechs zog ich mich noch mal um und machte mich dann auf den Weg nach Dahlem, wo meine Eltern ein kleines Häuschen besaßen. Hübsch, angelehnt an den Fachwerkstil und in nicht allzu weiter Ferne vom U-Bahn-Netz und trotzdem, dank der wunderschönen Lage, im Grünen.

Hier war ich groß geworden. Seufzend lief ich durch den Vorgarten, bewunderte die Blumenbeete, die meine Eltern sorgsam pflegten, und nahm die zwei Stufen zum Eingang in einem Sprung. Kasimir, der Kater meiner Eltern, döste auf der Fußmatte. Er war hier eingezogen, als ich das Nest verlassen hatte. Als ich jedoch mit Schwung angerückt kam, verschwand er durch die Katzenklappe ins Innere. Da ich ihm schwerlich durch die kleine Öffnung folgen konnte, musste ich klingeln. Mama öffnete mir strahlend, drückte mich an sich.

»Alles okay?«, fragte sie dann und sah mich aus ihren dunklen Augen forschend an. Als spürte sie, wie nervös ich war, weil ich ihr reinen Wein einschenken und natürlich unsere Idee vorstellen wollte.

»Jaja«, meinte ich nur. Wieso mussten Mütter immer gleichzeitig auch Hellseherinnen sein?

»Dann komm doch erst mal rein. Du ich muss dir von

London erzählen. Es war so toll. Bin gestern heimgekehrt und vermisse die Stadt schon jetzt.«

»Oh ja, klingt aufregend.« Aber nicht halb so aufregend wie das, was ich zu berichten hatte.

»Was ist denn da drin?«, fragte Mama neugierig und deutete auf den Beutel, in dem sich unser Businessplan und eines von Omas Kleidern befanden.

»Erkläre ich später.«

Kaum trat ich in den Flur, roch ich schon den leckeren Auflauf, dessen Duft mir entgegenströmte. An der Wand neben dem altmodischen Garderobenständer hing eine kleine Galerie gerahmter Fotos, vom Hochzeitsbild bis zum letzten Sommerurlaub. Es erinnerte etwas an Omas Fotowand. Ich schmunzelte, auch wenn Oma und Mama oft glaubten, sie wären wie Feuer und Wasser, entdeckte ich doch immer wieder Gemeinsamkeiten.

»Ist gleich fertig«, versprach Papa aus der Küche. Ich legte ab, Mama und ich setzten uns ins Esszimmer.

»Wie geht es denn Oma?«, wollte Mama wissen, während ich den Beutel neben meinem Stuhl abstellte. Kasimir schnüffelte neugierig an diesem und steckte sogar seinen Kopf herein. Ich scheuchte ihn sanft weg.

»Gut … sie ist wohlauf.«

»Da bin ich erleichtert. Sie untertreibt ja immer gern, wenn es um die Gesundheit geht. Ich habe es einfach nicht geschafft, nach Rostock zu kommen. Es war so viel los in London. Und bei deinem Vater sah es jobbedingt nicht besser aus.«

»Ich habe mich ja um sie gekümmert.«

»Danke, Liebling.«

Papa kam mit dem Essen herein. Eine Schürze um den Bauch, der, das ließ sich nicht leugnen, stetig an Umfang zuzunehmen schien, die kurzen Locken stark ergraut. Aber Papa wirkte dennoch nicht alt. Und wenn er lächelte, wie er es gerade tat, zierten nicht nur unzählige Fältchen seine Augen, er wirkte auch auf verblüffende Weise zehn Jahre jünger.

Geschickt stellte er die Auflaufform mit Handschuhen auf ein altes Metallgestell, das meine Eltern schon seit Ewigkeiten verwendeten.

Die Vorhänge waren auch schon zugezogen, wie früher, weswegen das Deckenlicht trotz der Jahreszeit bereits brannte. Wie oft ich über Energiesparen mit ihnen gesprochen hatte …

Meine Eltern gingen offenbar immer noch früh zu Bett. Manche Dinge änderten sich nie. Aber das machte ein Nach-Hause-Kommen nur noch schöner. Jetzt saßen wir wieder hier, zu dritt, als wären all die Jahre nie vergangen.

Papa tat jedem etwas auf, und der heiße Dampf stieg aus dem zerlaufenden Auflauf empor. Jetzt roch es noch intensiver. Es lief einem unwillkürlich das Wasser im Munde zusammen. Kasimir strich um meine Beine. Er hoffte sicher, dass er ein paar Schinkenwürfel abbekam, dabei waren die ungesund, und der Kater brachte eh schon zu viel auf die Waage. Also sorry, Kleiner.

Ich nahm eine Gabel voll, pustete den Dampf weg und probierte.

Und wie es schmeckte. Niemand machte so gute Sahnesauce wie Papa. Zum Nachtisch gab es Schokopudding mit Vanillesauce. Ein Hochgenuss, der einen auf Wolken schweben ließ.

Meine Mutter redete die ganze Zeit von ihrer Tagung in London und wie interessant und erfolgreich es gewesen war. Am meisten hatte sie eine Kickstarter-Kampagne für Make-Up auf Öko-Basis beeindruckt. Die jungen Leute hatten nur zehntausend Euro zur Realisierung benötigt, aber fast eine Million Euro durch Crowdfunding erhalten. Klar, dass sie sich diese Klienten schnell geschnappt hatte, um sie zu betreuen.

»Also, Lou, was möchtest du denn bereden?«, fragte Mama schließlich irgendwann, nachdem sie alles erzählt hatte, was sie hatte erzählen wollen, und tunkte ihren Löffel in die Schokocreme, um ihn dann genussvoll abzulutschen.

Ich spürte, wie ich mich unweigerlich anspannte, kannte ich doch niemanden, der emotionaler war als meine Mutter. Ich wusste auch, der reine Wein würde ihr nicht schmecken, und das konnte ich auch verstehen, war ich doch selbst ziemlich geschockt gewesen von Omas Notlage.

Aber was brachte es, lange drum herum zu reden. Immerhin hatten wir eine Lösung ausgearbeitet, und mit der wollte ich auch beginnen. Zumal Mama meine Pläne, mich eines Tages selbständig zu machen, immer unterstützt hatte. Ich schob meinen Pudding zur Seite und presste die Hände vor mir auf dem Tisch aneinander.

»Ich möchte eine Modeboutique eröffnen.«

Mamas Augen weiteten sich freudig. Rasch verschwand der letzte Löffel Schokocreme in ihrem Mund, danach ich hatte ihre volle Aufmerksamkeit.

»In Warnemünde«, fügte ich hinzu und konnte beobachten, wie sich die Mundwinkel meiner Mutter wie in Zeitlupe senkten.

Meine Eltern sahen mich an, als käme ich von einem anderen Stern.

»Aha«, sagte mein Vater nur.

»Wie war das?«, hakte meine Mutter nach und zog die Brauen zusammen. »In Warnemünde?«

»Oma und ich wollen …«

»Ah, auf Violas Mist ist das also gewachsen«, schlussfolgerte meine Mutter.

»Nein, es ist unsere gemeinsame Idee. Und ich brauche deine Expertise. Du hast vielen Gründern auf ihrem Weg geholfen.« Das war das Modell, auf dem ihre eigene Firma beruhte. »Außerdem hast du immer gesagt, dass du mir zur Seite stehst, wenn ich irgendwann den Schritt in die Selbständigkeit wage. Und jetzt ist es so weit.«

»Und dafür mietet ihr einen neuen Laden?«, fragte Papa.

»Nein, wir möchten die Boutique in Omas Laden eröffnen und eigene Mode verkaufen.« Ich nahm unseren Plan aus dem Beutel, legte ihn auf den Tisch und reichte Mama das Kleid. »Mit eigener Mode, wie dieser hier.«

Skeptisch musterte Mama das Kleid. »Das hat Oma gefertigt?«

»Hat sie.«

Mama nickte anerkennend, betrachtete es zu allen Seiten und legte es dann auf ihren Schoß.

»Und das hier ist unser Businessplan.«

»Nicht so schnell. Was ist denn mit der Änderungsschneiderei?«, hakte meine Mutter nach. Ich hörte, wie ihre Finger über den samtigen Stoff des Kleides glitten.

Da waren wir schon beim Thema. Es war wohl an der Zeit, Annia auch diesen Teil der Geschichte zu beichten. Ich bemühte mich, es ihr vorsichtig beizubringen. Aber als ich zu dem Part kam, an dem klar wurde, dass Oma sie bewusst nicht eingeweiht hatte über den Zustand der Änderungsschneiderei – und über welchen Zeitraum –, wurde meine Mutter wütend. Und plötzlich war die Strandboutique völlig von ihrem Schirm.

»Meine Mutter ist hoch verschuldet, hat ihren Laden seit einem halben Jahr geschlossen! In der Zeit habe ich etliche Male mit ihr telefoniert. Aber hat sie auch nur ein Wort über ihre Situation verloren? Ich kann das nicht glauben.«

Mein Vater erhob sich, um Mama zu trösten, sacht legte er seine Hände auf ihre Schultern.

»Sie grenzt mich immer noch aus ihrem Leben aus. Ich weiß nicht, was in sie gefahren ist«, entrüstete sie sich.

»Sie hofft genauso wie ich, dass du uns unterstützt als Investorin.«

»Das ändert wohl kaum etwas daran, dass sie Geheimnisse vor

mir hat.« Mama atmete tief durch und rang sichtlich um ihre Fassung. »Und was den alten Laden angeht … Ich würde dir raten, dass du dir was anderes suchst, wenn du es mit deiner Boutique ernst meinst. Dieses Haus frisst nur Geld. Es müsste rundum renoviert werden.«

»Ich bin bereit, das Risiko einzugehen. Wenn die Boutique ein Erfolg wird und Oma regelmäßige Einnahmen hat, kann sie ihre Ratenzahlung wieder aufnehmen. Wir haben bereits genaue Vorstellungen, und …« Ich wollte ihr erneut unseren Plan reichen, aber sie unterbrach mich.

»Als ich dir finanzielle Hilfe versprach, dachte ich, wir reden von einem Geschäft in Berlin. Derzeit rentiert es sich, sich in hier selbständig zu machen. Aber in Warnemünde, noch dazu in dem alten Haus, sehe ich vor allem eine Kostenlawine auf euch zurollen.«

»Nicht, wenn wir einen Großteil der Renovierungsarbeiten selbst machen und ich meine Ersparnisse verwende.«

Mama schüttelte den Kopf.

»Das ist unvernünftig, Lou.«

Ich seufzte. »Wenn du mir nicht hilfst, nehme ich einen Gründerkredit auf.« Das wären zwar noch mehr Unsicherheiten, doch ich war von dem Projekt überzeugt. Es würde ein Erfolg werden.

Mama schüttelte den Kopf. »Na großartig, dann bist du auch noch verschuldet.«

»Man muss Chancen ergreifen, wie sie kommen«, zitierte ich Herrn Müller. Der ging das Wagnis auch ein. Anders ging es heutzutage kaum, wenn man nicht mit goldenem Löffel im Mund geboren worden war.

Mama schüttelte den Kopf.

»Lieber wäre mir, wenn du mit an Bord wärst«, sagte ich ehrlich.

»Es ist auch in deinem Interesse, uns zu unterstützen, es geht doch schließlich um dein Elternhaus!«, erinnerte ich sie

Meine Mutter hielt inne, als würde ihr dieser Punkt erst jetzt bewusst.

»Wir zahlen dir jeden Cent zurück. Da sind Oma und ich uns einig. Wir wollen nichts geschenkt. Das geben wir dir schriftlich.«

Papa lachte leise. »Ihr drei Damen vom Grill seid euch so ähnlich und merkt es nicht mal. Das hätte jetzt auch von dir sein können, Liebes«, sagte er zu Mama.

»Ich muss kurz ins Bad, ich habe sicher wieder meine Hektikflecken«, sagte Mama, legte das Kleid auf den Stuhl und eilte aus dem Raum.

»Ich denke, die zwei müssten sich mal richtig aussprechen«, meinte Papa.

Ganz meine Meinung, sonst schaukelte sich alles weiter hoch. Aber Oma und Mama redeten notorisch aneinander vorbei.

»Braucht vermutlich so was wie 'nen Schiedsrichter«, bemerkte mein Vater.

Meine Mutter brauchte lange, ich überlegte, nach ihr zu sehen, doch da kam sie endlich zurück, es waren tatsächlich rote Flecken auf ihrem Dekolleté. Sie setzte sich wieder hin und sah mich ernst an. »Nun zu dir …« Geräuschvoll atmete sie ein. »Also schön, komm morgen früh in mein Büro, dann reden wir in Ruhe darüber, wie wir aus der alten Änderungsschneiderei eine Boutique machen.«

Ich atmete auf. Sie hielt die Hand nach unserem Businessplan auf, und ich reichte ihn ihr. Dafür gab sie mir das Kleid zurück, das in meinem Beutel verschwand.

»Bis dahin habe ich mir eure Ideen angesehen. «

»Das ist kein Scherz, sie nimmt es als Gute-Nacht-Lektüre«, sagte mein Vater schmunzelnd.

Ich war baff. Dass sie so schnell einlenkte, hätte ich nicht erwartet.

»Du hast recht. Es geht immerhin um mein Elternhaus.

Warnemünde ist der Ort meiner Kindheit und Jugend. Er liegt mir sehr am Herzen. Und ich will das Haus retten, genauso wie Oma und du. Außerdem habe ich dir versprochen, dir dabei zu helfen, ein Modegeschäft zu eröffnen. Ich hatte es mir zwar anders vorgestellt, aber zu meinem Wort stehe ich.« Sie setzte sich, legte ihre Hand auf Papas und lächelte ihn zärtlich an. »Manchmal gibt es Gründe, von zu Hause wegzugehen und sich woanders etwas aufzubauen.« Darauf wanderte ihr Blick zu mir, als wollte sie bestätigen, wie sehr sie mich letztlich verstand. Aber der Liebe zu einem Mann wegen tat ich es ja nicht, ganz im Gegenteil sogar. Omas Haus zu retten bedeutete auch, den Sanddornweg vor Henriks Umbauplänen zu schützen. Ich konnte immer noch nicht glauben, dass er ernsthaft vorhatte, das alte Hotel abzureißen. Noch weniger konnte ich glauben, dass ich schon wieder überlegte, ihn anzurufen, nur weil er bei Oma nach mir gefragt hatte. Ich verwarf den Gedanken so schnell, wie er gekommen war. Wollte mich davon nicht aus dem Takt bringen lassen. Außerdem hatte Mama gerade zugesagt, unseren Businessplan zu prüfen, wenn das kein Schritt in die richtige Richtung war!

Doch als ich ging, es wurde bei meinen Eltern nicht besonders spät, hielt ich das Handy schon in der Hand, kurz davor, ihn zu entblocken. Ein Teil von mir hoffte, dass er von seinen Plänen absah, aber wie wahrscheinlich war das? Es hing immerhin ein Rattenschwanz an Investoren an dem Projekt.

Ich sollte mich auf unsere Ziele konzentrieren und mich nicht ablenken lassen. Außerdem musste ich Oma Bescheid geben, wie alles verlaufen war. Das war im Moment am wichtigsten.

Als ich bei ihr durchklingelte, ging nur der AB an, weil Oma immer, ganz wie Mama, früh zu Bett ging. Ich hinterließ ihr eine kurze Nachricht, dass Mama und ich morgen den Businessplan durchgingen und ich mich danach wieder melden würde. Danach machte ich mich guter Dinge auf den Heimweg.

20. Kapitel

Meine Mutter legte unseren Businessplan vor mich auf ihren Schreibtisch.

Laurie Metcalf, dachte ich. Sie erinnerte mich an die Schauspielerin, welche Roseannes Schwester verkörperte. Insbesondere, wenn sie die Haare zum Businesszopf trug und sich mit sanftem, aber doch entschlossenem Blick zu mir vorbeugte. Es war halb neun morgens. Sie wirkte so frisch wie der Frühling.

Ich hingegen hing wie ein Schluck Wasser auf dem Stuhl. Zwar sah ich mich als Frühaufsteherin, aber nach den vielen anstrengenden Tagen fühlte es sich nicht wie Montagmorgen acht Uhr dreißig, sondern wie fünf in der Früh nach einer durchzechten Nacht an.

»Ich habe mir ein paar Gedanken zu eurem Gründungsprojekt gemacht. Wir sollten es zusammen durchgehen.«

Sie hatte also tatsächlich eine Spätschicht eingelegt.

»Okay.«

Sie blätterte in unserem Plan vor und zurück, was mich nervös machte. Dabei schoss eine ihrer Brauen immer wieder skeptisch hoch, was nur für noch mehr Adrenalinschübe sorgte. Immerhin wurde ich so wacher. Ich ließ meinen Blick schweifen, um diese hyperaktive Braue nicht ständig vor Augen zu haben.

An Mamas Wand hingen etliche Bilder von Firmengründern oder deren Logos, die sie auf ihrem Weg zum Erfolg unterstützt hatte. Namhafte Konzerne, die als kleine Start-ups begonnen hatten, waren darunter.

Dass sie etwas von ihrem Job verstand, zeigte auch, dass

ihr Büro im obersten Stock des ehemaligen IBM-Gebäudes am Ernst-Reuter-Platz lag.

Die Miete war gewiss nicht von schlechten Eltern. Aber Repräsentanz sollte man nicht unterschätzen. Hinter ihrem Schreibtischsessel hatte man einen Blick über halb Berlin, in der Ferne ragte die Siegessäule mit ihrer Goldelse empor.

»Strandperle, so wollt ihr die Boutique nennen?«

Ich sah erneut zu ihr, ignorierte die Braue und nickte, wieder blätterte sie in unseren Unterlagen, ich erspähte etliche Notizen an den Seitenrändern. Fühlte sich etwas wie die Korrektur meines Deutschdiktats aus der vierten Klasse an.

»Strandperle«, wiederholte sie und nickte schließlich, scheinbar zufrieden, und es passte ja auch perfekt. Eine kleine Modeboutique in der Nähe des Strands mit einem Sortiment aus Strand- und Strickmode.

»Gefällt mir.« Ich atmete auf. »Auch das Konzept.« Approved by Annia. Was wollte man mehr?

»Wir sollten dennoch die Liste durchsprechen. Und zwar Punkt für Punkt.«

Keine halben Sachen am Morgen!

Schon legte Mama los.

Dass ich zum Gewerbeamt in Rostock musste, um eine Ummeldung des Geschäfts vorzunehmen, war mir klar, aber es war gut, dass sie es auch noch mal auf den Unterlagen vermerkt hatte.

»Was ist das Besondere an eurem Angebot?«, las sie ihre Randnotizen vor.

»Wir verkaufen eigene Mode neben Textilien anderer Hersteller.«

»Gründet ihr ein Label?«

»Ja, das ist geplant und muss auch angemeldet werden, richtig?«

»Richtig«, bestätigte sie.

»Wegen der Nähe zum Strand werden wir uns auf Strand-

und maritime Mode je nach Saison konzentrieren.« Kurzum Ostsee-Mode. In der näheren Umgebung des Ladens gab es keine Konkurrenz.

Das hatte auch meine Mutter mithilfe von Google Maps ermittelt. »Ihr hättet dort eine gute Ausgangslage, in der Gegend fehlt es an Modegeschäften. Und schöne Kleidung ist ja im Grunde ein Selbstläufer. Das Kleid von Oma war wirklich sehr schön.«

Dass sie das sagte, erleichterte mich ungemein, nein, machte mich sogar stolz auf Oma. Wenn selbst Mama zugab, dass es gut aussah, war auch was dran!

Wir gingen die Liste weiter durch, sprachen über Werbemaßnahmen und deren Kosten. Mama setzte stark auf Online-Handel, weil es so eine weitere Chance gab, auf die Strandperle aufmerksam zu werden. Über Amazon konnte man zum Beispiel verkaufen.

Außerdem hatte meine Mutter auch noch unsere Kosten-Einnahmen-Kalkulation überarbeitet sowie zu erwartende Steuern eingerechnet, um mir ein Gefühl zu vermitteln, wie viel Oma und ich monatlich würden einnehmen müssen, um den Laden halten zu können. Unsere eigene Berechnung, das merkte ich nun, war zu optimistisch gewesen, waren wir doch von viel zu vielen Verkäufen ausgegangen. Mama aber wusste, wie es realistisch war.

»Es kommt ein einmaliger Posten hinzu, der deutlich über euren monatlichen Ausgaben liegt. Ich gehe von einer Rundumrenovierung aus. Oma und Opa haben das Interieur all die Jahrzehnte belassen, wie es war, vom Dach einmal abgesehen, die Einrichtung ist also auf einem Stand von Mitte der Sechziger des letzten Jahrhunderts.«

Mir schlackerten die Ohren, als ich Annias Berechnung sah.

»Das geht nicht an. Die Renovierungsarbeiten wollen wir

allein machen! Das steht auch in einem unserer Unterpunkte.«

»Also Oma und du?«

Ich biss mir auf die Unterlippe. Gut, wir würden Hilfe brauchen, aber gleich eine Firma engagieren? Und dann die Kosten, die meine Mutter für reell hielt?

»So oder so werden deine Ersparnisse kaum ausreichen, um das alles die ersten Monate zu finanzieren. Wenn du nach einem bis zwei Jahren alles wieder drin hast, kannst du dir auf die Schulter klopfen. Allerdings werdet ihr ja auch Abzüge durch Omas Rückzahlung haben.«

Sie legte mir eine weitere Kalkulation vor, die Omas Raten mit einbezog.

Diese sah weniger rosig aus. Aber etwas in der Art hatte ich erwartet.

»Einen Zeitplan für Renovierung, Anschaffungen bis zur Eröffnung konnte ich nicht anfertigen, dafür müsste ich die derzeitigen Begebenheiten vor Ort kennen. Aber das lässt sich nachholen. Ich wollte Oma sowieso nächstes Wochenende besuchen. Es gibt einiges zu klären, aber ich bin bereit, in die Strandperle zu investieren«, sagte meine Mutter ernst. »Ich finde die Idee gut und sehe Potential.«

Mein Herz klopfte vor Freude schneller. Nach so vielen Baustellen, sowohl im Laden als auch in unserem Plan, hätte ich damit nicht gerechnet. Ich spürte, wie mir ein Stein von der Schulter kullerte.

»Daher mache ich euch folgenden Vorschlag. Alles, was mit Mode zu tun hat, überlasse ich Oma und dir. Die nötigen Arbeiten am Haus würde ich finanzieren. Den Wareneinkauf ebenfalls. So häuft ihr keine weiteren Schulden bei der Bank an, und du behältst deine Ersparnisse als Sicherheit zurück, falls mal etwas anfällt. Der wichtigste Punkt: Omas Kredit werde ich auf mich umschreiben lassen. Das regle ich dann ebenfalls vor Ort. Auf diese Weise ist das Haus vor Pfändung gerettet, und Oma hat etwas Luft. Die Raten kann sie mir in der üblichen Weise zurückzahlen. Außerdem bekomme ich Anteile aus dem Gewinn für die Investition in euer Geschäft. Der Boss bleibt ihr. Das Geschäft wird von euch geführt.«

Mamas Angebot war extrem großzügig. Und welche Erleichterung es war, wenn die Bank aus dem Spiel war.

»Sobald meine Investition wieder drin ist, ziehe ich mich zurück. Ich möchte euch einfach nur unterstützen. Ihr seid immerhin meine Familie.«

»Ich … danke, das ist ein wirklich tolles Angebot.«

»Denkst du, Oma sieht das auch so?« Hörte ich da einen leisen Anflug von Sorge?

Ich nickte überzeugt, was Mama erleichterte. Die Tage zuvor hätte ich Zweifel gehabt, doch inzwischen hatte Oma nicht nur eingelenkt, sie hoffte auf Mamas Unterstützung, weil wir nur so unseren Traum von der Strandperle realisieren konnten. Oma hatte mehr als deutlich gemacht, wie wichtig ihr das war, und sie war bereit, über ihren Schatten zu springen.

Sie reichte mir die Mappe. »Schau es dir ruhig noch mal an.«

»Mach ich.« Ich steckte sie in meine gestrickte Umhängetasche.

»Du hast ja jetzt noch viel zu tun. Neben der Geschäftsplanung auch noch der Umzug. Hast du dir überlegt, wie du das machen willst, wegen der dreimonatigen Kündigungsfrist?«

»Ich suche einen Nachmieter, in meinem Vertrag steht eine Klausel, dass ich dann früher das Mietverhältnis beenden kann.«

»Wie schön. Je nachdem, wie du es schaffst, kann ich dich Samstag mit nach Rostock mitnehmen.«

Klang gut.

Wenn ich meine Sachen rechtzeitig geregelt bekam, konnten wir gern zusammen fahren. Außerdem war ich sehr dafür, dass Oma und Mama endlich wieder miteinander redeten, und zwar richtig. So gesehen war Mamas Idee, spontan an die Ostsee zu fahren, goldrichtig.

»Du musst ja noch zur Arbeit«, sagte Mama und brachte mich zur Tür.

Nach dem Gespräch mit ihr fühlte sich das zuvor noch recht vage Projekt plötzlich greifbar an. Wenn meine Mutter mit an Bord war, waren die Chancen groß, dass die Strandperle ein Erfolg wurde!

»Sie investiert nicht nur in unser Projekt, sie möchte auch den Kredit auf sich übertragen lassen?«, dröhnte mir Omas Stimme aufgeregt aus dem Handy entgegen, während ich kurz nach dem Gespräch in Mamas Büro zur U-Bahn hechtete.

»Sie war begeistert von unserem Plan. Wir zahlen die Raten bei ihr ab, aber das Haus ist dadurch gesavt«, freute ich mich.

»Das klingt wirklich großartig. Ich hätte wohl doch viel früher mit ihr reden sollen.«

»Das stimmt, Omsi. Sie will sich übrigens am Wochenende vor Ort umsehen. Sicher ruft sie dich deswegen noch an.«

»Ach herrje, Lou … Das sorgt doch nur wieder für Streit und schlechte Laune.«

»Eine von euch stellt immer auf Durchzug. Ihr müsst euch endlich aussprechen. Bitte sag jetzt nicht Nein.«

Oma atmete hörbar ein und aus.

»Es geht um unser Projekt, um unsere Strandperle. Vor allem um euch!«, erinnerte ich sie.

»Also gut«, gab Oma ganz langsam nach, »sie zeigt ja wirklich enormen Einsatz, das sollte ich ihr gleichtun. Ich bin zu allem bereit. Wir sehen ja dann, wie es weitergeht.«

Ich atmete auf. Klang nach einem Plan. Ich war unendlich erleichtert und hoffte auf das Beste.

Es war toll, wie dieses Projekt meine Familie wieder zusammenführte.

Eine halbe Stunde später lief ich über den Innenhof des Schaupalasts, vorbei an Maxims Karosse, deren Anblick mir keinen Stich ins Herz mehr versetzte, die Treppe runter in den Keller, wo die Nähmaschinen ratterten.

Fröhlich betrat ich Kims und meine Kammer. Als Kim mich bemerkte, ließ sie von dem Gewand ab, an dem sie arbeitete, und stürmte mit ausgestreckten Armen auf mich zu, um mich zu umarmen.

»Du bist zurück!«, jubelte sie.

Ich drückte meine gute Freundin an mich, wie gut das tat. Eine Sekunde hielt ich sie zu lang fest, und Kim schien intuitiv zu merken, dass was passiert war. Sie ließ von mir ab, musterte mich und klatschte in die Hände. »Giuliani hat dich genommen, richtig?«

»Nicht ganz.« Ich wusste nicht, wie Kim reagieren würde, wenn sie von meinen Umzugsplänen erfuhr, war ich doch immerhin so etwas wie die große Schwester für sie. Also holte ich etwas weiter aus und erzählte ihr ganz genau, was letzte Woche alles passiert war.

Kim hörte mir aufmerksam zu, als ich zu dem Part mit der Strandperle kam, schlug sie vor Überraschung beide Hände vor den Mund. »Ist nicht wahr, du verlässt uns? Aber … dann sehen wir uns ja gar nicht mehr.«

»Rostock ist ja nicht aus der Welt, ich komme dich doch besuchen«, versicherte ich ihr. Ich merkte Kim dennoch an, sie war ein bisschen geschockt.

»Das kommt echt etwas plötzlich. Aber ich muss schon sagen, das mit der Boutique finde ich megacool.«

Ich grinste. Ging mir auch so.

Sie wollte wissen, wann das Lädchen eröffnen würde. Doch ein Eröffnungstermin stand noch in den Sternen, ich brauchte erst mehr Überblick. Und Mama musste sich noch vor Ort umsehen, ehe man einen realistischen Zeitplan aufstellen konnte.

»Ist es wegen deiner Dünen-Bekanntschaft?«, hakte Kim plötzlich nach. Damit brachte sie mich aus dem Konzept, und mir wurde schwer ums Herz, es fing sogar an zu stolpern. Ein Seufzen drang aus meiner Kehle. Erst dachte ich an seine Küsse, dann an seinen Versuch, mich zu manipulieren, damit ich Oma vom Verkauf ihres Hauses überzeugte. Wahrscheinlich glaubte er wirklich, er täte allen was Gutes!

»Oh … verstehe. Er ist ein Arsch.«

Mein Blick sagte offenbar mehr als tausend Worte.

Ich verspürte den kurzen Impuls, Henrik zu verteidigen. Aber ich musste es einsehen, Kim hatte recht. Ich nickte bedrückt und beschloss, Männer erst mal Männer sein zu lassen und mich ganz auf die Strandperle zu konzentrieren.

Und natürlich auf meine Arbeit. Das Kostüm von Ariel, dem Luftgeist, lag auf meinem Nähtisch. »Schon wieder?«, seufzte ich und ging rüber, um das Gewand genauer zu betrachten. Es war an mehreren Stellen gerissen.

»Keine Ahnung, was der Schauspieler auf der Bühne macht, dass er es immer wieder kleinkriegt. Aber sieh es mal so, es ist deine letzte Woche im Schaupalast, und die wäre doch langweilig ohne Ariel.« Kim zwinkerte mir zu, und ich machte mich ans Werk.

21. Kapitel

In der Mittagspause rief ich meinen Vermieter per Handy an, um ihn über meine Auszugspläne zu informieren, und vergewisserte mich, dass ich die Klausel im Mietvertrag richtig verstanden hatte.

»Wenn Sie einen Nachmieter finden, der quasi direkt die Miete übernimmt, zahlen Sie natürlich nicht während der Kündigungsfrist weiter.«

Das klang gut. Ich würde das Kündigungsschreiben morgen aufsetzen. Nun brauchte ich einen Nachmieter. Kim kannte niemanden und auch sonst keiner der Kollegen, die bei der Gelegenheit auch von meinen Boutiqueplänen erfuhren. Alle waren begeistert. Ich schickte noch eine Rund-SMS an Freunde, mit der Bitte, sich umzuhören, ob jemand eine Wohnung suche, oder – falls sie selbst eine brauchten – sich umgehend bei mir zu melden.

Als ich irgendwann nach sechs mein Miethaus betrat, kam ich auf die glorreiche Idee, meine alten Umzugskartons aus dem Keller zu holen. Ich würde so oder so nach Warnemünde ziehen, mit oder ohne Nachmieter. Auch wenn das im schlimmsten Fall bedeutete, dass ich drei Monate Miete zahlte, ohne in Berlin zu wohnen. Aber ein Vierteljahr konnte ich nicht tatenlos verstreichen lassen. In der Zeit konnte die Boutique längst geöffnet sein. Es gab keine bessere Lösung, also musste ich anfangen zu packen, und dazu brauchte ich meine Umzugskisten aus dem Keller. Das war eine staubige Angelegenheit, zumindest hatte ich sie, um Platz zu sparen, auseinandergefaltet gehabt, was sie weniger sperriger machte. Ich hievte die Dinger, drei an der Zahl, hoch, und just in dem

Moment, an dem ich an Frau Krauses Tür vorbeikam, öffnete sich diese. Alle Achtung, meine Nachbarin gäbe wirklich einen guten Wachhund ab.

»Was ist denn hier für ein Krach im Hausflur?«

»Mir ist nur einer der Kartons runtergefallen.«

»Ziehen Sie etwa aus?«

»So ist es, Frau Krause.«

»Davon wusste ich ja gar nichts.«

»Ich habe es kurzfristig entschieden.«

»Ach so.«

»Da fällt mir ein, Sie haben sich ja immer so nett um meine Pflanzen gekümmert. Möchten Sie die übernehmen? Da weiß ich sie in guten Händen.«

»Ja, natürlich. Ach je, wer wird denn dann neben mir einziehen. Hoffentlich nicht so ein Rocker.«

»Was?«

»Na so einer mit langen Haaren und elektrischer Gitarre, der bis nach Mitternacht Krach macht. Als Sie einzogen, hatte ich auch immer Angst, dass es laut würde. Aber zum Glück waren Sie ja eine sehr ruhige Mieterin.« Sie zog an ihrer obligatorischen Zigarette.

»Na ja … Sie werden es ja sehen. Schönen Abend noch, Frau Krause.«

Ich überließ sie ihren Gedanken, wuchtete die ausgefalteten Kartons in meine Wohnung und wischte sie dort vorsichtig mit einem angefeuchteten Tuch ab, um sie von ihrer Staubschicht zu befreien. Danach faltete ich den ersten zusammen und fing schon mal zu packen an. Dabei ging mir die Frage durch den Kopf, was ich mit meinen Möbeln machen sollte. Die konnte ich nicht nach Warnemünde mitnehmen.

Vielleicht fand ich einen Käufer, wenn ich sie auf eBay anbot. Die Extrakohle konnte ich gebrauchen.

Ich fing an, zwei Stapel zu sortieren. Auf dem einen landeten die Kleider, die ich behalten und nach Rostock mitnehmen würde, auf dem anderen kam Garderobe für die Altkleidersammlung. Unglaublich, wie viele Sachen sich hier angehäuft hatten, in den paar Jahren, die ich hier wohnte. Mindestens ein Mal verlor ich den Überblick, und musste nicht nur den Inhalt meiner Kommode, sondern auch meine zwei Stapel neu sortieren.

Irgendwann war ich so müde vom vielen Durchsehen, dass ich ins Bett fiel und sofort einschlief, und ich wachte erst wieder auf, als mich das Bimmeln meines Telefons weckte.

Es war Oma.

»Ja?«, nuschelte ich schlaftrunken in den Hörer.

»Bist du wach?«

»Ja, Oma, jetzt schon.«

»Du, können wir schon anfangen, den Laden auszuräumen? Also das Schusterregal, die Schlüsselmaschinen und so weiter. Ich will nicht eine Woche tatenlos rumsitzen. Dein Kleid ist ja immerhin auch schon fertig, und ich hab Hummeln im Hintern.«

»Ich denke schon. Aber wer ist wir?«

»Ach so … Leon von der Nawrath-Fischerei, die Irmchens Bruder leitet, und Tobias von der Krabbenstube würden das machen. Für 'nen Appel und 'nen Ei. Sie wollen uns außerdem helfen, die Dielen zu polieren, das geht dann aber erst Sonntag.«

»Das ist ja supernett von den beiden. Klar, das ist eine große Hilfe«, freute ich mich.

»Gut, dann gebe ich ihnen ein Startzeichen.«

Ich reckte und streckte mich, noch hatte ich den Schlaf nicht ganz abgeschüttelt.

»Ach, Lou. Der Henrik war gestern Abend noch mal hier.«

Plötzlich saß ich kerzengerade im Bett.

»Er hat gefragt, wie er dich in Berlin erreichen kann.«

Mein Herz klopfte schneller.

»Du hast ihm aber nicht meine Festnetznummer gegeben, oder?«

»Natürlich nicht, wo denkst du hin? Aber ich habe angedeutet, dass du bald wieder nach Rostock kommst. Und er hat gesagt, dass er dann unbedingt mit dir reden möchte. Das soll ich dir ausrichten.«

»Verstehe.«

»Es schien ihm wirklich wichtig.«

Vielleicht sollte ich ihm wirklich die Chance geben, sich zu erklären. Damit fühlte ich mich auch viel wohler als mit so einem abrupten Bruch.

»Danke, Oma. Ich überlege es mir.«

»Na gut, dann bis bald.«

Wir legten auf, und ich machte mich daran, meine müden Knochen aus dem Bett zu schwingen, die Dusche und die Arbeit warteten auf mich.

22. Kapitel

Die folgenden Tage verbrachte ich von morgens bis abends im Schaupalast, und wenn ich heimkam, packte ich weiter.

Die Sache mit dem Nachmieter war nicht ganz einfach. Zwar hatten meine Freunde auch in ihren Freundeskreisen herumgefragt, doch niemanden gefunden, der nun doch sehr spontan umzuziehen bereit war. Deswegen wich ich aufs Internet aus, wo man auf einer Suche-dringend-Wohnung-Seite Leute für WGs, junge Mieter und eben auch Nachmieter finden konnte. Aber auch da wurde ich nicht fündig, sodass ich schon befürchtete, in den sauren Apfel beißen zu müssen und drei Monate Miete zu zahlen, ohne die Bude zu nutzen.

»Ich kann ja weiter die Augen für dich offen halten«, hatte Mama angeboten. »Vielleicht musst du dann zumindest nicht die vollen drei Monate noch Miete zahlen.«

Das war immerhin ein Hoffnungsschimmer.

Aber dann stand am Donnerstagabend plötzlich Frau Krause mit einem schlaksigen jungen Mann vor meiner Tür.

»Haben Sie schon einen Nachmieter gefunden? Ich hätte da nämlich jemanden«, kam sie ohne Umwege auf den Punkt und schob den hochgewachsenen Typen ein Stück vor, der nervös die Brille seine Nase hochschob.

»Das ist August, mein Neffe. Er kommt aus Bernau, fängt aber im Herbst an, hier zu studieren. Informatik. Er ist technisch so begabt, der Junge. Jetzt sucht er ein Quartier. Da hab ich gesagt, August, ich wüsste da was, was für Berliner Verhältnisse günstig ist. Da kann deine Mutter auch problemlos bürgen. Und bevor hier irgend so ein Rocker einzieht, nehme ich das lieber selbst in die Hand.«

Ich konnte mein Glück nicht fassen und ließ August und Frau Krause rein, die sich bei mir umsahen und fast nichts zu bemängeln hatten, von der zu trockenen Erde meines Zimmerefeus abgesehen.

»Die haben sie aber nicht gut gegossen. Ich nehme sie am besten heute schon mit. Wann geht es denn los mit dem Umzug?«, fragte Frau Krause. Die Spitze ihrer Zigarette glühte, während sie dran zog.

»Samstag.«

»Diesen?«

Ich nickte.

»Na das wird ja knapp«, bemängelte Frau Krause. »Da musst du dich schnell entscheiden, Junge.«

»Mir gefällt's gut, ich würde die Wohnung nehmen«, sagte August leise. Ich tanzte innerlich Polka, setzte aber mein Pokerface auf.

»Das lässt sich arrangieren.«

»Was ist mit den Möbeln?«, wollte er dann wissen. »Bleiben die hier?«

»Das wäre mir lieb, aber wenn Sie die nicht mögen, sorge ich dafür, dass sie bis zu Ihrem Einzug weg sind …«

»Nein, nein, sie gefallen mir. Ich würde die Wohnung genau so nehmen, wie sie ist. Wie viel wollen sie denn für die Möbel?«

Ich behielt mein Pokerface bei, sah mich um, die Einbauküche hatte ich selbst vom Vormieter übernommen, die wollte ich nicht einrechnen, aber die moderne Wohnwand und das Futonbett im Schlafzimmer schon.

Außerdem standen im Flur hochwertige Regale aus massivem Holz, die fast noch neu waren. FSC-zertifiziert. Genauso wie die Küchenbar, an der man wunderbar relaxen, frühstücken oder Gemüse schnippeln konnte. Der Badezimmerschrank hingegen stammte von Mama, die das Bad im Parterre ihres Hauses hatte renovieren lassen und bei der

Gelegenheit einiges ausrangiert hatte. Den rechnete ich auch nicht ein. Summa summarum waren meine Sachen allesamt gut gepflegt und meist so gut wie neuwertig, ich wollte aber nicht zu hoch pokern, einem Studenten keine Unsummen abknöpfen, wenn er mein Mobiliar übernahm, tat er mir ja sogar einen Gefallen.

»Insgesamt fünfhundert Euro?« Das hielt ich für fair.

Er hielt mir die Hand hin. »Deal.«

Halleluja, das war perfekt für mich. Und für ihn offenbar auch. Win-win.

Ich schlug ein.

»Machen wir doch Nägel mit Köpfen und fahren morgen zum Vermieter, um alles schriftlich zu regeln.« Ich hatte meine Kündigung derweil per Post abgeschickt, würde aber ein zweites Exemplar ausdrucken und morgen mitnehmen, für den Fall der Fälle, dass die erste noch nicht angekommen war.

»Einverstanden«, sagte August.

Ich war so dankbar für diese Wendung, dass ich Frau Krause und dann sogar August spontan umarmte.

Der nächste Tag begann früh und startete erfolgreich. August, dessen Mutter als auch ich schlugen pünktlich zum Beginn der Sprechstunde im Büro des Vermieters auf und konnten die Übernahme von August als Nachmieter regeln. Dessen Mutter übernahm die Bürgschaft, ich kam aus meinem Vertrag raus, und auch der neue Mieter war sehr glücklich. Er händigte mir außerdem einen Umschlag für meine Möbel aus.

»Danke.« Ich zählte rasch nach – stimmte.

»Ich wünsche Ihnen viel Erfolg für Ihr Studium«, sagte ich, als wir das Büro verließen.

»Und ich Ihnen für Ihren Umzug. Es geht ja schon morgen los.«

Oh ja, das tat es.

»Wenn Sie mal Hilfe mit Ihrem Computer brauchen oder eine eigene Webseite, melden Sie sich gern bei mir.«

August, nun weniger schüchtern, reichte mir eine Visitenkarte.

»Sie haben eine eigene Firma?«, staunte ich.

»Eine Ein-Mann-Firma.«

Nicht schlecht für so junge Jahre.

»Wenn Sie sich mit Webshops auskennen, komme ich vielleicht drauf zurück.«

»Gern, ich mache Ihnen einen Sonderpreis.«

Geschäftstüchtig, so umwarb man Kunden.

Da fiel mir etwas anderes ein.

Ich musste noch Kuchen besorgen. Denn heute war ja auch mein Abschied im Schaupalast, und traditionell brachte bei uns derjenige, der ging, Kuchen und Getränke mit.

»Entschuldigen Sie mich«, sagte ich zu August und seiner Mama. »Ich muss los! Die Schlüssel gebe ich bei Ihrer Tante ab, ja?«

August nickte – und ich rannte schon los.

Wenig später sprang ich ein letztes Mal in die übervolle Straßenbahn, um zum alten Theater zu fahren, doch diesmal stieg ich eine Station früher aus, um beim Bäcker ein paar Leckereien zu kaufen. Zuckerschnecken, Mohn-, Streusel- und Spritzkuchen sowie natürlich ein paar von Berlins berühmten Pfannkuchen. Außerdem einige Stücke Pflaumen- und Marmorkuchen. Da sollte für jeden meiner Kollegen etwas dabei sein.

Den Rest der Strecke lief ich zu Fuß, ging ein letztes Mal durch die Grünanlage, über den Innenhof, kein silberner Mercedes von Maxim. Ich verschwand die Treppe runter zu den Nähstuben, stellte meine Mitbringsel auf den Abstelltisch in unserer Kammer und arbeitete bis zur Mittagspause an einem Kostüm.

Gegen zwölf machten Kim und ich uns mit Kuchen und

Co. auf den Weg zur Kantine, wo sich alle bereits versammelt hatten. Als sie mich entdeckten, scharten sich die Kollegen eilig um mich, mit großen, traurigen Augen. Jeder wusste, es war mein letzter Tag. Selbst unserem Mini-Drachen von der Personalabteilung hingen die Mundwinkel fast zu den Knien. Aber andererseits durfte man sich nicht täuschen lassen, war das doch ihr Standard-Gesichtsausdruck.

»Viel Erfolg!«, wünschte man mir. Herr Oberding überreichte mir sogar eine Weinflasche mit Schleife drum herum. Dankend nahm ich sie an. Jetzt überkam mich doch ein bisschen Wehmut.

»Langt schon beim Kuchen zu«, forderte ich meine Kollegen auf, um zu überspielen, dass mir der Abschied nun doch überraschend nah ging und sich ein Kloß in meinem Hals gebildet hatte.

Maxim war nicht da, sondern auf einem wichtigen Pressetermin, was mich jedoch nur gering interessierte. Und seine geliebte Valentina schien sich nicht drum zu scheren, warum sich alle in der Kantine trafen. Auch gut, das bereitete mir keine Bauchschmerzen. Viele andere würde ich vermissen.

Ich fand es toll, dass sogar die Leute vom Sound und der Lichttechnik Interesse zeigten, obwohl ich mit ihnen naturgemäß nur wenig zu tun gehabt hatte. Doch im Theater verstand man sich als große Familie, und genau so wurde man auch behandelt.

Zu meinem Verdruss war die Mittagspause viel zu schnell herum, danach ging es bis zum Feierabend weiter mit nähen.

»Wenn du Prosperos Umhang heute nicht mehr fertig kriegst, leg ihn auf meinen Tisch, ich kümmere mich Montag drum«, schlug Kim mir vor.

»Das ist echt lieb, danke.«

Sie hängte sich ihren Rucksack über die Schulter und deutete mit dem Daumen hinter sich zur Tür. »Ich muss leider heute früher los, Termine. Aber ein paar Kollegen und ich wollen uns heute Abend noch in unserer Lieblingsbar treffen. Und wir wollen, dass du auch kommst. Noch mal richtig Abschied nehmen und so.«

»Wirklich? Das ist ja toll, ich komme echt gern.«

»Bestens! Oh nein, jetzt fange ich doch an zu heulen ...« Kim wischte sich über die Augen. Ich ließ den Umhang liegen und umarmte sie rasch. »Wir sehen uns doch heute Abend noch mal, und wir bleiben in Kontakt.« Himmel, jetzt stiegen mir auch schon Tränen in die Augen ...

Kim nickte tapfer. »Klar – dann bis heute Abend, ja?«

Ich nickte, und sie ging. Mir wuchs erneut ein Kloß im Hals, und der war noch viel größer als der vorhin in der Kantine.

Ich arbeitete noch anderthalb Stunden weiter an dem Umhang, versuchte mich aufs Hier und Jetzt zu konzentrieren, bekam ihn dadurch fertig und schaltete ein letztes Mal meine Nähmaschine aus. Allmählich sickerte zu mir durch, dass es jetzt ernst wurde. Mein letzter Tag am Schaupalast war vorbei. Und mein letzter Tag in Berlin ebenso. Ich räumte meinen Tisch frei. Schon bald würde jemand anderes hier für ein neues Theaterstück nähen. Nachdenklich verließ ich meine Kammer und lief durch den gewölbten Gang Richtung Hinterausgang, ein letztes Mal – als ich laute Stimmen nahe der Darstellergarderoben vernahm. Überrascht hielt ich inne, denn ich erkannte, sie gehörten Maxim und Valentina. Ausgerechnet die beiden. Ich war eigentlich recht froh gewesen, ihnen auf meiner Abschiedstour durchs Haus nicht zu begegnen. Aber warum schrien sie so?

Ich wollte weitergehen, was auch immer sie so aufbrachte, es ging mich nichts an, aber dann schallte Maxims laute Stimme über alles hinweg.

»So kann ich mich nicht mit dir auf dem roten Teppich zeigen! Ich werde allein zu der Gala gehen.«

Ich erstarrte. Etwas Ähnliches hatte der Mistkerl damals

auch zu mir gesagt. Es nun noch mal zu hören, auch wenn es nicht an mich gerichtet war, wühlte all die negativen Gefühle und Ängste in mir erneut auf. Maxim hatte immer gern ausgeteilt, während man um ihn herum wie auf Eiern hatte tanzen müssen.

»Es sind noch zwei Wochen, ich bekomme die sechs Pfund bis dahin runter«, rechtfertigte sich Valentina schluchzend.

Mir gefror das Blut in den Adern. Nicht nur, weil sie ein ähnliches Verhalten wie ich früher an den Tag legte, sondern vor allem, weil sie unsere stolze Diva war. Selbstbewusst bis hin zur Selbstverliebtheit. Aber davon merkte man gerade nichts. Maxim hatte auch sie kleingekriegt, dabei war sie in seinen Augen doch die perfekte Frau gewesen, wenn er mir mal wieder die Liste meiner Verfehlungen aufgeführt hatte.

Maxim lachte schäbig. »Dann musst du aber auch was dafür tun. Ich habe gehört, die mussten sogar dein Kostüm anpassen.«

Valentina sagte nichts, sie schluchzte nur noch. Ich hörte Schritte, die sich näherten. Maxim ließ sie stehen, tröstete sie nicht mal. Dann knallte die Garderobentür zu, und ich vernahm Valentinas Schluchzen nur noch wie aus weiter Ferne.

Und dann bog Maxim festen Schrittes um die Ecke, direkt auf mich zu. Als er mich sah, hielt er abrupt inne. Unsere Blicke trafen sich. Meine Knie fühlten sich weich an, aber ich wich nicht zurück, sah ihm fest in die Augen.

Überraschung spiegelte sich in diesen. Er hatte natürlich nicht damit gerechnet, dass ich hier stehen und seinen Ausfall gegenüber Valentina mitbekommen würde. Wir wussten beide, wie er es hasste, wenn andere seine Wutausbrüche mitbekamen, denn nach außen wollte er immer perfekt wirken. Doch ich hatte alles gehört.

Sein Adamsapfel hüpfte rauf und runter. Etwas veränderte sich in seinem Blick, den er gleich darauf beschämt senkte.

Ohne ein Wort ging er an mir vorbei, ganz zügig, wie auf der Flucht.

Ich drehte mich nicht um, spürte mein Herz rasen und war zugleich stolz, dass ich es gewesen war, die dieser wortlosen Konfrontation standgehalten hatte, anstatt mich mit eingekniffenem Schwanz davonzumachen. Das fühlte sich unbeschreiblich gut an. Wie hatte ich mich nur je von einem Mann wie ihm beeinflussen lassen können?

Ich war immer noch wie erstarrt. Zum ersten Mal wurde mir so richtig klar: Es hatte gar nicht an mir gelegen. Ich war okay, er allein hatte versucht, mir einzureden, es wäre anders. Maxim behandelte offenbar seine Freundinnen immer so.

Ich wollte gehen, aber Valentinas Weinen war so herzzerreißend, ich brachte es nicht über mich, sie allein zu lassen. Obwohl sie mich nie hatte leiden können, sogar gegängelt hatte, konnte ich nicht anders. Also nahm ich meinen ganzen Mut zusammen und klopfte bei ihr an. Vermutlich war ich die Letzte, die sie jetzt sehen wollte.

Sie öffnete und sah mich aus geröteten Augen an. Ihre Miene war starr, ganz sicher wusste sie, dass ich alles mitbekommen hatte. Aber es spiegelte sich auch Überraschung in ihren Augen. Ihr rechter Mundwinkel zuckte.

»Jetzt hast du deinen Triumph«, spuckte sie verächtlich aus.

»Triumph?« Wovon redete sie? Sie tat mir leid, deswegen war ich hier, nicht, um mich an ihrem Leid zu ergötzen. »Darf ich reinkommen?«

Sie machte einen Schritt zur Seite.

»Wie kommst du auf Triumph?«, fragte ich verwirrt, als ich die edle Garderobe betrat. Ein paar frische Blumen standen auf ihrem Schminktisch.

Valentina verschränkte die Arme vor der Brust. »Tu doch nicht so unschuldig.«

»Ich weiß wirklich nicht, was du meinst.«

Sie rollte mit den Augen. »Maxim schwärmt immerzu, wie toll eure Beziehung war und dass er es bereut, sie für mich aufgegeben zu haben. Dass du ihn jederzeit zurücknehmen würdest …«

»Was? Das hat er gesagt?« Ich lachte, ich konnte nicht anders. »Entschuldige, Valentina, aber das ist absurd …«

Sie zuckte mit den Schultern.

»Ich habe gehört, was Maxim zu dir gesagt hat. Zu mir hat er dasselbe gesagt, es ist seine Taktik, verstehst du?«

Sie hob eine Braue.

»Als ich mit ihm zusammen war, hat er nur von dir geredet, jetzt ist es umgekehrt, so hält er uns klein.«

Diese Erkenntnis half mir, diesen Mistkerl endgültig zu vergessen. Alles neu zu bewerten, was zwischen uns gewesen war.

»Denkst du wirklich?«, fragte Valentina, und ihre Züge wurden weicher und freundlicher. Ich reichte ihr ein Taschentuch von ihrem Tisch, in das sie sich schnäuzte.

»Er ist ein Arsch«, sagte ich, und sie lachte.

»Das ist er …«

»Hör zu, ich weiß, wir waren nie beste Freundinnen, aber wir sitzen im selben Boot. Mit Maxim wird keine Frau auf Erden glücklich. Er ist ein Narzisst, der dich erst auf Händen trägt und dann in den Boden stampft.«

»Du hast recht.« Sie schaute zu Boden.

»Es ist deine Sache, wie du mit ihm verfährst. Ich kann dir nur sagen, es wird nicht besser. Selbst wenn er sich entschuldigt, schon beim nächsten Ausbruch vergisst er alle guten Vorsätze.«

Sie schniefte, trocknete ihre Augen mit dem Taschentuch. »Ich weiß …« Scheinbar hatte sie das Muster schon durchschaut.

Die stolze Valentina wirkte niedergeschlagen, ich hatte das Gefühl, dass sie Maxim wirklich liebte.

Mehr als sie zu warnen konnte ich nicht tun. Außer vielleicht noch eine Sache.

»Ich gebe dir meine Nummer.« Schon hatte ich mein Handy aus der Stricktasche gefischt.

»Was?« Sie sah mich verblüfft an.

»Wenn du jemanden zum Reden brauchst«, erklärte ich, ich war mir sicher, früher oder später wäre das der Fall, und niemand verstand die Lage wohl besser als ich. Aber ob sie mich anrufen würde, war eine andere Frage. Doch das musste sie ja auch nicht.

Ein Lächeln, das aufrichtig wirkte, umspielte ihre roten Lippen. »Danke«, hauchte sie überrascht. Dann griff sie nach ihrem Handy und speicherte meine Nummer ein.

Es fühlte sich merkwürdig an, das alte Theater kurz darauf hinter mir zu lassen. Als würde ein Abschnitt meines Lebens enden, was ja genau genommen der Fall war. Und nun lag ein neuer, spannender vor mir, auf den ich mich freute.

23. Kapitel

Am Freitagabend feierte ich mit den Kollegen bis spätabends, entsprechend erwartete ich, mich am Samstagvormittag, an dem ich in mein neues Leben starten wollte, so matt zu fühlen, dass ich Streichhölzer brauchen würde, um meine Augen offen zu halten.

Ich hatte mich drauf eingestellt, auf der Fahrt nach Rostock ein Nickerchen zu machen und etwas Schlaf nachzuholen. Aber das brauchte ich nicht. Ich war gut drauf, voller Adrenalin, stieg zu Mama in deren Kombi, den wir zuvor mit meinen Umzugskartons beladen hatten, schnallte mich an und hörte sogar MP3 mit dem Handy. Die Aufregung hielt mich wach.

»Brauchst du einen Kaffee?«, fragte Mama, setzte sich hinters Steuer und zog unter ihrem Sitz eine Thermoskanne hervor.

Eigentlich nicht. Aber ich liebte Kaffee! Meiner Koffeinsucht jetzt zu frönen wäre das Größte.

»Dich schickt der Himmel«, ich lachte und nickte.

Wir fuhren los, bis meine alte Straße und irgendwann Berlin aus meinem Blickfeld verschwand. Ich war überrascht, wie traurig es mich nun doch stimmte, meine Stadt zu verlassen, doch der Ausblick auf mein neues Leben an der Ostsee baute mich wieder auf. Alles war geregelt.

Mama hatte versprochen, die Kleinigkeiten, die noch offen waren, für mich zu klären, sobald sie wieder in Berlin war. Es war also ein sauberer Schnitt, als wir schließlich auf die Autobahn Richtung Rostock zusteuerten, die Sonne nun im Nacken. Ich atmete auf. Freute mich auf das Abenteuer, das nun begann, und trank noch etwas Kaffee. In der Ferne entdeckte ich wieder die Windräder an einem wolkenlosen Himmel. Das Wetter schien endlich besser.

»Ich finde es toll, dass du dich selbständig machen willst«, sagte meine Mutter überraschend.

»Danke …«

Sie lächelte. »Da sehe ich viel von mir in dir.«

Das ging Oma ganz genauso. Vielleicht hatte Papa recht, und wir drei waren uns ähnlicher als gedacht. Womöglich sorgte auch das immer wieder für Zündstoff. Was immer es war, die Strandperle schweißte uns wieder zusammen. Es war schön, dass das Projekt Mama genauso begeisterte.

Zweieinhalb Stunden später erreichten wir Rostock. Wir mussten erst durch die Innenstadt, ehe wir nach Warnemünde gelangten. Als wir am Sanddorn Hotel vorbeifuhren, linste ich unauffällig durch das Beifahrerfenster an der Fassade hoch bis zum fünften Stock. Ob er da war?

Annia parkte den Wagen vor der künftigen Boutique. Kaum hatte ich angefangen, meine drei Umzugskartons am Straßenrand zu stapeln, tauchten plötzlich Oma, Irmchen und Hannah auf.

»Was macht ihr denn hier?«, fragte ich verblüfft, als hätten sie uns abgepasst. Was bei genauerer Überlegung ganz sicher der Fall war. Nettes Empfangskomitee. Wäre aber nicht nötig gewesen.

»Dir helfen, Lou, das ist doch offensichtlich, oder?«, fragte Oma, begrüßte kurz Mama und deutete auf die Kisten.

»Das ist aber nicht viel. Wir haben mit deutlich mehr Kartons gerechnet.«

»Ich bin halt Minimalistin. Tut mir leid, dass es so wenig zu tun gibt«, ich lachte. Die Kartons konnte ich ehrlich gesagt auch locker nacheinander allein tragen. Aber es war schön, dass sich hier alle wegen mir versammelt hatten.

Mir fiel auf, dass Oma und Mama etwas auf Abstand blieben. Aber das war vermutlich zu erwarten gewesen. Ich würde sie schon noch zusammenbringen. Aber vorher mussten meine Kartons hoch.

Da tauchte auch noch Gina, meine Sommerfreundin, auf und kam zügig die Straße aus Richtung Krabbenstube runter – ihre Arme ausgebreitet, dabei laut »Heyyyy, my girl!« rufend. Die süßen Pausbacken zu einem strahlenden Lächeln verzogen. Sie sah aus wie immer, das pure Leben. Ich lachte ihr entgegen.

»Ich habe sie informiert, dass du heute kommst«, sagte Oma und wandte sich an die anderen. »Ihr seht ja, es gibt nichts zu tun für uns.«

»Das sehe ich aber anders, wir können Lou doch nicht alles allein tragen lassen«, meinte Irmchen.

Ich hingegen eilte erst mal auf Gina zu. Endlich sahen wir uns wieder. Wurde ja auch Zeit! Schwungvoll drückte sie mich an ihre Brust, ehe ich die Chance hatte, die Arme um sie zu legen.

»Wie toll, dass du hier bist! Mann, und ich war ausgerechnet die letzte Woche mit Freunden campen. Da kommst du mal her, und ich bin nicht da?«

»Na, jetzt bin ich dafür umso länger hier.«

Gina lachte und ließ mich los. »Echt verschärft, dass du herziehst. Und auch noch eine Boutique mit Viola eröffnest.«

Ah, Oma hatte also schon alle eingeweiht.

»Ich werde ganz bestimmt öfter bei euch vorbeischauen.« Gina strahlte mich an. Mir fielen ein paar bunte Strähnen in ihren Haaren auf. Gina war wie ich sechsundzwanzig, doch mit ihrer flippigen Art wirkte sie oft ein ganzes Stück jünger. Dass sie ausgebildete Köchin war, dachte wohl auch niemand, wirkte sie doch eher wie jemand, der seine Zeit nicht geduldig am Herd verbrachte, sondern die Partyszene unsicher machte. Und genau genommen war das ja auch so. Gina war immer unterwegs, immer mittendrin, wo etwas los war. Früher war ihr Berufswunsch Eventmanagerin gewesen, bis sie ihre Leidenschaft für die Gastronomie entdeckt hatte, was ja kaum verwunderlich war, besaßen ihre Eltern doch seit jeher ein Bistro.

Auch Gina musterte mich von oben bis unten. »Aber nun zu dir. Siehst wie immer super aus, Lou.«

»Danke, du auch.«

Gina bemerkte Mama und hob die Hand. »Ach, hallo, Frau Baumeister!«

»Gina«, grüßte meine Mutter lächelnd, und ich wandte mich wieder meinen Kisten zu, aber – die waren alle weg.

»Wo sind denn …«

Irmchen kam aus dem Haus, zufrieden wischte sie sich die Hände aneinander ab. »Das wäre erledigt.« Ihr folgte Hannah, die offenbar mitgeholfen hatte.

»Habt ihr beide alles allein gemacht?«, fragte ich verblüfft.

»War doch kein Ding«, meinte Irmchen lachend. »Ich hätte es auch ohne Hannah hingekriegt, aber die Gute ist einfach zu hilfsbereit.«

»Danke«, sagte ich ehrlich gerührt.

»Wollen wir denn jetzt alle nur vor dem Haus rumstehen, oder kommt doch mit hoch? Ich habe Kuchen da«, rief Oma und wandte sich den anderen zu. Als Oma sich mit dem Rücken zu mir drehte, fiel mir gleich auf, dass die Nähte an ihrem Hinterkopf verschwunden waren. Jetzt sah man nur noch eine kleine Hautstelle, die unter ihrem weißen Haar hervorschaute.

»Ein anderes Mal, ich muss wieder in den Laden«, meinte Irmchen und nickte rüber zum Souvenirshop.

»Ach, zu schade«, meinte Oma.

»Dann viel Spaß beim Aus- und Einschiffen«, sagte Irmchen lachend, umarmte mich. »Schön, dass du jetzt hier bist und eine von uns wirst!«

Ich freute mich auch.

»Wir alle feiern heute Abend übrigens deine offizielle Ankunft bei uns in der Krabbenstube«, erklärte mir Gina. Noch mehr Feiern? Mir steckte noch die von gestern Abend in den Knochen.

Doch es klang nicht so, als ließe Gina mir, trotz ihres Augenzwinkerns, eine Wahl.

»Ich werde abends so kaputt sein vom Einräumen, dass …«

»Keine Widerrede, es ist beschlossen!«, schnitt mir Hannah wie immer leise, aber doch recht bestimmt das Wort ab, und ihre großen Kulleraugen fixierten mich so intensiv, dass ich schon glaubte, sie wollte mich hypnotisieren.

»Ich habe einen Tisch für uns reserviert«, bekräftigte Gina. »Den besten der Krabbenstube!«

»Also gut«, gab ich nach. »Aber nur einen Drink.«

»Klar, nur ein Drink«, versicherte Gina mir mit einem Grinsen. Sie ließen mich erst zufrieden, nachdem ich versprochen hatte, mich um achtzehn Uhr in der Krabbenstube einzufinden. Und Oma versicherte zudem, sie würde schon dafür sorgen, dass ich zum Mädelsabend erschien.

Unsere kleine Versammlung löste sich bald auf, Irmchen und Hannah mussten in den Souvenirladen zurück, Gina in die Krabbenstube, und vor Oma und Mama lag noch eine Aussprache. Kaum hatten wir uns ins Haus zurückgezogen, ging es auch schon los. Gerade wollte ich meine Kisten aus dem Flur in mein Zimmer tragen, da unterbrach mich meine Mutter.

»Du kannst gleich hierbleiben, Lou. Was ich zu sagen habe, geht euch beide an.« Mama winkte mich und Oma zu sich ins Wohnzimmer und verschränkte dann die Arme vor der Brust. Mit ihrem »Mit mir ist nicht zu spaßen«-Blick fixierte sie meine Großmutter, die bereits mit den Augen rollte.

»Ich wusste es«, schimpfte Oma. »Sie tut es schon wieder,

sie versucht alles zu kontrollieren. Das konnte ja nicht gut gehen.«

»Muss ich wirklich ganz nebenbei solche elementaren Dinge erfahren, wie dass der Laden seit einem halben Jahr dicht ist, Mutter? Ganz zu schweigen davon, dass du Schulden hast, kurz vor der Insolvenz stehst und das Haus verlieren könntest? Hättest du von Anfang an auf mich gehört, wärst du nicht in diese Lage geraten.«

Oma atmete tief durch. »Was hätte das denn gebracht, mit dir zu reden! Seit Friedrich von uns gegangen ist, behandelst du mich wie ein Kleinkind statt wie eine erwachsene Frau, weil du denkst, ich käme nicht allein zurecht. Dabei habe ich das alles hier mit aufgebaut, meine Liebe! Als Friedrich und ich das Geschäft meiner Schwiegereltern übernommen haben, haben wir neue Konzepte entwickelt und ausgeführt. Es war immer ein Kampf, den Kopf über Wasser zu halten. Aber wir haben es geschafft. Was mir nun passiert ist, hätte jedem anderen in derselben Lage auch widerfahren können. Die Bedingungen für Ladenbesitzer ändern sich fortwährend. Du musst also nicht denken, dass ich zu dumm bin, einen Laden richtig zu führen. Und was mir wirklich wehtat, war, dass du nur einen Monat, nachdem Friedrich gegangen war, mit deinem Vorschlag um die Ecke kamst, ich solle nach Berlin ziehen. Ins betreute Wohnen in deiner Nachbarschaft, weil du glaubtest, das Geschäft würde mir über den Kopf wachsen ohne Opa. Ich war noch aufgelöst, mir schwirrte der Kopf. Ich hätte mir gewünscht, dass du für mich da bist, mich tröstend in den Arm nimmst. Ich hätte deinen Zuspruch gebraucht, stattdessen hast du mir die Werbeflyer deiner ausgewählten Einrichtung vor den Latz geknallt, als hätte ich meine Selbständigkeit eingebüßt. Das war der Gipfel der Unverschämtheit.«

Mamas Augen waren weit aufgerissen, sie schien sprachlos für einen unerwartet langen Moment, und das war eine Seltenheit.

Aber Oma war noch nicht fertig. »Deine Überheblichkeit, die ständige Besserwisserei. In deinen Augen mache ich alles falsch. Und nun stehe ich wirklich vor dem Ruin, und du kannst sagen: Hab ich es dir nicht gesagt?« Oma kniff ihre Nasenwurzel. Ich merkte, wie angespannt sie war. Und mir wurde klar, dass Oma sich von Mama im Stich gelassen fühlte. Dass Mama sogar drüber nachgedacht hatte, Oma ein Zimmer im betreuten Wohnen zu mieten, hatte selbst ich nicht gewusst.

Daher rührte die ganze Wut. Ehrlich, ich konnte es verstehen.

Schließlich straffte Mama die Schultern. »Das ist also der Grund, warum du mich immer wieder gemieden hast?«, fragte sie leise.

Oma nickte ernst.

»Es ist schrecklich für mich, dass du mich offenbar für eine ausgemachte Tyrannin hältst, obwohl ich mir in Wirklichkeit nur Sorgen um dich mache.« Mama schloss die Augen. »Und du hast auch überhört, dass ich dir angeboten habe, zu uns zu ziehen, unser Haus ist groß genug.«

»Aber das hier ist mein Zuhause.«

»Ich weiß, es tut mir leid. Dass mit dem betreuten Wohnen war anmaßend, das sehe ich ein. Um ehrlich zu sein, hatte ich das sogar wieder vergessen.«

»Ich hingegen nicht«, erwiderte Oma immer noch empört.

»Ich wollte dich in meiner Nähe haben. Vielleicht bin ich es auch, die mit Papas Tod schwer umgehen konnte. Ich war überbesorgt, weil ich Angst hatte, dich auch noch zu verlieren. Und deswegen kam mir diese alberne Idee, verzeih mir bitte. Ich wollte nur dein Bestes, aber gut gemeint ist nicht immer gut gemacht.«

Ich hielt den Atem an. Oma ebenfalls.

Mama hatte nicht nur Fehler eingesehen, sie wirkte verletzlich wie sonst nie. Oma nahm das auch so wahr, denn sie machte plötzlich einen Schritt auf Mama zu, ihre Mauer, die sie um sich gezogen hatte, schien zu bröckeln.

»Du bist mir wichtig, Mama. Und unsere Beziehung natürlich auch. Wenn du hier glücklich bist, bin ich es ebenfalls. Deswegen bin ich ja auch bereit, euer Projekt zu unterstützen.« Mama senkte den Blick, ihr Gesicht zitterte ein wenig.

»Es tut mir leid, dass ich dir das Gefühl gegeben habe zu versagen. Oder dass du nicht mehr allein klarkommst. Das Ironische ist, dass ich dich immer bewundert habe, weil du in diesen harten Zeiten damals nicht nur mit Opa das Geschäft gemanagt hast, sondern auch mich großgezogen. Du hast vieles unter einen Hut bringen müssen, dabei selbst zurückgesteckt. Lou hat mir von deiner Mode erzählt. Ich hatte nicht gewusst, dass du damals sogar ein eigenes Label gründen wolltest. Und ich finde es toll, dass du es jetzt tun willst.«

»Ach, Kind … wenn wir Sturköpfe nur früher den Mund aufgemacht hätten.« Oma lachte leise. »Ich hätte auch auf dich hören müssen, Annia. Sauber Fresh mag der Änderungsschneiderei den Todesstoß verpasst haben, aber auch davor lief es nicht gut. Ich hatte das Gefühl, stark sein zu müssen, niemandem zeigen zu dürfen, wie sehr ich Friedrich vermisste. An manchen Tagen habe ich mich so leer gefühlt, dass ich kaum aus dem Bett gefunden habe. Ich schäme mich, was aus dem Laden wurde. Friedrich wäre enttäuscht von mir.«

»Das wäre er nicht«, sagte Mama. »Du hattest es schwer genug ganz allein. Aber du hast immer versucht, das Beste aus allem zu machen. Ich will wiedergutmachen, was ich damals versäumt habe. Wenn … du mich lässt.«

Meine Mutter hielt die Arme auf, und Oma tat es ihr gleich, sie umarmten sich so innig, dass mir die Augen feucht wurden.

Plötzlich hielt Mama auch mir eine Hand hin. »Ich habe es schon zu Lou gesagt: Ich bin mit von der Partie! Sofern ihr mögt. Dann wird die Strandperle ein Drei-Generationen-Projekt. Bis ihr auf eigenen Beinen stehen könnt, werde ich die finanzielle Seite übernehmen«, erklärte sie, und ich nahm Mamas Hand an.

»Das ist überaus großzügig«, sagte meine Großmutter.

»Das ist Familie«, erwiderte meine Mutter mit einem Lächeln in den Augen.

»Darauf sollten wir anstoßen«, meinte Oma entschlossen.

»Hast du denn was im Haus?«, wunderte ich mich.

»Einen guten Tropfen? Immer.« Oma grinste verschwörerisch, löste sich aus der Umarmung und öffnete das obere Fach ihrer Schrankwand, aus der sie drei Gläser und eine Flasche Wein zog.

»Danach machen wir einen Rundgang durch den Laden«, sagte Mama, was Omas gute Laune dämmte.

»Nur, um einen Renovierungsplan zu erstellen. Ich halte mich ansonsten zurück, versprochen. Ihr wollt doch sicher zeitnah eröffnen«, beschwichtigte Mama.

»Das wollen wir«, stimmte meine Großmutter zu, gab Mama die Flasche, und diese öffnete sie. Trotz der frühen Uhrzeit stießen wir an. Eine Unternehmensgründung war schließlich nicht alltäglich.

24. Kapitel

Oma wirkte angespannt, als wir den Laden betraten, aber meine Mutter hielt Wort, keine Kritik kam aus ihrem Mund. Nur die abgetretenen Dielen missfielen so sehr, dass sie es ansprach.

»Da muss was getan werden.«

»Wird es auch. Tobias und Leon wollen den Boden morgen abschleifen.«

»Ach?«

»Wie du siehst, wir haben bereits Renovierungshelfer gefunden«, feixte Oma, und Mama war beeindruckt.

Danach sah sie sich alle Räume an, hin und wieder gab sie einen Tipp wie: Helle Farben wirken einladend auf Kunden. Auch erklärte sie, dass eine bestimmte Anordnung der Kasse und der Regale einen Raum offener wirken ließen, eher zum Kauf anregten. Verkaufstische mit ausgewählten Waren würden zudem einen Anreiz bieten zuzugreifen.

Und während meine Mutter uns beriet, sah ich alles vor mir. Die Farben, die Kleider, Ständer mit Haarbändern und im Sommer mit Sonnenbrillen bestückt.

»Hier würde ich das Regal mit den neuesten Waren hinstellen. Wenn man reinkommt, sieht man das gleich als Erstes. Doch auch Omas Label muss gut in Szene gesetzt werden. Hier drüben, gegenüber der Kasse. Dort hinten die Umkleiden, deren Vorhänge farblich zur Wand passen. Pastell- und sanfte Erdtöne …«

»Ach, Liebes, das klingt wunderbar«, freute sich Oma.

»Das Label müsst ihr gesondert anmelden, hat es schon einen Namen?«, fragte meine Mutter.

Oma und ich tauschten Blicke aus.

»Wie hieß denn dein altes Label, das du damals gründen wolltest?«

»Viola«, sagte Oma, und ihre Wangen röteten sich. »Das ist ziemlich selbstverliebt, was?«, meinte sie verlegen.

»Viola«, wiederholte meine Mutter nachdenklich. »Nein, das klingt gut. Nach Blumen und Frische.«

Ich fand den Namen auch toll. Viola – wiederholte ich in Gedanken und fand den Klang zusehends schöner.

»Kommt mal hierher«, rief uns Mama in die Mitte des Raums. »Ich habe genug gesehen und denke, wenn ihr euch an einen strikten Plan haltet, könntet ihr in sechs Wochen eröffnen.«

»In sechs Wochen schon?«, fragte ich verblüfft.

»Das ist eine optimistische Schätzung. Mein Vorschlag ist: In den ersten drei Wochen würde die Renovierung erfolgen. Lou hat mir gesagt, ihr wollt so viel wie möglich selbst machen. Der Zustand des Ladenbereichs ist besser, als ich es in Erinnerung hatte.«

»Das bisschen Streichen kriegen wir schon hin«, sagte Oma überzeugt, und Mama nickte zustimmend.

»Also drei Wochen, um das Lädchen in eine hübsche Strandboutique zu verwandeln. Parallel dazu bestellt ihr das Mobiliar und eine Woche später die Ware. Ihr verwendet die folgende Woche fürs Einrichten.«

»Und wann sollen wir nähen?«, fragte ich.

Mama lächelte mich an. »Ihr wolltet so viel wie möglich selbst machen, das frisst Kraft und Zeit. Nähen könnt ihr dann abends oder zwischendrin.«

»Das wäre nicht das erste Mal, dass ich Abendschichten einlege. Früher lief die Änderungsschneiderei so gut, dass ich mit Aufträgen fast nicht hinterherkam. Bis in die Nacht schneidern bekomme ich zur Not auch ein zweites Mal hin.«

»Ich helfe dir ja auch, Omsi.«

Klang nach einem verflucht aufwendigen, aber erreichbaren Ziel.

»Ich empfehle euch, den Eröffnungstermin erst zwei Wochen vorher bekanntzugeben. Das hat sich bisher bewährt, es kann immer Lieferengpässe oder anderweitige Schwierigkeiten geben. Zeitgleich werde ich meine Fühler ausstrecken und das Marketing starten, also auf Social-Media-Kanälen werben, eine Werbeagentur beauftragen, Flyer zu entwerfen. Rechnet damit, dass nichts nach Plan verläuft. Meistens geht schief, was schiefgehen kann … aber es ist immer dennoch gut, einen Plan zu haben und zu wissen, was man tut.«

Mit klopfendem Herzen sah ich mich um. Vor meinem geistigen Auge verschwanden noch einmal alle Grautöne, wichen zartem Beige und sanftem Ocker. Ich sah bunte Kleider in den Regalen und an der Stange, und zwischen all diesen schönen Stoffen funkelte die »Viola«-Ecke wie ein kleines Juwel. Sie bestand aus einem wandhohen Regal mit vielen Fächern, in denen ihre Sachen lagen, davor ein oder zwei Modepuppen, die Omas Kleider trugen. Ausgeleuchtet in einem zarten blauen Licht.

»Was meinst du?«, fragte ich Oma, deren Blick auch in die Ferne geschweift war. Ich fragte mich, ob sie gerade auch unseren Laden vor sich sah, wie er sein könnte.

»Das ist der Plan. Er ist sehr gut«, sagte sie zu meiner Mutter, und es lag Anerkennung in ihren Worten.

»Jede trägt das bei, was sie am besten kann«, sagte die. Und damit hatte sie recht.

25. Kapitel

»Bist du noch nicht fertig?«, fragte mich Oma pünktlich auf die Minute und lugte durch die Tür des Gästezimmers, das nun gar kein Gästezimmer mehr war. Es war mein Zimmer, bis ich was Eigenes gefunden hatte. Und aufgrund der finanziellen Herausforderungen würde es das wohl auch eine Weile bleiben. Daran musste ich mich erst mal gewöhnen.

Ich war, wie erwartet, ziemlich erledigt, aber ich hatte auch einiges geschafft. Die Kartons waren ausgeräumt und zusammengefaltet. Nun lehnten sie unter dem Fenster.

»Wirf die nicht weg, die können wir brauchen, wenn es mit der Renovierung losgeht«, sagte Oma voller Tatendrang, und ich wünschte, ich hätte nur den Bruchteil ihrer Energie. Die letzten Tage waren anstrengend gewesen, aber ich hatte es so gewollt, und vielleicht brachte mich ein Mädelsabend im Krabbenstübchen wirklich wieder auf die Beine.

Ich nickte und verschwand im Bad, machte mich frisch und streifte das schöne Sommerkleid über, das Oma ausgebessert hatte.

»Siehst gut aus«, lobte mich Oma. »Aber deine Haare könntest du ruhig offen tragen. Die sind so schön.«

Ich lächelte, löste das Band und schüttelte sie durch. Oma machte große Augen und wirkte begeistert, ordnete sanft eine gekringelte Strähne, die über meine Schulter hing.

»Und jetzt lass uns Spaß haben«, sagte sie.

»Was ist denn mit Mama, kommt die nicht mit?«

»Annia lässt sich doch so was nicht entgehen. Sie wartet unten.«

Wir trafen zehn Minuten zu spät im Krabbenstübchen ein. Irmchen, Gina und Hannah hatten bereits an dem runden rustikalen Tisch Platz genommen, den Gina für uns reserviert hatte.

Yvonna und Tobias standen bei der munteren Gesellschaft. »Schaut mal, wer da kommt!«, entdeckte uns Mutter Haas zuerst, während wir uns an etlichen vollen Tischen vorbei durch das nach Bratfisch duftende Bistro schoben. Ich erhaschte einen Blick auf die Tafel über der Theke, auf der stand *Tagesangebot: Bratfisch mit Kartoffelsalat und sauren Gurken.* Mir lief das Wasser im Munde zusammen, hätte ich nicht schon was gegessen, ich hätte dem Angebot nicht widerstanden.

Mama erreichte die Truppe zuerst, begrüßte alle und fing sofort mit Yvonna und Tobias zu plaudern an, hatte man sich doch lange nicht gesehen. Es ging sofort um Geschäftliches, Mama erwähnte natürlich auch ihre kürzliche Reise nach London.

»Wir wollten gerade los und dich abholen«, erklärte Gina mir und zog den Stuhl neben sich zurück, um dann mit der flachen Hand auf das gepolsterte Kissen zu klopfen. Irmchen zog einen Stuhl vom Nachbartisch für Oma ran, und Mama schnappte sich den von einem anderen Tisch.

»Ich muss zurück in die Küche«, sagte Yvonna und drückte Mamas Schulter. »War schön, dich zu sehen.«

Tobias blieb an unserem Tisch stehen, die Arme um seinen wohlgerundeten Bauch gelegt. Die Küche der Haas' war einfach zu gut.

Ich bemerkte, dass mein Platz am Fenster mir einen Blick auf die alte rostbraune Fassade des Hotels erlaubte. Unwillkürlich dachte ich daran, dass ich ja noch eine Aussprache mit Henrik führen wollte.

»Wow, du siehst toll aus«, schwärmte Hannah, die mir ge-

genübersaß und auf meine langen Locken deutete, die einem Wasserfall gleich über meine Schultern flossen.

»Feuerhaar, so sollte ich dich von jetzt an nennen«, scherzte Gina und winkte eine Kellnerin mit einem Fingerzeig her.

»Immerhin ist es nicht Karotte«, meinte ich und ließ mich dankbar ablenken.

»Dafür sind deine Haare zu dunkel«, bemerkte Hannah. »Und dieses Kleid, wunderschön.«

»Von Oma entworfen und genäht.«

Jetzt bewunderten es alle.

»Das ist doch nichts«, Oma winkte bescheiden ab.

»Ich muss auch in die Küche zurück«, ließ Tobias uns wissen, schaute dann aber direkt zu mir. »Wir sehen uns ja morgen. Ich bringe die Schleifmaschine für die Dielen mit. Mit Leons Hilfe kommen wir da sicher schnell zu Rande.«

»Danke! Wirklich super, dass ihr uns helft.«

»Leon?«, horchte Gina auf, und ich war mir trotz des schummrigen Lichts im Raum sicher, dass sich ihre Wangen plötzlich röteten.

»Also, man sieht sich.« Tobias deutete mit dem Daumen hinter sich zur Küche und verschwand darin.

»Sechs Diesel, bitte«, bestellte Gina eifrig, weil es die Kellnerin genau in dem Moment an unseren Tisch geschafft hatte. Es war dennoch offensichtlich, dass sie diesen Leon mochte.

»Ist euch doch recht, oder? Geht aufs Haus.« Gina blickte fragend um sich.

»Sehr gern«, kam es von allen Seiten. Und keine fünf Minuten später wurden uns die Humpen gebracht.

»Auf Lou, unseren Neuzugang im Sanddornweg!«, sagte Gina.

»Herzlich willkommen«, fügte Hannah hinzu.

»Und auf die Strandperle!«, rief Irmchen. Der Name der Boutique hatte sich offenbar auch schon herumgesprochen.

»Auf eine fruchtbare Zusammenarbeit«, sagte Oma.

»Auf euch!«, schloss ich und nahm einen kräftigen Schluck. Ich lächelte alle an, doch immer wieder glitt mein Blick durchs Fenster zum Hotel, als erwartete ich dort jeden Moment Henrik zu sehen, der aus der Seitentür in den Sanddornweg trat, wie immer adrett gekleidet. Mir seinen glühenden Blick zuwarf. Nein, das wäre nicht der echte Henrik, sondern nur der in meiner Wunschvorstellung. Der echte Henrik würde eher eine Abrissbirne in Richtung Hotel dirigieren und dabei etwas von »Fortschritt ist unumgänglich« erzählen.

»Deine Oma hat uns übrigens alles über diesen Typen mit den Hotelplänen erzählt. Diesen Erben. Das geht ja mal gar nicht!«, sagte Gina, der mein Blick natürlich aufgefallen war. Sie riss mich sehr abrupt aus meinen Gedanken.

»Ich habe ihn und diese schreckliche Frau neulich mit einer ganzen Delegation von Anzugträgern durch den Sanddornweg laufen sehen, als ich zum Souvenirshop wollte«, sagte Hannah leise, hatte aber sofort unsere volle Aufmerksamkeit. »Ich weiß nicht, was das für Leute waren, aber Manteufel hatte Baupläne dabei und hat ihnen verschiedene Bereiche gezeigt, sie haben sich die Gebäude in der Straße angeschaut.«

Na bitte, das entsprach ziemlich genau dem, worüber ich gerade nachgedacht hatte. Wozu eigentlich mit ihm reden? Es war doch offensichtlich, dass er von seinen Plänen nicht abrückte. Sie schritten scheinbar voran. Irgendetwas führte er im Schilde. Wenn ich doch mit ihm sprach, konnte ich ihm zumindest auf den Zahn fühlen.

»Was sollen die schon tun?«, warf Oma ein. »Wenn wir nicht verkaufen, können die uns schlecht rauswerfen. Und ihr Schnickschnack-Hotel können sie erst recht nicht bauen, zumindest nicht im Sanddornweg.«

»Eure Boutique ist wie ein Riff, um das er mit seinem Luxusdampfer nicht herumkommt. Vielleicht geht ja im Oberstübchen von diesem Nichtschwimmer mal ein Molenfeuer an, und er kapiert, dass wir sein Hotel hier nicht haben wollen«, ergänzte Irmchen rau lachend und nahm noch einen kräftigen Schluck.

Mama hob eine Braue und sah mich fragend an.

»Lange Geschichte«, meinte ich nur, und sie bohrte zum Glück nicht weiter nach. Dass mich mit Henrik mehr verband, wollte ich ihr jetzt nicht offenbaren.

Ich spähte wieder aus dem Fenster, weil ich eine Bewegung aus dem Augenwinkel bemerkt hatte. Aber da war niemand. Wieso dachte ich überhaupt an Henrik? Was immer er vorhatte, es richtete sich vermutlich gegen unsere Interessen … Aber wieso hatte er zwei Mal bei Oma nach mir gefragt? Ich sollte das wirklich herausfinden.

»Erde an Lou?«, holte mich Gina zum zweiten Mal an diesem Abend ins Hier und Jetzt zurück.

»Was?«

»Ich fragte gerade, ob ihr Hilfe bei der Renovierung benötigt. Ich muss zwar tagesüber in der Küche arbeiten, aber abends hätte ich Zeit.«

»Geht mir genauso«, pflichtete Hannah Gina bei.

»Ihr seid so lieb, danke. Wir können jede helfende Hand brauchen.«

»Das glaube ich ja nicht, ihr redet über Arbeit?«, erinnerte uns Irmchen, dass wir doch zumindest heute mal fünfe gerade sein lassen sollten und einfach nur den Abend genießen.

»Irmgard hat recht, aber so was von!«, stimmte Oma ihr zu.

Gina nutzte die Chance, ein paar verrückte Geschichten aus unseren gemeinsamen Sommerferien zu berichten, wobei sie natürlich maßlos übertrieb.

»Einmal waren wir am Hafen, als die Hanse Sail war. Wir wollten die historischen Segelschiffe einlaufen sehen und haben auf der Kaimauer gesessen, als dieser Rotzlöffel von der

Rathenbach-Fischerei ankam und Streit suchte. Wie alt war der, Lou?«

»Zwölf glaube ich.«

Gina gab noch eine Runde Diesel aus. Dann fuhr sie fort: »Jedenfalls, wir waren zehn und hatten keine Lust, uns mit dem anzulegen, aber er gab nicht auf. Er schubste mich von der Mauer, zum Glück nicht ins Wasser, und wisst ihr, was Lou gemacht hat?«

Alle schüttelten die Köpfe, ich wollte mich hinter meinem Humpen verstecken.

»Sie hat ihre Saftpackung genommen und ihm damit mitten ins Gesicht gespritzt. Ihr hättet den Bengel sehen sollen, wie ihm der Kirschsaft aus den Haaren getropft ist. Heulend ist er weggerannt. Ich habe danach immer einen Saft mitgenommen, wenn ich am Hafen war, nur zur Sicherheit«, endete Gina.

Alle grinsten.

»Die Moral von der Geschicht, unterschätze unsere liebe Lou nicht«, flötete sie.

»Ach Kinder, für mich wird es langsam Zeit für ein Tässchen Spezialtee«, sagte Irmchen und stand mühsam auf. Sie grinste, und jeder wusste, dass in dem Tässchen nicht nur Tee sein würde.

»Was, jetzt schon?«, fragte Gina irritiert. »Ist doch noch früh.«

»Es ist gleich neun«, meinte Irmchen und lachte kehlig. Die Zeit war irre schnell vergangen.

»Irmchen hat recht, ich gehe auch heim. Kommst du mit?«, fragte Oma Mama, die nickte. »Habt noch Spaß«, sagte Oma.

»Och, Leute, echt jetzt? Nach zwei Humpen schon Feierabend? Was für ein Mädelsabend soll das bitte sein?«, klagte Gina und nahm demonstrativ einen Riesenschluck von ihrem Diesel.

»Macht doch noch etwas Schönes. Ihr seid schließlich jung. Ihr solltet nicht wie alte Leute zusammensitzen und Däumchen drehen. Geht raus zum Strand, da ist doch heute Bietsch-Party angesagt! Ist Wochenende«, sagte Irmchen.

»Bietsch-Party?« Ich musste grinsen, so deutsch hatte wohl noch nie jemand das Wort Beach ausgesprochen.

»Für Kaffeekränzchen habt ihr noch später Zeit, wenn ihr alt und grau seid wie wir.«

Mama rollte empört mit den Augen. »So alt bin ich ja nun auch nicht.«

Dann watschelte Irmchen hinaus, und Oma folgte ihr, zwinkerte uns aber noch zu, bevor sie die Krabbenstube verließ. Meine Mutter drückte mich noch mal an sich. »Ich bin stolz auf dich«, sagte sie. »Auch wenn ich dachte, dir beigebracht zu haben, dass man weder mit Essen noch mit Trinken spielt.«

Ich lachte. »Es ist bei dieser Ausnahme mit der Safttüte am Kai geblieben«, versicherte ich, gab Mama einen Wangenkuss und setzte mich wieder zu Hannah und Gina.

»Die drei sind schon cool«, sagte ich und trank meinen Humpen leer.

»Aber sie haben auch recht. Heute ist ein besonderer Tag! Den sollten wir gebührend feiern«, entschied Gina und schob energisch ihren Stuhl zurück.

»Strandparty, wirklich?« Ich war mehr als skeptisch und vor allem müde. Ich war gestern schon auf meine Kosten gekommen, was Feiern anging.

»Wann sonst, wenn nicht jetzt?«, fragte Gina und griff mir unter dem Arm, um mich hochzuziehen.

»Bin dabei«, sagte Hannah.

Ich war überstimmt, und neugierig war ich ja irgendwie auch …

26. Kapitel

Vor lauter Menschen sah man den Strand nicht mehr. Bunte Lichter tanzten über die anrauschenden Wellen und den wolkenverhangenen Himmel. Rund um den alten Leuchtturm waren riesige Boxen aufgebaut worden, aus denen gerade *Broken Promise Land* der Band Claire dröhnte. An allen Ecken und Enden prangten Plakate der Sponsoren des Events, darunter ein lokaler Radiosender.

Jetzt verstand ich, wieso Irmchen uns mit einem Kaffeekränzchen verglichen hatte! Hier war wirklich was los, überall schossen Arme in die Höhe, Hüften wurden geschwungen und die kleine Strandbar belagert. Ich hatte hier ja schon einige Partys gesehen, aber so wie heute wurde selten gefeiert.

»Ziemlich voll«, meinte Hannah, ich sah ihr an, sie fühlte sich nicht recht wohl, deswegen zeigte Gina rüber zu einer Stelle weiter draußen, wo sich die Masse allmählich auflöste und man sogar den Sandstreifen entlang des Meeres wieder sehen konnte.

»Geht schon mal dorthin, ich besorge uns Drinks!«, erklärte Gina und verschwand in der Menge.

Hannah und ich tauschten Blicke aus. Ihre großen Kulleraugen wirkten besorgt.

»Wird schon«, versicherte ich ihr, und wir machten uns auf den Weg dorthin, wo niemand ohne Weiteres in die eigene Komfortzone eindrang.

»Gefällt dir hier nicht so, oder?«, fragte ich Hannah, als wir dort ankamen. Sie schüttelte den Kopf. Mir war zuvor nicht aufgefallen, wie klein und zart sie war mit ihren dünnen

Ärmchen, die sich um ihren Körper schlangen. »Es geht schon, ich mag nur Massenansammlungen nicht besonders.«

Konnte ich gut verstehen.

»Lass uns einfach noch ein paar Schritte in Richtung Westen gehen«, schlug ich daher vor.

Sie nickte, und wir hielten erst inne, wo es angenehm leer war. »Hoffentlich findet uns Gina hier«, sagte Hannah besorgt und sah immer wieder hinter sich. Doch etwas ganz anderes erregte meine Aufmerksamkeit, ein Mann im Anzug, volles Haar, hochgewachsen. Nur wenige Schritte entfernt auf der Promenade. Er strotzte nur so vor Selbstbewusstsein. Es gab keinen Zweifel, es war Henrik, doch er ging von uns weg und bemerkte uns nicht. Dieser kurze Moment genügte, dass das Herz in meiner Brust klopfte. Ich wollte das nicht, aber es passierte dennoch.

»Alles okay? Dein Gesicht ist so rot«, flüsterte Hannah mir zu, und ich ärgerte mich, dass die letzten Sonnenstrahlen noch genug Licht spendeten, dass man das überhaupt sehen konnte.

Ich winkte ab, versuchte es zu überspielen, vor Hannah und mir selbst. Und als ich noch mal hoch zur Promenade sah, war Henrik verschwunden.

»Hey, Leute, sorry, hat länger gedauert, ihr glaubt nicht, was an der Bar los ist«, unterbrach Gina die seltsame Situation. Sie stieß den weißen Sand vor sich her, zwei Gläser in einer, das dritte Glas in der anderen Hand.

Hannah nahm ihr zwei davon ab und reichte mir eins. Ich klammerte mich daran fest, als wäre der dicke Strohhalm im Drink der sprichwörtlich letzte. Auch wenn ich irre wütend auf Henrik war, ein Teil von mir sah das offenbar anders.

»Was ist mit deinem Gesicht passiert?«, wunderte sich nun auch noch Gina.

Ich nahm rasch einen kräftigen Schluck vom Cocktail. »Nur der Alkohol«, versicherte ich.

»Das hier ist schon ein bisschen weit draußen, oder?«, neckte uns Gina. »Also ich will zumindest etwas Musik hören.«

»Ist das okay für dich?«, fragte ich Hannah, die nickte, aber glücklich sah sie nicht aus. Ich fragte mich, was mit ihr los war. Sie wirkte auch sonst sehr introvertiert.

Wir folgten Gina ein Stück weit zurück, wo es wieder etwas voller war. Sie bewegte sich im Takt der Musik, und, das musste man ihr lassen, sie hatte einen tollen Hüftschwung drauf. *Ain't No Mountain High Enough* von Freischwimmer Feat. Dionne Bromfield erklang, und ich wurde, dank des Cocktails, zusehends lockerer, trotzdem schaute ich mich immer wieder nach Henrik um, ob er in der Nähe war. Keine Ahnung, warum mir das wichtig war.

Ich drehte mich um mich selbst, genoss immer mehr den Abend und hatte hier und da auch Blickkontakt mit Männern, die mich anlächelten.

Ich gab mich den Vibes hin, bewegte mich zu den Bässen. Nur den Sound hörte ich, tanzte hier und da mit irgendwem, ohne mich zu sehr von Gina und Hannah zu entfernen, während die bunten Lichter durch die Menge jagten. Die Leute waren gut drauf, und ich war es auch.

»Ich muss jetzt nach Hause, war nett«, sagte Hannah irgendwann, als es schon dunkler war und die Flashlights erst richtig zur Geltung kamen.

»Schade, ich wollte euch nachher noch in meine neue Bude in Evershagen einladen, um die Nacht durchzumachen. Man ist nur einmal jung«, rief Gina gegen die Bässe an.

»Ein anderes Mal«, sagte Hannah, ihre Stimme war nur ein Hauchen, man verstand sie kaum.

Wir verabschiedeten uns von ihr, und sie eilte in Richtung Promenade.

»Sie ist sehr schüchtern, oder?«

»Nur solange sie nüchtern ist. Was ist mit dir, Lust drauf, die Nacht durchzumachen?«

»Nee, morgen kommen doch Tobias und Leon zum Dielenschleifen.«

»Stimmt ja.« Sie rieb sich ihre Wangen, als der Name Leon fiel.

»Aber wir stoßen zumindest noch mal an, oder?«

»Wieso nicht.«

»Super!«

Gina besorgte uns zwei weitere Cocktails, was allmählich zu viel für mich wurde, aber ich hatte nun mal zugesagt. Nach dem ersten Schluck spürte ich ein seltsames Rumoren im Magen. Das hätte mir Warnung sein sollen, stattdessen nahm ich noch einen.

»Lass uns noch etwas näher an die Musik ran«, rief sie. »Da vorne sind ein paar heiße Typen!« Ich verstand sie kaum, hatte plötzlich Druck auf den Ohren, sie deutete aber zum alten Leuchtturm. »Lass uns dahin!«

Ich war einverstanden und ließ ihr den Vortritt. Gina tanzte sich durch die Menge, ohne jemanden anzurempeln. Dasselbe Geschick hatte ich leider nicht. Hier und da stieß ich mit jemandem zusammen. Etwas schwappte aus meinem Glas, da ich niemanden bekleckern wollte, trank ich es rasch leer. Böser Fehler. Meine Knie fühlten sich komisch an, wieder rumorte es in meinem Bauch, und dann verlor ich auch noch Gina aus den Augen. Stattdessen tanzte ein Kerl mit verspiegelter Sonnenbrille in anzüglicher Weise um mich herum. Keine Ahnung, wo der so plötzlich hergekommen war.

»Heute noch was vor?«, brüllte er mir ins Ohr.

»Ja, aber nicht mit dir!«, schrie ich gegen die Bässe an und suchte das Weite. Doch kaum glaubte ich ihn los zu sein, stand er hüftschwingend wieder vor mir.

Außerdem war es mir gelungen, unabsichtlich ins Zentrum der Tanzenden zu geraten, was nicht für meinen Orientierungssinn sprach. Das hieß, sonst funktionierte er gut, nur stimmte was nicht mit mir. Ich taumelte von einem zum nächsten, und schließlich wurde mir schlecht. Ich konnte ein Würgen unterdrücken, fühlte mich aber von einer Sekunde zur nächsten hundeelend. Als die Klette an meiner Seite das mitbekam, war sie ganz schnell verschwunden. Danke auch, jetzt, wo ich vielleicht Hilfe brauchen konnte …

Wieder kam mir etwas hoch, ich hoffte, ich würde mich nicht an Ort und Stelle übergeben, doch der letzte Cocktail hatte es in sich gehabt und wirbelte meinen Mageninhalt ziemlich durcheinander. Rasch kämpfte ich mich an den Leuten vorbei zur Promenade, wo es leerer war. Das Glas stellte ich neben einem Papierkorb ab.

Ich wollte nach Hause, fühlte mich aber, als würde ich keine zwei Schritte schaffen. Wieder dieses Grummeln im Magen. Die Leute sahen mich komisch an, wer wusste schon, wie viele von denen dachten, ich hätte irgendetwas genommen.

Das hatte ich doch nicht, oder? Der Gedanke, jemand könnte mir heimlich etwas in den Drink getan haben, ängstigte mich. Ich würgte leise, die Übelkeit war so schlimm, dass ich sogar schwankte. Plötzlich hielt mich jemand fest, verhinderte, dass ich stürzte. Ich blinzelte hoch und sah *ihn*, adrett wie immer. Ausgerechnet er! Ausgerechnet jetzt!

Lass mich los, wollte ich sagen, aber kein Wort kam über meine Lippen.

»Meine Güte, Lou!« Er griff mich fester am Arm und führte mich zu einer Bank. Ich fühlte mich überrumpelt, aber meine Reaktionsgeschwindigkeit war verlangsamt. Und eine schlechte Idee war es ja im Grunde auch nicht, sich hinzusetzen. Henrik verfrachtete mich auf die Bank. Wenigstens drehte sich jetzt nicht mehr alles um mich.

»Kann ich was für dich tun?«, fragte er besorgt.

»Lass mich, ich brauche deine Hilfe nicht.« Er sollte gehen, möglichst schnell, möglich weit weg. Ich wollte nicht, dass ausgerechnet er mich so sah! Noch schlimmer als dieses armselige Bild, das ich gerade abgab und das mich wie jemanden aussehen ließ, der zu tief ins Glas geschaut hatte, war der Umstand, dass seine Stimme mir ein schönes Kribbeln bereitete. Ich wollte ihn nicht mehr mögen. Nichts an ihm, auch nicht seine Stimme. Und doch war zumindest ein Teil von mir froh, jetzt nicht allein zu sein.

»Wie viel hast du getrunken?«, fragte er.

Ging ihn das was an?

»Ich bin nicht voll, falls du das meinst. Ich hab den letzten Drink nur nicht vertragen. Wieso bist *du* überhaupt hier?«, fragte ich gereizt. Hatte er nicht Baupläne zu schmieden? Abrissbirnen zu mieten? Investoren durch unsere Straße zu führen? Aber eigentlich war ich weniger wütend, dass er bei mir war, sondern dass ich es zusehends mehr genoss. Wieso war er auch so nett? Nur Masche!

»Ich brauch dich nicht«, wiederholte ich halbherzig. Und doch dachte ich im selben Moment an seine Küsse, die leidenschaftlichen Momente in seinem Strandhaus, als es wie aus Kübeln geschüttet hatte. Ich erinnerte mich an das Gefühl seiner Lippen auf meinen. Dieselben Lippen sah ich jetzt gerade vor mir. Sie waren fein geschwungen, öffneten sich leicht.

»In dem Zustand lass ich dich nicht allein, zum Glück habe ich dich zufällig hier gefunden.«

»Du wolltest mit mir reden?«, fiel es mir ein. Wenn er und ich schon hier waren, konnten wir das auch endlich klären.

»Das ist vielleicht nicht der richtige Zeitpunkt.«

Sah ich anders.

»Doch, ist es«, beharrte ich und bemühte mich, meiner Stimme einen festen Klang zu geben. Mir war etwas übel, aber ich war nicht so voll, dass ich nicht denken konnte.

»Ich wollte dir noch mal erklären, dass ich nichts gegen deine Oma oder den Sanddornweg habe. Ich finde die idyllische Gasse selbst recht schön und …«

»… deswegen hast du sie irgendwelchen wichtigen Anzugträgern vorgeführt und Pläne deines Bauprojekts an sie verteilt?«

»Das war der Vorstand von New Life Estate. Es ging um Stadtentwicklung, Wertsteigerung der Region. Sie wollten sich einen Eindruck verschaffen, sie pumpen ja nicht gerade wenig in das Projekt. Es hängen viele Jobs dran und …«

Das hatten wir doch alles schon mal. Alles auf Kosten des Sanddornwegs und der Ladeninhaber.

»Und was willst du jetzt von mir?«, fragte ich gereizt.

»Ich möchte, dass wir uns wieder vertragen.«

Ich lachte leise. Wie sollte das gehen? Meine Pläne waren diametral zu seinen.

»Es ist mir wichtig, Lou. Das mit uns war schön, ich würde gern …«

»Es gibt kein uns.« Ich sah ihn fest an und spürte doch einen Stich bei meinen eigenen Worten. Aber die Sommerliebe war vorbei. Kurz und fast schmerzlos. Und wenn ich mir das lange genug selbst einredete, glaubte ich das am Ende sogar. Tief atmete er durch. Ich war noch nicht fertig. »Du solltest da auch etwas wissen. Ich eröffne nämlich mit meiner Oma eine Boutique«, verkündete ich, um ihm klarzumachen, dass er bei uns auf Granit biss, wir das Haus auf keinen Fall verkaufen würden. Im Hintergrund klang *Just give me a reason* von Pink. Wie der Song zu meiner Stimmung passte.

Seltsamerweise lächelte er. »Dann sehen wir uns womöglich öfter?«

Freute der sich sogar noch?

»Ich bin nicht euer Feind«, betonte er, wie er es schon einmal getan hatte. »Es tut mir leid, wenn du das so aufgefasst hast.«

Klar, was Persönliches war es nicht, unsere Straße zu zerstören. Zumindest nicht für ihn. Mir wurde wieder übel. Wegen des Drinks. Seinen Plänen. Und weil es wie verrückt in meinem Bauch kribbelte.

Ich legte meinen Kopf weit nach hinten auf die Rückenlehne der Bank, bis ich die Welt auf dem Kopf sah. Das half irgendwie, die Übelkeit zu vertreiben. Jedenfalls hatte ich das Gefühl, langsam wieder klarer denken zu können.

»Hier bist du, Süße! Ich hab dich schon überall gesucht«, erklang Ginas Stimme mit einem Mal direkt vor uns.

Unweigerlich schrak ich zusammen. Himmel, war sie laut! Ich hob den Kopf, der sich schwer wie Blei anfühlte, und hatte plötzlich Henriks Hand im Rücken, die mich stützte. Verdammt, warum fühlte sich das gut an?

»Ist das nicht der Hotel-Heini?« Missbilligend schaute Gina zu Henrik.

Ich nickte benommen. »Ich will nach Hause.«

»Sie haben ja Nerven!« Sie baute sich entrüstet vor uns auf.

»Ich glaube, das ist nicht der Moment für Streit. Wir sollten uns um Lou kümmern«, erwiderte Henrik.

»Was ist mit Lou?«

»Mir ist übel.«

»Kannst du aufstehen?«, fragte Henrik mich leise und behutsam, als sorgte er sich wirklich um mich.

Würde wohl irgendwie gehen.

»Ich bringe sie nach Hause«, hörte ich ihn sagen. Nein! Nicht er!

»Das kommt nicht infrage, ich mache das«, erwiderte Gina entschieden, wofür ich dankbar war.

Aber schon ging es wieder los mit den Streithähnen.

»Sie haben sie doch schon einmal aus den Augen verloren«, konterte Henrik. »Ich glaube, sie braucht jetzt jemanden, der wirklich auf sie aufpassen kann.«

»Ich kann auf mich selbst aufpassen«, erhob ich Einspruch, wurde aber überhört. Sie wurden wieder lauter. Das musste ich mir nicht antun. Ich ging ein Stück vor, meine Beine fühlten sich weich an. Etwas wackelig folgte ich der Seepromenade, Henrik und Gina holten mich jedoch verdammt schnell ein, je zu einer Seite.

»Jetzt renn doch nicht weg«, schimpfte Gina und hakte mich unter.

»Ich will nach Hause«, wiederholte ich. Mein Kopf schmerzte, fühlte sich an, als würde er platzen.

Langsam bogen wir in den Meerbuschpfad ein. Aus den Restaurants dudelte uns Musik entgegen. Bunte Lichterketten hingen über unseren Köpfen. Unter anderen Umständen hätte ich es genossen. Aber das Rumoren in meinem Magen gestattete es nicht. Ich war unendlich dankbar, als wir über die Fjordstraße kamen und unter dem Torbogen in den Sanddornweg gelangten.

Sie brachten mich direkt bis zur Haustür. Dort nahm Gina mir den Schlüssel ab und öffnete, brachte mich mit Henrik die Treppe hoch. Sie ging vor. Ich spürte seine Brust in meinem Rücken und seinen Atem in meinem Nacken. Dazu sein herber Geruch.

Für eine Sekunde genoss ich das. Ich wusste, es war falsch. Aber es fühlte sich zu gut an. Dann erklang Omas Stimme.

»Was ist denn hier los?«, fragte sie aufgeregt, doch gedämpft.

»Tschuldigung, Viola, wir wollten dich nicht wecken. Lou geht's nicht gut«, erklärte Gina.

Oma musterte erst sie, dann mich voller Sorge und schließlich Henrik überaus skeptisch, was ich trotz des Halbdunkelns erkannte. Doch der Mond schien immerhin hell genug durchs Fenster, dass ich Omas Mundwinkel zucken sah, mit Herrn Manteufel hatte sie wohl nicht gerechnet.

»Also gut, ich übernehme hier. Danke, dass ihr Lou hergebracht habt. Seid aber leise, wenn ihr runtergeht, wir wollen Lous Mutter nicht auch noch wecken.«

»Alles klar, gute Besserung, Lou«, sagte Gina und schob

sich an Henrik vorbei nach unten. Ich sah ihn an, während mich Oma zu meinem Zimmer führte.

Das irrationale Gefühl, dass ich eigentlich bei ihm bleiben wollte, kam über mich.

»Erhol dich«, sagte er so leise, dass ich es fast nicht hörte. Dann drehte auch er sich um und ging, während mich Oma in mein Bett brachte.

27. Kapitel

Ein lautes Schleifgeräusch schreckte mich am frühen Morgen aus dem Schlaf. Es klang, als bearbeitete jemand die Dielen im Laden, da fiel mir ein, es war Sonntag und genau das geschah gerade.

Leon von der Nawrath-Fischerei und Tobias Haas waren offensichtlich schon am Werkeln, und ein Blick auf meine Handyuhr verriet, ganz so früh war es gar nicht, genauer schon zehn Uhr.

Ich hob den Kopf, um mich zu drehen, als ich das Gefühl hatte, er würde zerspringen. Was war nur in dem Cocktail gewesen? Ich fühlte mich hundeelend. Ich drückte die Seiten meines Kissens auf beide Ohren. Was auch nicht wirklich half.

Es klopfte an der Tür.

»Ja?«, rief ich, und Oma kam rein. Dicht gefolgt von Mama.

»Guten Morgen, ei, du siehst ja furchtbar aus«, sagte Oma besorgt.

Ich ließ mich ins Kissen zurücksinken. »Danke, sehr nett.«

»Also wirklich, dass du deinen Einstand so feiern musstest«, klagte Mama.

»Ach, da erinnere ich mich aber an noch eine junge Dame, die gern mal über die Stränge geschlagen hat, als sie jung gewesen ist«, konterte Oma.

»Das ist was anderes.«

»Ach ja?«, feixte Oma.

»Es waren … nur ein paar Drinks«, rechtfertigte ich mich.

Aber meine Worte kamen nur sehr langsam über meine Lippen.

Oma befühlte meine Stirn, die kurze Berührung tat weh, ich zischte.

»So schlimm, der Kater?«

Ich fürchtete schon, auch wenn ich mir wirklich nicht erklären konnte, wie der zustande gekommen war. Nach nur zwei Cocktails und harmloser Bier-Cola-Mixe?

»Zum Glück haben dich Gina und Herr Manteufel gestern heimgebracht«, erklärte Oma mir. In weiser Voraussicht in ganz ruhigem Ton.

»Was?« Ich fuhr hoch, was mit üblen Kopfschmerzen bestraft wurde. Daran konnte ich mich gar nicht erinnern. Ich sank ins Kissen, massierte meine Schläfen.

»Ich weiß, was da hilft.«

Ehe ich etwas sagen konnte, hatte Oma mein Zimmer verlassen und die Tür zugezogen.

»Dieser Herr Manteufel – was hat es mit dem auf sich?«, wollte Mama wissen. »Der wird dauernd erwähnt.«

»Nichts«, murmelte ich und massierte meine Schläfen weiter. Meine Erinnerung kam allmählich zurück. Gestern Abend war Henrik in Ordnung gewesen. Er war aber auch im Küstenwald und in den Dünen in Ordnung gewesen. Mehr als das! Das machte es mir ja auch so schwer, mir einen Reim auf alles zu machen. Was er mit unseren Sanddornweg vorhatte, konnte ich allerdings nicht verzeihen.

Aber das alles war gerade viel zu kompliziert, um es Mama zu erklären.

»Na, nichts ist nicht wahr«, meinte die und verschränkte die Arme.

Da ging die Tür wieder auf, was in meinen Ohren zehn Mal so laut klang wie normal. Oma drückte mir zwei Aspirin in die Hand und stellte ein Tablett mit einer Tasse Tee und einem Glas Wasser aufs Nachtschränkchen.

Ich würgte die Tabletten runter und nahm einen kräftigen Schluck vom kühlen Wasser, in der Hoffnung, mein Kopf würde schnell wieder klar werden.

»Ich mache mal Frühstück. Du brauchst ja was im Magen«, sagte Mama dann und verließ uns.

Oma setzte sich auf die Bettkante und streichelte meine Wange. Vorsichtig reichte sie mir dann den Tee. Ich richtete mich etwas auf, nahm die Tasse auf dem Untersetzer entgegen und nippte daran.

»Der Henrik hat sich gestern wirklich große Sorgen um dich gemacht. Das war nicht gespielt, Lou«, verkündete Oma, als wir endlich unter uns waren.

Blödsinn ... oder doch nicht?

»Denkst du echt?« Ich hielt mir den Kopf, allmählich machte ich mir Sorgen, nicht, dass mir doch jemand was ins Getränk getan hatte. Musste ich nun zum Arzt?

»Ich denke, er mag dich.«

Meine Wangen prickelten plötzlich wie verrückt. Ich konnte das nicht glauben. Er mochte nur sein Hotelprojekt. Wie kam also Oma darauf?

»Ist nur so ein Gefühl«, meinte sie und stand wieder auf. »Versuch noch etwas zu schlafen.« Schon war sie bei der Tür.

»Aber ... wir wollten doch mit dem Renovieren anfangen.«

»Erst mal wird der Boden gemacht, da können du und ich eh nicht viel tun. Sieh zu, dass du dich ausruhst«, sagte Oma sanft, und ich nickte, zog die weiche Sommerdecke bin zum Kinn. Sie hatte sicher recht. Ich war im Moment schon überfordert, wenn jemand die Tür zu laut schloss.

Oma ging, und ich döste bald ein, was auch daran lag, dass die Schmerztabletten bald wirkten. Ich wachte erst am späten Nachmittag wieder auf, als Gina zu Besuch kam, um sich überschwänglich zu entschuldigen.

»Die hatten mich an der Bar gefragt, ob wir das harte Zeug

wollen. Tut mir so leid, Lou, ich wusste nicht, dass du das nicht verträgst. Ich hab nicht richtig nachgedacht, verzeih mir bitte.« Sie zauberte eine Packung Pralinen hinter ihrem Rücken hervor – alkoholfreie! »Ich wollte echt nicht, dass dein Einstand so endet.«

Ich war erst mal erleichtert, dass ich nun endlich wusste, wieso mich der Drink so umgehauen hatte. Keine K.-o.-Tropfen oder Ähnliches, »nur« hartes Zeug von der Bar. Natürlich konnte ich einer derart aufgelösten Gina nicht böse sein. Manchmal agierte sie unüberlegt. So war sie schon immer gewesen. Mit ihr hatte ich damals als Zwölfjährige eine ganze Packung Zigaretten aufgeraucht, uns war danach sauschlecht gewesen. Ich wusste das heute noch. Aber auf solche Ideen kam sie eben. Zugegeben, die Vernunft in Person war ich auch nicht gewesen.

»Geht es denn Hannah gut?«

»Die ist durch mich einiges gewöhnt. Der Boden ist übrigens schon fast fertig abgeschliffen, sieht gut aus, sehr schönes Parkett. Leon will es danach noch versiegeln, das heißt, ihr könnt da acht Stunden nicht rein. Gute Arbeit, muss ich schon sagen.«

Jaja, der Leon. Gina wurde immer seltsam nervös, wenn dessen Name fiel.

»Das würde ich gern sehen.«

Gina hob beide Hände, als ich drauf und dran war aufzustehen, ich merkte selbst, es war zu früh. Es ging mir besser, aber so richtig fit war ich noch nicht. Vielleicht brauchte ich diesen Tag einfach.

»Ich hab übrigens gerade auch deinen Manteufel gesehen, der war kurz im Laden.« Das war nicht *mein* Manteufel. Und wieso war der im Laden?

»Hat deine Oma gefragt, wie es dir geht.« Gina sah mich bedeutsam an. »Gestern war er ja auch ganz versessen, dir zu helfen.«

Es fiel also auch anderen auf.

Ich wusste nicht, was ich von alldem halten sollte. Und mit meinen Kopfschmerzen konnte ich auch kaum klar denken.

»Also hör mal, wenn der dich mag, und du ihn magst, dann könntest du ihm doch auch sagen, dass er seinen Luxuspalast woanders hinstellen soll, oder? Wäre am einfachsten. Das erspart uns allen Nerven.«

Ich mochte ihn nicht … nicht mehr! Und wegen mir würde er sicher nicht seine Pläne ändern, ich hatte ja gesehen, wie überzeugt er von ihnen war. Noch dazu hing diese Immobilienfirma mit drin, die bestimmt noch weniger Einsehen hatte, nur weil die Bewohner einer kleinen Gasse nicht ganz glücklich mit deren Bauideen waren.

»Ich will noch etwas schlafen«, sagte ich vergnatzt, bevor Gina das Thema vertiefen konnte.

»Okay, dann bring ich Leon und meinem Vater noch ein paar Brötchen aus der Krabbenstube zur Stärkung«, entschied Gina.

28. Kapitel

Der nächste Tag begann vielversprechend, ohne Kopfweh. Oma hatte mich gestern liebevoll mit kühlen Wickeln und leckeren belegten Brötchen versorgt, und Mama hatte mir Tee gemacht. Da ich nun fit war, wollte ich mich mit einem Frühstück bei beiden bedanken. Nach einer herrlichen Dusche stellte ich mich an den Herd, um Rühreier mit Speck zuzubereiten.

»Morgen!«, grüßte mich Oma im Pyjama und ihren Pantoffeln mit Mausgesichtern. »Was duftet denn hier so köstlich?«

»Setz dich, dann findest du es heraus«, sagte ich mit der Pfanne in der Hand und tat ihr direkt aus dieser mit dem Wender auf.

Auch Mama kam hinzu, sie war schon fix und fertig angezogen.

»Womit haben wir das verdient?«, feixte Oma.

»Die Frage ist, warum solltet ihr es nicht verdient haben?«, neckte ich sie, schaufelte Mama und mir auch etwas auf die Teller und brachte die Pfanne in die Küche zurück. Ich fand es einfach toll, wie gut wir uns inzwischen verstanden.

»Der neue Boden sieht großartig aus, die beiden Männer haben tolle Arbeit geleistet«, erklärte Mama, während ich mich zu den beiden setzte.

Und ich hatte fast alles verschlafen?

»Es ist aber nicht die einzige Überraschung, die dich nachher erwartet.« Oma zwinkerte.

»Ich habe ihm und Tobias übrigens neben dem kleinen

Obolus noch einen Kasten Bier zum Dank spendiert und außerdem einen Gutschein für unser Geschäft.«

Ich lachte. »Du vergibst jetzt schon Gutscheine für einen Laden, der erst in ein paar Wochen eröffnet?«

»Ich bin eben geschäftstüchtig.«

»Deswegen kommst du auch gleich mit mir zur Bank«, griff Mama die Steilvorlage auf.

»Ihr wollt nun den Kredit auf Mama überschreiben?«

»Genau, und danach sammeln wir dich auf und fahren zum Baumarkt, Farbe kaufen«, führte Mama fort und knetete entschlossen ihre Hände.

Ich liebte ihren Tatendrang, mit dem sie mich ansteckte. Darauf hatte ich jetzt richtig Lust. Endlich loslegen!

»Aber zuerst die Überraschung«, beharrte Oma.

»Natürlich«, gab Mama lächelnd nach.

Nachdem wir gegessen hatten, begaben wir uns in den Laden, ich war neugierig, wie er nun aussah. Oma hatte nicht zu viel versprochen. Der Dielenboden wirkte wie neu, hell und glänzend.

»Komm mit, Lou!« Oma winkte mich zu sich. »Das ist die Überraschung. Unser Arbeitszimmer.« Oma nahm meine Hand und führte mich in das kleine Seitenzimmer, in dem sie bei ihren Kunden früher Maß genommen hatte. Nun stand dort ihr Nähtisch samt Maschine, aber auch ein zweiter Tisch mit einer deutlich älteren Maschine, die fast schon antik wirkte. »An der hat schon deine Uroma Magdalena gesessen. Die Maschine tut ihren Dienst noch, aber wir können sie bald gegen ein neueres Model austauschen.«

»Nein«, meinte ich und schüttelte heftig den Kopf, betrachtete das Gerät andächtig, strich vorsichtig mit dem Finger über das Metall. »Sie ist wunderschön, und solange sie funktioniert …« Mein Blick wanderte zu dem Regal an der Wand, das kürzlich noch im Lager gestanden hatte. In den einzelnen Etagen entdeckte ich Bücher mit diversen Schnittmustern und verschiedenen Stilen, Nieten-, Knopf- und Dekosammlungen in hübsche Kästchen sortiert. In den unteren Etagen lagen Stoffe und Füllungen. Nähkästchen, in denen sich Omas Garne und Nadeln befanden, sowie ihre Maßbänder und sogar eine alte Stickmaschine, von der Oma sagte, sie habe sie vom Dachboden geholt und erst mal ordentlich entstauben müssen. Der absolute Hingucker aber waren die beiden Schneiderpuppen, die Omas Sommerkleider trugen.

»Was sagst du?«, fragte Oma. »Ich hoffe, es ist in deinem Sinne.«

»O ja, es ist großartig.« Ich war sofort in diese kleine Arbeitsnische verliebt und umarmte Oma überschwänglich. Diese lud ein, sofort loszunähen.

»Dann bin ich beruhigt. Ich hatte das alles irgendwo im Lager versteckt. Da dachte ich mir, das können wir doch brauchen!«

»Das hast du gut gemacht«, freute ich mich.

Wir kehrten in den Verkaufsraum zurück. Der Boden war ein Traum. So eine gute Arbeit.

»Ich muss mich unbedingt bei Tobias und Leon bedanken.« Und nicht nur bei ihnen. Auch Henrik verdiente meinen Dank, wie mir soeben erst in den Sinn kam. Ja, ich musste es zugeben, er hatte sich korrekt verhalten.

»Leon ist abends immer in der Krabbenstube. Da triffst du Tobias und ihn gleichzeitig an«, sagte Oma.

Guter Punkt.

»Jetzt lasst uns in die Puschen kommen«, sagte Mama und fuhr mit der Hand über ihren Brustansatz, als fürchtete sie, wieder Hektikflecken zu bekommen.

»Du musst ein wenig vom Gas runter, meine Liebe«, sagte Oma und klopfte Mama auf die Schulter. »Zu viel Stress macht Falten.«

»Wie witzig«, knurrte Mama.

Aber dann fuhren sie los zur Bank, etwa anderthalb Stunden später kamen sie zurück, um mich aufzugabeln. Es ging zum Farbenkauf in den nächstgelegenen Heimwerkermarkt. An ihren Gesichtern sah ich bereits, es war auf der Bank gut gelaufen.

Während der Fahrt erklärte mir Mama dann en detail, dass es keine Probleme gegeben habe und der Kredit nun auf ihren Namen laufe.

»Damit ist das Haus gefeit vor Pfändung. Und das Manteufelchen beißt sich auch die Zähne an uns aus«, freute sich Oma, bereute es aber im nächsten Augenblick, denn Mama fuhr ihren Kombi an den Straßenrand und sah uns ernst an.

»Ich bin eure Investorin und Partnerin, ich will daher endlich wissen, was es mit diesem Kerl auf sich hat. Also, Lou, du wolltest mir doch alles erzählen.«

Mama hatte ja recht, wir sollten ihr nichts mehr verheimlichen. Also klärte ich sie auf, erzählte die ganze Geschichte von A bis Z und ließ nur winzige Details aus, wie den Abend mit Henrik im Strandhaus, denn das tat ja auch nichts zur Sache. Der Knackpunkt waren seine Pläne und New Life Estate. Ich fürchtete, Mama würde schimpfen oder etwas sagen wie: Wieso habt ihr das Haus bei dem Angebot nicht verkauft? Aber stattdessen sagte sie nur: »Habt ihr gut gemacht. Und sollte New Life Estate Probleme machen, gebt mir Bescheid, ich rufe dann meinen Anwalt an. Solche großen Firmen glauben, sie dürften alles, aber dem ist nicht so.«

Mama überraschte mich immer wieder. Sie stand völlig hinter uns und unserem Projekt. Es war ihr auch ans Herz gewachsen. Ich umarmte sie von der Seite.

»Wofür war das denn?«, fragte sie amüsiert.

»Dafür, dass du cool bist.«

»Da sagst du mir nichts Neues.« Sie zwinkerte und setzte zur Weiterfahrt an, und wir besorgten schließlich ein paar Farbeimer mit Grundierfarbe und in Creme, das sich als Favorit von uns dreien herauskristallisiert hatte. Diese brachten wir samt Auslegefolie, Pinsel und Roller in den Laden. Morgen sollte es losgehen.

»Ich fahre jetzt heim«, erklärte Mama plötzlich.

»Was, jetzt? Ich dachte, du bleibst noch über Nacht«, sagte Oma und klang tatsächlich etwas traurig, was reichlich ungewöhnlich war.

»Ihr braucht mich nicht länger. Ihr habt alles im Griff«, lobte uns Mama. »Und zur Eröffnung sehen wir uns wieder«, versprach sie. »Aber nun rufen Berlin und mein Job.«

Das verstanden wir.

Mama trat vor mich, richtete eine Haarsträhne. »Ich bin stolz auf dich. Das ist ein großer Schritt. Du wirst ihn meistern. Das hier wird ein Erfolg, ich habe einen Riecher dafür.«

»Danke.«

Ich umarmte Mama fest. Wie ich Abschiede hasste. Sie drückte mich an sich, streichelte meinen Rücken. »Wenn was ist, ruf mich an«, raunte sie mir zu, dann ließ sie von mir ab und schloss auch Oma in die Arme. Es war schön, die beiden versöhnt zu sehen.

Mama holte ihre Tasche von oben, brachte sie zum Kombi, während Oma und ich am Straßenrand standen und ihr zum Abschied winkten.

»Und – bereust du es, dass sie mit an Bord ist?«, fragte ich Oma, als Mamas Kombi durch den Möwenbogen verschwand.

»Überhaupt nicht. Ich habe mich zum ersten Mal verstanden von ihr gefühlt.« Oma lächelte und zog ein Handy aus ihrer Hosentasche.

»Ist das deins?«, wunderte ich mich.

Oma wog den Kopf hin und her. »Deine Mutter hat es mir geschenkt. Es ist ihr altes, das sie nicht mehr braucht. Nachdem wir bei der Bank waren, hat sie mir aus dem Handyshop eine Prepaid-Karte besorgt. Eine moderne Geschäftsfrau hat ein Handy, hat sie gesagt. Ich denke, ich gebe der Sache eine Chance.«

Fand ich toll.

Den Rest des Tages legten Oma und ich Folie im Laden aus.

»Wenn du jetzt losgehst, erwischst du Leon in der Krabbenstube ganz bestimmt«, sagte Oma gegen Abend. Das machte ich dann auch.

Ich eilte zum Fischbistro und hatte Glück, Leon war tatsächlich da. Tobias stellte ihn mir – unbekannterweise – gleich vor. Ein überraschend drahtiger Mann mittlerer Größe. Und er hatte einen kräftigen Händedruck.

»Danke für die Hilfe. Leider ging es mir gestern nicht besonders, ich hätte mich sonst schon viel früher bedankt.«

»Kein Ding, wenn du noch mal Hilfe brauchst, Irmgard hat meine Nummer.«

Leon war wirklich sympathisch. Ich konnte verstehen, dass Gina ihn mochte.

Ich lud Tobias und Leon noch auf ein Bier ein. Dann führte mich mein Weg auf die andere Straßenseite zum Sanddorn Hotel. Tief atmete ich durch, blickte an der rostbraunen Fassade aus schmalen Ziegelsteinen empor. Meine Wut war gedämpft. Ich hatte Zeit gehabt, den Abend am Strand Revue passieren zu lassen.

Henrik hatte mir geholfen. Ich wollte ihm danken, dass er für mich da gewesen war, auch wenn ich nichts von seinen Plänen hielt.

Ich straffte die Schultern und betrat das Hotel auf gut Glück.

Der freundliche Portier verriet mir, dass Herr Manteufel tatsächlich im Haus war, allerdings gerade sein Abendessen im Hotelrestaurant einnahm, er bot mir daher an, im Foyer zu warten. Ich ließ mich in einen der bequemen Ledersessel neben dem Flur sinken und schloss die Augen, überlegte mir, wie ich es formulierte, wenn ich mich bedankte.

Dabei hallten die Worte meiner Oma in meinem Kopf nach, die glaubte, er sei ehrlich besorgt um mich gewesen, würde mich mögen. Und Gina hatte das auch noch bestätigt. Vielleicht tat ich ihm wirklich Unrecht?

Ich hörte Schritte, Gäste gingen ein und aus, dann vernahm ich Saskias Stimme: »Wir liegen noch innerhalb unseres Zeitplans, Herr Hauptmann, machen Sie sich keine Sorgen, ich bin an der Sache dran.«

Mein Herz schlug schneller. Ich sah unauffällig zu ihr rüber. Saskia war aus dem Flur zu meiner Rechten getreten, das Handy am Ohr, und ich drückte mich instinktiv tiefer in den Sessel, machte mich klein und versuchte mich zugleich hinter der Zimmerpflanze zu verstecken, die direkt neben meinem Sessel stand.

»Das liegt an den alten Leuten hier, die tun sich schwer, ihre Häuser zu verkaufen. Aber der Buchhändler ist ziemlich gebrechlich, den kriegen wir bald rum. Die alte Dame ist zäher.« Die sprach über uns! Aber wer war Herr Hauptmann? Vermutlich der oberste Boss von New Life Estate?

»Ich weiß, Herr Hauptmann, und ich bin Ihnen dankbar, dass Sie mir dieses Projekt übertragen haben. Das ist eine große Chance für mich. Vertrauen Sie mir. Ich werde mir etwas einfallen lassen, damit es für uns schneller vorangeht. Natürlich diskret, wie immer.«

Jetzt stolperte mein Herz, ich drückte mich instinktiv noch tiefer in den Sessel. Das klang mehr als dubios!

Und Henrik war mit so was einverstanden? Musste wohl so sein, denn sonst hätte er sich andere Partner gesucht. Außerdem kannte er Saskia lange genug, um auch ihre Methoden zu kennen.

Saskia verschwand in einem weiteren Gang, wo das Büro war. Sie hatte mich nicht entdeckt. Ich atmete auf. Und war mir zugleich nicht sicher, was ich da gerade mitangehört hatte. In jedem Fall hatte es nicht danach geklungen, als wäre es klug, Henrik zu vertrauen, denn der hing in allem mit drin.

Ich wollte weg von hier. Dass ich mich wegen gestern bedanken wollte, hatte ich schon vergessen.

»Gnädige Dame«, sprach mich der Portier plötzlich an, als ich an der Rezeption vorbeilief. Ich erschrak, sah zu ihm auf.

»Herr Manteufel ist sicher gleich zurück, wenn Sie noch etwas warten würden?«

»Nein, nein … hat sich erledigt«, sagte ich eilig und verließ das Hotel durch den Seitenausgang Richtung Sanddornweg.

Von wegen, ich tat ihm Unrecht! Es war offensichtlich, dass die was gegen uns planten. Saskia und Henrik waren ein Team. Und wir waren ihre gegnerische Mannschaft.

29. Kapitel

In den nächsten Tagen meldete ich das Gewerbe um und meine Großmutter ihr neues Label an. Alles sollte schließlich seine Richtigkeit haben. Wir fingen außerdem mit dem Auftragen der Grundierungsfarbe im Verkaufsraum an und bestellten parallel neue Stoffe beim Großhändler, denn wir würden diese dringend brauchen, wenn wir Omas Kollektion zeitnah fertigstellen wollten.

Mit den alten Stoffen, die wir bereits dahatten, hatten Oma und ich schon angefangen zu arbeiten. Vormittags strichen wir also und rissen die Fenster weit auf, nachmittags setzten wir uns in die separate Nähkammer.

So war ich gut abgelenkt und dachte nicht weiter über Henrik und New Life Estate nach. Wie schön es war, endlich wieder mit Stoffen zu hantieren. Es war nicht anders als im Theater. Schnittmuster anstecken, Stoff zurechtschneiden. Ich war wieder ganz in meinem Element. Und Magdalenas alte Nähmaschine war ein echtes Goldstück. Allerdings musste ich sie schmieren, denn ich merkte schnell, überall wo Metall an Metall rieb, hakte es. Oma hatte zum Glück ein passendes Öl zur Hand, das ich mir auf ein feuchtes Tuch tat, um die Maschine an den betreffenden Stellen einzureiben.

»Man muss Magdalena zugutehalten, sie hat ihre Maschine gepflegt, sonst wäre sie heute nicht mehr einsatzfähig«, sagte ich anerkennend und stellte mir vor, wie meine Urgroßmutter an diesem Gerät gesessen und genäht hatte, an völlig anderen Kleidern als jenen, die wir heutzutage trugen. Aber mit derselben Leidenschaft.

»Ich frage mich, was sie für eine Frau war. Du hast sie ja noch gekannt.«

»Habe ich dir denn nie Fotos gezeigt?«

»Doch, schon. Das alte Album. Aber Fotos sagen auch nicht alles.«

Oma lehnte sich zurück, nahm den Fuß vom Pedal, und ihr Blick glitt zum Fenster. »Sie war gütig und liebevoll. Eine jener Frauen, die immer ein offenes Ohr für Sorgen und Nöte anderer hatte. Als ich den Job hier bekam, lehrte sie mich alles, was sie über das Nähen wusste.« Ein Lächeln umspielte Omas Lippen. »Sie war weise, hatte ein bewegtes Leben. Ich vermisse sie manchmal.«

Mir war nicht bewusst gewesen, wie nah sich Oma und ihre Schwiegermutter gestanden hatten.

»Wenn dich Magdalenas Leben interessiert, habe ich was für dich.« Oma atmete tief durch und stand auf, verließ das Arbeitszimmer und kam kurz darauf mit einem bunten Kästchen in der Größe eines Schuhkartons wieder, das sie neben meine Maschine stellte.

»Was ist das?«

»Magdalenas persönliche Dinge.«

Ich hob den Deckel und linste hinein, entdeckte ein Büchlein und Broschen, einen Ring und bestickte Taschentücher.

»Du gibst es mir?«

»Es fängt hier doch nur Staub. Und Magdalena hätte sicher gewollt, dass du es bekommst.« Oma lächelte.

»Danke«, sagte ich gerührt und zugleich beeindruckt, welche Schätze das alte Haus barg. Ich brachte die kleine Kiste rasch auf mein Zimmer. Damit würde ich mich später ausgiebig beschäftigen.

Als ich zurückkam, schnappte ich mir gleich etwas Stoff und hob den Nähfuß an, um das Gewebe darunterzulegen. Vorsichtig trat ich aufs Pedal, um den Motor zu starten.

Ratternd ging es also los bis in den frühen Abend.

Gegen achtzehn Uhr tauchte Gina auf. »Ich will dich heute Abend entführen«, verkündete sie entschlossen. Dann entdeckte sie Omas Strickschals und dreieckige Halstücher an einem Ständer, welche sie am Abend zuvor angefertigt hatte. Zwar hatte ich meiner Oma gesagt, sie solle auch mal Feierabend machen, doch sie ging völlig in unserem Projekt auf.

»Wow«, platzte es aus Gina beim Anblick der Strickmode heraus. »Supersüß.«

Irgendwie hatte Oma es hingekriegt, in die Sommerschals kleine Ankermuster einzuarbeiten.

»Schau dir erst mal das hier an.« Ich zog ein Kleid aus dem Regal, das ich nach Omas Design gefertigt hatte, und hielt es Gina an, es war wie für sie gemacht. Passte perfekt zu ihren kurzen bunten Haaren.

»Das ist ja wirklich sehr schick!« Ihre Hand fuhr über das erdfarbene Satin, das unter ihren Fingern sanfte Wellen bildete. Sie nahm es mir ab, hängte den Bügel über ihren Kopf und stellte sich vor den Spiegel. »Wenn ich das so sehe, glaube ich fest an den Erfolg der Strandperle.«

Das hörte ich gern.

»Sieh mal hier, auf dem kleinen Schildchen auf der Innenseite ist auch das Logo vom Viola-Label. Mit besonders großem V.«

»Stylisch!«, sagte Gina.

Alle unsere Gewänder würden ein solches Schildchen mit Logo bekommen.

Besonders stolz war ich auf die Chiffonärmel. Sie setzten einen Akzent zum Satin. Und es kam genauso rüber wie auf den Entwürfen meiner Großmutter.

Gina drehte sich hin und her, ließ das Kleid mitschwingen, ehe sie den Bügel wieder über ihren Kopf zog. »Ihr habt gerade euer erstes Kleid verkauft! Bitte leg es mir zurück. Ich muss es unbedingt haben.«

Ich lachte. »Ich kann dir doch kein Geld abknöpfen.«

»Klar kannst du das, und du sollst es auch. Sonst könnt ihr ja gleich anfangen, eure Waren zu verschenken. Ich will euch unterstützen.«

»Gina hat recht, Liebes«, lenkte Oma ein und legte das Kleid zurück. »Es ist für dich reserviert«, meinte sie dann zu Gina.

»Na bitte. Und jetzt lass uns den Alten Strom unsicher machen, Lou. Es kann ja nicht angehen, dass du nur noch arbeitest.«

Ich ließ mich überreden, ging mit ihr in der Flaniermeile shoppen und fand mich irgendwann, als es schon dunkler war, bei den Anlegeplätzen des Alten Stroms wieder. Auf der anderen Seite des Wassers lag die Mittelmole, ich konnte den Bahnhof Warnemünde von hier aus sehen.

Auf unserer Seite waren Geschäfte, Bars und Restaurants, alle hell beleuchtet, während im Kanal Kutter lagen. Einem davon näherten wir uns, statt Fischbrötchen standen Cocktails auf der Karte. Direkt davor waren Stehtische aufgestellt, an denen die Leute ihre bunten Drinks schlürften.

»Ich hol uns was«, sagte Gina und drückte mir ihre Einkaufstüte in die Hand. Sie hatte ein paar hübsche Stiefel gefunden.

»Für mich bitte was Alkoholfreies.« Ich hatte immerhin dazugelernt.

»Na klar«, sagte Gina und stellte sich an, während ich uns einen der kleinen runden Stehtische reservierte. Die Beleuchtung hier am Kai war traumhaft, über mir hingen ein paar Lichterketten, die die Umgebung erhellten und sich im Wasser spiegelten. Ich beobachtete, wie die sanften Wellen durch ihre Bewegungen die Lichtspiele verzerrten.

»Ich hoffe, ein Virgin Colada ist nach deinem Geschmack«, meinte Gina, als sie mit zwei bauchigen Gläsern zurückkam.

»O ja.« Und schön viel Eis war auch drin. Wir stießen an.

Ich steckte mir den Strohhalm in den Mund und schlürfte los. Es schmeckte köstlich nach fruchtiger Ananas. Ich war nun doch ganz froh, mitgekommen zu sein, der Abend entwickelte sich entspannt, und die frische Luft tat mir gut. War eben doch nicht ganz leicht, aus einem alten Laden einen neuen zu machen. Ich hatte seit Tagen Muskelkater in den Armen vom Streichen.

Plötzlich lenkte Gina etwas ab. »Sieh mal da drüben, ist das nicht …«

Ich folgte ihrem Blick über den grünen Streifen zur Flaniermeile. Keine zehn Meter entfernt saß ein Mann im Anzug an einem der kleinen Restauranttische. Eine Flasche Wein, dazu zwei Gläser und eine schwarzhaarige Begleiterin. Henrik und Saskia. Mir blieb auch nichts erspart. Konnte es schlimmer kommen? Es konnte!

In dem Moment sah er zu mir rüber, unsere Blicke trafen sich. Ich nahm rasch einen großen Schluck vom Cocktail. Jetzt sah es ja obendrein so aus, als hätte ich ihn beobachtet … Und als würde ich schon wieder bechern.

»Hast du eigentlich noch mal mit ihm gesprochen, nach der Strandparty, meine ich?«

Mann, ausgerechnet jetzt prickelte es wie verrückt in meinen Wangen, und ich konnte es nicht auf den Alkohol schieben, hatte ich doch einen Virgin Colada. Ich schüttelte nur den Kopf. Ich hatte kein Interesse, mit ihm zu reden. Nicht nach dem, was ich während Saskias Telefonat mit ihrem Vorgesetzten gehört hatte.

»Der guckt immer wieder zu uns rüber«, flüsterte Gina aufgeregt. »Sag, hast du mit dem etwa geschlafen?«

Ich verschluckte mich am Cocktail und hustete. Gina klopfte mir auf dem Rücken. Sie war wie immer super direkt.

»Nein!«, keuchte ich. Wie kam sie denn darauf?

»Ich frag ja nur. Als du in Berlin warst, hat deine Oma

angedeutet, es gebe ’ne Vorgeschichte … und wenn ich sehe, wie er uns jetzt anschaut … da ist so ein Feuer!«

Ich hustete immer noch. »Süß ist er ja, den würde ich auch nicht von der Bettkante stoßen.«

»Du hast schon mitbekommen, was er für Pläne hat?« Das war ja wohl der eigentliche Punkt.

Gina zuckte gleichgültig mit den Schultern. »Ihr erinnert mich an Tom Hanks und Meg Ryan in *E-Mail für dich*. Er der CEO, du die Buchhändlerin. Zwischen euch sind da auch irgendwie solche … Schwingungen.«

»Bei uns im Sanddornweg verkauft jemand anders die Bücher. Aber Henrik und Buchi haben meinen Segen.«

»Wir sind ja heute gar nicht kratzbürstig.«

»Davon abgesehen, er ist offensichtlich nicht allein hier«, betonte ich und erinnerte mich zugleich daran, wie Saskia ihn immer anschmachtete.

»Zu schade«, meinte Gina.

Ich konnte nur mit den Augen rollen.

»Guten Abend, dürfen wir uns zu Ihnen gesellen«, sprachen uns plötzlich zwei junge Männer an, die alles, nur nicht unattraktiv waren. Wie aus dem Nichts standen sie vor unserem Tisch, wohl aufgrund der Tischknappheit. Salopp gekleidet, lässige Blicke. Gina fing unweigerlich an zu strahlen, Henrik hatte sie längst vergessen, wofür ich dankbar war. Aber was war mit ihrem Leon?

»Also?«, fragte der eine, der ein kleines Spinnen-Tattoo am Hals hatte.

Gina nickte, ich bekam mit, wie sie auf ebendiese Tätowierung starrte, und auch ich hatte nichts einzuwenden. Die Männer stellten sich als Florian und Steffen vor, sie kamen aus Köln, suchten offensichtlich einen kleinen Urlaubsflirt. Ich blieb lieber vorsichtig, mit Urlaubsflirts hatte ich nun so meine Erfahrungen.

Da unsere Drinks schon fast leer waren, bot der Tattoo-

Mann an, uns neue zu besorgen. Ich lehnte dankend ab, Gina aber nahm die Einladung an.

»Was ist denn mit Leon?«, fragte ich sie leise in einem geeigneten Moment.

Gina zuckte mit den Schultern. »Ich habe rausgekriegt, der hat schon 'ne Freundin.« Noch etwas leiser fügte sie hinzu: »Leider.« Schnell zeigte sich, dass Florian Gina zugetan war, und Steffen versuchte sich angeregt mit mir zu unterhalten. Aber zugegeben, leicht machte ich es ihm nicht, denn meine Gedanken kreisten weiter um Henrik und die angeblichen Schwingungen, die Gina wahrgenommen hatte.

»Was machst du beruflich?«, wollte Steffen von mir wissen. Ich erzählte ihm von meinen Boutiqueplänen. Mehr zufällig sah ich noch einmal zu Henrik an seinem zehn Meter entfernten Tisch. Bildete ich es mir nur ein oder wirkte er mit einem Mal unzufrieden? Seine Augen schienen zu glühen, während er Steffen und mich beobachtete.

Es irritierte mich.

Und doch konnte ich nicht aufhören, immer wieder zu ihm zu schauen, als wollte ich mich jedes Mal aufs Neue vergewissern, dass ich mir seinen merkwürdigen Blick nicht eingebildet hatte … Aber nein, er sah immer noch aus wie beim Mal zuvor. Glühend. Unzufrieden. Sehnsüchtig?

Ich beschloss, dem nicht zu viel Bedeutung beizumessen und mich auf Steffen zu konzentrieren, der bei einer Event-Management-Firma arbeitete und Konzerte, aber auch Firmenjubiläen plante. Eigentlich ganz interessant. Ich versuchte ehrlich, ihm zuzuhören, doch meine Aufmerksamkeit wanderte immer wieder zu Henrik zurück, trotz meines festen Vorhabens. Steffen redete mit einer Wand, und ironischerweise schien es Saskia gerade genauso zu gehen, jedenfalls sah ich, wie sie auf Henrik einredete, der das aber gar nicht zu merken schien.

»Hörst du mir noch zu?«, fragte Steffen amüsiert.

»Oh, jaja, wie war das noch gleich?«

»Ich habe letztes Jahr das Konzert von Nightwish in Köln mit organisiert.«

Saskia legte einen Schein auf den Tisch, warf mir einen giftigen Blick zu und ging. Henrik aber blieb sitzen. Was mich nur noch mehr verwirrte. Es wirkte, als wäre da dicke Luft zwischen beiden. Saskia sah mich wohl als Konkurrenz an, was bei näherer Betrachtung lächerlich war, wollte ich doch nichts von diesem arroganten Schnösel in seinem Armani-Anzug.

»Du, Süße, hast du was dagegen, wenn Florian und ich noch einen kleinen Strandspaziergang machen?«, unterbrach Gina meine Gedanken. Ich musterte erst sie, dann Florian, der ein netter Kerl zu sein schien.

»Viel Spaß.«

Gina umarmte mich überschwänglich. »Dein Manteufel beobachtet dich immer noch, ich glaube, er ist eifersüchtig«, flüsterte sie mir ins Ohr.

Es war ihr auch aufgefallen. Aber, das war nicht *mein* Manteufel! Ich wollte nichts mit ihm zu tun haben. Wie oft denn noch?

Gina drückte mir noch einen Schmatzer auf die Wange, legte ein paar Münzen auf den Tisch und schnappte sich die Tüte mit ihren neuen Stiefeln. Dann machte sie sich mit Florian, nun doch recht vertraut, auf den Weg.

»Die passen gut zusammen«, meinte Steffen, dessen Anwesenheit erst jetzt wieder in mein Bewusstsein drang.

Nun ja, Gina war jemand, der sehr spontan war. Vor ein paar Tagen noch hatte sie für Leon geschwärmt. Aber gut, wenn der vergeben war, konnte sie es ja auch nicht ändern.

»Ich werde dann auch mal gehen«, sagte Steffen und trank sein Glas in einem Zug leer. Er schmunzelte. »Du scheinst mir mehr Interesse an dem Anzugmann da drüben zu haben.« Er nickte in Richtung des zehn Meter entfernten Tischs.

Doch als ich hinsah, war Henrik gar nicht mehr da.

»Vielleicht holst du ihn noch ein, war nett, dich kennenzulernen.« Steffen hob die Hand und ging seiner Wege.

Wieso glaubten alle, ich wolle was von Henrik oder er von mir? Er gehörte zur New-Life-Estate-Bande, und denen konnte man nicht trauen. Ganz sicher würde ich ihm nicht nachlaufen, ich würde jetzt in Ruhe meinen fast leeren Cocktail genießen. Auch wenn ich nun allein war. Zumindest war es ein schöner Abend mit toller Beleuchtung. Aber auch ein wenig einsam.

30. Kapitel

Seltsame Träume hatten mich in der Nacht geplagt. Ich war in den Dünen gewesen, an meinem Lieblingsfleck, und Henrik war auch dort gewesen, hatte ein beeindruckendes Luxushotel aus Sand gebaut, während Saskia und ich miteinander in ein Tauziehen verstrickt gewesen waren.

Als ich aufwachte, war Oma schon längst am Nähen. Ich hörte es unter der Wohnetage rattern und knattern. Ich warf einen Blick zu Magdalenas Kiste auf meinem Nachtschränkchen und überlegte, mir mal das Büchlein anzusehen, entschied mich dann aber anders, zog mir was über und sah nach Oma, denn komisch war es ja schon, dass sie so früh mit der Arbeit begann. Ein Schatten lag unter ihren Augen.

»Ist was passiert?«, fragte ich. So mitgenommen hatte sie seit ihrem Unfall nicht mehr gewirkt.

»Allerdings«, erklärte Oma.

»Was denn?«

Sie stoppte ihre Maschine und lehnte sich in ihrem Stuhl zurück.

»Diese schreckliche Frau war gestern hier.«

»Saskia Kaiser?«

Oma nickte. Ich setzte mich.

»Sie ist hier aufgetaucht, kurz nachdem Gina und du gegangen wart.«

Folglich musste das vor ihrem Restaurantbesuch mit Henrik gewesen sein.

»Was wollte sie denn?«

»Mir ein neues Angebot machen. Ein noch höheres. Ich

habe natürlich abgelehnt. Aber das schien sie nicht zu interessieren.«

»Und was ist dann passiert?«

»Sie hat mir ernsthaft Immobilien am Mittelmeer zum Tausch angeboten. Gleich zwei Häuser hat sie mir vorgestellt. Sie hatte so eine schicke Mappe mit Hochglanzfotos dabei.« Oma regte sich immer mehr auf. Klang, als wären diese Häuser einiges mehr wert als unser Häuschen hier. Und die Lage war auch reizvoll.

»Das habe ich natürlich auch abgelehnt. Interessierte sie aber auch nicht.«

Diese Frau Kaiser war hartnäckig.

Oma atmete tief durch, knetete ihre Hände. »Danach hat sie mir gedroht.«

»Was?« Ich hatte mich doch hoffentlich verhört.

Omas Hände wurden vom vielen Kneten richtig rot. »Sie sagte, es wäre ein Fehler, ihr Angebot abzulehnen. Und dass ich das bereuen würde.«

Nicht zu fassen! »Das hat sie gesagt?«

»Ja. Und ihren Blick hättest du sehen sollen … mir ist jetzt noch ganz anders. Ich habe heute Nacht kein Auge zugetan. Die meinte das ernst!«

Das ging zu weit! Der Zweck heiligte die Mittel, oder wie durfte man das verstehen? Jetzt war ich wirklich wütend. Es ging nicht an, dass diese Person meiner Oma Angst machte! Entschlossen erhob ich mich.

»Wo willst du hin?«, fragte Oma besorgt.

»Ich stelle Frau Kaiser zur Rede! Das macht sie kein zweites Mal, dafür sorge ich.«

»Ach Lou. Sie wird doch alles abstreiten.«

»Mir egal, ich will nur, dass sie weiß, das lassen wir uns nicht gefallen.«

Ich zögerte nicht länger, verließ den Laden und rannte runter zum Hotel, und von dort eilte ich direkt zum Büro.

Der Portier konnte mich nicht aufhalten, er versuchte es zwar, aber ich war schneller.

Schon stürzte ich in Henriks und Saskias Geschäftsraum. Henrik war allerdings nicht da.

»Kann ich Ihnen helfen?«

Ich drehte mich zu Saskia Kaiser um, die mich triumphierend hinter ihrem Schreibtisch angrinste. Ihr höhnisches Lächeln befeuerte meine Wut.

»Wie können Sie es wagen, meiner Oma zu drohen!«, kam ich ohne Umschweife auf den Punkt.

»Bitte verlassen Sie das Büro«, schimpfte der Portier, der mich eingeholt hatte und am Arm aus dem Büro ziehen wollte. Ich riss mich jedoch los.

»Ich habe keine Ahnung, wovon Sie reden, Frau Baumeister, aber ich habe zu arbeiten«, meinte Saskia süffisant und presste die Finger beider Hände aneinander, dabei nickte sie dem Portier zu.

»Geben Sie es schon zu!«, forderte ich diese furchtbare Person auf, die wie eine Königin auf dem Thron in ihrem Bürosessel saß, und bewegte mich keinen Millimeter.

»Sie waren gestern bei meiner Großmutter!«

Wenigstens hielt der Portier kurz inne. Ich riss mich von ihm los.

»Ich habe ihr ein neues Angebot gemacht.«

»Und ihr gedroht.«

»Da hat sie sicher nur was falsch verstanden.« Saskia rückte ihre Brille zurecht. »Viele alte Leute hören nicht mehr so gut.«

Ich schnappte nach Luft, was für eine armselige Ausrede.

»Leider habe ich gerade sehr viel zu tun, vielleicht besorgen Sie sich einen Termin bei uns?« Sie gab dem Portier einen Fingerzeig, wieder griff er mich am Arm.

»Weiß Henrik davon?«, fragte ich und versuchte den Kerl abzustreifen. »Von Ihren Methoden?«

»Wir kennen uns seit vielen Jahren, waren damals bei derselben Maklerfirma angestellt, was denken Sie?«

Ich spürte einen Stich ins Herz. Aber gleichzeitig glaubte ich ihr nicht. Ihre Augen funkelten unehrlich. Außerdem war Henrik nicht von ihrem Schlag. Ich war nicht mit allem einverstanden, was er tat. Aber da war ich mir sicher. So weit würde er niemals gehen.

»Bitte kommen Sie«, forderte mich der Portier auf und zog mich weiter zur Tür. »Ich möchte nur ungern die Sicherheitskräfte rufen.«

Ich hatte keine Wahl. Saskia gab ihm noch ein weiteres Handzeichen, dass er mich rausbringen sollte.

»Kapieren Sie endlich, dass wir nicht verkaufen«, spuckte ich noch in Richtung Saskia aus.

»Das werden wir sehen«, hörte ich sie genüsslich hauchen. Dann war ich im Flur, und die Tür knallte hinter uns zu. Wie eine Schwerverbrecherin führte mich der Portier ab.

»Jetzt lassen Sie mich bitte los«, fuhr ich den Mann an, als wir schon wieder in der Lobby waren.

»Was ist hier los?«, verlangte eine vertraute Stimme zu erfahren. Ich sah zur Seite und entdeckte ihn. Sein Blick wanderte von mir zur Hand des Portiers an meinem Arm, und seine Augen verengten sich.

»Lassen Sie die junge Frau los«, sagte er energisch.

Nicht nur ich erschrak, auch der Portier zuckte zusammen. Abrupt ließ er von mir ab.

»Verzeihen Sie, Herr Manteufel, aber diese Person ist in Ihr und Frau Kaisers Büro eingedrungen und …«

Person? Ich stemmte die Hände in die Seiten.

»Frau Baumeister ist nicht irgendeine Person, sondern zufällig eine Bekannte von mir.«

»Entschuldigen Sie bitte.« Zerknirscht verschwand der Portier wieder hinter seiner Rezeption.

Ich atmete auf, und Henrik trat dicht vor mich. »Was ist passiert?«

»Das will ich dir sagen«, entfuhr es mir, denn ich war stinkwütend! »Die Methoden deiner Frau Kaiser grenzen ans Mafiöse!«, nahm ich kein Blatt vor den Mund.

»Wovon redest du?«, verlangte Henrik zu erfahren.

»Sie hat meine Oma bedroht, dass sie es bereuen würde, wenn sie nicht verkauft.«

Da ich etwas lauter geworden war und Gäste schon guckten, führte Henrik mich zur Seite, wo wir allein waren. Vor dem Eingang der Restaurantküche kamen wir zum Stehen.

»Ich weiß immer noch nicht, wovon du redest.« Seine Stimme war nur ein Raunen. »Saskia ist eine ehrliche Haut und zuverlässige Geschäftspartnerin. Durch ihren Einsatz habe ich New Life Estate als Investor gewinnen können.«

Sicher hatte sie auf eine Gegenleistung gehofft. Ich wusste, dass sie Henrik mochte, man musste blind sein, um es nicht zu bemerken. Und es war naheliegend, dass sie alles tat, um seine Idee des Luxushotels zu realisieren, um bei ihm zu punkten.

»Deine Oma hat da sicher nur etwas falsch verstanden.«

Jetzt ging das schon wieder los.

»Meine Großmutter ist weder taub noch senil, sie konnte die ganze Nacht nicht schlafen«, fuhr ich ihn an.

Ein Kellner rauschte an uns vorbei, um ein Gericht aus der Küche zu holen, Henrik trat einen Schritt auf mich zu, um Platz zu machen. Jetzt stand er so dicht vor mir, dass kein Blatt Papier zwischen uns gepasst hätte. Ich spürte die Wärme, die sein Körper ausstrahlte, wich zurück und prallte gegen die Wand hinter mir.

»Saskia spielt ein falsches Spiel!« Ich blinzelte zu ihm hoch, enttäuscht, dass er zu ihr hielt.

In dem Moment ging die Küchentür wieder auf, und der Kellner schneite erneut heraus, einen wohlig duftenden, leicht dampfenden Teller in der Hand. Obwohl er uns nicht einmal bemerkte, stoben wir auseinander.

»Also schön, ich werde mit Saskia reden.«

Immerhin. Ich nickte.

»Ich glaube wirklich, es war ein Missverständnis.«

Ich seufzte.

»Lou, mach dir keine Gedanken, ich regle das«, versprach er, und ich nickte. Na schön.

»Wie geht es dir sonst?«, fragte er, und ich entdeckte etwas Sehnsüchtiges in seinem Blick. Unwillkürlich wurde meine Kehle trocken, ich schluckte, versuchte es zu ignorieren.

»Es … läuft.« Keine Ahnung, was er hören wollte. Doch dass er mich so ansah, als wollte er mich am liebsten in seine Arme ziehen, machte mich nervös.

Er wog den Kopf hin und her, als hätte er etwas auf dem Herzen, doch er sagte nichts.

»Ist noch etwas?«, fragte ich und schlang die Arme um meinen Oberkörper.

»Nein, ich … wünschte nur, die Umstände wären andere.« Er lächelte zögerlich. Er konnte nicht ahnen, dass es mir genauso ging. »Ich möchte das Beste für alle. Deswegen habe ich vorhin mit New Life Estate gesprochen, sie hätten nichts gegen eine Modeboutique im Mehrzweck-Gebäude einzuwenden, es wäre eine Bereicherung.«

»Welche Boutique meinst du?«

»Deine. Wir bieten euch an, euer Geschäft bei uns aufzumachen.«

Ich schüttelte den Kopf. Das änderte nichts. Wenn wir darauf eingingen, verlor Oma ihr Zuhause dennoch. Und es wäre auch nicht unsere Boutique, nicht so, wie wir sie planten. Ganz zu schweigen vom Sanddornweg, der nicht mehr derselbe wäre. Auch Buchmann verlöre sein Geschäft.

»Niemals.« Ich würde nicht mit New Life Estate zusammenarbeiten. Sein Einlenken war nett, aber nicht genug.

»Lou, sei vernünftig … wir müssen keine Gegner sein.«

Das wollte ich ja auch nicht, aber wir standen auf verschiedenen Seiten. Und nichts – so schien es – würde das ändern.

»Dann lass das Sanddorn Hotel, wie es ist, und den Sanddornweg auch. Wir brauchen hier keinen Luxuspalast.«

»Wie soll das gehen, Lou? New Life Estate leitet das Projekt, das in die Millionen geht, wir haben Investoren. Hier soll etwas völlig Neues entstehen.«

»Es entsteht nichts Neues«, sagte ich schnippisch. »Die Gegend ist voll von Luxushotels und Mehrzweck-Gebäuden mit Saunen, Fitnesscentern und so weiter! Die gibt es an der Seepromenade wie Sand am Meer. Das hier – das ist das Besondere.« Das Sanddorn Hotel hatte Herz und Geschichte, über hundert Jahre hatte es auf dem Buckel.

»Die Sanddorns hätten diesem Umbau niemals zugestimmt. Du bist ihr Erbe. Wie kannst du das erlauben?«

Für einen kurzen Augenblick schien er hin- und hergerissen. Und für ebendiesen Augenblick glaubte ich, dass er endlich verstand, worum es mir ging, und dass die Kluft zwischen uns nicht so weit auseinanderklaffte, wie ich zunächst befürchtet hatte.

»Sie waren Unternehmer, sie hätten diese Chance auch ergriffen«, sagte er jedoch schließlich.

»Du kennst deine eigene Familiengeschichte nicht. Sonst würdest du nämlich wissen, welchen Beitrag sie zu dieser Straße geleistet haben, und zu allem, was sich darin befindet. Und welchen Wert es für sie hatte.«

Das war sein eigentliches Erbe. Aus der Gegend konnte man was machen, aber nicht so, wie New Life Estate es vorhatte.

Ich verstand, dass er nicht der alleinige Entscheidungsträger war, viel mehr waren es seine Geldgeber. Sie hatten die Kontrolle. Und Henrik ließ sie schalten und walten. Dabei glaubte ich, dass sein Bauchgefühl ihm eigentlich was anderes sagte. Doch er hörte auf dieses genauso wenig wie auf mich. Seufzend verließ ich das Hotel.

31. Kapitel

Neuer Tag, neues Glück. Ich war früh wach, die Sonne schien durchs Fenster und erlaubte mir nicht, noch mal ein Auge zuzutun.

Mein Blick glitt zu Magdalenas Schatzkästchen auf meinem Nachttisch. Ich zog die Kiste zu mir ins Bett, nahm den Deckel ab und schaute mir alles, was ich darin fand, etwas genauer an. Die Taschentücher waren sauber und ganz weich, ich befühlte sie andächtig, bemerkte dann aber, dass die Initialen nicht zum Namen meiner Urgroßmutter passten. CS. Wofür das stand? Carlotta Sanddorn vielleicht?

Ich legte es zur Seite, schnappte mir das Büchlein, klappte es vorsichtig auf und fand eine wunderbar geschwungene Schrift auf altem vergilbten Papier darin vor. Akkurat und handgeschrieben, das Tagebuch meiner Uroma.

Ich war mit einem Mal aufgeregt. Zwar hatten Oma und Opa oft über die alten Zeiten gesprochen, und ein paar Fotos von früher kannte ich auch, aber diese Memoiren stammten von Magdalena Bartschek selbst. Und dadurch war es ein wenig, als teilte sie mir ihre Geschichte persönlich mit. Beim Durchblättern stieß ich auf eine Zeile, in der stand: *Carlotta war und ist mir die beste Freundin!* Ich hielt überrascht inne, las den Satz ein zweites Mal. Beste Freundin? So eng war das Verhältnis zwischen beiden Frauen gewesen?

Mein Blick glitt zum Inhalt des Kästchens. Hatte Carlotta Magdalena ihr Taschentuch geschenkt? Es musste wohl so sein. Deswegen die Initialen CS, die fein daraufgestickt waren.

Jetzt wollte ich mehr wissen und fing an zu lesen, doch es rutschte mir eines dieser alten dicken Fotos aus Karton aus dem Büchlein aufs Bett. Ich hob das Bild auf und sah es an. Ein Mann war darauf, der mir vertraut erschien, doch ich war sicher, es war nicht mein Uropa. Von dem hatte ich Fotos in Omas Album gesehen. Wer also war dann dieser Mann? Er musste für Magdalena bedeutsam gewesen sein, sonst hätte sie sein Bild nicht aufgehoben. Ich drehte den Karton um, las auf der Rückseite nur den Namen *Ludwig* und war mir sicher, gerade einem Geheimnis auf die Spur gekommen zu sein.

Da klopfte Oma an meine Tür. »Frühstück ist fertig!«

»Ich ... komme gleich!« Mein Magen knurrte auch schon, außerdem gab es wie immer viel zu tun. Ich wollte aber auch gern in Magdalenas Memoiren lesen, mehr erfahren, vielleicht auch herausfinden, wer Ludwig war. Aber das musste ich wohl vertagen.

Ich legte die Memoiren mit dem Foto erst mal weg, machte mich im Bad fertig und zog mich an, dann kam ich an den Frühstückstisch.

»Hast du Magdalenas Tagebuch gelesen?«, fragte ich neugierig.

»Ich habe mal reingeschaut, aber hatte nie die Zeit, es ausgiebig zu studieren. Es enthält historische Abschnitte, über die Entwicklung des Sanddorn Hotels und den Sanddornweg.«

Ich nickte.

»Irgendwann muss ich mich damit näher beschäftigen. Magdalena hat mir immerhin ihre Aufzeichnungen anvertraut und wollte wohl, dass ich die Geschichte kenne. Kaffee?«

Ich nickte erneut, und Oma goss mir ein.

»Weißt du, wer Ludwig ist?«, hakte ich nach.

»Du hast wohl sein Foto gefunden?« Oma schmunzelte. »Er ist ein guter Freund der Sanddorns gewesen.«

»Nur das?« Wieso sollte meine Uroma dann ein Foto von ihm aufheben?

Oma zuckte mit den Schultern und lächelte zugleich vielsagend. »Vielleicht auch mehr? Sie hat ihn jedenfalls früher nie erwähnt, ich weiß von Emilie Sanddorn, wer er war. Emilie kannte alle Familiengeschichten in- und auswendig. Die Antworten findest du bestimmt in ihrem Tagebuch.«

Ich ging auch davon aus. Doch die Zeilen meiner Uroma mussten warten. Heute wollten wir mit dem Auftragen der finalen Farbe beginnen. Unseren Zeitplan mussten wir unbedingt einhalten, wenn wir bald eröffnen wollten.

Nach einem guten Frühstück machten Oma und ich uns ans Werk.

Oma reichte mir eine Rolle. »Bereit?«, fragte sie, und ich nickte entschlossen, tunkte die Rolle in den Eimer mit Cremefarbe und ließ sie dann über die Wand gleiten, um die gräuliche Grundierung mit einem frischen Farbton zu überdecken.

Den Vormittag über blieben wir allein, gegen zwölf tauchte Gina mit einer Platte Fischbrötchen auf. Ich umarmte meine Freundin herzlich. Spontan nahm sie auch eine Rolle in die Hand.

»Musst du denn nicht ins Bistro?«, wunderte ich mich.

»Ein paar Minuten habe ich schon noch.« Sie zwinkerte.

Mit Ginas Hilfe kamen wir noch besser voran. Allerdings wäre Gina nicht Gina, würde sie nicht auch nebenbei über eines ihrer Lieblingsthemen reden: Männer.

»Der Florian ist ja schon echt süß«, schwärmte sie von unserer Bekanntschaft neulich am Cocktail-Kutter.

»Aber mit Steffen und dir lief es wohl nicht so rund?«

Ich zuckte mit den Schultern.

»Er meinte, du würdest wohl einen anderen mögen. Wer könnte das wohl sein?«

»Falls du auf Henrik Manteufel anspielst – ich habe versucht, mit ihm zu reden, aber ich hätte es genauso gut dem Farbeimer erzählen können. Er und ich – das funktioniert auf keiner Ebene.«

»Klar, das merkt man ja«, sagte Gina und führte ihre Farbrolle an der Wand herunter. Ein wenig Farbe kleckerte auf die Folie, die wir über den Dielen ausgebreitet hatten.

»Was soll das denn wieder heißen?«

»Nichts …« Sie pfiff fröhlich vor sich hin, was mich nur noch mehr in Rage brachte. Dann sah sie mich jedoch ernst an. »Lou, wie lange willst du dir denn noch etwas vormachen?«

Ich tunkte meinen Farbroller zu stürmisch und zu tief in den Eimer. »Mist.« Ich ließ ihn etwas abtropfen und spürte Ginas fragenden Blick auf mir. »Selbst wenn du recht hättest, was nicht der Fall ist«, versuchte ich es erneut, »wären er und ich völlig inkompatibel.« Allein die Tatsache, dass er mit einer Firma wie New Life Estate zusammenarbeitete. Aber dazu hatte Saskia ihn vermutlich gedrängt.

»Ich sag nur: Schwingungen. Auf und Abs gehören dazu.«

Ich seufzte. Gina verstand mich einfach nicht. Und es hatte keinen Sinn, es ihr nochmals zu erklären. Für sie waren wir Tom Hanks und Meg Ryan aus *E-Mail für dich*. Dabei blieb sie, auch wenn der Vergleich hinkte.

»Ich muss leider los. Lasst euch die Brötchen schmecken.« Sie ging zur Tür, drehte sich dort aber noch mal zu mir um. »Schwingungen!«, sagte sie ernst. Dann ging sie.

Ich schaute zu Oma rüber, die die andere Seite des Raums strich und tat, als hörte sie nichts.

»Denkst du das auch?«, fragte ich sie. »Dass da ›Schwingungen‹ sind?« Ich setzte das Wort in imaginäre Gänsefüße.

»Mhm?« Sie drehte sich um.

»Ich weiß genau, dass du zugehört hast«, grummelte ich. Solche Dinge interessierten meine Oma.

»Ich mische mich da nicht ein«, sagte sie nur unschuldig und strich weiter, als wäre das Hoch- und Runterrollen von Farbe eine Aufgabe, die absolute Konzentration erforderte.

32. Kapitel

Im Lauf der nächsten zwei Wochen setzten Oma und ich unsere Renovierungsarbeiten fort. Der Verkaufsraum konnte sich nach einer Woche sehen lassen, die zweite verwendeten wir für den Überstrich des Lagers, wobei wir ab und an Hilfe von Irmchen, Gina und Hannah erhielten.

Wir machten uns außerdem daran, Gewerbemöbel zu bestellen, Textilgroßhändler im Internet aufzutun und wenn möglich Probebestellungen der Ware aufzugeben. Zu diesem Zweck verwendeten wir meinen mitgebrachten Laptop, der, wie Oma erfreut feststellte, sogar noch schneller war als der von Irmchen. Irmchens WLAN benutzten wir zudem, bis unser eigenes freigeschaltet wurde.

Ich war so voller Tatendrang, dass ich kaum einen Gedanken an Henrik verschwendete. Doch wann immer ich das Sanddorn Hotel passierte, zuckte es nervös in meinem Bauch.

Und dann war da noch das Tagebuch aus der Mitte des 20. Jahrhunderts aus Magdalenas Kiste. Ich las jeden Abend darin, manchmal bis spät in die Nacht, bis ich ein zusammenhängendes Bild über das Verhältnis der Sanddorns zu meiner Familie und der tiefen Freundschaft zwischen Uroma Magdalena und Carlotta gewann, die mich tief berührte. Und ich erfuhr auch, wie die Manteufels dabei ins Spiel gekommen waren.

Meine Uroma war mittellos gewesen, als sie mit achtzehn zum ersten Mal Carlotta getroffen hatte, die ihr eine Unterkunft und eine Arbeit im Sanddorn Hotel angeboten hatte. Dankbar nahm Magdalena beides an.

Da meine Uroma sehr tüchtig war, band Carlotta sie

schließlich in Geschäftliches ein, organisierte mit ihr regelmäßige Armenspeisungen im Hotelrestaurant, weil es ihnen ein Anliegen war, den Hilfsbedürftigen unter die Arme zu greifen.

Unterstützt wurden sie nicht nur von Carlottas Mann Reginald, sondern auch von einem Geschäftsmann namens Ludwig Manteufel, der öfter im Hotel abstieg, wenn er geschäftlich in der Stadt war und die Wohltätigkeitsprojekte der Sanddorns und Magdalenas mit großzügigen Spenden honorierte.

Ich war sehr überrascht zu lesen, dass ein direkter Vorfahre von Henrik sich so großzügig eingebracht hatte. Zumindest wusste ich nun, dass Ludwig ganz gewiss der Mann auf dem Foto war, welches ich zwischen den Tagebuchseiten gefunden hatte. Mir ging auch auf, warum er mir vertraut erschien, er hatte etwas Ähnlichkeit mit Henrik.

Man brauchte wohl keine übersinnlichen Fähigkeiten, um zu erahnen, dass zwischen Magdalena und Ludwig etwas gewesen war. Schwingungen, wie Gina wohl gesagt hätte.

Auch Carlotta war das damals aufgefallen, wie ich Magdalenas Aufzeichnungen eines Gespräches zwischen den beiden entnahm.

Der Herr Manteufel ist immer so reizend zu dir, findest du nicht?

Ach Carlotta, das bildest du dir nur ein. Warum sollte er mich zuvorkommend behandeln? Ich bin nur eine einfache Frau.

Wieso, denkst du, unterstützt er unsere Projekte, wenn er geschäftlich in Rostock ist?

Weil ihm wie uns etwas an unserem Einkaufsweg und unseren wohltätigen Arbeiten liegt?

Darauf hatte Carlotta gelacht. *Das auch – aber nicht nur.*

Magdalena hatte es dennoch nicht ernst genommen und sich wieder aufs Geschäftliche konzentriert. Eine neue Idee war in ihrem Kopf herangereift, die unseren Laden betroffen hatte.

Wie Oma und Opa mir oft erzählt hatten, gehörten die meisten Geschäfte im Sanddornweg, der damals noch Möwenweg hieß, dem Ehepaar Sanddorn. Reginald hatte die Läden an junge Unternehmer vermietet. Und schließlich hatte Magdalena das Paar überredet, ihr unseren kleinen Laden zu vermieten. Darin hatte sie ein Kleidungsgeschäft mit einer besonderen Idee eröffnet: Menschen konnten hier ihre gebrauchte Kleidung gegen einen Obolus abgeben, Magdalena wusch sie und besserte sie aus. Einen Teil verkaufte sie, einen anderen Teil spendete sie den Ärmsten.

Ludwig Manteufel fand diese Idee so großartig, dass er meiner Urgroßmutter finanziell aushelfen wollte. In Form einer sehr großen Spende. Nur unter der Bedingung, dass sie ihm später jeden Pfennig zurückzahlte, nahm sie sein Geld an.

Vielleicht hat Carlotta recht? Ich beobachte, wie er mich manchmal anschaut, wenn er denkt, ich sehe es nicht. Da ist so ein Leuchten in seinen Augen. Und mein Herz klopft in seiner Nähe wild, ich kann es nicht bändigen. Die Sanddorns gaben neulich ein Fest im Hotel, und Ludwig fragte mich nach einem Tanz. Ich sagte Ja, und es war die schönste Zeit meines Lebens, als er mich übers Parkett führte, nur viel zu kurz. Aber wie sollte aus uns je etwas werden, er stammt aus gutem Haus, im Gegensatz zu mir.

Ich konnte mich nur zu gut in Magdalenas Zweifel einfühlen.

Einmal sagte er zu mir, ich hätte Augen wie Sterne. Und dann hat er mich geküsst. Es war wundervoll. Zu schade, dass er so schnell wieder abreisen musste. Ich hoffe, ich sehe ihn bald wieder …

Ich schluckte schwer, als ich die folgenden Zeilen las, denn vergeblich hoffte Magdalena auf Ludwigs Rückkehr.

Er hat mich vergessen, war sie sich sicher. *Ich habe es mir gewiss nur eingebildet, dass ich ihm etwas bedeute.*

Aber dann erhielt Carlotta Sanddorn die furchtbare Nachricht, dass Ludwig sich auf seiner letzten Geschäftsreise mit Tuberkulose angesteckt hatte und kurz darauf verstorben war. Und ebendies teilte sie Magdalena behutsam mit. Doch für meine Uroma brach die Welt zusammen, und mir krampfte das Herz, von Magdalenas Schmerz zu lesen. Sie verlor ihre Zuversicht, und ich wünschte, ich hätte in der Zeit zurückreisen und meiner Uroma helfen können. Aber das alles war längst vergangen, nur diese Zeilen, die ich las, waren geblieben.

Zwei Jahre trauerte Magdalena um Ludwig. Seiten über Seiten. Doch sich hinter dem Schmerz zu verstecken half nicht, diese Einsicht hatte auch Magdalena. Sie kehrte ins Geschäft zurück, lernte einen jungen Mann aus Kopenhagen kennen und verliebte sich in ihn.

Magdalena sah diese Liebe als Neubeginn, heiratete und gab für sie ihren Laden auf, um mit ihrem Ehemann nach Dänemark zu ziehen. Doch zwischen den Zeilen las ich, dass sie Ludwig nie vergaß. *Aber das Leben geht weiter, mit und ohne uns*, schrieb sie.

Magdalena blieb in Briefkontakt mit Carlotta, dann brach jedoch der Krieg aus. Ich hatte im Internet recherchiert, wie ihre Geschichte weitergegangen war. Es war zwar nicht viel zu finden gewesen, aber immerhin genug, um mir einen Reim auf alles zu machen.

Die Sanddorns waren in dieser furchtbaren Zeit offenbar enteignet worden, weil sie als unbequem galten. Erst ein Jahrzehnt später gelang es Carlotta und Reginald, die Stadtverwaltung zu überzeugen, ihnen das Hotel und ein paar der alten Geschäfte wieder zuzusprechen. Auch fand ich heraus, dass Reginalds Schwester Liz Sanddorn Ludwig Manteufels jüngeren Bruder Armin heiratete. Kurz nach der Heirat zogen Liz und er nach Nürnberg. Offensichtlich war hier Henriks Verbindung zu den Sanddorns entstanden.

Mitte der Fünfzigerjahre hatte sich Magdalena wieder mit einem Schreiben bei Carlotta gemeldet, und hier ging dann auch das Tagebuch weiter.

Es war ihr ein Anliegen herauszufinden, ob die Sanddorns noch lebten. Tatsächlich, das ergab meine weitere Recherche, war Carlotta zu diesem Zeitpunkt verwitwet.

Auch Magdalena hatte schwere Zeiten hinter sich, ihr Mann war gestorben, sie war nach Schleswig-Holstein gezogen, hatte wieder geheiratet und den Namen Bartschek angenommen, und einen Sohn – meinen Opa – geboren, wodurch sie zum ersten Mal, wenn auch für damalige Verhältnisse etwas spät, Mutter geworden war.

Als sie erfuhr, dass Carlotta schwer krank war, reiste sie mit ihrer Familie nach Rostock, um die Freundin zu pflegen. Aber sie war zu spät gekommen.

Ich schluckte den Kloß in meinem Hals herunter, war ergriffen von dem Schicksal beider Frauen, die so viel miteinander verbunden hatte. Und das Ende ihrer Freundschaft empfand ich als mehr als traurig. Carlotta hatte Magdalena den Laden vermacht, den sie einst geführt hatte. Unseren Laden.

Ich war betrübt, dass das Tagebuch hier endete, aber auch froh, ein Stück Hintergrund zum Sanddornweg kennengelernt zu haben, der erst, wie ich von Opa wusste, in den Siebzigern von Möwenweg in Sanddornweg umbenannt worden war, um Carlotta und Reginald zu ehren.

Ob Henrik eine Ahnung von alldem hatte? Ob ihm bewusst war, dass unsere Familiengeschichten so eng miteinander verknüpft waren? Und mit dem Sanddornweg? Wenn er davon wüsste, wenn er die Geschichte kannte, vielleicht würde er seine Meinung unsere Straße und das Hotel betreffend ändern?

Mich jedenfalls hatten die Aufzeichnungen Magdalenas

sehr berührt, und wenn ich Henrik richtig einschätzte, würde es ihm auch so ergehen. Aber vielleicht machte ich mir nur etwas vor. Ich legte das wertvolle Büchlein erst einmal in die Kiste zurück und verschloss sie.

Als ich mich kurz darauf zu Oma an den Esstisch setzte, auch in der Absicht, mit ihr über Magdalenas Tagebuch zu reden, war das Abendbrot bereits fertig. Da Oma niedergedrückt erschien, sie stocherte mit einem Löffel im Marmeladenglas, vergaß ich die alten Aufzeichnungen jedoch für den Moment.

»Alles in Ordnung?« Ich ahnte, dass wieder etwas vorgefallen war.

»Buchi«, sagte sie leise.

»Was ist denn mit Buchmann«, fragte ich besorgt.

»New Life Estate hat ihm ein neues Angebot gemacht. Er hat es mir vorhin erzählt. Und er denkt drüber nach, es anzunehmen. Er sei ja nicht mehr der Jüngste …«

O Mann! Damit würden die Land gewinnen. Und ein Stück Sanddornweg.

»Hat er zugesagt?«

»Noch nicht …«

Hoffentlich blieb das so.

33. Kapitel

Die Geschichte der Sanddorns, Bartscheks und Manteufels aus Magdalenas Tagebuch bewegte mich noch Tage später, ließ mich nicht los. Ich fragte mich, ob meine Uroma Ludwig bis zum Schluss geliebt hatte, hatte sie sein Bild doch wie einen Schatz aufgehoben. War er und nicht mein Uropa die Liebe ihres Lebens gewesen?

Ich verließ den Supermarkt und lief die Fjordstraße runter, bog in den Möwenbogen ein und stolperte fast gegen Henrik, der wie aus dem Nichts vor mir aufgetaucht war. Er wirkte etwas zerfahren, rannte mich fast um, sodass mir die Einkaufstüten aus den Händen fielen.

Ich blinzelte erschrocken zu ihm hoch, da bemerkte ich, er hatte dieselben Augen wie Ludwig auf dem Foto. Ich hatte mir die Ähnlichkeit nicht nur eingebildet. Sie wirkten genauso sehnsüchtig, was mich schlucken ließ und mein Herz zum nächsten Marathon schickte.

Er bückte sich, um meine Tüten aufzuheben.

»Die sind ja ganz schön schwer«, meinte er. Ja, war ein Großeinkauf gewesen. Ich hatte Vorräte für die ganze nächste Woche besorgt.

»Wieso hilft dir nicht dein netter Freund vom Cocktailkutter?«, fragte er dann.

Was? Ich musste lachen. »Steffen ist nicht mein Freund. Ich hab ihn nicht mal wiedergesehen.«

Seine Züge hellten sich auf. »Ich trag sie dir«, entschied er plötzlich, drehte sich um, lief den Weg zurück, den er gekommen war, und in Richtung Strandperle.

»Was?«, murmelte ich durcheinander und folgte ihm.

Schon von Weitem sah ich vor der Boutique eine riesige Leiter, auf der Oma herumhangelte. Irmchen und Hannah hielten das klapprige Gestell fest. Dennoch wackelte es sichtlich.

Was ging denn da vor sich? Waren die von allen guten Geistern verlassen? Ich hechtete an Henrik vorbei zu ihnen.

»Was macht ihr denn da?«, fragte ich atemlos. Das sah verdammt gefährlich aus!

»Viola wollte das alte gegen das neue Schild austauschen, das Hannah angefertigt hat«, erklärte Irmchen und deutete auf ein Schild neben der Leiter. Ich musterte es genauer.

Es sah einfach toll aus mit der geschwungenen Schrift und der Muschel im Hintergrund, die das perfekte Logo abgab.

»Ich habe es mit Lack versiegelt, so hält es jedem Wetter stand«, sagte Hannah.

»Das sollte eigentlich eine Überraschung werden. Viola sagte, wenn sie dich zum Einkaufen schickt, haben wir mindestens eine Stunde Zeit, das zu bewerkstelligen.«

So war das also gewesen.

Das Surren des Akkuschraubers erklang.

»Ich kriege diese verflixten Schrauben nicht heraus, sind eingerostet«, schimpfte Oma.

»Komm bitte runter. Lass mich mal versuchen.« Ich konnte nicht mitansehen, wie Oma da oben kaum Halt hatte.

»Ich versuch's noch mal, wenigstens eine will ich raushaben.« Sie keuchte und ächzte, drückte die Spitze des Bohrers fest in das Kreuz der Schraube, doch es schien nichts zu machen zu sein. »Ich gebe auf«, sagte meine Großmutter frustriert. Langsam kam sie runter, die Leiter wackelte bei jedem Schritt nur noch mehr.

»Ich kann das übernehmen«, erklang Henriks Stimme hinter uns. Den hatte ich in der ganzen Aufregung völlig vergessen. Immer noch hielt er meine Einkäufe in den Händen.

Die anderen beäugten ihn misstrauisch.

»Der Herr Erbe«, sagte Irmchen etwas abfällig.

Henrik grinste sie charmant an.

»Unsinn, das mache ich«, beharrte ich, kletterte hoch und setzte den Bohrer an die erste Schraube in der linken oberen Ecke an. Als ich ihn einschaltete, quietschte er energisch los. Der Bohrer sprühte Funken, aber die Schraube rührte sich nicht, das Gewinde blieb starr. So was Ärgerliches! Ich schlug einige Male mit der Faust gegen das Ladenschild und hatte das Gefühl, dieses eher kleinzukriegen als die Schraube, die es hielt.

»Soll ich nicht doch …«

»Nein!«, fuhr ich Henrik an und setzte den Akkuschrauber erneut an und drehte ihn auf, aber mit Gefühl. Das half meist, wenn man mit purer Gewalt nicht vorankam. Plötzlich gab die Schraube tatsächlich nach, und im Nu gelang es mir, erst die eine, dann die andere obere Ecke des Schilds zu lösen. Die unteren Schrauben waren auch kein Problem. Ich hatte es geschafft, nahm das Schild ab, reichte es Oma und Hannah runter. Die stellten es ab und gaben mir dann das neue hoch plus neue Schrauben, sodass ich es geschickt anbringen konnte. Ich rüttelte probeweise dran. Es hielt. Zufrieden kam ich runter, um mein Werk aus etwas mehr Entfernung zu betrachten.

»Das sieht großartig aus!«, sagte Irmchen und schlug die Hände zusammen. »Habe ich es dir nicht gesagt, Hannah? Genau das hat der Boutique noch gefehlt. Ein Schiff kann ohne Taufe auch nicht ausfahren. Du brauchst wirklich mehr Selbstbewusstsein, Kleine.«

Hannah lächelte verlegen, und ich sah, wie ihre Wangen sich ganz zart röteten.

»Gar nicht übel. Wo muss die Leiter hin?«, fragte Henrik.

»Ins Lager, aber das mache ich selbst.« Ich wollte nicht in seiner Schuld stehen, denn recht traute ich dem Ganzen nicht. Warum sollte er uns plötzlich helfen?

»Kommt nicht infrage, wenn ich schon mal hier bin, kann ich das auch übernehmen.«

Ohne meine Antwort abzuwarten, stellte er die Tüten ab, fuhr den oberen Teil der Leiter runter, bis er einrastete und das Gestell auf halbe Größe schrumpfte. Dann trug er dieses ins Geschäft, als würde es nicht mal halb so viel wiegen, wie es tatsächlich der Fall war. Ich schnappte mir die Einkaufstüten und folgte ihm nach drinnen, ließ die Beutel im Verkaufsraum stehen.

Durchs Schaufenster sah ich noch, wie Irmchen und Hannah erst neugierig hereinschauten, dann aber im Souvenirladen verschwanden.

»Ich kümmere mich mal um die Einkäufe«, sagte Oma.

»Die sind aber schwer.«

»Dann gehe ich halt zwei Mal.«

»Hier rein?«, rief Henrik und deutete fragend zur Lagertür.

»Ja, richtig«, sagte ich zu ihm und beobachtete argwöhnisch, wie Oma sich den ersten Beutel schnappte.

»Uff, doch ganz schön schwer.« Sie ließ ihn gleich wieder sinken.

»Sag ich doch, ich mache das gleich.«

»Hast du da Backsteine reingetan? Na schön«, gab sie nach und wandte sich einer unserer Modepuppen zu, um das Kleid, das diese trug, zu richten.

Aber bevor ich mich um unsere Vorräte kümmerte, öffnete ich Henrik die Tür zum Keller. Er betrat unseren Lagerraum, ging leichtfüßig die Treppe runter und stellte die Leiter vor sich ab.

»Wo muss sie hin?« Fragend sah er zu mir hoch.

»Hier«, sagte ich, kam nun auch die Treppe runter und zeigte auf die Ecke neben dem alten Regal.

»Dann wollen wir mal«, sagte er und hob das Gestell abermals an.

Die Leiter verschwand an ihrem angestammten Ort, und Henrik wischte sich zufrieden über die Hände.

»Danke«, sagte ich, betonte aber, dass es nicht nötig gewesen war.

»Ich hab's gern getan«, erklärte er, und unsere Blicke trafen sich. Mir wurde sehr schnell sehr heiß. Wieso, fragte ich mich. Also nicht, warum mir heiß wurde, sondern warum er uns plötzlich half.

Henrik nahm mehrere Stufen gleichzeitig und war schon wieder fast oben.

»Warte mal.«

Er hielt inne, und ich schloss zu ihm auf. »Weshalb ...«

»... ich euch helfe?«

Ich nickte.

»Vielleicht weil ich doch kein ganz so übler Kerl bin, wie du denkst?« Er grinste und verschwand durch die Lagertür.

Als ich ihm verwirrt folgte, bemerkte ich Henriks überraschten Ausdruck in den Augen, während er unsere Kleider im Verkaufsbereich genauer musterte. Er drehte sich einmal langsam um sich selbst und betrachtete dabei unsere Boutique aus allen Winkeln. Die Kleiderpuppen in ihren bunten Gewändern, der Kassenbereich, die Umkleiden. Alles nahm nach und nach Gestalt an.

Bildete ich es mir nur ein oder sahen seine Züge plötzlich sanfter aus, während er seinen Blick schweifen ließ? Wir hatten ein paar Regale mit Tobias' Hilfe aufgebaut, und in der Viola-Ecke hingen auch schon erste Kleider.

»Ihr kommt gut voran«, meinte er. Und: »Es sieht gut aus.«

Hatte ich mich verhört? Wo war der Haken?

Ich nickte irritiert, während er an mir vorbeiging zum Ausgang.

»Ich muss nun los«, erklärte er, doch ich war mir nicht sicher, ob er es zu mir oder zu sich selbst sagte.

Ehe ich etwas erwidern konnte, war er schon weg.
»Was ist denn mit dem los?«, sprach Oma mich schon an.
»Ich habe keine Ahnung«, gab ich zu. Doch da war wieder dieses Gefühl, dass er eigentlich gar nicht dieser hartherzige Immobilienhai war.
Und mir wurde etwas klar: Henrik musste Magdalenas Tagebuch lesen. Vielleicht verstand er dann, was uns der Sanddornweg bedeutete.

34. Kapitel

Am Samstag kam eine erste Lieferung an Probeartikeln eines renommierten Bekleidungsherstellers an. In dem riesigen Karton lagen Ponchos und Schals mit Ethnomustern, Stulpen und Sommerblusen, Übergangsjacken mit Hahnentrittmuster und viele andere schöne Sachen ganz in meinem bevorzugten Stil.

Es ging gut voran, die Eröffnung rückte näher. Vergeblich wartete ich jedoch auf eine Reaktion von Henrik zu Magdalenas Tagebuch, das ich ihm inzwischen im Hotel hinterlegt hatte. Vielleicht hatte er es nicht mal gelesen. Vielleicht war es auch ein Fehler gewesen, es ihm zu geben? Ich probierte ein paar der Sachen an, schöne Materialien. »Sieht gut aus«, bestätigte Oma. Und es fühlte sich angenehm weich auf der Haut an.

Weil ich ihr Okay hatte, gab ich eine Großbestellung auf. Und Anfang der Woche kam auch endlich das restliche Mobiliar. Tobias Haas half uns abermals aus, indem er mit uns die Regale aufbaute und die Kleiderstangen zusammensetzte.

»Ihr seid auf dem richtigen Kurs, alle Achtung«, sagte Irmchen, als wir einen Tag später eine kleine Ladenführung mit ihr machten. »Wollt ihr eigentlich auch über das Internet verkaufen?«, fragte Irmchen.

»Das haben wir fest vor, der Neffe meiner ehemaligen Nachbarin ist ein Technikfreak und studiert bald Informatik. Er will an einem Online-Shop für uns basteln.« Ich hatte diesbezüglich schon alles in die Wege geleitet. Auch andere Marketingmaßnahmen waren in vollem Gang – Flyerdruck, eine kleine Werbekampagne im Social-Media-Bereich, eine eigene Facebook- und Instagram-Seite für die Strandperle – auch meine Mutter half von Berlin aus tatkräftig mit. Außerdem hatten wir Anzeigen in der Lokalpresse geschaltet.

»Großartig, Mädels«, sagte Irmchen und versprach, auch ein paar Flyer im Souvenirgeschäft auszulegen.

Mit einem Mal stürzte Gina in den Laden. Sie wirkte aufgeregt und viel konfuser als sonst, ich wusste gleich, da stimmte was nicht. War was mit ihrem Florian? Der war inzwischen zurück in Köln, hatte aber versprochen, im nächsten Urlaub wieder herzukommen und bis dahin jeden Tag E-Mails zu schreiben.

»Lou, du musst sofort zum Hotel«, keuchte sie und stützte ihre Hände auf den Knien ab.

»Wieso denn?«, fragte ich. Und wieso schlug mein Herz schon wieder so schnell? Hotel = Henrik. Das war die Assoziation, die mir als Erstes einfiel.

»Er zieht sich zurück«, brachte Gina schwer atmend hervor. »Ich bin so schnell gekommen, wie ich konnte. Bitte, kein Wort zu meiner Kondition, ich weiß selbst, ich muss mehr Sport machen«, erklärte sie.

»Wer zieht sich zurück? Was soll denn das heißen?«, wunderte sich Oma.

»Keine Ahnung. Der Manteufel. Einer der Hotelgäste hat es mir gesagt. Er mag das Essen im Restaurant nicht, deswegen kommt er immer zu uns. Er plaudert gern, und dabei hat er eben erzählt, dass das Büro der Hoteldirektion ausgeräumt wird. Manteufel und ein paar Helfer haben Kisten zu einem Transporter auf dem Hotelparkplatz geschleppt.«

»Hört sich an, als würde der Leichtmatrose endlich die Segel streichen«, meinte Irmchen zufrieden, Gina aber sah mich eindringlich an, als wäre das meine letzte Chance auf Versöhnung, wie in einem dramatischen Liebesfilm. Und irgendwie fühlte es sich genau so an.

»Ist doch gut, wenn er geht«, meinte ich nur, und meine eigenen Worte versetzten mir einen Stich. Aber immerhin wäre dann die drohende Gefahr eines Luxushotels in unserer Straße gebannt.

»Jetzt sei nicht so stur. Jeder hier weiß, dass ihr was füreinander empfindet und nur dieses dumme Hotelprojekt zwischen euch steht, aber vielleicht tut es das jetzt nicht mehr?«

Jeder hier wusste was? Ich sah zu Oma und dann zu Irmchen, beide schauten interessiert auf den Boden, als würde der im Sekundentakt seine Farbe ändern.

»Das Hotelprojekt ist jetzt offenbar Geschichte«, betonte Gina noch mal triumphierend, als hätte ich es beim ersten Mal nicht verstanden.

»Das muss gar nichts heißen. Vielleicht renoviert er das Büro nur?«, überlegte ich.

»Finde es heraus«, forderte Gina mich auf. Dann ging sie und ließ mich mit überaus gemischten Gefühlen stehen.

35. Kapitel

Gegen siebzehn Uhr machten wir Feierabend. Das Lädchen glich immer mehr einer Modeboutique. Es wurde ernst, die Eröffnung war in Sichtweite. Aber seltsamerweise war meine Freude gedämpft.

»Vielleicht solltest du doch mit ihm sprechen«, meinte Oma plötzlich. »Ich sehe doch, dass du mit deinen Gedanken ständig woanders bist, und deine Mundwinkel reichen schon bis zum Boden.«

Mein Herz raste, nur weil Oma das Thema eröffnet hatte. Der Gedanke, dass Henrik fort war, ich ihn vielleicht nicht wiedersah, setzte mir zu. Er war nicht mal gekommen, um sich zu verabschieden. Geschweige denn, mir das Tagebuch zurückzubringen. Es war albern gewesen, es ihm auszuhändigen.

Eigentlich hätte ich doch erleichtert sein sollen, denn wenn es stimmte, was Gina gesagt hatte, und er das Hotelprojekt aufgab, hatten auch wir wieder mehr Luft zum Atmen.

Wieso also war da dieser Stich in meiner Brust?

»Du kannst es dir schwer machen, noch etwas ausharren und dir weiter einreden, dass du nichts für ihn empfindest. Dann ist er bis morgen vielleicht wirklich auf und davon. Oder du springst über deinen Schatten. Wenn du mich fragen würdest, was ich an deiner Stelle täte, würde ich sagen: Sieh zu, dass du ihn noch erwischst«, sagte Oma sanft, doch bestimmt. »Alles andere könnt ihr ja dann klären …«

Sie hatte vielleicht recht … und ich hatte bewiesen, dass ich mit meinem Sturkopf zu Recht ein Mitglied dieser Familie war.

Ich sprang auf und lief los, wischte alle Bedenken fort und eilte zum Hotel. Als ich die Lobby betrat, stand der Portier mit dem Rücken zu mir an der Rezeption und telefonierte gerade.

»Ja, wenn Sie den Schreibtisch und die restlichen Möbel aus dem Büro des Direktors schon morgen abholen könnten, wäre uns sehr geholfen«, hörte ich ihn sagen.

Mir rutschte das Herz in die Hose. Also stimmte es, was Gina gesagt hatte. Die räumten das Büro aus. Hatte ich die Chance vertan, mich mit ihm auszusprechen, ihm zu sagen, was ich wirklich empfand?

Wie dumm musste ich sein, dass es mir erst jetzt klar wurde.

»Wiederhören«, sagte der Portier und drehte sich um, während er gleichzeitig auflegte.

Unsere Blicke trafen sich.

Er rollte mit den Augen, als er mich erkannte. Ungehalten faltete er die Hände auf dem Tisch vor sich. »Sie sind zu spät. Herr Manteufel ist nicht hier«, sagte er vorauseilend. Aber das hatte ich ja schon mitbekommen.

Vielleicht erwischte ich ihn noch in seinem Strandhaus. Schließlich musste er packen, wenn er von hier wegwollte. Ich musste mich beeilen.

Schon stürzte ich durch den Vordereingang des Hotels über den Parkplatz in die Fjordstraße. Ich hatte Glück, dass gerade ein Taxi vorbeikam, das ich beherzt anhielt. Na ja, ich rannte ihm fast vor die Kühlerhaube, da konnte der Fahrer kaum anders, als auf die Bremse zu treten. Energisch riss ich die Tür auf, sprang rein und schnallte mich an, während ich ihm lauthals die Adresse zurief.

Schnell brachte er mich zu Henriks Strandhaus, doch ich sah schon von Weitem, dass es dunkel war.

Was, wenn er Rostock längst verlassen hatte? Ohne dass ich ihm hatte sagen können, dass er mir wichtig war. Unsere

Rivalität hatte mich von diesem Gefühl abgeschnitten, doch jetzt spürte ich es umso stärker.

Ich gab dem Fahrer sein Geld und lief die letzten Meter zum Haus rüber. Ich hatte wenig Hoffnung, dass er da war. Und so war es dann auch. Ich klingelte wieder und wieder. Aber niemand öffnete. Zu spät. Ich spürte Tränen aufsteigen.

Wieso hatte Gina besser gewusst, was ich wollte, als ich selbst?

Geknickt wandte ich mich ab, steuerte auf das Wasser zu und lief am Meer entlang, sanft und ruhig waren die Wellen, die an den Strand gespült wurden. Innerlich fühlte ich mich eher wie eine tosende See bei Unwetter und Regen. Ich näherte mich meinem Lieblingsfleck in den Dünen. Keine Ahnung, wieso, aber ich hatte so ein Gefühl, dass Henrik hier war.

Er war es nicht …

Etwas in mir sank in sich zusammen.

Ich setzte mich mit feuchten Augen an unsere Stelle.

Wieso hatten wir nicht versucht, einen Kompromiss zu finden? Einfach zusammenzuarbeiten. Irgendeinen Weg hätte es bestimmt gegeben.

Ich schloss die Augen, lauschte dem Rauschen der Wellen, genoss den sanften Wind auf meinen Wangen und hörte schließlich meinem eigenen Herzschlag zu, der nun wieder ruhiger und gleichmäßiger war. Bis ich Schritte hinter mir vernahm, die das Klopfen in meiner Brust wieder verstärkten. Ein vertrauter Geruch wehte zu mir herüber.

Erschrocken drehte ich mich um. Es war Henrik, der mit den Händen in den Hosentaschen aus Richtung der Straße kam. Als er mich bemerkte, grinste er. Der Moment kam mir surreal vor. Ich wusste, ich starrte ihn an wie eine Fata Morgana.

»Was machst du hier?«, fragte ich durcheinander und widerstand dem Drang, ihn zu berühren, um zu überprüfen, ob er echt war.

»Ich wollte den Abend genießen«, entgegnete er gänzlich unschuldig.

Ich verstand gar nichts mehr, mein Herz klopfte zum Zerspringen, und Tränen traten mir in die Augen, hatte ich doch gedacht, ich würde ihn nie wiedersehen. Und jetzt stand er einfach so vor mir.

»Sie sagten, du wärst weg. Das Büro wurde ausgeräumt, in deinem Strandhaus warst du auch nicht …«

Er setzte sich neben mich. »Du warst an meinem Haus?«

Ich nickte.

»Ich dachte, du würdest Rostock verlassen.« Mich verlassen. Vielleicht hatte er das ja immer noch vor.

Henrik atmete tief ein und schaute aufs Meer hinaus. Ich musterte ihn von der Seite, sein volles Haar, seine markante Kieferpartie. Ich konnte immer noch nicht glauben, dass er wirklich hier war.

Sein Blick suchte meinen. »Schon komisch«, raunte er.

Fragend sah ich ihn an, beobachtete, wie sich seine schönen Lippen leicht öffneten.

»Dass wir uns immer wieder begegnen. Ich glaube nicht an Zufälle …«

Ich spürte, dass in seiner Gegenwart dasselbe geschah wie immer. Ich fühlte mich zu ihm hingezogen. Ob ich wollte oder nicht.

»Ich bleibe in Warnemünde«, sagte er. »Es ist trotzdem schmeichelhaft, dass du mir nachgefahren bist.« Er zwinkerte.

»Aber … das Büro …«

»New Life Estate und ich haben unsere Zusammenarbeit beendet.«

»Was?«

»Es gab Differenzen über unsere Vorgehensweise.« Er legte eine bedeutsame Pause ein, die er nutzte, um seinen Blick wieder übers Meer wandern zu lassen.

»Ich habe Saskia auf die Bedrohung deiner Oma angesprochen, was sie geleugnet hat.«

War zu erwarten gewesen.

»Später habe ich jedoch ein Telefonat von ihr mitbekommen, in dem sie jemanden bedroht hat, um an eine Immobilie für ein anderes Projekt zu gelangen. Das hat mich sehr bestürzt. Unter solchen Bedingungen wollte ich nicht länger mit ihr zusammenarbeiten. Sie hat das Projekt abgegeben und ist vor zwei Tagen auf Geschäftsreise gegangen, deswegen habe ich mich um ihren ›Auszug‹ gekümmert.«

Es waren also Saskias Kisten und Möbel gewesen, die abtransportiert werden sollten.

Henrik grinste mich an. »Und du dachtest, ich würde die Stadt verlassen? Dabei plane ich sogar, mich hier einzurichten.« Seine Augen wurden sanft und warm. »Du hattest Angst, mich zu verlieren?«

Das klang plötzlich so albern.

»Ja, verdammt«, zischte ich. »Aber bilde dir darauf nicht zu viel ein.«

»Wo werd ich denn?«

»Aber … warte mal, es geht doch bei New Life Estate um eine Menge Geld … wirst du keine Vertragsstrafe zahlen müssen, wenn du die einfach absägst?«

Er legte seine Hände um mein Gesicht und drehte es zu sich.

»Mein Anwalt wird das regeln. Wird sicher ein längerer Prozess, aber New Life Estate arbeitet mit dubiosen Mitteln, das wollen sie bestimmt nicht in der Öffentlichkeit breittreten. Sie können froh sein, wenn sie am Ende mir eine Entschädigung zahlen dürfen. Mein Anwalt denkt nämlich über eine Sammelklage anderer Geschädigter nach, denen New Life Estate übel mitgespielt hat. Und das wird dann richtig teuer.«

Mir gefiel, dass er ihnen die Stirn bieten wollte. Solchen Unternehmen mussten Grenzen aufgezeigt werden.

»Aber was wird denn dann aus dem Sanddorn Hotel?«

Ein wunderschönes Lächeln umspielte seine Lippen.

»Das würde ich dir gern zeigen.«

Ich sah nur noch seine Lippen, die sich öffneten, und hielt den Atem an, konnte nicht anders, als ihnen entgegenzustreben.

Unsere Münder flossen ineinander, als wären sie nur zu diesem Zweck gemacht worden. Für diesen Moment vergaß ich alles um mich herum. Ich bekam nicht genug von diesem Kuss, spürte Erleichterung und ja – Glück.

»Lass uns zu mir gehen, dann erkläre ich dir alles«, sagte er und küsste meine Nasenspitze. Ich nickte, dann half er mir auf.

Henriks Hand umschloss meine. Es fühlte sich schön an, wenn er sie festhielt mit seinen schlanken, aber starken Fingern.

Und auch wenn sich immer noch alles etwas unwirklich anfühlte, ging ich mit ihm.

Wir liefen über den Dünenstreifen bis zu seinem Strandhaus. Jeder Schritt fühlte sich wie auf Wolken an. Erst als er mich dort leidenschaftlich in seine Arme zog und mich küsste, dämmerte mir, dass es real war.

»Ich habe dich vermisst«, gestand er und zog mich in sein Haus und dort ins Schlafzimmer, wo er seinen Körper eng an meinen schmiegte. »Du ahnst nicht, wie sehr.«

Henrik ließ seine Lippen über meine Wangen, dann mein Kinn und schließlich meinen Mund gleiten. Atemlos sah ich zu ihm hoch, spürte mein Herz immer noch – oder schon wieder, genau konnte ich das nicht mehr sagen – wie wild klopfen. Sein Geruch vernebelte meine Sinne, ich spürte seine Küsse überall …

»Ich möchte mit dir zusammen sein, Lou«, raunte er an meinen Mund. Ich hörte es zeitverzögert und kam mir vor wie in einem Traum. Erst nach und nach begriff ich seine Worte, und dann konnte ich nicht anders. Ich küsste ihn, schlang die Arme um ihn und weinte vor Glück, denn genau das wollte ich auch.

Henrik breitete seine Decke über uns aus, und wir tauchten ein in einen warmen Kokon …

36. Kapitel

Ein blasser, sichelförmiger Mond schien durch das Fenster. Er war umringt von einer Heerschar funkelnder Sterne. Ich beobachtete, wie einer nach dem anderen aufzugehen schien und es so immer mehr wurden.

»Du hattest recht«, sagte Henrik, während ich meinen Kopf an seine Schulter schmiegte, ohne den Blick vom Sternenmeer zu abzuwenden.

»Ist das so?«

Seine Hand streichelte meine Schulter, dann griff er ein Buch aus seiner Nachttischschublade.

»Das hier ist es, was ich dir zeigen wollte.«

Ich las den Titel *Historische Bauten Rostocks.* Es hatte einen Aufkleber an der Seite, der es als Bibliothekseigentum auswies.

»Aber was hat es damit auf sich?«

»Sieh es dir an«, sagte er.

Ich nahm das Buch und blätterte darin, sah verschiedene Fotografien vom Anfang des 20. Jahrhunderts. Menschen, die in komischen Badeanzügen in der Ostsee schwammen, feine Damen mit Sonnenschirmen, die am Hafen langspazierten, und natürlich etliche Rostocker Bauten, der alte Leucht- und der alte Wasserturm, das Rathaus … sogar unsere Straße in Schwarz-Weiß. Sie sah aus wie heute und doch anders, denn in den Schaufenstern wurden altmodische Kleider und andere Souvenirs angeboten. Ein bisschen war es, als schaute man in eine Parallelwelt. Ich fand es sehr aufregend, noch aufregender waren die Fotos des alten Sanddorn Hotels. Diese Buchseiten hatte Henrik mit kleinen Post-its markiert.

Er zeigte mir eine alte Schwarz-Weiß-Fotografie ein paar Seiten weiter, welche die Lobby des Sanddorn Hotels abbildete. Ein verschnörkelter Kronleuchter hing im Foyer, der Boden schien aus einer Art Schachbrettmuster zu bestehen, in dem sich der Fotograf mit seiner altmodischen Kamera spiegelte. Aber wieso hatte Henrik das alles recherchiert, warum zeigte er es mir? Da ging mir ein Licht auf.

»Du möchtest es nachbauen?«, fragte ich verblüfft.

»Es werden nur Repliken sein, doch es soll unseren Gästen das Gefühl vermitteln, sie befänden sich an einem Ort früherer Zeiten. Ja, ich möchte das alte Sanddorn Hotel rekonstruieren, um das, was es besonders und einzigartig macht, zu betonen. Als du sagtest, es gebe hier genügend Luxushotels im Seebad, hattest du recht. Was es noch nicht gibt, ist ein Retro-Hotel. Ich werde mich fortan nur noch darum kümmern.«

Ich spürte, wie meine Unterlippe ein wenig zitterte. »Ist … das wirklich wahr?« Ich war sofort Feuer und Flamme für diese Idee. Sie war genau mein Ding. Die ganze Zeit hatte ich gehofft, er würde das Juwel in seinen Händen erkennen, doch nun ging er sogar einen Schritt weiter. »Das ist alles wundervoll, nur … wieso auf einmal?«

Er lächelte mich an, und mein Herz hüpfte vor Glück. »Ich wollte mit dir zusammen sein, Lou. Immer wieder, wenn wir uns sahen, wurde mir das stärker bewusst. Aber die Hotelpläne standen zwischen uns, ich habe nach einer Lösung gesucht. Schon länger möchte ich mich neu orientieren. Du hast mich auf die Idee gebracht, dass das Sanddorn Hotel etwas Besonderes ist, und zum Umdenken bewegt. Und die Sanddorns und die Geschichte um Magdalena und Ludwig haben auch ihren Teil dazu beigetragen.«

Er hatte das Tagebuch also gelesen! Ich fühlte mich tief berührt, weil er mir zuliebe neue Wege gesucht hatte. Ein Lächeln huschte über seine Lippen, und seine Augen leuchteten sanft.

»Du kannst mir vertrauen, Lou«, sagte er. »Ich meine es ernst. Ich möchte alles tun, das Hotel wieder zu dem zu machen, was es einst war. Und ich will, dass der Sanddornweg bleibt, wie er ist. Allerdings sollten mehr Menschen seinen Charme kennenlernen. Ich möchte dafür sorgen, dass er erblüht wie einst.«

»Genau das will ich auch.« Zusammen konnten wir der kleinen Gasse vielleicht wieder zu ihrem alten Glanz verhelfen.

»Wir könnten in der Straße gemeinsame Aktionen planen. Kleine Feste, Weihnachten, die Warnemünder Woche …«

Er lachte. »Nicht so hastig, lass uns einen Schritt nach dem anderen tun, erst einmal steht deine Eröffnung an, und ich muss zuvor die Innenräume des Hotels umbauen lassen. Das wird eine gewisse Zeit beanspruchen.«

»Hast recht.« Irmchen hätte sicher etwas gesagt wie: Erst den Anker hieven, dann Segel setzen.

Eng kuschelte ich mich an ihn. Seine warme Haut unter meinen Fingern fühlte sich weich und samten an, doch ich spürte auch die Muskeln darunter. Es war kurz vor Mitternacht.

»Bleib doch heute Nacht bei mir«, schlug er vor.

Ich konnte mir nichts Schöneres vorstellen. Seufzend schloss ich die Augen und atmete seinen Duft ein. Er strich mir sanft über meine Haare, was ich sehr genoss.

Müde lehnte ich meinen Kopf an seine Schulter, schloss die Augen und lauschte dem Rhythmus seines Atems …

37. Kapitel

Ich wachte am nächsten Morgen mit einem Lächeln im Gesicht auf und kuschelte mich an Henriks Brust. Er atmete gleichmäßig ein und aus, die Augen noch geschlossen. Ich machte meine auch noch mal zu, genoss seinen Duft und die Wärme seines Körpers.

»Wieso bleibst du nicht auch den ganzen Tag bei mir?«, raunte er. »Wir nehmen uns frei.«

Er war also doch schon wach. Eng schmiegte ich mich an ihn, während er seinen Arm um mich legte.

»Die Strandperle eröffnet bald«, erinnerte ich ihn. »Es ist noch einiges zu tun.« Einen freien Tag konnte ich mir eigentlich nicht erlauben.

Sein zweiter Arm schlang sich um mich, und ein sanfter Kuss landete auf meinem Scheitel. »Eine Pause wird dir guttun …« Sein Geruch umfing mich, strich um meine Nase und hüllte mich ein. »Bleib bei mir, nur noch ein bisschen«, flüsterte er in mein Ohr.

Ich kicherte, denn es kitzelte. Er hatte mich längst überzeugt.

Wir zogen die Decke über unsere Köpfe, und ich spürte seine Küsse überall. Sie ließen mich auf Wolken schweben.

Und ich setzte erst wieder zur Landung an, als Henrik mir ein paar seiner – wie er sie selbst nannte – berühmt-berüchtigten Omeletts zum Frühstück machte, die er mir ans Bett brachte und die tatsächlich unglaublich lecker schmeckten.

»Das sollten wir öfter tun«, sagte er.

»Gemeinsam frühstücken?«

»Warum nicht«, erwiderte er grinsend.

Ich konnte mir das auch sehr gut vorstellen. Nichts konnte meine gute Laune trüben, aber da klingelte mein Smartphone wie ein böses Omen.

Es war Oma, die ihr neues Handy offenbar einweihen wollte, ich hatte dennoch ein merkwürdiges Bauchgefühl und ging gleich ran.

»Lou, ich stehe vor der Strandperle! Es ist eine einzige Katastrophe!«

»Oma, was ist passiert?«

»Komm bitte schnell!« Sie hatte schon wieder aufgelegt, ich rief zurück, doch sie ging nicht ran, was meine Sorge verstärkte. So aufgeregt hatte Oma noch nie geklungen!

»Wir müssen sofort los«, sagte ich zu Henrik.

»Nehmen wir meinen Wagen.«

Wenig später parkte er vor dem Hotel, als eine Polizeistreife aus dem Möwenbogen fuhr.

Henrik und ich tauschten besorgte Blicke aus. Polizei bei uns – das war nicht gerade alltäglich. Und sicher hatte es was mit Oma zu tun.

Ich eilte zum Bogen und hindurch in den Sanddornweg, Henrik holte mich auf halber Strecke ein.

Unwillkürlich erstarrte ich, als ich eine Menschentraube vor unserem Laden sah. Ich erkannte Irmchen und Hannah, Gina und ihre Eltern, die Frau vom Fahrradverleih sowie den Mann vom Blumenladen und einige Passanten.

Oma hockte am Boden, das Gesicht in den Händen vergraben. Mir wurden die Knie ganz weich. Ich rannte zu ihr, so schnell ich konnte.

»O mein Gott!«, entwich es mir.

Der Tag hatte eigentlich wunderschön angefangen mit Frühstück im Bett, Henriks berühmten Omeletts. Doch das schöne Bild zersplitterte wie Glas. Als ich Oma erreichte, nahm ich sie in den Arm.

»Was ist hier los, Oma?« Zuerst dachte ich, sie hätte vielleicht einen Kreislaufzusammenbruch, schließlich hatte sie sich in letzter Zeit ziemlich übernommen. Ich machte mir schon Vorwürfe, nicht da gewesen zu sein.

»Es ist alles aus«, schluchzte sie. »Ich habe zwar Anzeige erstattet, aber was kann die Polizei schon tun?«

Wieso denn Anzeige? »Was meinst du?«

Sie deutete zur Strandperle. »Das meine ich. Wir sind ruiniert ...«

Ich sah zur Boutique und traute meinen Augen nicht! Die beiden Schaufenster waren mit unleserlichem Graffiti vollgesprüht. Hellgrüne und leuchtend gelbe Farbstreifen, die in Zickzackmustern beide Fenster fast vollständig ausfüllten. Erst auf den zweiten Blick erkannte ich, die Farbe war nicht von außen, sondern von innen angebracht worden, was eine schlimme Ahnung wachrief. Ich versicherte mich, dass sich jemand um Oma kümmerte, und rannte rein.

Auch die Kleider waren besprüht und teilweise heruntergerissen. Ebenso beschmiert waren die Wände. Einfach alles, sogar die kleine Kasse samt Kassiertisch. Ein einziges Chaos, als hätte hier ein Farbsturm gewütet. Wer, um alles in der Welt, hatte das getan? Und warum?

Offenbar jemand, der nicht wollte, dass die Boutique eröffnete. Aber wie war er hier reingekommen? Ich hatte keine Einbruchsspuren bemerkt, und die Alarmanlage war augenscheinlich auch nicht angegangen.

Mir fiel etwas ein. Ich lief in das Nähzimmer, wo wir eines der Fenster gekippt gelassen hatten wegen der sommerlichen Temperaturen. Jetzt war es weit geöffnet. Somit war wohl klar, wie sich der Täter Zugang verschafft hatte. Die Spuren des Aushebelns waren sogar am Rahmen zu sehen.

Aber wieso, verdammt? Wer wollte uns etwas Böses?

Ich schluckte meine Tränen runter und ging in den Verkaufsraum, hob einzelne Kleider vom Boden auf und schüttelte betrübt den Kopf. Da war nichts zu retten, der Täter hatte ganze Arbeit geleistet. Was wir in Akkordarbeit kreiert hatten, war mit Farbe in Minuten ruiniert worden, doch nicht nur Omas Strand- und Strickmode war betroffen, auch ein Teil der zugekauften Ware. Das betraf glücklicherweise nicht die Sachen im Lager, wie ich schnell herausfand. Aber alles aus unserer Viola-Kollektion war dahin.

»Mach am besten Fotos für die Versicherung«, schlug Henrik vor, der mir in die Boutique gefolgt war. Nach und nach kamen auch die anderen herein.

»Gute Idee«, sagte ich und griff nach meinem Handy, um alles zu dokumentieren. Die Versicherung musste ich auch informieren, was ich unverzüglich tat. Zum Glück hatten wir eine Zusatzversicherung für Einbruch abgeschlossen. Oma hatte noch gemeint, es sei unnötig, da hier im Sanddornweg ja nichts passiere, doch ich hatte darauf bestanden. Wie sich nun zeigte, war das völlig richtig gewesen.

»Haben Sie schon Anzeige erstattet? Ohne polizeiliche Meldung können wir nichts tun«, sagte der Mann am Ende der Leitung, nachdem ich unseren Fall geschildert hatte.

»Ja, ist alles schon angezeigt …« Nervös lief ich hin und her, aber Henrik griff meine Hand, was mich beruhigte. Aus dem Augenwinkel bemerkte ich, wie sich auch die anderen in dem Chaos umsahen.

»Machen Sie eine Liste der Schäden und Fotos, wir schicken einen Gutachter vorbei. Verändern Sie solange nichts am Tatort.«

»In Ordnung, wann kommt denn der Gutachter?«

»Ende nächster Woche. Wir müssen ihm ja erst einmal den Auftrag erteilen.«

Das war doch hoffentlich nur ein Witz? Ende nächster Woche sollte die Strandperle eröffnen. Wie sollte das gehen, wenn wir derweil nicht mal Ordnung in den Laden bringen, nicht aufräumen durften?

»Bitte schicken Sie mir schneller jemanden vorbei. Am besten sofort!«, sagte ich ruhig, aber mit einem gewissen Druck.

»Frage mal, ob ein externer Gutachter akzeptiert wird. Ich hätte da jemanden«, sagte Henrik und gab meine Hand frei, um sein Mobiltelefon aus der Jackentasche zu ziehen.

Das machte ich doch glatt. Der Mann seufzte lange und gedehnt. Er schien es nicht zu mögen, wenn jemand aus der Reihe tanzte. »Ja, das wäre von unserer Seite in Ordnung, solange der Gutachter entsprechend anerkannt ist.«

»Dann machen wir es so. Wir schicken Ihnen dann das externe Gutachten und die Schadensauflistung?« Die Liste sollte einigermaßen schnell erstellt sein.

»Korrekt.«

Na bitte.

Ich verabschiedete mich und legte auf.

Henrik, der längst selbst telefonierte, hielt sein Smartphone mit der Hand zu. »Der Gutachter könnte morgen um acht. Passt euch das?«

Ich lachte. »Du hast schon einen Termin für uns?«

Henrik nickte: »Als ehemaliger Makler hat man Verbindungen.«

»Das wäre perfekt.«

Henrik sagte zu, und Irmchen stellte sich auf die Zehenspitzen, klopfte ihm grinsend auf die Schulter. »Ich weiß nicht, was mit ihm los ist, aber der Leichtmatrose wird mir langsam richtig sympathisch!«, neckte sie ihn.

»Er ist nun einer von uns und wird das Sanddorn Hotel selbst leiten«, erklärte ich. Alle um uns herum gerieten in Erstaunen.

»Das ist großartig, hab ich's nicht immer gesagt«, freute sich Gina, warf mir einen vielsagenden Blick zu und formte mit Daumen und Zeigefinger beider Hände ein Herz.

»Schön und gut, aber wer hat unseren Laden nur so verwüstet?«, fragte Oma verzweifelt.

»Saskia«, fiel es mir ein. Sie hatte ein Motiv. »Die ist bestimmt wütend, dass du eure Zusammenarbeit aufgegeben hast.« Insbesondere, da sie zweifelsohne etwas von Henrik wollte. Das war für sie bestimmt wie ein Korb gewesen.

»Sie ist auf Geschäftsreise«, erinnerte mich Henrik.

»Sie könnte jemanden beauftragt haben«, sagte Tobias. Gar nicht mal so unwahrscheinlich, Saskia würde bestimmt nicht persönlich durchs Fenster klettern. Geschäftsreise hin oder her.

Henrik nickte ernst. »Ich werde es herausfinden, versprochen.«

»Danke«, sagte Oma. Aber dann sanken ihre Schultern trotzdem nach vorne. »Nur, ob das alles ausreicht, seht euch doch den Laden an. Wir werden Tage brauchen, ihn zu säubern.«

»Morgen in der Früh.«

»Wir hier im Sanddornweg lassen niemanden im Stich! Wir kommen morgen auch alle und helfen euch beim Aufräumen!«, rief Irmchen und erhielt sogar Applaus.

»Ihr seid so gut zu mir, zu uns«, meinte Oma und legte den Arm um mich. »Wir danken euch.«

Der Zusammenhalt hier war wirklich einzigartig. Die Leute nickten uns zu, Irmchen herzte Oma und mich, man fühlte sich in dieser kleinen Gasse immer gut aufgehoben, nie allein.

»Wenn ihr was braucht, sagt Bescheid«, sagte die Dame vom Fahrradverleih.

»Genau, ansonsten sehen wir uns morgen in alter Frische«, erwiderte Tobias. »Wäre doch gelacht, wenn wir das nicht zusammen hinkriegen.«

Das machte mir Hoffnung, und Oma auch, das sah ich an ihrem Blick.

Nach und nach zogen sich die anderen in ihre Läden zurück, bis schließlich nur Henrik, Oma und ich in dem Chaos um uns herum übrig blieben.

»Ich fange dann mal mit der Schadensliste an. Nochmals danke, Herr Manteufel … oder wenn ich es sagen darf: Henrik?«, fragte Oma.

»Selbstverständlich … Viola?«

Beide lächelten zaghaft.

»Ihr werdet noch richtig gute Freunde«, neckte ich sie.

»Das ist durchaus möglich«, meinte meine Großmutter absolut ernst und verließ den Laden Richtung Wohnstube.

Ich sah mich seufzend um. Was für eine Verwüstung.

Da kam mir eine Idee, wie wir zumindest einen Teil der Viola-Kollektion doch noch würden anbieten können. Rasch schnappte ich mir mein Handy und schrieb Kim eine Nachricht …

Henrik legte von hinten die Arme um mich, während ich flink die Finger übers Display bewegte.

»Ich muss jetzt auch ins Hotel. Wie wäre es, fahren wir heute Abend zu mir?«

Ich schickte die Nachricht über WhatsApp ab und schaute ihn an.

»Sei nicht böse, aber ich möchte Oma heute nicht allein lassen, nach allem, was passiert ist. Verstehst du das?«

Er strich mir über die Wange. »Ich quartiere mich dann im Hotel ein, falls was ist, bin ich in der Nähe.«

Er küsste mich erneut zärtlich.

»Ruf mich immer an, wenn etwas ist«, raunte er und hauchte einen Kuss auf meinen Haaransatz. Ich genoss das Gefühl und schloss die Augen.

Er zog mich noch mal eng an sich. Einen wundervollen Moment lang hielten wir uns einfach nur fest. Leidenschaftlich küsste er mich zum Abschied und mit dem Versprechen, dass wir uns morgen wiedersehen würden.

38. Kapitel

Oma und ich machten kurz vor achtzehn Uhr Feierabend. Wir hatten eine zwei Seiten lange Liste der Schäden erstellt. Es war ganz schön deprimierend, fast hundert Posten waren zusammengekommen.

»Dein Henrik scheint das Herz am rechten Fleck zu haben«, meinte Oma und machte das Licht in der Nähstube aus. Auch hier hatte der Täter mächtig gewütet.

Oma schob den Riegel der Ladentür vor. »Zur Sicherheit«, betonte sie. »Geh ruhig schon mal hoch, ich kümmere mich um alle anderen Fenster und Türen.«

Ich nickte und eilte die Treppe hoch, setzte mich in die Wohnstube. Als Oma kurz darauf dazukam, ließ sie sich erschöpft in ihren Ohrensessel sinken. »Ich habe alle Fenster geschlossen und alle Riegel vorgeschoben, trotzdem fühle ich mich nicht sicher.«

Ich konnte das verstehen. Ein Einbruch veränderte eben das Sicherheitsgefühl. »Ich bin ja da«, sagte ich. »Wir müssen übrigens auch noch Mama Bescheid geben.« Immerhin war sie unsere große Spenderin und Investorin im Hintergrund.

»Sie wird sicher nicht erfreut sein.«

Wer war das in der Situation schon? Trotz allem schien es, als hätten wir Glück im Unglück gehabt.

»Wenigstens haben wir noch achtzig Prozent der zugekauften Ware auf Lager.«

»Aber ich frage mich, wie wir in so kurzer Zeit noch das Viola-Sortiment zusammenstellen wollen … unser Label wird wohl erst ein anderes Mal Premiere feiern«, sorgte sich Oma.

Vermutlich lief es darauf hinaus. Plötzlich klingelte mein

Handy. Der Signalton verriet, dass es eine WhatsApp-Nachricht war. Vielleicht von Kim. Auf eine Antwort von ihr wartete ich bereits. Denn nur Kim konnte uns in dieser Sache weiterhelfen. Ich griff nach meinem Smartphone und wischte übers Display, um die Nachricht zu lesen.

Klar mache ich das für euch, schick mir einfach die Schnittmuster per Mail, und ich setze mich nach Feierabend dran.

Himmel, es war Kim, und sie war ein Engel! Ich hatte sie gefragt, ob sie uns beim Nähen aushelfen würde, um unseren Viola-Bestand möglichst schnell aufzustocken. Und sechs Hände schafften in so kurzer Zeit mehr als vier. Kim war einfach super! Ohne Umschweife hatte sie zugesagt, obwohl sie ja schon genug im Theater zu tun hatte.

Danke, das vergesse ich dir nie, bedankte ich mich.

Hör mal, du warst immer für mich da, hast sogar die Schuld auf dich genommen, wenn ich hier im Kostüm Mist gebaut habe oder Valentina wieder einen ihrer divenhaften Wutanfälle bekommen hat. Da ist es doch wohl selbstverständlich, dass ich auch dir aus der Patsche helfe. Apropos Valentina, die hat sich echt von Maxim getrennt. Krass, oder?

Das kam überraschend. Mich fröstelte, als ich daran dachte, wie Maxim Valentina fertiggemacht hatte. Ich konnte ihre Entscheidung daher gut verstehen und schickte Kim ein Emoticon mit Daumen hoch.

»Alles in Ordnung?«, fragte Oma.

Ich steckte das Handy zurück in meine Hosentasche.

»Ich kann dir sagen, wie wir unser Viola-Sortiment doch noch rechtzeitig fertig kriegen. Wir haben eine neue Näherin im Team.«

39. Kapitel

Der Einbruch war uns beiden an die Substanz gegangen, weswegen wir früh zu Bett gingen. Um sieben Uhr weckte mich das Klingeln meines Weckers. Der Tag im Hause Bartschek / Baumeister fing an. Ein leckeres Frühstück versorgte Oma und mich mit zusätzlicher Energie. Pünktlich um acht klingelte der Gutachter. Wir ließen ihn herein, führten ihn herum, und auch er machte eine Vielzahl von Fotos.

»Das ist ja doch ein recht eindeutiger Fall, ich denke, Ihrem Wunsch nach Schadensersatz wird stattgegeben.«

Das klang schon mal gut.

»Können wir dann endlich aufräumen?«, fragte Oma ungeduldig.

»Natürlich. Das Gutachten schicke ich an Sie als meine Auftraggeber, zusammen mit der Schadensliste senden Sie es an Ihre Versicherung weiter.«

»Das kriegen wir hin«, sagte ich. »Wie lange brauchen Sie denn für das Gutachten?«

Er wog den Kopf hin und her. »Da Sie Freunde von Henrik sind, werde ich mich ranhalten. Zwei Tage?«

»Klingt gut, vielen Dank!«

Wir wollten gerade in die Wohnetage zurückkehren, als es erneut klingelte.

»Hat der Gutachter noch was vergessen?«, wunderte sich Oma und sah zur Glastür, wo Henriks große Gestalt stand. Seine breiten Schultern wirkten imposant.

»Besuch für dich«, feixt Oma und deutete zur hinteren Ladentür. »Ich gehe hoch und kümmere mich um den Abwasch.«

»Alles klar.«

Sie verschwand nach oben, und ich schloss ihm die Tür auf.

Henrik hielt mir zwei Tüten vom Bäcker entgegen. »Guten Morgen.« Seine Stimme bereitete mir eine wohlige Gänsehaut.

»Oh, das ist lieb, aber wir haben schon gegessen«, sagte ich entschuldigend und bat ihn rein, drückte ihm einen zärtlichen Kuss auf die Lippen und nahm ihm die Brötchentüten ab. Er roch wieder einmal unbeschreiblich. Bei dieser aufregenden Note wurde ich noch wacher.

»Aber ich kann belegte Brötchen machen, wenn nachher die anderen zum Helfen kommen. Die freuen sich über die Stärkung.«

»Ich mag deine pragmatische Art«, sagte er, küsste mich sanft. Wie konnte jemand nur so gut schmecken.

»Dass du ans Frühstück gedacht hast, ist süß. Der Gutachter war übrigens gerade hier.«

»Was hat er gesagt?«

»Klarer Fall für die Versicherung. Kommst du mit rauf?«

Er nickte und folgte mir nach oben in die Wohnetage.

»So sieht es hier also aus, sehr hübsch.«

Er bewunderte die altmodische rustikale Einrichtung und die gediegenen Farben. Unwillkürlich musste ich daran denken, dass ein paar der Möbelstücke meiner Urgroßmutter Magdalena gehört haben mochten. Vielleicht ging Henrik dasselbe durch den Kopf?

In dem Moment kam meine Großmutter in einer Latzhose aus ihrem Zimmer. Die kinnlangen weißen Haare zu einem Zopf gebunden und bereit, mit den Aufräumarbeiten zu beginnen. Sie musterte Henrik von oben bis unten. »In dem Anzug würde ich nicht beim Saubermachen helfen.«

»Ich ziehe mich vorher noch um«, versicherte er grinsend.

»Henrik hat Brötchen für unsere Helfer mitgebracht«, sagte ich und hielt die Tüten hoch.

»Ein bisschen wenig, da müssen wir noch welche aufbacken. Aber der Gedanke zählt.«

Henrik lächelte.

»Ich muss noch kurz mit Mama telefonieren«, fiel mir unvermittelt ein. »Geht ihr doch schon mal runter«, sagte ich und schnappte mir Omas schnurloses Telefon. »Bin gleich bei euch«, versprach ich. Die beiden gingen vor, und ich drückte aufs digitale Telefonbuch meines Handys, rief in Berlin an und hatte gleich darauf meine Mutter am Apparat.

»Ist etwas passiert? Du rufst sonst nie so früh an«, sagte sie, und es tat mir in der Seele weh, ihren Verdacht bestätigen zu müssen. Ich erklärte ihr, was geschehen war, dass wir aber alles im Griff hatten und die Eröffnung wie geplant stattfinden würde. Natürlich war meine Mutter dennoch schockiert. »Braucht ihr Hilfe, soll ich zu euch kommen? Ich setze mich sofort in den Wagen und …«

»Wir kommen zurecht, wirklich. Aber danke, dass du für uns alles stehen und liegen lassen würdest.«

»Na hör mal, Lou, ihr seid meine Familie!«

Ich lächelte gerührt. »Mach dir bitte keine Sorgen. Wir sehen uns ja außerdem eh nächste Woche, wenn die Strandperle ihre Pforten öffnet. Ich wollte einfach nur, dass du Bescheid weißt.«

Ich hörte meine Mutter leise die Luft durch die Zähne ziehen. »Also gut, aber melde dich sofort, wenn etwas ist.«

»Ehrensache!«

Da fiel mir noch was ein. »Warte mal!«

»Ja?«

»Wenn du mir doch helfen möchtest, wäre es toll, wenn du Donnerstag eine Freundin von mir mit nach Rostock nehmen könntest.«

»Sicher, das lässt sich einrichten.«

Super, dann war Kims Anreise auch schon geregelt. »Ich werde euch noch miteinander vernetzen.« Dann konnten sie selbst am besten klären, wie alles ablaufen sollte. »Ist eine ehemalige Kollegin vom Theater.«

Ich hörte Schritte und Stimmen unter mir. Der Geräuschpegel schwoll mit einem Mal richtiggehend an. Offenbar trafen unsere ersten Helfer ein.

»Wir kriegen das schon hin«, versicherte meine Mutter.

»Danke! Leider muss ich schon wieder auflegen, wir reden später!« Ich wurde unten gebraucht.

40. Kapitel

Als ich in den Laden kam, traute ich meinen Augen nicht. Alle waren da! Tobias und Yvonna Haas legten Folie über den Dielen aus, Hannah faltete Hüte aus Zeitungspapier, und Gina verteilte Pinsel und Farbroller, während Oma und Irmchen die vollgesprühte Kleidung einsammelten. Auch Herr Buchmann war da und schrubbte das rechte Schaufenster mit einem Schwamm, den er wieder und wieder in seinen Eimer tunkte. Aber ganz langsam, wegen seines Rückens. Und mit Pausen dazwischen. Das zweite Schaufenster übernahmen der Blumenmann und die nette Fahrrad-Dame.

Mir ging das Herz auf. Alle arbeiteten Hand in Hand wie Zahnrädchen in einem Getriebe. Und als sie mich bemerkten, winkten sie mir grüßend zu. Ein jeder wirkte voller Tatendrang und so positiv gestimmt, dass ich mich davon anstecken ließ.

Ich hielt nach Henrik Ausschau, aber der war nirgends zu sehen.

»Gut, dass ihr Schadensersatz bekommt«, hörte ich Tobias Haas zu meiner Oma sagen, einen Farbroller in der Hand. Gerade widmete er sich einer Wandseite, an die unser Täter eine Hand mit erhobenem Mittelfinger in extra groß gesprüht hatte

»Ich hätte sonst mächtig Stunk für euch gemacht.« Er setzte den Roller an und strich los, zum Glück hatten wir noch ausreichend Farbe vom letzten Anstrich übrig.

Oma stopfte die Kleidung vom Boden in einen Beutel.

»Vielleicht kann man das mit Spezialreiniger säubern und der Altkleidersammlung geben«, überlegte Irmchen, die auch besprühte Graderobe einsammelte. »Wäre doch sonst schade drum.«

Oma nickte Irmchen zu und fügte eine knallgelbe Weste, die ursprünglich blau gewesen war, ihrem Beutel hinzu.

Da betrat Henrik den Laden. Statt eines Anzugs trug er nun Jeans und Hemd. Als er mich entdeckte, kam er schnurstracks auf mich zu und schlug die Hände zusammen. »Was soll ich machen?«, fragte er entschlossen. Ich unterdrückte ein Grinsen.

»Was ist los?«, wunderte er sich.

»Ich hab dich bisher nicht in Jeans gesehen.«

»Findest du etwa, die steht mir nicht?«, feixte er.

»An dir sieht alles top aus.« War nicht gelogen, aber ich sagte es dennoch ein bisschen spitz, damit er sich nicht zu viel einbildete. Aber ehrlich, der Denimstoff schmeichelte seinem Po.

»Die ist alt und kann dreckig werden«, meinte er und klopfte an die Seite seiner Hose. »Also, was soll ich tun? Ich bin zu allen Schandtaten bereit.«

Ich deutete zu Eimer und Pinsel. Beides schnappte er sich und suchte sich eine freie Stelle, um seinerseits munter loszustreichen.

Als die normale Ladenöffnungszeit begann, wurde unsere Truppe kleiner. Nur Irmchen und Tobias blieben bei uns, denn ihre Lädchen waren besetzt, und zu aller Überraschung leistete auch Albert Buchmann uns weiterhin Gesellschaft. Allerdings bereitete es mir Sorgen, dass sein Rücken immer krummer wurde.

»Buchi, willst du nicht dein Geschäft öffnen?«, fragte Oma auch schon besorgt, aber Buchmann schüttelte den Kopf.

»Noch nicht fertig«, sagte er und deutete zu den bunten Schlieren auf dem Schaufenster.

»Das ist völlig untypisch für Buchmann«, flüsterte ich Henrik zu, der ja alle viel weniger gut kannte als ich.

»Wieso?«, hakte er ebenfalls im Flüsterton nach, der bei ihm so wahnsinnig toll klang, dass das altbekannte Nackenprickeln bei mir einsetzte und ich mich wohlig schüttelte. Einen kurzen Moment lang genoss ich einfach nur dieses wunderschöne Gefühl.

»Er kann niemanden leiden«, erklärte ich leise und spürte den angenehmen Schauer immer noch. Ich ließ meinen Pinsel über dem Eimer abtropfen und setzte zu einer neuen Bahn an.

»Deine Oma offensichtlich doch.«

»Du kennst ihn einfach nicht«, war ich überzeugt. Buchi war auf seine Weise ein liebenswertes Original, doch ging er den anderen zumeist kategorisch aus dem Weg. Aber wenn ich mir Buchi so ansah, der wieder und wieder den Schwamm über das Glas rieb und sich dabei den Rücken hielt, mochte Henrik nicht ganz verkehrt liegen.

Bis achtzehn Uhr schafften wir ein ordentliches Stück. Die Wände waren wieder sauber. Aber die Schaufenster wirkten immer noch milchig, wenngleich Buchmann die Farbe abbekommen hatte. Doch wirklich durchsehen konnte man im Moment immer noch nicht. Als der Blumenmann und die Fahrradfrau vorbeischauten, gab es nichts mehr für sie zu tun, weswegen sie nur kurz blieben. Oma ließ es sich aber nicht nehmen, ihnen noch je eine kleine Dose mit Plätzchen auszuhändigen.

Unsere anderen Helfer bekamen zudem ein paar Flaschen Bier und Kekse, die Oma während der Mittagspause im Supermarkt besorgt hatte. »Vielen Dank, ihr bekommt außerdem alle Gutscheine! Hier, nimm das bitte für Hannah mit. Und du gib die Kekse bitte an Gina und Yvonna weiter.«

»Willst du denn alles verschenken, noch bevor eure Boutique öffnet?«, lachte Tobias. »Wir brauchen wirklich keine Gutscheine, Viola.«

»Das Bier ist mir genug«, meinte Irmchen und linste zu Henrik. »Gute Arbeit, Großer. Vielleicht leg ich ein gutes Wort für dich ein, damit du mal die Außenwand der Nawrath-Kutter lackieren kannst.« Sie lachte kehlig und hustete dann.

»Ihr Humor ist speziell«, meinte Henrik zu mir und betrachtete doch zufrieden unser Werk.

»O ja, aber daran gewöhnt man sich. Sie ist eigentlich ganz lieb und tut nur so raubeinig.«

Henrik und ich grinsten uns an.

»Dann einen schönen Feierabend!«, wünschten uns Tobias und Irmchen wie aus einem Munde und verließen die Boutique.

»Also ich habe weder einen Gutschein noch ein Bier bekommen. Muss ich mir wohl Sorgen machen?«, fragte Henrik amüsiert.

Ich lachte und schlang die Arme um seinen Hals, schmiegte mich an ihn. »Mir fiele da noch eine bessere Belohnung ein.«

Ein verwegenes Lächeln umspielte seine schönen Lippen. Er wollte sich gerade zu mir runterbeugen, als Omas Stimme energisch erklang und unsere Aufmerksamkeit auf sich zog.

»Buchi, ruh dich jetzt bitte aus!«

Buchmann schüttelte stur den Kopf.

Er war als Einziger hiergeblieben und stand immer noch vor der riesigen Scheibe, tauchte seinen Schwamm in Zeitlupe in den Wassereimer, den er auf einen Hocker platziert hatte, um sich nicht zu viel bücken zu müssen, und startete eine weitere Runde.

»Du kannst doch nicht bis Mitternacht hierbleiben!«

Erneut ignorierte er Oma.

»Denk doch an deinen Rücken«, bat Oma, sie hätte jedoch genauso gut mit einer Wand reden können.

»Versteh einer den Buchi«, meinte ich und konnte mir keinen Reim drauf machen. Für Oma hatte er den ganzen Tag über seinen Laden geschlossen gehabt, was gewiss starke Einbußen für ihn bedeutete. Und jetzt wollte er partout nicht mit dem Putzen aufhören.

»Ist doch ziemlich eindeutig«, sagte Henrik und legte die Arme von hinten um mich, hauchte einen Kuss auf meinen Schopf.

»Ach ja?«

»Er will, dass Viola und du pünktlich eröffnen können«, raunte Henrik in mein Ohr. »Er weiß, wie wichtig das deiner Oma ist.«

Und dafür nahm er höllische Rückenschmerzen in Kauf? Er hatte ja nicht mal seine Bücher vor ein paar Wochen selbst einräumen können.

Aber dann blieb mir überrascht der Mund offen stehen. Wollte Henrik andeuten, dass der grimmige Herr Buchmann meine Großmutter nicht einfach nur mochte, sondern sogar … verliebt in sie war?

Das konnte nicht sein, er konnte sie nicht leiden. Niemanden ließ der alte Mann an sich ran, alle biss er weg, die sich auf zwei Meter näherten.

Ich schaute wieder zu den beiden, beobachtete Omas Bemühungen, ihn dazu zu bewegen, sich zu schonen, was er mit einem sturen Kopfschütteln quittierte. Was, wenn Henrik recht hatte? Unwillkürlich musste ich grinsen.

»Lassen wir die beiden allein«, schlug er vor.

»Ich kenne meine Oma gut. Selbst wenn du mit Buchmann recht hast. Sie wird immer nur meinen Opa lieben.«

»Geben wir Ihnen doch die Chance, selbst rauszufinden, was sie wollen. Außerdem habe ich eine kleine Überraschung für dich im Strandhaus geplant.«

»Wieso sagst du das denn nicht gleich?« Ich lachte. »Worauf warten wir dann noch?«

41. Kapitel

Hand in Hand liefen wir den Sanddornweg hinunter. Rote Schatten glitten über das Kopfsteinpflaster, färbten die Hauswände leuchtend orange, ehe sie über die Dächer hinwegschweiften. Der Geruch der salzigen See lag in der Luft. Obwohl es früher Abend war, war es ungewöhnlich ruhig. Man konnte das Kreischen einer verirrten Möwe hören. Kein Mensch war zu sehen, als wäre dieser Augenblick nur für uns bestimmt.

»Der Sanddornweg ist wunderschön«, sagte Henrik andächtig und blieb mitten auf der Straße stehen, sah sich um. Der Blütenstaub aus den Blumentöpfen an den Fenstern der Wohnetagen tanzte durch die Luft, glitzerte im Licht der untergehenden Sonne.

»Ich bin schon oft hier langgegangen. Aber immer war ich in Eile. Zum ersten Mal verstehe ich die Magie, die dieser Ort für euch verströmt.«

»Ich sagte ja, jetzt bist du einer von uns.« Ich drückte seine Hand und gönnte mir einen kurzen Moment, in dem ich die frische Luft tief einsog. Dann sah ich zu Henrik auf, er wirkte tatsächlich verändert, seine Züge sanfter, sein Lächeln noch schöner.

Er drehte sich zu mir, beugte sich runter und hauchte einen Kuss auf meine Lippen, der so wunderbar schmeckte, dass er den Moment perfekt machte. Ganz langsam lösten sich unsere Münder wieder voneinander.

»War das schon die Überraschung?«, hauchte ich.

Er grinste. »Die wartet, wie gesagt, im Strandhaus auf dich.«

Wir gingen durch den Möwenbogen, in dem unsere Schritte nachhallten, in die Fjordstraße, und immer weiter, bis wir zum Strand gelangten, diesen entlangspazierten. Irgendwann rückten unsere Dünen ins Blickfeld und etwas weiter dahinter das verträumte Strandhaus.

»Was hältst du davon, wenn ich es kaufe?«

»Kaufen? Das Haus?« Es war wunderschön und unglaublich romantisch.

»Nun, wenn ich das Hotel leite, brauche ich ja auch ein Zuhause hier in Warnemünde.« Er zwinkerte.

Aber konnte er sich das leisten? Einfach so?

Er war der Sanddorn-Erbe, fiel es mir ein. Emilie Sanddorn hatte ihm wohl nicht das Hotel allein hinterlassen, sondern auch das Vermögen, das die Sanddorns in all der Zeit angehäuft hatten. Henrik war ein gemachter Mann.

»Ich liebe das Strandhaus«, gab ich zu.

Er nahm meine Hand, rannte plötzlich mit mir los, und ich lachte.

Wir folgten dem Sandweg zum Häuschen hoch und betraten es.

Er küsste mich erneut und führte mich in die edle Küche, auf dem Herd standen Töpfe bereit, der Tisch war gedeckt. Gleich als Erstes öffnete er die in einem Eiseimer gekühlte Weinflasche und füllte zwei bauchige Gläser.

»Du kannst kochen?«, fragte ich verblüfft.

»Du traust mir ja nicht gerade viel zu«, meinte er lachend und führte mich zum Tisch, zog einen Stuhl für mich zurück – ganz Gentleman. Er zündete zwei Kerzen an.

»Was gibt es denn?«

»Lass dich überraschen.«

Er streifte sich eine Schürze über, schaltete den Herd ein und machte sich ans Werk.

Ich musterte die Tischdeko genauer, sie war ein Traum.

Kerzen, eine wunderschöne Decke und ein Strauß frischer Sanddornzweige.

»Gefällt es dir?«, fragte er und wirkte beinahe schüchtern, während er etwas Fett in die Pfanne tat und Lachswürfel dazugab.

»Sehr«, gab ich zu und berührte vorsichtig einen Sanddornzweig. Obwohl die kleine Gasse mit Omas Geschäft und all den anderen schönen Läden Sanddornweg hieß, war sie nicht nach dieser Pflanze benannt. Und obwohl wir uns an der Ostsee befanden, hatte ich nur ab und an einen Sanddornstrauch an der Küste gesehen.

»Hast du die Zweige selbst gepflückt?«

Er schüttelte den Kopf. »Ich habe sie aus unserem Blumenladen.«

»Unserem« Blumenladen, er war wirklich einer von uns geworden.

Der Lachs landete nun in einem der beiden köchelnden Töpfe. Ich nippte am Weißwein.

»Soll ich vielleicht auch was tun?«, fragte ich, weil ich mir komisch vorkam, nicht zu helfen.

Er blickte über seine Schulter zu mir. »Du hast doch schon die ganze Zeit so hart gearbeitet. Jetzt ruh dich mal aus und entspann dich.«

Ich nahm mir vor, es zu versuchen. Aber ehrlich, leicht fiel es mir nicht.

Der Duft der köstlichen Sahnesauce mit dem Lachs waberte durch die Küche. Mein Magen fing unweigerlich an zu knurren.

»Das riecht wirklich nicht schlecht.«

»Danke«, sagte er und tat mir etwas auf einen Teller, den er mir reichte. Tagliatelle in Lachs-Sahne-Sauce.

Es sah köstlich aus, genauso schmeckte es. Ein Hochgenuss.

Ich machte immer wieder »mmh« und »oooh«. Er setzte

sich zu mir und schaute mich zweifelnd an. »Spielst du gerade Meg Ryans berühmteste Filmszene nach?«

Vehement schüttelte ich den Kopf. »Es ist wirklich so gut. Du hast sicher schon viele Frauen glücklich gemacht.«

Er hob eine Braue.

»Mit deinen Kochkünsten – meinte ich.« Was war denn nur mit mir los? Ein leises Lachen kam über meine Lippen. Ich wickelte mir eine weitere Gabel mit der köstlichen Pasta auf, die genau auf den Punkt war. Die Lachsstückchen zergingen einem auf der Zunge.

»So viele waren es gar nicht«, meinte er bescheiden.

»Erzähl mir keine Märchen. Ein Mann, der so kocht …«, und so aussieht, »der bleibt nicht lange allein.«

Seine Hand legte sich auf meine. »Ich bin ja auch nicht mehr allein«, sagte er lächelnd, und mir wurde warm in der Brust. »Aber wenn du es genau wissen möchtest, ich hatte zwei feste Partnerinnen, beide haben sich wegen eines anderen getrennt. Das ist im Prinzip die ganze Geschichte.« Er nahm einen Schluck aus seinem Glas. »Ich war ein Workaholic, ich kann ihnen daher keine Vorwürfe machen. Vieles hat sich bei mir um die Karriere gedreht, das schnelle Geld. Ich hatte wohl verlernt, die schönen Dinge zu sehen und zu genießen. Aber jetzt fange ich wieder damit an.« Er schenkte mir einen intensiven Blick.

»Ich habe mich erst kürzlich getrennt«, gab ich zu, aber merkte, ich wollte jetzt nicht an Maxim denken, nichts sollte diesen Abend kaputt machen oder die Stimmung trüben. Denn gerade fühlte ich mich wirklich wohl mit ihm und in meiner Haut. »Lass uns im Hier und Jetzt bleiben«, schlug ich daher vor und nippte am Wein.

»Einverstanden. Auf einen schönen Abend.« Er hob sein Glas, und wir stießen an.

Ich genoss das Essen und seine Gesellschaft in vollen Zügen. Es kam mir vertraut vor, als wären wir alte Seelen, die sich schon viel länger kannten. Ich mochte das Gefühl von Vertrautheit. Und seinen feurigen Blick.

»Noch ein Dessert?«, fragte er schließlich, nachdem wir aufgegessen hatten.

»Ich bin eigentlich schon voll, es war köstlich.«

Henrik stand auf und lief um den kleinen Esstisch zu mir herum, beugte sich über mich und hauchte einen Kuss auf meine Lippen. »Wer sagt denn, dass das Dessert etwas zu essen ist?«

Plötzlich hob er mich hoch. Ich stieß vor Schreck einen leisen Schrei aus und bekam gleich darauf einen kleinen Lachanfall, der erst endete, als er erneut meinen Mund verschloss.

Seine Lippen fanden meine, während er mich in sein Schlafzimmer trug, wo ich mich rasch in Henriks Bett wiederfand. Mit leuchtenden Augen sah er mich an, nie hatte ich mich begehrter gefühlt.

Er verwöhnte mich mit seinen zärtlichen Händen, streifte mir das Shirt ab, das im hohen Bogen durch den Raum flog, und auch alles andere, bis ich seine Haut an meiner Haut spürte …

Als ich morgens neben ihm aufwachte, fühlte ich mich unbeschreiblich wohl. Die Sonne schien durchs Fenster, ich konnte von hier aus die See sehen, die so ruhig schien, als würde sie selbst noch schlafen. Aber dann drang es in mein Bewusstsein, das wir bald eröffneten und noch viel zu tun war …

Ich seufzte.

Er griff nach meiner Hand und drückte sie, denn er merkte wohl, was mit mir los war.

»Es wird ein Erfolg«, murmelte er im Halbschlaf. Ich hoffte, er hätte recht. Manchmal hatte ich das Gefühl, er glaubte mehr an die Strandperle und mich, als ich es tat.

Henriks Hand fuhr durch mein Haar. »Ich bin bei dir«, versicherte er mir, dabei hob er den Kopf und sah mich schlaftrunken an. Seine Worte machten mich glücklich. Ich wusste, selbst wenn alle Stricke rissen, er würde mich auffangen. Er war mein Fels in der Brandung.

42. Kapitel

Donnerstag – es war nur noch ein Tag hin, bis die Strandperle eröffnete. Ich konnte es kaum glauben, besonders nachdem die letzten Tage so fordernd gewesen waren. Wir hatten alles gegeben, um die Schäden zu beseitigen. Es war schweißtreibend gewesen, doch es hatte sich gelohnt. In einem ähnlichen Tempo ging es jetzt weiter. Heute wollten meine Eltern und Kim nach Rostock kommen. Ich freute mich auf sie. Aber es war nicht nur ein familiäres Wiedersehen, wir hatten für morgen einiges vorzubereiten.

06:45 Uhr stand auf dem Digitalwecker auf meinem Nachtschrank, als ich entschied, dass ich nicht weiterschlafen konnte. Ich stieg aus dem Bett, machte mich frisch und verschwand in der unteren Etage, um den Tag zu beginnen.

Das Lädchen war fertig, es blitzte und funkelte, während ich meinen Rundgang machte. Dank starker Reinigungsmittel aus dem Baumarkt und Buchmanns schier endloser Geduld glänzten die beiden Schaufenster wie neu.

Mein Blick wanderte zur Viola-Ecke, die als Einziges ein bisschen kahl wirkte. Oma und ich hatten es irgendwie geschafft, noch ein paar Strickjacken und Sommerkleider aus unserem Stofflager zu kreieren. Dennoch war das Viola-Regal nur zu einem Drittel gefüllt. Unsere zugekaufte Ware riss es wieder raus, außerdem brachte Kim noch ein paar Stücke für Omas Kollektion mit.

Ich sah mich weiter um, schlang meine Arme um meinen Oberkörper. Über meinem Kopf baumelten ein paar Girlanden, die wir gestern Abend aufgehängt hatten, und Luftballons schwebten unter der Decke. Da, wo einst der Schusterbereich meines Opas gewesen war, befand sich nun die Umkleide. Wo Oma früher genäht hatte, standen jetzt Verkaufstische. Heute begann ein neues Kapitel in der Geschichte dieses Hauses.

Ich freute mich darauf, schloss die Eingangstür auf und trat auf die Straße, atmete die gute Ostseeluft ein. Die anderen Läden im Sanddornweg waren noch geschlossen, nur wenige Leute waren jetzt unterwegs. In der Ferne hörte ich das Hupen von Autos, Berufsverkehr. Ich sah zum Himmel, beobachtete ein paar Möwen, die schwerelos durch die Luft glitten und sich vom Verkehrslärm nicht stören ließen, als ein Kombiwagen direkt neben mir so laut hupte, dass ich vor Schreck zusammenzuckte.

Hinterm Steuer entdeckte ich Mama, die mir durch die Windschutzscheibe zuwinkte. Ich schlug vor Überraschung und Glück die Hände vor dem Gesicht zusammen.

»Ihr seid schon hier?«, rief ich und lachte. Mama war immer überpünktlich, da hatte die arme Kim wirklich früh aufstehen müssen.

Eigentlich hatte ich erst um zehn mit ihnen gerechnet.

Meine Eltern stiegen aus. Ich rannte auf sie zu und umarmte sie. »Es ist so schön, dass ihr hier seid.«

Jetzt hatte ich auch endlich ein wirklich gutes Gefühl für morgen. Mit der Familie im Rücken konnte nichts schiefgehen.

»Sieh mal, wie versprochen haben wir jemanden mitgebracht!«, sagte meine Mutter.

Meine Eltern traten zur Seite und gaben die Sicht auf Kim frei, die aus der hinteren Wagentür geklettert war und eine Kiste aus dem Kofferraum holte und auf den Boden stellte. Ich stürmte gleich zu ihr hin.

»Wow, sag mir nicht, dass darin alles Kleider nach Entwürfen von meiner Oma sind.«

Kim hielt inne und strahlte mich stolz an. »Aber sicher doch!«

Ich konnte es nicht glauben, ein ganzer Karton voller Viola-Mode? Wie toll war das denn bitte? Kim musste Tag und Nacht dran gesessen haben.

Ich umarmte Kim, war froh, ein paar der wichtigsten Menschen um mich zu haben, und ließ sie in den Laden. Zum ersten Mal.

»Was für ein schönes Geschäft«, freute sich Kim und schaute sich ausgiebig um. »Ganz mein Ding, ich mache ein paar Fotos für meinen Instagram-Account, ja?«

»Das wäre super. Erwähne ruhig auch, dass wir morgen Abend eine Tombola zur Feier des Tages veranstalten, dann kommen vielleicht auch ein paar deiner Follower her, die in der Nähe wohnen.«

Die Idee mit der Verlosung war Oma und mir recht spontan gekommen, wir hofften, so mehr Leute anlocken zu können.

»Geht klar!«

Auch meine Eltern sahen sich um.

»Gibt es eigentlich wegen des Einbruchs etwas Neues?«, wollte Mama wissen und zog das Kleid an einer Modepuppe gerade.

»Leider hat die Polizei nach wie vor keine Spur.« Saskia Kaiser, die ich bei der Polizei noch als Verdächtige gemeldet hatte, hatte ein wasserdichtes Alibi, ihre Geschäftspartner hatten ihre Anwesenheit in Mailand zum fraglichen Zeitpunkt bezeugt. Und ob sie jemanden für den »Job« engagiert hatte, war ihr zumindest nicht nachzuweisen. Zwar hatte Henrik ihr auf den Zahn gefühlt, doch sie hatte auch ihm gegenüber ihre Geschäftsreise vorgeschoben und laut eigener Aussage auch sonst nichts mit dem – Zitat – kümmerlichen Lädchen zu schaffen.

»Das ist einer dieser Fälle, die nie aufgeklärt werden«, war Papa sich sicher. Vielleicht hatte er recht.

»Ein sehr schönes Lädchen, Lou«, lenkte Mama auf ein anderes Thema. »Es ist noch schöner geworden, als ich es mir vorgestellt hatte. Ich bin stolz auf dich.«

Mein Vater nickte zustimmend.

»Auf mich hoffentlich auch«, erklang Omas Stimme hinter uns. Sie stemmte lachend die Hände in die Seiten. »Hier ist ja schon was los zu so früher Stunde. Ich dachte, ich höre schon Stimmen, als ich mir meinen Morgenkaffee aufgießen wollte. Und dann seid ihr das!«

»Natürlich sind wir auch auf dich stolz, Mama«, sagte meine Mutter. Sie umarmten sich.

»Eine wirklich große Leistung«, stimmte Papa zu.

»Danke, Roland«, sagte Oma.

»Ich hole den Karton rein«, entschied Kim, und ich half ihr. Die Kiste landete in der Mitte des Verkaufsraums, und Oma und ich packten sie gleich aus. Meine Finger glitten über sanften Stoff, ich zog ein Kleid heraus, einen Poncho, eine Hose. Die Farben waren etwas anders als gedacht, doch das lag daran, dass Kim nicht dieselben Stoffe hatte verwenden können. Insgesamt fanden sich darin acht verschiedene Stücke, eine echte Meisterleistung, bedachte man, wie wenig Zeit Kim gehabt hatte. Außerdem hatte sie an jedes Kleidungsstück unser Viola-Schild angebracht.

»Und?«, fragte sie aufgeregt.

»Du bist unglaublich, Kim, ehrlich!«, sagte ich tief gerührt. Jeden Abend nach Feierabend hatte sie für uns genäht. Es war einfach nur toll, was sie geleistet hatte. Die Kleider waren spitze, genau was wir brauchten. Ich umarmte sie.

»Du bekommst natürlich ein Honorar«, versicherte ich ihr.

Aber Kim winkte ab. »Wenn ihr erfolgreich werdet und ich mit der Ausbildung im Schaupalast fertig bin, könnt ihr mir ja ’nen Job anbieten.« Sie zwinkerte.

»Das sollten wir wirklich, junge Dame, Sie sind sehr begabt«, sagte Oma.

»Das ist Kim, unser fleißiges Bienchen«, stellte ich Oma meine gute Freundin vor, und Kim strahlte übers ganze Gesicht.

»Ich wusste immer, dass du es draufhast«, sagte ich zu ihr, hängte die Kleidungsstücke auf und beförderte den Karton anschließend in unser Lager.

»Können wir denn sonst was tun?«, fragte Mama.

»Wir müssen noch den Plan für den Sektstand sowie den Kaffee- und Kuchentisch im Hinterhof durchgehen«, erklärte ich. »Ihr hattet bei den Ständen ja helfen wollen«, wie wir zwischenzeitlich am Telefon ausgemacht hatten.

»Das hat doch noch etwas Zeit, kommt erst mal richtig an«, sagte Oma. »Gehen wir hoch, ich mache euch ein gutes Ostsee-Frühstück und eine große Portion Kaffee.«

Damit waren alle einverstanden.

43. Kapitel

Es war so weit. Heute würde die Strandperle eröffnen. Die Sonnenstrahlen blendeten mich durchs Fenster, ich spürte trotz der Isomatte unter meinem Schlafsack den Boden im Rücken. Kim lag friedlich schlafend in meinem Bett, und ein Blick auf die Uhr an der gegenüberliegenden Wand verriet, es war erst kurz vor sechs. Ich schloss die Augen, aber ich war zu aufgeregt, um nochmals einzuschlafen. Allerdings wollte ich auch nicht lospowern um die Zeit, fürchtete ich doch, die anderen zu wecken.

Also ging ich stattdessen den heutigen Ablauf noch mal durch in Gedanken durch. Hoffentlich ging nachher alles glatt. Gegen halb acht klingelte mein Wecker, Kim wurde wach, blieb aber noch etwas liegen, und ich nutzte die Gelegenheit, ins Bad zu gehen.

Kurz vor neun fanden sich alle am Esstisch ein, Mama und Papa wirkten etwas müde, Kim einigermaßen ausgeruht, und Oma war so voller Tatendrang, dass sie schon in der Küche stand, um Frühstück zu machen. Ich gesellte mich zu ihr, um zu helfen, als eine WhatsApp-Nachricht von Henrik ankam.

Ich glaube an dich. Bis nachher.

Ich lächelte. Er wusste, wie ich tickte und dass ich mir Sorgen machte. Wenn nun niemand kam? Die Boutique keinen interessierte? Aber vielleicht sollte ich auch endlich mal an mich glauben, wir hatten immerhin viel Arbeit in das Lädchen gesteckt.

Nach einem guten Frühstück ruhten wir uns noch etwas

aus, bevor wir alle gemeinsam um zehn vor zehn runter in den Laden gingen. Und ich traute meinen Augen kaum. Da standen tatsächlich schon Leute vor dem Geschäft und gar nicht wenige!

Oma drückte meine Schulter. »Fängt doch gut an.«

Unfassbar! Und in den nächsten zehn Minuten wurden es sogar noch mehr. Ein paar Gesichter kannte ich, Freunde und ehemalige Kollegen aus Berlin, die ich zur Unterstützung eingeladen hatte. Wie gerührt ich war, dass sie es hergeschafft hatten. Doch die Mehrzahl der Gäste waren mir unbekannt, was ich als gutes Zeichen wertete, weil sie aus Neugierde hergekommen waren.

Oma ging noch mal durch die Regale, richtete die Kleider, Mama half ihr dabei, und ich lief nervös auf und ab. Die Uhr tickte. Hatten wir wirklich nichts vergessen? Es war eh zu spät.

Um Punkt zehn Uhr schloss ich die vordere Ladentür gemeinsam mit Oma auf. Ich fühlte mich wie bei einer Schiffstaufe. Mein Herz drohte vor Aufregung zu zerspringen. Ich war sicher, an Omas Zügen zu erkennen, es ging ihr genauso. Alles war vorbereitet, festliche Deko, Preisnachlässe zur Feier des Tages, im Hintergrund dudelte leise Musik. Es konnte eigentlich nichts schiefgehen.

Meine Familie stand hinter uns, als wir die Herrschaften mit einer einladenden Handbewegung hereinbaten. Sie sahen sich um, und mein Herz schlug wie verrückt, als wäre dies die größte aller Bestandsproben meines Lebens. Aber wir hatten hart auf diesen Moment hingearbeitet. Und als sich die Augen der Kunden zusehends weiteten und sie beherzt nach den Kleidern in der Auslage oder den Ständern griffen, um sie sich näher anzusehen, fiel mir ein Stein vom Herzen.

»Ist das schön«, hörte ich ein Mädchen zu seiner Mutter sagen, als sie den Strickponcho aus der Viola-Ecke griff.

Ich blickte zu meiner Familie und meinen Freunden und

Kollegen, ich sah, dass auch sie mitfieberten. Aber nun zeichnete sich Wohlgefallen auf jedem ihrer Gesichter ab. Keine Ahnung, warum ich mir solche Sorgen gemacht hatte, wahrscheinlich ging das jedem Jungunternehmer so. Schließlich hing viel davon ab, wie Kunden ein Geschäft annahmen. Doch zweifelsohne legten wir einen guten Start hin. Ich wuselte herum, beriet hier jemanden, half dort jemandem, beantwortete Fragen.

Und dann stand plötzlich Henrik hinter mir und legte seine Hände auf meine Schultern, hauchte mir einen Kuss auf den Hinterkopf und raunte: »Habe ich es nicht gesagt? Sie lieben es.«

Zum Glück war er auch endlich da. Ich wusste ja, dass er mit seinem eigenen Hotelprojekt viel zu tun hatte, und war froh, dass er mir heute dennoch den ganzen Tag den Rücken stärken wollte.

»Tut mir leid, dass es länger gedauert hat, ich hatte noch ein Gespräch mit meinem Anwalt.«

»Ich hoffe, alles ist gut?«

»Besser, New Life Estate rudert zurück. Ich bin ohne Strafe aus dem Vertrag raus. Sie fürchteten zu viel Wirbel in der Öffentlichkeit.«

Das waren gute Nachrichten, ich freute mich sehr für ihn. Dann war das leidige Kapitel ja endlich abgeschlossen, und er konnte sich voll und ganz auf seine Hotelplanung konzentrieren.

Ich drückte seine Hand. Dass da ein attraktiver Mann bei mir stand, entging Mama nicht. Schon huschte sie zu uns herüber.

»Das ist also der Sanddorn-Erbe«, schlussfolgerte sie und hielt ihm die Hand hin. Ich hatte ihr inzwischen alles von dem Hin und Her zwischen uns erzählt.

»Ich bin Louisas Mutter …«

Jetzt würde er sich einer eingängigen Prüfung unterziehen

müssen, ich sah ihm jedoch an, dass er diesen Umstand mit Humor nahm.

»Ich nehme den Poncho«, sagte plötzlich eine junge Frau mit leuchtenden Augen zu mir, und ich war sicher, meine Augen leuchteten gerade mindestens genauso.

»Entschuldigt mich«, sagte ich zu Henrik und Mama und begleitete sie zur Kasse, das erste Mal, dass ich diese bediente. Ich kassierte ab und verpackte den Poncho in einer Papiertüte, die ich der jungen Frau lächelnd reichte.

»Vielen Dank«, sagte sie.

»Ich danke Ihnen. Hier ist noch ein Los. Jeder, der am Tag der Eröffnung etwas einkauft, nimmt automatisch an der Tombola am Abend teil.«

»Wie toll, was kann man denn gewinnen?«

»Ein Kleidungsstück Ihrer Wahl.«

Begeistert klatschte meine erste Kundin in die Hände. »Das lohnt sich!«

»Das meine ich«, sagte ich und zwinkerte ihr zu.

Die Mutter der jungen Frau legte darauf ein Blumenkleid und eine Bluse auf den Kassiertisch. Auch aus unserer Eigenkollektion. »Sie haben wirklich schöne Sachen hier«, erklärte sie. Da betraten bereits zwei weitere Kunden den Laden. Und darauf nochmals drei. Nicht alle kauften etwas, viele sahen sich nur um. Doch es wurden mehr und mehr. Ich war nur auf den Beinen, führte jemanden zur Umkleide, kassierte erneut ab, es machte mir großen Spaß, für alle da zu sein.

Zur Mittagszeit kam Familie Haas mit zwei Platten voller Snacks vorbei, die sie uns spendeten. Tobias brachte diese gleich raus zu den Ständen, die meine Eltern gerade geöffnet hatten und nun betreuten. Dort gab es außerdem belegte Brötchen und kleine Kuchen.

»Sieht wirklich cool aus«, meinte Gina, begeistert von der Deko, und schaute sich gemeinsam mit ihrer Mutter um.

Ich hatte leider nicht die Zeit, mich um meine liebe Sommerfreundin zu kümmern, was ich wirklich bedauerte. Die Kunden umringten Oma und mich förmlich, doch als ich in einer kleinen Verschnaufpause mit Henrik zusammenstand, warf mir Gina einen überaus zufriedenen Blick zu. Als wollte sie mir sagen: Ich habe doch die ganze Zeit gewusst, dass ihr zusammengehört.

»Tut mir leid, dass ich dich dauernd stehen lassen muss«, sagte ich zu ihm.

Schließlich konnte ich mich nicht vierteilen.

Henrik lachte, schloss die Arme um mich. »Hey, das ist dein großer Tag. Heute dreht sich alles um die Strandperle«, redete er mir gut zu, hauchte einen Kuss auf meinen Hinterkopf. Ich wollte gern länger mit ihm hier stehen, seinen Geruch aufnehmen, seine Nähe genießen … Doch schon musste ich mich wieder um eine Kundin kümmern, die unsicher war, welche Variante eines knöchellangen Rocks besser zu ihrem Hautton passte, Flieder oder Veilchenblau.

Ich half direkt danach zwei weiteren Damen aus, die sich für luftige Sommerhosen interessierten. Oma ging es nicht anders, auch sie konnte sich vor Anfragen kaum retten.

Irgendwann tauchte auch Irmchen auf, zur moralischen Unterstützung. Sie brachte gleich ein paar Interessenten aus ihrem eigenen Geschäft mit. Was gut war, denn wenn der Laden von außen gut besucht wirkte, kamen die Leute auch.

Eine Frau probierte derweil eine Bluse an, die ihr vortrefflich stand.

»Die muss ich einfach haben.«

Oma winkte die Dame zur Kasse, und Irmchen half bei den Getränken aus, wo irgendwie immer etwas los war. Freigetränke ließ man sich nicht entgehen.

»Würden wir einen guten Rum anbieten, würde hier alles aus den Nähten platzen«, war Irmchen sich sicher. Aber eigentlich tat es das schon jetzt.

»Nehmt ihr auch Auftragsarbeiten an?«, fragte mich Mama mit einem hektischen Unterton in der Stimme. Auf dem Dekolleté meiner übernervösen Mutter bildeten sich im Sekundentakt neue rote Flecken.

»Wolltest du nicht am Snackstand sein?«

»Es haben schon mehrere Leute danach gefragt. Was soll ich ihnen sagen?«

»Das ist Teil unseres Geschäftsmodells.« Den Service boten wir auch im Internet an, dank der tollen Seite, die August für uns erstellt hatte. Viola-Mode auf Bestellung. »Vergib am besten Termine zum Maßnehmen, im Moment kriegen wir das nicht hin.«

»Termine vergeben«, wiederholte Mama nervös und wandte sich um.

»Mutti, bleib relaxed«, sagte ich sanft.

Sie drehte noch mal den Kopf in meine Richtung. »Ich versuch's.«

Ich atmete tief ein, sah mich nach meinem Fels in der Brandung um und hoffte, dass Henrik sich nicht langweilte, als plötzlich Blitzlichtgewitter aufflackerte. Eine Gruppe von Männern und Frauen, mit Fotoapparaten bewaffnet, scharte sich um den Eingang, im Mittelpunkt des Geschehens machte ich niemand anderen aus als Valentina Estos.

Sie stolzierte in die Boutique und steuerte schnurstracks auf die Viola-Ecke zu, während das Blitzlichtgewitter nicht abreißen wollte. Interessiert musterte sie die Ware, hielt eine von Omas Westen mit Ethnomuster in die Pressekameras und rief: »Ich liebe es!« Dazu formten ihre roten Lippen einen Kussmund.

Mir blieb der Mund offen stehen. Was war das für ein Auftritt? Keine Ahnung, woher sie überhaupt den genauen Tag der Eröffnung der Strandperle wusste – vielleicht von Kim oder über die Werbung im Netz. In jedem Fall war es die beste Publicity, die ich mir nur wünschen konnte.

Valentina posierte vor einem Spiegel, streifte die Weste über und drehte sich wie ein Model hin und her. Dadurch zog sie nicht nur die Aufmerksamkeit der Presse auf sich, auch unsere Kunden wurden neugierig, beobachteten das Spektakel.

Eine deutlich kleinere Frau fiel mir neben ihr auf, sie ging neben Valentina regelrecht unter, doch auch sie interessierte sich für Omas Kleider, nahm einen Sommerschal in die Hand und betrachtete ihn ganz genau. Ich musste zwei Mal hinsehen, ehe ich diese unscheinbare Gestalt erkannte: Francesca Giuliani.

Meine Lieblingsdesignerin? Hier?

Während ich sprachlos verarbeitete, was hier um mich geschah, entdeckte mich Valentina, hob den Arm und stöckelte auf mich zu. »Louisa!«, rief sie. Plötzlich stand auch ich im Blitzlichtgewitter. Die Presseleute umringten uns, Valentina posierte mit mir, und irgendwo im Hintergrund sah ich Oma, die Reißaus nahm. Sicherlich fürchtete sie, dass sich die Meute als Nächstes auf sie stürzen könnte, war sie doch immerhin unsere Designerin.

»Immer schön lächeln«, flüsterte Valentina. Und ich lächelte so stark, dass mir schon mein Gesicht wehtat.

»Dein Bild und deine Boutique sind morgen in allen Zeitungen, versprochen.«

»Was?«

»Wir sind nun quitt«, raunte sie mir ins Ohr und strahlte sofort wieder in die Kamera.

»Eine Hand wäscht die andere«, erklärte sie, ohne mit dem Lächeln aufzuhören.

Mir dämmerte, es war ihre Art von Dankeschön, nachdem ich ihr wegen Maxim beigestanden hatte.

Allmählich ließ das Blitzen nach, wofür ich dankbar war, sah ich doch schon bunte Punkte vor den Augen.

»Ich habe mit ihm Schluss gemacht«, erklärte sie beiläufig. »Aber das weißt du sicher schon.«

Ich nickte.

Langsam zogen sich die Fotografen zurück, die Presse hatte wohl genug.

»Jedenfalls fange ich in der nächsten Saison in einem anderen Theater an.«

»Das freut mich, ehrlich.«

Der Journalistenschwarm hatte sich aufgelöst. Keine Ahnung, wo die Reporter und Fotografen plötzlich hin waren. Ich hatte das Gefühl, wieder frei atmen zu können. Allerdings nur für ein paar Sekunden, denn im nächsten Augenblick blieb mir erneut die Luft weg.

Plötzlich stand Francesca bei uns, und es verschlug mir zudem die Sprache. Sie war es wirklich. Eine schlanke Person mit Maushaar.

»Das ist Francesca Giuliani«, erklärte Valentina das Offensichtliche.

»Louisa Baumeister, einer deiner größten Fans«, sagte Valentina zu der zierlichen Modedesignerin.

Da mir immer noch die Worte fehlten, stupste mich Valentina an. »Ist doch so, oder?«

»O jaja … freut mich.« Wir schüttelten uns die Hand.

»Ich brauche einen Drink«, meinte Valentina und überließ uns uns selbst.

»Sie haben eine süße Boutique. Ich bin froh, dass Val mich zu diesem Ausflug überredet hat.«

Und ich erst! Ich hätte nicht mehr geglaubt, meinem Vorbild eines Tages gegenüberzustehen.

»Ihre Designs sind sehr ansprechend.«

»Die stammen nicht von mir.« Ich entdeckte Oma in der Menge und winkte sie herbei. Sie schüttelte hektisch den Kopf, doch ich blieb hartnäckig und lotste sie entschlossen zu uns.

»Wenn ich Ihnen unsere Designerin vorstellen darf: Viola Bartschek. Oma, das ist Francesca Giuliani.«

»Ah! DIE Francesca Giuliani?«

»Allerdings«, meinte ich grinsend. Ich hatte das Gefühl, dass sich Francesca auf der Stelle in Oma verliebte. Und umgekehrt.

»Ein paar Ihrer Sachen sind auch gestrickt, nicht wahr?«

»Ja, das gehört zu unserem Stil. Strick- und Ostsee-Mode für jede Jahreszeit.«

»Faszinierende Idee, und diese filigranen Muster, vorzügliche Handarbeit.«

Beide vertieften sich ins Gespräch, fachsimpelten über Mode aus den Siebzigern und heute und die kommenden Herbstfarben, als Kim zu uns stieß.

Kim musterte die zierliche Frau, die mit Oma redete, dabei weiteten sich ihre Augen.

»Unglaublich, Sie sehen genauso aus wie Francesca Giuliani«, stellte sie fest.

Francesca und Oma grinsten schon. Kim setzte noch einen drauf. »Sie haben Glück, dass Sie es nicht sind.«

»Kim!«, sagte ich, doch sie redete schon weiter, während Francesca eine Braue hob.

»Wenn Sie es wären, würde ich Ihnen ein paar Takte sagen. Meine Freundin Lou hat sich nämlich bei Ihnen beworben, aber eine Absage erhalten. Dabei ist sie eine großartige Näherin. Wenn Sie Francesca wären, würde ich noch sagen: Pech gehabt. Jetzt arbeitet sie für das Label Viola.«

»Kim … das IST Francesca!«, drang ich endlich zu ihr durch.

Kim wurde plötzlich klein mit Hut und blass um die Nase. »Wirklich?«

»Wirklich«, bestätigte Francesca lächelnd, zum Glück schien sie nicht böse.

»Sie sind eine gute Freundin, Kim«, lobte sie sogar. »Und

was Sie da sagen, habe ich gar nicht gewusst.« Dann wandte sie sich an mich. »Unsere Personalabteilung hat sehr viele Bewerbungen erhalten, tut mir leid, dass wir deine nicht berücksichtigt haben«, sagte sie bedauernd. »Tut mir sehr leid, Lou. Ich sehe nun, es ist unser Verlust.«

Ihre Worte stimmten mich versöhnlich.

»Aber ich habe eine Idee, wie ich es wiedergutmachen kann.«

Und dann machte sie uns ein Angebot, das wir nicht ablehnen konnten.

»Normalerweise sind meine Francesca-Boutiquen Franchise-Unternehmen, die ausschließlich meine Mode anbieten, aber Ihre Strandperle gefällt mir so gut, ich würde Ihnen Produkte aus unserer nächsten Sommerkollektion zum Verkauf zur Verfügung stellen. Das fügt sich thematisch gut in Ihre maritime Mode ein. Mein Label wird zudem das Interesse an Ihrem Laden erhöhen, und ich hätte dann auch in Rostock eine Zweigstelle. Was halten Sie davon?«

Es klang großartig! »Supergern«, platzte es aus mir heraus.

»Das heißt, ich müsste es mit Viola besprechen.«

»Da gibt es doch nichts zu diskutieren, Lou, natürlich nehmen wir das Angebot an«, fiel mir Oma ins Wort.

Francesca strahlte übers ganze Gesicht.

»Fein, dann lassen Sie uns im Lauf der nächsten Woche in Kontakt treten.« Sie reichte mir ihre Visitenkarte! Mit Privatnummer. Ich wurde verrückt!

»Noch einen erfolgreichen Tag«, wünschte sie mir und hauchte rechts und links Küsschen auf meine Wangen, als wären wir beste Freundinnen!

Francesca verabschiedete sich auch von Oma und Kim und verschwand in der Menge. Ich stand noch Sekunden später völlig neben mir.

»Oma, hast du das gehört? Francesca will mit uns zusammenarbeiten!«, sagte ich ganz durcheinander.

»Ich bin ja nicht taub, Liebes.«

»Kann mich bitte mal jemand kneifen?« Ich bekam wirklich Sorge, dass das alles nur ein Traum war.

Kim kniff zu.

»Autsch«, zischte ich.

»Du wolltest es doch so.«

»Ich war mir einfach nicht sicher, ob das eben real war …«

»War es«, sagte Kim vergnügt und deutete mit dem Finger quer durch den Laden.

Ich entdeckte Francesca und Valentina in der Nähe des Ausgangs. Offenbar wollten sie die Veranstaltung schon verlassen. Als Valentina zu mir sah, winkte ich ihr zu. Sie rollte mit den Augen, nickte dann aber erhaben, sie musste ja ihrem Diven-Image gerecht werden, und ich war mir sicher, es mir nicht einzubilden: Da war auch ein Lächeln auf ihren Lippen.

»Einen Sekt?«, fragte Henrik uns plötzlich und hielt uns ein Tablett mit Gläsern unter die Nase.

Oma und Kim griffen gleich zu, ich schüttelte den Kopf. Ich würde erst anstoßen, wenn der Tag vorüber war. »Du kellnerst?«, fragte ich amüsiert.

»Das ist nur Teil eines ausgeklügelten Plans.« Er zwinkerte mir zu.

»Was denn für ein Plan?«

Da griff Henrik meine Hand und zog mich hinter sich her in unsere Arbeitsnische, wo wir allein waren. Er legte das leere Tablett auf meinen Nähtisch und griff sanft mit beiden Händen nach meinem Gesicht.

»Dieser Plan«, raunte er an meine Lippen und küsste mich.

Ich vergaß einen wundervollen Augenblick lang alles um mich herum. Ein Gefühl, als würde ich wie eine Möwe übers Meer gleiten, mich vom Wind der Ostsee tragen lassen.

Doch der Geräuschpegel draußen stieg an und drang in

meine Ohren, riss mich aus dieser traumhaften Vorstellung. »Ich muss mich um die Kunden kümmern …«

»Du brauchst eine Pause. Nur fünf Minuten«, sagte Henrik sanft, trat hinter mich und massierte meine Schultern. Das fühlte sich so was von gut an. Zu gut. Darüber konnte man die Zeit vergessen.

»Aber …«

»Fünf Minuten.«

Na schön, die anderen würden wohl solange ohne mich klarkommen. Ich genoss das Gefühl seiner Hände an meinem Nacken und schloss die Augen …

44. Kapitel

Zum Abend wurde es noch mal richtig voll in der kleinen Strandboutique, viele Interessenten brachten Freunde mit, und auch der halbe Sanddornweg gab sich die Ehre. Immer mal wieder schaute Familie Haas im Wechsel vorbei, auch Hannah kam zwischendurch rüber, und ich versuchte mich um alle zu kümmern, so gut es eben ging.

»Jetzt haben wir in der Gegend auch endlich einen Laden mit schöner Mode«, sagten die Leute.

»Das wurde aber auch Zeit. Genau das hat immer gefehlt.«

Wer hörte das als Boutiquebesitzer nicht gern?

Zufrieden lief ich durch den Verkaufsraum, checkte, ob alles in Ordnung war, und ging dann raus in den Hinterhof, wo sich unsere Stände befanden. Auch hier war einiges los. Coldplay dudelte aus den kleinen Lautsprecherboxen, die Tobias noch rasch aufgebaut hatte, um für Stimmung zu sorgen.

Plötzlich meinte ich, in der Menge eine hochgewachsene Frau mit schwarzen Haaren und feiner Brille zu entdecken. Saskia Kaiser?

Was … wollte die denn hier? Vor meinem geistigen Auge tauchte noch mal das Bild der Verwüstung unserer Boutique auf. Heruntergerissene Kleidung, besprühte Wände. Konnte es Zufall sein, dass diese Person jetzt hier war? Natürlich nicht …

Ich schaute wieder in die Menge, doch Saskia Kaiser war verschwunden. Ich lief herum, über den Hof und zurück, schaute mich um. Fehlanzeige.

Ich war mir jedoch sicher, dass ich sie mir nicht eingebildet hatte.

Ein ungutes Gefühl machte sich in mir breit. Falls Saskia zur Eröffnung hier war, konnte das nichts Gutes bedeuten …

Eine nette Kundin lenkte mich mit der Frage ab, ob es einen bestimmten Rock aus Omas Kollektion in großer Größe gab, was ich verneinen musste.

»Wirklich nicht? Ich zeige Ihnen, welchen ich meine.«

Ich war mir sicher, ich hatte sie bereits verstanden. Dennoch gingen wir wieder rein, und sie führte mich zur Viola-Ecke, wo sie auf eine Kleiderpuppe deutete, die einen Fransenrock trug. Ich hielt weiter nach Saskia Ausschau, konnte sie aber nirgends sehen.

Dafür machte ich Buchi in einer Ecke aus. Unglaublich, dass er hergekommen war. Ich wusste doch, wie wenig er große Menschenandränge mochte. Trotzdem stand er hier mitten im Trubel, und ich ahnte, was der Grund dafür sein mochte. Wahrscheinlich hatte Henrik recht, wahrscheinlich mochte er Oma wirklich. Die Vorstellung rührte mich.

»Ich spreche von diesem Modell«, erklärte mir die Kundin unterdessen und bekam wieder meine volle Aufmerksamkeit.

»Wie gesagt, leider haben wir hiervon derzeit nur dieses eine Exemplar.« Aber ich bot ihr an, einen nach Maß für sie anzufertigen, worauf die Dame erfreut einging. Nachdem wir einen Termin zum Maßnehmen vereinbart hatten, stand Oma vor mir.

»Gleich ist es achtzehn Uhr, und die Verlosung beginnt«, sagte sie. Ich fühlte mich ein wenig erschlagen. Den ganzen Tag hatte ich auf den Beinen gestanden.

»Alles okay?«, fragte sie.

»Es geht schon. Ich brauche nur eine oder zwei Glücksfeen.«

»Na, die eine bin ich, und wer die andere ist, weiß ich auch schon.«

Oma lächelte und zog sich wieder an die Kasse zurück, ich

sah, wie sie mit Kim etwas besprach, und bewunderte sie ob ihrer Energie, an der es mir gerade mangelte.

»Man merkt ihr die Erfahrung mit der Änderungsschneiderei an«, sagte auch Henrik, der mich wiedergefunden hatte.

Ich lehnte mich erfreut an ihn. »Du bist echt toll.« Es genügte, dass er in der Nähe war, und ich hatte das Gefühl, nichts konnte schiefgehen.

Seine Arme legten sich sanft um mich, hielten mich. Wie froh ich war, dass er hier war, mich unterstützte und mir Halt gab. Ich schloss die Augen, träumte mich weg, doch ich kam nicht sehr weit.

»Wir sind dann so weit«, drang Kims Stimme an mein Ohr. »Ich mache die zweite Glücksfee.«

»Ich bin gleich bei euch«, sagte ich und blinzelte zu meinem Fels in der Brandung hoch.

»Muss meines Amtes walten«, sagte ich zu Henrik und gab ihm einen Kuss. Langsam lösten sich unsere Münder und er seine Arme, ich vermisste sie im selben Moment.

»Alle mal herhören, die Tombola geht los!«, sagte ich mit fester Stimme und ging nach vorne zur Kasse, wo meine Glücksfeen warteten.

»Zur Feier des Tages verlosen wir zwei Gutscheine und einmal freie Auswahl jetzt und hier«, verkündete ich. »Das heißt, der Gewinner darf sich Kleidungsstücke im Wert von hundertfünfzig Euro aus unserem Laden aussuchen und direkt mitnehmen!«

Die Leute klatschten, an meine Seite traten Oma und Kim, Letztere mit einer Dose in der Hand, die mit unseren Flyern beklebt war.

»Unsere Glücksfeen mischen die Lose jetzt noch mal richtig durch …«

Kim schüttelte die Büchse wie ein Barkeeper einen Drink. Dann reichte sie Oma das Behältnis, die es ein wenig sanfter durchschüttelte.

»Meine Damen, bitte zieht das erste Los.«

Oma griff in die Dose, holte einen gefalteten Zettel hervor und las laut eine Zahlenkombination vor.

»Also, das Los mit der Zahl 156 hat einen Gutschein im Wert von fünfzig Euro gewonnen«, rief ich.

Von irgendwo aus der Menge jubelte es, und ausgerechnet meine erste Kundin kam auf mich zugerannt, mit dem Los in der Hand über ihrem Kopf. »Ich hab gewonnen!«

»Glückwunsch«, freute ich mich ehrlich und überreichte ihr den Gutschein. Auch der zweite Gutschein fand unter tosendem Jubel einen Besitzer. Schließlich ging es um den Hauptpreis. Mir entging nicht, wie die Leute mitfieberten, als Oma den Lostopf schüttelte, da bemerkte ich wieder jene seltsame Frau, die wie Saskia Kaiser aussah und sich gerade entlang der Wand in Richtung unseres Lagers bewegte. Gleich einer Schleichkatze, die nicht entdeckt werden wollte, bevor sie ihre Beute erreichte.

»Lou?«, holte mich Omas Stimme zurück.

Alle Blicke waren auf mich gerichtet, erst jetzt bekam ich mit, dass Oma mir den Lostopf hinhielt, damit ich das letzte Los zog.

Ich versuchte mich zu sammeln, lächelte und griff beherzt in die Dose, um das letzte Los des Abends zu ziehen. Ich las die Nummer vor, aber meine Gedanken drifteten zu Saskia Kaiser.

Sie war erneut verschwunden. Zumindest sah ich sie nicht mehr. Sie war doch nicht ins Lager gegangen, oder? Dort hatte niemand Unberechtigtes Zutritt. Und was sollte sie dort wollen? Alles mit Farbe vollsprühen? Meine Alarmglocken schrillten.

»Herzlichen Glückwunsch!«, hörte ich mich selbst sagen und beobachtete, wie der Gewinner nach vorne kam, seine Freundin an der Hand, und verkündete, sie solle sich an seiner Stelle etwas Schönes aussuchen. Sichtlich gerührt bekamen die beiden Applaus von allen Seiten.

»Kannst du unser Gewinnerpärchen kurz übernehmen?«, fragte ich Oma. »Ich muss was nachsehen.« Das mit Saskia ließ mir keine Ruhe.

Oma nickte mir zu.

Ich lief um die Menge herum und überlegte, Henrik zu fragen, ob er zur Sicherheit mitkam, sah ihn aber nirgends. Bevor die Person floh, musste ich handeln. Und dann sah ich sie, direkt neben der Lagertür. Wie aus dem Nichts war sie dort wieder aufgetaucht. Ich hechtete hin, um sie mir vorzuknöpfen und in Erfahrung zu bringen, was sie vorhatte. In dem Moment drehte sich Saskia jedoch zu mir um, und unsere Blicke trafen sich. Ich stolperte, verlor fast das Gleichgewicht.

»Mhm?«, machte mein Gegenüber und fing mich auf.

Es war gar nicht Frau Kaiser, nur jemand, der ihr ähnlich sah. Falscher Alarm. Ich atmete auf, während sie mich losließ, freundlich nickte und an mir vorbeiging.

Himmel, was war denn in mich gefahren? Das war nun wirklich unnötig gewesen.

Ich wollte zurück zum Kassenbereich, da fiel mir auf, dass die Lagertür nicht richtig zu war, was mir mehr als merkwürdig vorkam. Besser ich sah nach dem Rechten, denn ich hatte immer noch ein komisches Bauchgefühl.

Leise öffnete ich die Tür, schlich mich herein und ließ sie genauso geräuscharm zugehen, dann ging ich die Treppe auf Katzenpfoten runter und traute meinen Augen nicht, als dort tatsächlich jemand war, der mit einem Schraubschlüssel an einer unserer Leitungen hantierte und diese gerade öffnete, sodass Wasser hervorschoss.

»Machen Sie das sofort wieder dicht, oder ich rufe die Polizei!«, reagierte ich energisch und eilte auf den Mann zu. Dieser Irre wollte offensichtlich unser Lager unter Wasser setzen. Aber warum um alles in der Welt?

Der Fremde fuhr herum und lachte, während ich den Schock meines Lebens erhielt. Vor mir stand mein Ex Maxim.

Jetzt verstand ich gar nichts mehr.

»So sieht man sich wieder, Louisa, nicht wahr?« Er schnalzte mit der Zunge und hob bedrohlich die Hand mit dem schweren Schraubenschlüssel, um diesen dann mit voller Wucht gegen die Leitungen an der Wand zu schlagen.

»Nicht doch, lass das!«

Er hielt inne und funkelte mich an. Dabei umschloss seine Hand den Schraubenschlüssel so fest, dass seine Knöchel hell hervortraten. Ich wich einen Schritt zurück. Keine Ahnung, ob er dieses Werkzeug gegen mich verwenden würde, ich traute es ihm in diesem Moment durchaus zu und blieb lieber auf Abstand, wollte ich doch meinen Freunden und der Familie die Schlagzeile *Ladenbesitzerin nach Eröffnung mit Loch im Kopf gefunden* am nächsten Morgen ersparen.

»Warum tust du das?«, fragte ich und schielte zu dem Wasserstrahl, der nicht enden wollte. Unsere Schuhe wurden bereits vom Wasser umspielt.

»Das weißt du doch ganz genau!«

»Nein, ich weiß es wirklich nicht, Maxim …«

Er musste verrückt geworden sein.

»Valentina hat sich von mir getrennt. Weil du ihr dazu geraten hast!«, schrie er mich an.

»Maxim, lass uns in Ruhe über alles reden.« Ich musste ihn beruhigen und von den Rohren weglocken, bevor er sie zerstörte und den Keller ganz unter Wasser setzte.

»Dafür ist es zu spät! Sie hat schon einen Neuen. Die Klatschpresse hat sich darüber das Maul zerrissen, und ich stehe da wie ein Idiot!«

Darum ging es ihm also? Um Schlagzeilen und sein Image? Nicht um die Frau, die er verloren hatte? Das passte wohl zu dem Narzissten, so traurig es auch war. Er fühlte sich öffentlich gedemütigt, gab mir die Schuld daran. Und nun wollte er den Laden zerstören aus billiger Rache. Weil er mich für alles verantwortlich machte? Ich bemerkte eine Fahne, die mir trotz Abstand entgegenschlug. Kein Wunder, dass er so hemmungslos war.

Wieder hämmerte er auf die Rohre ein, wie von Sinnen. Ich musste eingreifen, bevor er alles zerstörte. Rasch versuchte ich nach seinem Arm zu greifen, aber er fuhr herum, und der Schraubenschlüssel folgte ihm, steuerte auf mich zu.

Ich wich zur Seite aus, spürte aber den Schlag harten Metalls an meiner Schulter und fiel hin. Der Schmerz war so intensiv, mir wurde gleichzeitig übel und schwarz vor Augen.

»Diesmal wirst du nicht so glimpflich davonkommen.«

»Diesmal?«, keuchte ich. Mir ging ein Licht auf.

»Du warst es … also auch, der bei uns eingebrochen … und alles mit Farben besprüht hat?«, presste ich hervor. Hoffentlich war meine Schulter nicht gebrochen.

»Mach dich nicht lächerlich, dafür habe ich jemanden beauftragt.«

Ich konnte es einfach nicht glauben, dass er derart durchgeknallt war.

Ich versuchte mich aufzurappeln, aber meine Schulter schmerzte zu sehr. Ich kam nur auf die Knie. Das war nicht gut, alles drehte sich immer noch um mich. Maxims kalter Blick traf mich, bereitete mir Gänsehaut. Ich erkannte den Mann, den ich einst geliebt hatte, nicht wieder.

»Was ist hier los?«, erklang Henriks Stimme von der Treppe her.

Ich hielt den Atem an. Gott sei Dank. Er war hier! Vielleicht hatte er mich ins Lager gehen sehen oder auch das Scheppern der Leitungen gehört.

Henrik ging mit geöffneter Hand auf Maxim zu.

»Seien Sie vernünftig. Geben Sie mir den Schlüssel.«

Ich versuchte derweil hochzukommen, meine Hosenbeine waren nass von den Wassermengen, die sich über dem Boden ausbreiteten.

Doch bevor ich unter Schmerzen wieder aufrecht stand, holte Maxim aus, versuchte nach Henrik zu schlagen. Er und ich wichen gleichzeitig aus, jedoch zu unterschiedlichen Seiten. Mit aller Kraft drückte ich mich an der Wand hoch, bis ich mich am Stoffregal festhalten konnte.

Verdammt, der Schmerz in der Schulter war kaum auszuhalten. Wieder wurde mir schwarz vor Augen.

Ich bekam nur schemenhaft mit, wie Maxim einen Kinnhaken kassierte und auf dem feuchten Untergrund strauchelte. Henrik gab meinem Ex noch eine mit, bevor der ihn nochmals angreifen konnte. Der Länge nach ging er zu Boden und rührte sich nicht mehr. Geschockt starrte ich auf Maxim runter.

»Alles okay mit dir?« Henrik griff mich besorgt bei der Hand.

»Mehr oder weniger. Was ist mit ihm?«, fragte ich aufgeregt, und Henrik überprüfte Maxims Puls am Hals. »Er scheint bewusstlos zu sein, ruf einen Krankenwagen und die Polizei.«

Vorsichtig lehnte er Maxims Oberkörper an die Wand.

»Was ist mit dir?«

»Ich passe hier auf den Kerl auf, dass er keinen weiteren Unsinn anstellt.«

Maxim sah nicht aus, als wäre er dazu in der Lage.

Ich zog mit zitternden Händen mein Smartphone hervor.

»Die Leitung«, erinnerte ich Henrik.

Der ließ Maxim sein und drehte den Verschluss mit dessen Schraubenschlüssel wieder zu, während ich beide Anrufe tätigte. Der Schaden war bereits angerichtet und der Boden überschwemmt, eine wässrige Lache breitete sich von einer Seite des Raums zur anderen aus.

»Schaffst du es nach oben? Jemand muss die Polizei in Empfang nehmen«, sagte Henrik besorgt.

»Es geht schon«, erwiderte ich und biss die Zähne zusammen.

Es war gleich Ladenschluss, es wäre besser, wenn unsere neu gewonnenen Kunden den Polizeieinsatz nicht mitbekamen, PR-technisch.

»Danke«, sagte ich und gab Henrik einen zarten Kuss. Ohne ihn wäre mein unfreiwilliges Wiedersehen mit meinem Ex sicher anders verlaufen.

Den Schmerz in der Schulter ignorierend begab ich mich die Treppe hoch, unendlich froh, Henrik zu haben.

45. Kapitel

»Ich brauche deine Hilfe«, sagte ich angestrengt zu meiner Mutter.

»Was ist denn mit dir los?«, fragte Mama besorgt, ihr entging nicht, dass ich neben der Spur war, mich nervös umblickte.

»Du hast dir wehgetan? Bist du gestürzt?«, fragte sie, weil ich eine Hand auf die Schulter drückte.

»Wir müssen die Eröffnungsfeier jetzt beenden, die Polizei kommt gleich«, raunte ich.

»Was?«

Ich erklärte ihr alles, vom verrückten Ex bis zum drohenden Wasserschaden. Keine Ahnung, ob es genauso durcheinander klang, wie ich mich fühlte, aber Mama reagierte immerhin schnell, weihte Oma, Papa und Kim ein, denen es irgendwie gelang, unsere neuen Kunden überaus freundlich, aber dann doch recht zügig zu verabschieden. Ein bisschen wie Hirten ihre Schäfchen trieben sie die Leute aus dem Geschäft.

»Beehren Sie uns bald wieder!«

»Kommen Sie gut nach Hause.«

Viele waren es nicht mehr, die sich nun durch unseren schmalen Eingang nach draußen bewegten. Meine Freunde aus Berlin hatten sich schon zuvor verabschiedet, und auch unsere neuen Nachbarn im Sanddornweg waren längst gegangen, hatten sie doch ihre eigenen Geschäfte zu führen.

Die Glöckchen über der Tür bimmelten, als diese sich hinter unserem letzten Kunden schloss. Erleichtert atmete ich auf.

Ohne meine Familie und Kim wäre ich verloren gewesen.

»Ist das wahr, Maxim ist hier?«, fragte mich Kim verdattert.

»Ja, und er hat versucht, das Lager unter Wasser zu setzen«, sagte ich. »Und das mit dem Einbruch in den Laden ist auch er gewesen, also, er hat es in Auftrag gegeben.« Ein Schauer erfasste mich.

»Ist der nicht ganz dicht?«

»Ich fürchte, da hat wirklich was ausgesetzt. Er glaubt, Valentina hätte sich wegen mir von ihm getrennt.«

»Du meine Güte! Geht's dir gut, Lou?«, rief Oma schockiert, ich bemerkte erst jetzt, dass Buchmann sie galant stützte. Der ganze Stress hatte ihr offenbar zugesetzt.

»Es geht mir gut, Omsi, wirklich«, beruhigte ich meine Großmutter.

»Da müsst ihr die Polizei rufen«, sagte Papa.

»Habe ich schon.«

Wie aufs Stichwort erklang die Sirene in nicht allzu weiter Ferne.

»Und wo ist Henrik?«, wollte Mama wissen.

»Unten im Lager, er passt auf Maxim auf.«

Nachdem Maxim in Handschellen abgeführt worden war, wurde ich von einem Sanitäter medizinisch versorgt. Zum Glück konnte er ausschließen, dass etwas gebrochen war, und ging von einer Prellung aus. Er verordnete mir aber trotzdem ein paar Tage Ruhe. Ich sollte mich gleich ins Bett legen. »Aber die Überschwemmung …«

»Wir machen das schon«, versicherte mir Kim. Ich nickte dankbar und verließ mit Henrik die Boutique, in der die anderen noch werkelten, um das Lager wieder trockenzulegen, und zog mich in die Wohnetage zurück. Ich konnte nun verstehen, wieso es für Oma eine Belastung gewesen war, mir beim Säubern des Ladens nicht helfen zu können. Ich kam mir unnütz vor. Es kribbelte vor Tatendrang in meinen Fingern, aber ich wusste, mit der Schulter konnte ich schlecht Wassereimer durch die Gegend hieven.

»Hier ist es«, sagte ich, als wir schließlich über den kleinen Flur mein Zimmer erreichten.

Ich öffnete die Tür, zumindest konnte ich meinen rechten Arm problemlos bewegen.

Henrik trat hinter mir ein und schaute sich um. »Sieht gemütlich aus.« Neugierig betrachtete er die Fotowand.

Ich setzte mich aufs Bett und versuchte mir das Shirt über den Kopf zu ziehen, aber das war ein Ding der Unmöglichkeit.

»Lass mich das machen«, sagte Henrik, und obwohl ich ihn nicht sah, das Shirt über den Augen, hörte ich doch das Grinsen in seiner Stimme.

Vorsichtig griff er nach dem Stoff, zog ihn ganz über meinen Kopf und meinen schmerzenden Arm, sodass ich nur im BH vor ihm saß.

»Oh«, machte er.

»Was ist denn?«, fragte ich und warf einen Blick auf meine Schulter, wo sich ein riesiges Hämatom gebildet hatte. »Es geht schon«, versicherte ich und merkte selbst, die Aussage hätte von Oma sein können.

Henrik zog die Bettdecke zurück, sodass ich mich hinlegen konnte. Ich streckte die Beine aus, und er deckte mich zu, dabei sah er mir tief in die Augen.

»Tut mir leid, dass ich nicht schnell genug bei dir war«, sagte er.

»Du hast mich gerettet«, betonte ich. Es gab keinen Grund, sich zu entschuldigen!

»Dennoch – wenn ich mir nur vorstelle, was hätte passieren können. Ich verspreche dir, dass ich von jetzt an besser auf dich aufpasse.«

»Das brauchst du doch nicht. Ich passe auf mich selbst

auf«, versicherte ich und war doch gerührt, dass er sich so um mich sorgte. Er griff nach meiner Hand. Mit dem Daumen strich er über meinen Handrücken.

»Lou, du bedeutest mir alles«, sagte er plötzlich, und es klang ernst. Ich wusste gar nicht, was ich sagen sollte, ich sah ihn nur tief gerührt an, empfand ich doch ganz genauso. »Ich will nicht, dass dir etwas geschieht.«

»Vielleicht passen wir dann einfach auf uns gegenseitig auf?«, schlug ich vor.

»Das wäre schön.«

Er näherte sich mir, küsste mich sanft. Unsere Lippen trennten sich nur ganz langsam wieder voneinander.

»Ich sollte runtergehen und den anderen helfen«, überlegte er, ich vermisste ihn schon jetzt. Ich sah es ein, doch hätte ihn nur lieber hier bei mir behalten.

»Bringst du mir noch ein Kühlkissen aus dem Kühlschrank?«

»Natürlich«, sagte er, lächelte mich an und küsste mich so zärtlich, dass sein Kuss fast nur ein fernes Prickeln war.

Ich schloss die Augen, spürte ihn nach und leckte mir über die Lippen. Henrik verließ derweil mein Zimmer und kehrte mit dem Gelkissen zurück. Vorsichtig platzierte er es auf meiner Schulter. Die Kühlung tat unglaublich gut.

»Was meinst du, was mit Maxim passiert?«, fragte ich.

Er zuckte mit den Schultern. »Er kommt vor Gericht? Wichtiger ist mir, wie es dir geht.« Er beugte sich erneut zu mir runter und küsste mich wieder, diesmal fordernder. Seine Leidenschaft schickte Glückshormone durch meinen Körper.

»Geht mir schon viel besser«, sagte ich.

»Das höre ich gern.«

Wir sahen uns an, und wie immer, wenn mich seine warmen Augen in ihren Bann zogen, tanzten Schmetterlinge durch meinen ganzen Körper.

»Ich sollte nun wirklich runtergehen, sonst denken die

noch, ich drücke mich«, meinte er leise. »Ich will lieber bei dir bleiben …«

Ich lächelte ihn an. »Wieso kommst du nachher nicht noch mal zu mir?«

Henrik strich mir eine rote Strähne aus der Stirn. »Nichts lieber als das.«

46. Kapitel

Als ich am nächsten Morgen aufwachte, schlief Henrik neben mir, sein Atem kitzelte meine Schulter. Ich konnte das Hämatom spüren, das sich gebildet hatte, doch sein Atem linderte den leichten Schmerz.

Ich hätte gern weitergeschlafen, mich noch etwas von der schönen, aber auch anstrengenden Eröffnungsfeier erholt, aber ich merkte, ich war zu wach, um noch mal einzudösen.

Da ich Henrik nicht wecken wollte, bemühte ich mich, so leise wie möglich aus dem Bett zu klettern. Ich hoffte, ich konnte heute, am ersten regulären Öffnungstag der Boutique, überhaupt Leute bedienen. Irgendwie würde es schon gehen.

Als ich das Badezimmer verließ, hörte ich Geräusche aus der Küche. Neugierig sah ich nach, was hier vor sich ging.

Oma stand am Herd und bereitete Frühstück zu. Dabei hielt sie eine einzelne Rose in einer Hand, die sie zwischen den Fingern drehte, während sie mit der anderen den Wender bediente, um Speckwürfel in der Pfanne zu drehen.

»Morgen«, sagte ich leise.

Sie erschreckte sich, lächelte aber selig und roch erneut an der Rose.

»Morgen, Lou. Geht es dir besser?«

Ich hob demonstrativ leicht den Arm.

»Die ist schön«, meinte ich und deutete auf die Rose.

»Stimmt«, sagte Oma geheimnisvoll.

»Von wem ist sie denn?«, fragte ich neugierig.

Ihr Lächeln wurde größer. »Von Herrn Buchmann. Zum Erfolg unserer Eröffnung.«

Buchi hatte Oma eine Rose geschenkt?

Sie steckte die Rose in eine kleine Vase und gab Eier in die Pfanne.

»Du magst Buchi, oder?«

Ihre Wangen röteten sich. Aber sie sagte nichts.

»Es gab in letzter Zeit so viele Veränderungen, die wir nie für möglich gehalten hätten. Wieso also nicht auch diese?«, meinte ich und lehnte mich an die Arbeitsfläche.

»Ach Lou, jetzt sei doch nicht albern. Buchi und ich verstehen uns einfach nur viel besser. Was du gleich wieder denkst, nur wegen einer Rose …« Sie schmunzelte, sah die Blume jedoch auffällig zärtlich an. »Vielleicht ist es das, was Friedrich damals meinte, als er sagte, es würde alles wieder besser werden«, überlegte sie.

Ja, vielleicht.

»Weckst du bitte die anderen? Es gibt gleich Frühstück. Unsere Berliner Gäste wollen früh aufbrechen«, bat mich Oma.

»Na klar«, sagte ich und klopfte an der Tür meiner Eltern und an der von Omas Zimmer, wo Kim genächtigt hatte.

»Essen ist gleich fertig!«, rief ich und bekam in beiden Fällen ein brummiges »Bin gleich da« zurück.

Als ich mein Zimmer betrat, war Henrik wach, tippte auf seinem Handy und lächelte mich an.

»Hör mal, das schreibt die Presse zur Eröffnung«, meinte er und wischte über sein Display.

»Tolle moderne Boutique eröffnet im Sanddornweg – Traumhafte Mode nah beim Strand – Warnemünde hat eine neue Anlaufstelle für ausgefallene Mode – Valentina Estos und Francesca Giuliani entdecken Liebe für kleine Strandboutique in Warnemünde. Ich würde sagen, das ist Eins-a-Werbung.«

Wow! Er hatte recht! Ich konnte nur hoffen, dass sich der Erfolg über den Eröffnungstag hinaus hielt. Das war die eigentliche Bewährungsprobe.

»Ob die Leute auch kommen, wenn es nichts zu gewinnen gibt?«

»Ganz bestimmt«, war Henrik überzeugt.

»He, ihr Schlafmützen, ihr verpasst noch das Frühstück«, klang Omas Stimme plötzlich durch die Tür. Ich hatte das Frühstück fast wieder vergessen.

»Alles klar, wir kommen gleich!«, rief ich zurück.

»Ist wirklich schon spät«, bestätigte Henrik und hielt mir die Uhr seines Smartphones vors Gesicht.

»Der Laden macht in einer Stunde auf«, sagte ich aufgeregt. So etwas durfte ich jetzt wirklich nicht mehr vergessen! Von nun an machte die Strandperle jeden Tag von zehn bis achtzehn Uhr auf, außer sonntags. Daran musste ich mich gewöhnen.

Henrik stieg aus dem Bett, trat vor mich und streichelte ganz sanft meine Schulter.

»Tut's noch weh?«

Ich schüttelte den Kopf, stellte mich auf die Zehenspitzen und musste ihn einfach küssen. Zärtlich schloss er die Arme um mich. Ich hätte mich in diesem Augenblick verlieren können, wäre es nicht plötzlich laut im Flur geworden.

»Wir fahren gleich nach dem Frühstück los! Sind eure Sachen schon gepackt?«

»Meine ja, Frau Baumeister.«

»Sehr gut, Kim. Und wie schaut's bei dir aus, Roland?«

»Du hast doch meinen Koffer persönlich gepackt, weil ich das angeblich nicht effizient genug mache.«

Henrik löste sich von mir, ich spürte sein Grinsen an meinem Mund.

»Deine Familie ist witzig.«

Ich seufzte. Aber ehrlich, auch wenn meine Leute manchmal etwas anstrengend waren und irgendwie ein Talent hatten, stimmungsvolle Momente zu stören, wollte ich sie nicht missen. Genauso wenig wie Henrik, dem ich noch rasch einen Kuss aufdrückte.

Wir zogen uns an und gingen in die offene Küche, wo meine Familie und Kim bereits saßen.

»Guten Morgen, Süße«, sagte meine Mutter. »Wie geht es deiner Schulter?«

»Besser.«

Kim nippte an ihrem Kakao, und Papa nickte mir zu. »Das hört man gern.«

»Wirklich kein Arzt?«, hakte Mama nach.

Ich schüttelte vehement den Kopf, es war letztlich wirklich nur eine Prellung.

»Ich habe gehört, ihr wollt heute früh los?«, sagte ich und setzte mich dazu. Henrik nahm mir gegenüber Platz und grüßte alle freundlich, während Oma uns nacheinander Rühreier auftat.

»Ja, direkt nach dem Frühstück geht's nach Berlin«, bestätigte meine Mutter.

»Ich werde sicher im nächsten Urlaub herkommen, mir gefällt die Ostsee«, erklärte Kim voller Energie. Vermutlich konnte sie um drei Uhr morgens aufstehen, ohne dass es ihre stets gute Laune beeinträchtigte.

Oma setzte sich zu uns. »Ich hoffe, es schmeckt.«

Alle bestätigten dies durch einhelliges Nicken.

Dann hob Oma ihre Tasse wie zum Anstoßen. »Kinder, es ist lange her, seit dieses Haus zuletzt voller Leben war. Ich bin sehr glücklich, dass der Laden so gut angekommen ist und wir alle an einem Strang gezogen haben. Daher auf uns, die Boutique und Neuanfänge!« Oma hielt ihre Tasse in die Mitte, und alle stießen mit Kaffee oder Tee an.

»Auf Neuanfänge«, sagte ich und prostete Henrik zu, der zu meinem persönlichen Neuanfang dazu gehörte wie das Viola-Label zur Strandboutique.

Wenn ich in den letzten Wochen etwas gelernt hatte, dann

dass Wandlungen immer möglich waren und aus Gegnern Freunde und manchmal auch mehr werden konnten.

Nach dem Frühstück verabschiedeten wir uns herzlich von meinen Eltern und Kim. Wir standen im Sanddornweg vor dem Kombi. Einen nach dem anderen drückte ich an mich, spürte Schwermut aufsteigen. Von jetzt an würde ich viele meiner Lieblingsmenschen seltener sehen, dafür hatte ich neue Freunde gewonnen, einen Mann, den ich liebte, und eine Aufgabe, die mich ausfüllte, bei der ich das Gefühl hatte, das Richtige zu tun.

»Kommt gut heim und meldet euch«, bat ich.

»Machen wir«, versprach Papa.

»Und du meldest dich bitte auch ab und zu mal, ich will nicht, dass unsere Freundschaft im Sande verläuft«, meinte Kim, aber wo dachte sie hin?

»Du wirst mich nicht so schnell los«, machte ich ihr klar und meinte es ernst.

Kim lachte, verabschiedete sich auch von Oma und Henrik und stieg dann in den Wagen meiner Eltern.

»Wenn die Schulter stärker schmerzt, gehst du zum Arzt«, bläute mir meine Mutter ein und schloss die Arme gleich zwei Mal um mich. Aber natürlich ganz vorsichtig.

Meine Eltern drückten auch Oma und sogar Henrik, den sie offenbar bereits ins Herz geschlossen hatten, ehe sie sich in ihr Fahrzeug setzten.

»Siehst du, gehörst schon zur Familie«, raunte ich Henrik hinter vorgehaltener Hand zu.

Er lachte.

Mama hupte, um unsere Aufmerksamkeit zu erlangen, dann winkten Papa, Kim und sie uns zum Abschied, ehe sie das Monstrum von einem Auto wendete. Oma, Henrik und ich rückten zusammen und winkten ebenfalls, bis der Wagen durch den Möwenbogen verschwunden war.

Ich bekam aus dem Augenwinkel mit, wie Oma ein Tränchen runterschluckte. Mir ging es kaum anders. Es war schön gewesen, alle hier zu haben. Und es war nicht leicht, sie ziehen zu lassen.

»Jetzt schlägt die Stunde der Wahrheit für die Strandperle«, meinte Oma abrupt und klatschte in die Hände. Sie hatte recht! Heute war die eigentliche Bewährungsprobe.

Henrik lächelte mich aufmunternd an, griff nach meiner Hand und nickte rüber zu Irmchen, die gerade die Ladentür ihres Souvenirshops öffnete. Und nebenan machte Buchmanns auch schon auf. Allmählich erwachte das Leben im Sanddornweg, Leute standen vor den Schaufenstern, schlenderten von einem zum nächsten, und es war an der Zeit, dass auch die kleine Strandboutique ihre Pforten öffnete.

Ich straffte die Schultern und atmete tief durch, um dann durch den Seiteneingang den Laden zu betreten.

Ich schloss die vordere Ladentür mit einer Hand auf und hakte sie ein. Frische Ostseeluft wehte zu uns herein. Hier und da räumte ich noch etwas weg, dann drehte ich das *Geschlossen*-Schild am Schaufenster um.

Ganz routiniert, als hätte ich das schon hundert Mal gemacht. So überspielte ich, wie nervös ich eigentlich war.

Oma setzte sich in die Nähstube, um schon mal einige Aufträge zu bearbeiten, die wir gestern bekommen hatten.

»Es wird schon«, versicherte Henrik mir sanft, und da betrat tatsächlich eine erste Kundin die Boutique. Eine junge Frau, vielleicht Anfang zwanzig.

»Ich habe so viel Gutes über Ihr Geschäft gelesen, da musste ich unbedingt vorbeischauen«, sagte sie und sah sich interessiert um, lief an der Viola-Ecke vorbei zu den Preisknallern, die wir auf einem separaten Tisch anboten. Beherzt schnappte sie sich ein Top, hielt es sich vor der nebenstehenden Spiegelsäule an.

»Ich muss ins Hotel, auch mein Betrieb braucht mich, und es gibt noch viel zu organisieren, damit die Sanierung bald beginnen kann. Heute will sich ein Innenarchitekt das Foyer ansehen und wird sich überlegen, wie er es im Vintage-Stil neu gestalten kann«, sagte Henrik und zog mich in seine Arme. »Sehen wir uns nach Feierabend?«

Sein liebesvolles Lächeln ließ meine Knie weich werden.

»In den Dünen?«, fragte ich.

Er nickte.

»Ich freue mich drauf«, sagte ich, empfing seinen liebevollen Kuss und ließ ihn nur ungern gehen. Unsere Lippen lösten sich, wir drifteten auseinander, doch unsere Hände hielten sich noch fest. »Ich liebe dich«, raunte er.

»Ich dich auch.«

Ein kleines Café zum Verlieben

Barbara Erlenkamp
DAS KLEINE CAFÉ
AN DER MÜHLE
Roman

288 Seiten
ISBN 978-3-404-17956-5

Der plötzliche Tod ihrer lieben Tante Dotti zieht Sophie den Boden unter den Füßen weg. Aber Dotti hatte einen Plan – und so findet sich Sophie plötzlich in einem verschlafenen Dorf zwischen Rhein und Mosel wieder. Dort steht sie vor ihrem Erbe: einem maroden Mühlencafé. Doch Sophie erbt nur, wenn sie das Café weiterführt. Trotz aller Widrigkeiten und mit viel Einsatz bringt sie das Café auf Vordermann. Die eigenwilligen Dorfbewohner sind ihr dabei keine große Hilfe. Aber zum Glück ist da ja noch ihr Nachbar Peter, Single und gutaussehend …

Lübbe

Lassen Sie sich von Rosanna Ley in die zauberhafte Bretagne entführen!

Rosanna Ley
DER KLEINE
BLUMENLADEN AM MEER
Roman
Aus dem Englischen
von Barbara Röhl
496 Seiten
ISBN 978-3-404-17997-8

Colette reist nach Belle-Île-en-Mer, an den Ort ihrer Kindheit, um ihrer Mutter beizustehen. Jahrelang hat sie sich ferngehalten, jetzt aber entschließt sie sich, zu bleiben und den kleinen Blumenladen ihrer Mutter zumindest für eine Weile weiterzuführen. Ohne es zu wollen, beginnt Colette, sich auf Belle-Île wohlzufühlen. Als sie sich dann auch noch mit dem Schriftsteller Étienne und der Künstlerin Élodie anfreundet, spürt Colette, dass dieser Sommer so einige Überraschungen für sie bereithält …

Lübbe

Ein bezaubernder Feelgood-Roman

Emma Davies
DAS KLEINE COTTAGE
AUF DEM HÜGEL
Ein bezaubernder
Feel-Good-Roman
Aus dem amerikanischen
Englisch von
Michael Krug
304 Seiten
ISBN 978-3-404-18015-8

Nicht ganz freiwillig zieht Maddie Porter von London aufs Land, wo sie einen luxuriösen Ferienort vermarkten soll. Aber der Ort entpuppt sich als Ansammlung heruntergekommener Cottages. Und Seth, der missgelaunte Besitzer, macht Maddie das Leben zusätzlich schwer. Doch als Maddie auf ein Geheimnis stößt, rauft sich das ungleiche Paar zusammen – und schon bald macht nicht nur die atemberaubende Aussicht von der Spitze des Hügels Maddie und Seth sprachlos …

Eine herzergreifende Liebesgeschichte für Leserinnen, die sich gerne von bezaubernden Menschen und zu Tränen rührenden Lieben aus ihrem Alltag entführen lassen.

Lübbe

Ein Zufluchtsort, der Herzen heilt, und die wahrscheinlich herzlichste Eseltruppe der Welt

Tilly Tennant
DER KLEINE ESELHOF
AN DER KÜSTE
Roman
Aus dem Englischen
von Ralph Sander
384 Seiten
ISBN 978-3-404-18413-2

Voller Träume zog Hattie vor zwei Jahren nach Paris. Nun steht sie vor den Trümmern ihres Lebens: Job weg, Mann weg, kein Geld für eine Wohnung. Geknickt kehrt sie in das verschlafene Dörfchen Gillypuddle in Dorset zurück. Doch Aufgeben ist für Hattie keine Option, ein neuer Job muss her! Und so heuert sie auf dem Gnadenhof für Esel an. Vom ersten Tag an ist sie begeistert. Nicht nur von den Eseln, auch der attraktive Tierarzt Seth hat es ihr angetan. Nur ihre Chefin Jo bleibt ihr gegenüber wortkarg und abweisend. Doch der Hof steckt in Schwierigkeiten, und damit die alten Esel ihr Zuhause behalten, muss Hattie einen Weg finden, zu Jo durchzudringen …

Lübbe

In diesem Buchladen bekommt jeder eine zweite Chance!

Jackie Fraser
DER KLEINE
BUCHLADEN ZUM
GROSSEN
GLÜCK
Roman
Aus dem Englischen
von Kerstin Ostendorf
416 Seiten
ISBN 978-3-404-18498-9

Gerade als sich die ganze Welt gegen sie verschworen zu haben scheint, erbt Thea von einem Onkel ein Cottage in einem schottischen Dorf. Schnell merkt sie, dass das Leben hier ganz anders ist als in London: ruhiger, entspannter, freundschaftlicher. Nach und nach lernt sie die Dorfbewohner kennen – unter ihnen der charmante Lord Charles, der ein Auge auf ihr Haus geworfen hat, und sein knurriger Bruder Edward, der sich für die wertvollen Erstausgaben im Nachlass ihres Onkels interessiert. Als Edward eine Aushilfe für sein Antiquariat sucht, heuert sie kurz entschlossen bei ihm an. Schließlich braucht sie nichts dringender als einen Neuanfang …

Lübbe

Die Community für alle, die Bücher lieben

- In der Lesejury kannst du Bücher lesen und rezensieren, die noch nicht erschienen sind
- Gemeinsam mit anderen buchbegeisterten Menschen in Leserunden diskutieren
- Autoren persönlich kennenlernen
- An exklusiven Gewinnspielen und Aktionen teilnehmen
- Bonuspunkte sammeln und diese gegen tolle Prämien eintauschen

Jetzt kostenlos registrieren: www.lesejury.de

Folge uns auf Instagram & Facebook:
www.instagram.com/lesejury
www.facebook.com/lesejury